KB260287

고등어 남편

고등어 남편 1

초판 1쇄 찍은 날 § 2009년 1월 19일
초판 1쇄 펴낸 날 § 2009년 1월 24일

지은이 § 홍윤정
펴낸이 § 서경석

편집장 § 문혜영
편집책임 § 유경화
편집 § 조수희

펴낸곳 § 도서출판 청어람
등록번호 § 제1081-1-89호
등록일자 § 1999. 5. 31
어람번호 § 제5-0220호

주소 § 경기도 부천시 원미구 심곡2동 163-2 서경B/D 3F (우) 420-822
전화 § 032-656-4452 팩스 § 032-656-4453
http://www.chungeoram.com
E-mail § eoram99@chollian.net

ISBN 978-89-251-1656-3 04810
ISBN 978-89-251-1655-6 (SET)

홍윤정 지음
고등어 남편
1
도서출판
청어람

프 롤 로 그

(주) 광은산업은 보석과 액세서리, 패션잡화 및 의류 매장으로 유명한 쇼핑타워 '레지나'의 모회사다. 최고 점수를 받으며 광은산업에 입사한 최재휘는 입사 직후부터 만 이 년이 되는 지금까지 줄곧 신입사원에 걸맞지 않은 중진급 수준의 업무를 소화하고 있었다. 일종의 테스트라고나 할까. 흔히 말하는 '감'이 될 만한 인재인지 내심 광은의 경영진 모두 그를 평가하고, 시험하고 있었다. 자신이 테스트당하고 있다는 사실을 알면서도 그는 치밀하고 능숙하면서도 깔끔한 업무 능력을 보여주고 있다. 나무랄 데 없는 그를 광은의 오너 정원종 사장이 욕심내는 건 어쩌면 당연한 건지도 모르겠다.

재휘는 국내 식품 업계 선두주자 예랑식품의 최대주주로 그의 외조부가 예랑의 창립자였고, 예랑은 수십 년간 내수 점유율에서 타 경쟁사를 너끈한 차이로 제치고 1위를 고수 중이다. 그의 외조부는 죽기 전 유일한 핏줄인 재휘에게 자신의 모든 재산을 넘겨주었다. 25%라는 경이로운 양의 주식을 보유하고 있는 것만 봐서도 차제에 최재휘가 예랑식품의 경영을 맡게 되리라는 건 불을 보듯 뻔했다. 정 사장이 재휘를 사윗감으로 점찍을 만한 이유는 사실 그것으로도 충분했다. 딸이 재휘에게 푹 빠져 있다는 사실을 제쳐 놓고서라도 말이다.

"오빠가 날 싫어하는 이유를 생각해 봤어. 처음에는 내가 어디가 어때서 거절이야, 하는 마음에 기분도 나쁘고 화도 났는데 생각해 보니 그럴 수 있다 싶어."

정원종의 딸, 민정은 빠른 걸음으로 걸어나가는 최재휘의 뒤를 따라가며 종알거렸다. 재휘의 대학 동기이지만 나이 차이가 워낙 현격해 그를 '오빠'라고 부르고 있었다.

민정은 의대를 다니다 스물다섯 살이라는 나이로 경영대에 재입학한 재휘에게 첫눈에 반해 버렸다. 키도 크고 워낙 인물이 훤해 다른 학생보다 눈에 쉽게 띄었고, 나이도 많았을뿐더러 서울 의대를 다니다가 자퇴했다는 특이한 이력 때문에 그는 입학한 그 순간부터 화제의 인물이 되었다. 알고 봤더니 그는 말로만 듣던 '전국 수석'이었고, 거기다 예랑식품 아들이었다. 이런 프리미엄까지는 생각지도 않았던 민정은 그날부터 '최재휘 아내 되기' 작전에 돌입하게 되었다.

삼 년 동안 민정은 그를 '오빠'라 부르며 정말 열심히 쫓아다녔다. 왜 이런 말도 있지 않은가, 오빠가 아빠 된다고. 오빠, 오빠 하다가 누구 아빠~ 하고 부르게 될 날을 그녀는 학수고대하며 그에게 열심히 도끼질을 해댔다. 물론 재휘는 그렇게 호락호락한 남자는 아니었다. 민정을 여자로 보지 않는 것은 물론 '여자'란 존재 자체에 아예 관심이 없는 것도 같았다. 그는 민정을 정말 편한 후배쯤으로 대해주었다. 그녀가 자신을 좋아하는 걸 뻔히 알면서도 말이다. 참으로 희한한 게 여자의 마음이다. 남자가 그러면 그럴수록 여자는 더 몸이 달아 안달복달하게 되니 말이다.

하여튼 민정은 재휘를 광은산업으로 끌어들이는 데 성공했다. 직접 나서서 '우리 아빠 회사에 들어와'라고 권하기보다 그의 주변에 있는 인맥들을 동원해 설득하게 만들었다. 그는 어차피 대기업보다는 중상위 레벨의 회사에 입사하여 실무 경험을 쌓고 싶어했고, 광은은 그런 면에서 딱 부합되는 회사였다. 그리고 그 이후는 쭉— 그녀가 원하는 대로 진행되고 있었다. 일 년 뒤에 그녀가 입사했고, 그가 있는 부서의 직속 후배가 되었고, 그와 한 팀이 되어 일을 할 수 있게 된 것이다.

"오빠네 집안이 독립운동가 집안이라며? 난 진짜 그건 몰랐어. 얼마 전에 알고 얼마나 놀랐는지 몰라. 오빠가 날 거절할 만해."

일을 핑계로 재휘의 뒤를 쫄쫄 따라다니며 그를 낚는 데 온 정신을 집중하고 있던 민정은 그가 잠깐 걸음을 멈추자 하던 말을 끊고 그 자리에 우뚝 섰다. 그는 발걸음을 멈춘 상태로 0.5초쯤 서 있다 곧바로 다시 걷기 시작했다. 뭔가 말하고 싶었지만 이내 하고 싶었던 말들을 목구멍으로 꿀꺽 삼켜 버리는 듯한 모습이다. 민정은 그의 뒤를 재빨리 따라붙으며 다시 하던 말을 이어나갔다.

"나도 솔직히 우리 집이 자랑스러운 건 아니야. 오빠도 알겠지만 우리 증조할아버지가 아는 사람은 다 아는 친일 기업인이었잖아. 뭐, 안 내놓으면 죽이겠다고 협박하니까 억지로 낸 돈이라고는 하지만 그것까지도 잘한 일이라고는 할 수 없지. 근데 그건 우리 증조할아버지 얘기고, 난 좀 억울해. 증조할아버지가 잘못한 일 가지고 나까지 피해를 본다는 게 그렇잖아. 연좌제처럼 이게 뭐야."

그의 걸음걸이가 또다시 중간에 멈추었다. 민정의 하이힐도 움직임을 멈추고 그 자리에 못 박혔다. 재휘는 인내심의 한계를 느끼며 눈동자를 굴려 백화점의 천장을 훑었다. 도대체 언제까지 사장님 따님의 칭얼거림을 들어줘야 하는지 짜증이 솟구쳤다. 말단 사원인 그는 오늘 퇴근 전까지 이 구역 백화점을 전부 돌면서 판매 동향을 체크해야 했다. 내일 아침 일찍 보고서를 올리려면 발바닥에 땀이 나도록 뛰어도 모자랄 판인데 그의 업무 파트너인 사장님 따님은 자꾸만 사적인 대화를 유도하고 있었다. 이 무슨 철없는 짓인지 원.

"오빠?"

깜찍하고 발랄하면서 예쁘고 돈까지 많으신 우리의 사장님 따님, 정민정이 재휘의 눈치를 보며 고개를 갸웃 기울여 왔다. 재휘는 짧은 한숨을 내쉬곤 슥, 뒤를 돌았다. 민정이 얼른 자세를 바로 하고 그를 마주하며 빙긋 웃었다. 최대한 그에게 예쁘게 보이고 싶은 듯.

"너, 나 좋아해?"

재휘는 물었다.

"물론이지. 오빠만 좋아한 지 벌써 오 년이야."

민정은 깜찍하게 두 눈을 깜빡이며 인형처럼 예쁜 미소를 지었다. 티없이 맑은 모습이었다. 부잣집 딸로 어려울 거 하나 없이 자란 티가 민정에겐 줄줄 흘렀다. 재휘는 눈 하나 깜빡하지 않고 똑바로 민정을 내려다봤다.

"그래서 나와 사귀고 싶다는 거냐, 결혼하고 싶다는 거냐?"

"어?"

꽤나 단도직입적인 그의 말에 일순 민정은 당황했다. 그를 거의 광적으로 쫓아다녔던 오 년 동안 단 한 번도 들어보지 못했던 말이었기 때문이다. 그는 둘 사이에 대해 직접적으로 거론한 적이 거의 없었다. 늘 이렇듯 그녀가 칭얼거리며 관심을 구걸하면 그는 언제나 머리를 쓰다듬거나 우스갯소리로 그녀의 입을 막았다. 그 때문에 민정은 속상했던 적이 한두 번이 아니었다.

자신을 너무 아이 취급하는 것 같아 억울하기까지 했다. 그런데 그랬던 그가 지금 직접적으로, 대놓고 결혼을 언급하고 있다. 드디어 재휘가 민정의 끈질긴 도끼질에 넘어오는 건가?

"나, 나야……!"

당연히 결혼하고 싶다. 결혼하고 싶어 죽겠다. 민정은 흥분한 두 눈을 반짝이며 급하게 입을 열었다. 하지만 재휘가 더 빨랐다.

"결혼은 못해줘."

민정이 뭐라 대답할지 이미 알고 있었던 듯 재휘가 아주 간결하게 결론을 내려주었다. 민정의 밝았던 표정이 금세 어두워졌다. '너랑 결혼하기 싫다'도 아니고 '난 아직 결혼 생각 없어'도 아니고 '결혼은 못해줘'란다. 대답이 정말 이상하지 않나?

"결혼만 못해준다는 거야?"

그녀가 물었다.

"원하면 사귀어줄 수는 있어."

"사, 사귀어줄 수는 있는데 결혼은 못해주겠다고?"

"안 해주는 게 아니라 못해주는 거야."

"그게 무슨 소리야?"

못해준다는 말의 의미는, 마음은 해주고 싶지만 사정이 있어서 그럴 수 없다는 뜻 아닌가. 총각이고 솔로라는 걸 뻔히 아는데 도저히 결혼은 해줄 수 없다는 사정이란 게 대체 뭐라는 건가? 민정은 약간 오기가 발동하기 시작했다. 재휘가 그녀를 거부하기 위해 억지를 부리고 있다는 생각이 들었다. 뭐, 그럴 수는 있다. 최재휘 입장에서는 아쉬울 게 전혀 없을 테니까.

"말 그대로야. 난 너랑 결혼 못해."

그가 뒤를 돌아 걷기 시작했다. 민정은 손에 들고 있던 수첩을 꼭 쥐고는 서둘러 그의 뒤를 따랐다. 다리가 길어 그의 보폭은 굉장했다. 키가 158㎝밖에 안 되는 민정은 그를 따라가기 위해 거의 달려가야 했다.

"왜? 연애는 해줄 수 있다면서 결혼은 왜 못하는데? 정말로 내가 친일인사 자손이라서 그래? 그건 내가 선택한 게 아니잖아. 내가 태어나기도 전에 벌어졌던 일이잖아. 내 잘못도 아니라고."

헐레벌떡 뛰던 그녀는 다음 순간 그 자리에 우뚝 서버렸다. 재휘가 걸음을 멈추고 다시 그녀를 향해 몸을 돌렸기 때문이다.

"네가 친일파 자손이란 건 신경도 안 써."

그가 한 말이었다. 아— 다행이다. 민정은 최대의 고민거리였던 문제가 해결되었다는 생각에 기분이 좋아졌다. 재휘는 그녀의 집안 때문에 그녀를 거부한 게 아니었다. 적어도 억울할 일은 없겠다 싶어 민정의 표정은 다시 밝아졌다.

"그걸 신경 썼다면 진작 말했을 거다. 네 재산, 사회에 환원하라고."

"응?"

민정은 재휘의 말에 담긴 미묘한 비아냥거림을 이해하지 못한 채 고개를 갸웃했다. 맹한 얼굴로 자신을 바라보는 민정을 내려다보며 재휘는 한숨을 쉬었다. 손목을 흘낏 내려다보니 제시간에 백화점을 다 돌아보긴 아무래도 힘들 것 같았다. 두 사람이 할 일을 혼자서 다 해내고 있으니 어차피 무리한 일정이긴 했다.

"너랑 결혼 못하는 이유는 내가 결혼을 했기 때문이야."

"뭐?"

민정은 재휘를 빤히 바라보며 되물었다. 웬일인지 그가 한 말이 귀에 쏙쏙 박혀들지 않았다. 대체 뭐라는 거야. 뭐? 결혼을 했기 때문이라고?

"결혼을 했다고?"

"결혼을, 했어."

너무나 덤덤하고, 너무나 진지하게 그가 말했다. '이제 알았지?' 하는 그의 표정엔 거짓의 기운이 전혀 없었다. 그가 결혼을 했다고? 민정은 정확히 삼 초 후, 푸훗! 소리를 내며 웃고 말았다. 그녀는 총천연색으로 매니큐어 칠이 되어 있는 손을 들어 입을 가렸다.

"오빠, 장난해? 나보고 지금 그 말을 믿으라고?"

"진짜야."

마구 웃고 있는 민정을 빤히 바라보며 진지하게 말했다. 입가엔 아주 희미하게 미소까지 띠고 있었다. 민정은 주먹 쥔 손으로 살포시 그의 팔을 찍어주었다.

"핑계 댈 게 그렇게 없었어? 너무 허무맹랑하잖아. 좀 믿을 만한 걸 대줘. 존심 상해."

"진짜라니까."

"내가 오빠 알게 된 게 스무 살 때야. 그때 오빤 스물다섯 살이었잖아. 그런데 그때 이미 결혼을 했었다는 거야?"

"그런 거지."

매우 방관자적인 말투였다. 그런 회의적인 모습은 더더욱 민정을 폭소로 밀어 넣었다. 아무리 그녀가 마음에 안 들어도 그렇지, 믿을 만한 걸 들이대야 믿지. 지금까지 민정은 재휘가 누굴 진지하게 사귀는 걸 본 적이 없었다. 여자를 만나는 것도 며칠씩 잠깐이었고, 그마저도 2학년 때부터는 학점 모으기 전쟁에 돌입하면서 거들떠보지도 않았다. 죽기 살기로 공부한 덕분에 그는 삼 년 만에 대학을 마쳤다. 그의 대학 생활 삼 년, 그 어디에도 아내라는 존재는 없었다.

"에이~ 말도 안 돼. 그럼 대체 몇 살에 결혼을 했다는 거야?"

"알면 기절할걸."

"그럼 오빠가 지금 유부남이라고?"

여전히 그의 말을 믿지 않는 민정은 웃으면서 되물었다. 사귀어줄 수는 있다는 그의 말을 떠올리니 진짜 배꼽이 튀어나올 것 같았다. 유부남이면 민정에게 절대 그런 말은 못했을 것 아닌가. 오래 겪어보니 최재휘가 귀여울 때도 있네. 멋지고 듬직하기만 한 줄 알았더니.

"이혼했어."

"뭐?"

그의 입에서 상상을 초월하는 답변이 속속들이 나왔다. 결혼했다고 해서 그녀를 배꼽 잡게 하더니 이번엔 이혼? 민정은 진짜 배를 쥐고 고개까지 뒤로 젖히며 마구 웃어댔다. 사람들이 지나가면서 그녀를 흘낏흘낏 훔쳐봤지만 이미 터진 웃음보는 수습 불가 상태였다.

"오빠 정말 못됐다. 어떻게 자기를 좋아하는 사람한테 그런 말을 막 하냐? 내가 그렇게 싫어? 왜 싫은 건데? 사귀는 사람도 없으면서 왜 내 프러포즈를 거절하는 거야. 나 좀 기분 나빠지려고 하거든?"

민정은 그를 흘겨보며 새침하게 말했다. 물론 정말 기분 나쁜 건 아니었다. 어찌 됐든 최재휘는 결혼 시장에서 엄청난 몸값의 매물이고 그러니 당연히 이렇게 튕길 만했다. 무슨 수를 써서든 민정은 그를 붙잡고 싶었다. 고지가 코앞인데 이제 와서 그를 놓칠 수는 없었다. 오 년이나 찜해두었던 대어를 다른 여자한테 새치기당한다면 그보다도 억울할 데가 없을 듯했다.

"정 사장님께서 하나밖에 없는 고명딸을 이혼남에게 주겠어?"

그가 씩 웃으며 말했다. 이런 거였구나. 이렇게 도망치려고 이혼 어쩌고 하는 말도 안 되는 핑계를 댔구나. 민정은 눈썹을 씰룩거렸다.

"우리 아빠가 믿겠어?"

"이미 아시지 않을까?"

재휘는 정 사장이 자신을 주시하고 있다는 걸 아주 잘 알고 있었다. 이미 여러 번 회사의 중책을 맡길 거란 의중을 밝힌 바 있을 정도로 정 사장은 재휘를 신뢰했다. 그 정도라면 자신의 사윗감으로도 충분히 고려해 봤을 것이다. 이미 재휘의 호적쯤은 뒤져 봤을 가능성도 높다는 것이다.

"아빠가 이미 안다고?"

민정의 얼굴에서 웃음기가 사라지기 시작했다.

"집에 가서 물어봐."

재휘는 냉한 미소를 짓고는 뒤를 돌았다. 민정은 불길한 기분으로 재휘의 뒷모습을 지켜보았다. 정말일까? 정말이라고 하기엔 너무 우스꽝스럽고, 아니라고 하기엔 재휘의 태도가 너무 진지하고. 거기다 정 사장이 알고 있을 거란 말에는 섬뜩한 기분마저 느껴졌다. 민정은 그의 뒤를 쫓기 시작하며 조심스레 핸드백을 뒤졌다. 휴대폰을 꺼낸 그녀는 번호를 꾹 눌러 정 사장에게 전화를 걸었다.

에스컬레이터 발판에 올라선 그는 짜증스레 머리카락을 쓸어 넘겼다. 가장 떠올리기 싫은 기억을 철딱서니없는 사장 고명딸 때문에 억지로 떠올렸더니 머리가 지끈지끈 아파왔다.

'십일 년 전의 일 때문에 아직도 이렇게 스트레스를 받다니,

너도 참.'

재휘는 신경질적으로 아랫입술을 질겅거리며 고개를 들었다. 스르르 내려가는 에스컬레이터를 타고 그는 2층으로 사라지고 있는 중이었다. 턱 쪽에 위치해 있던 3층 난간은 머리 위로, 그 위로, 더 위로 올라가고……

"……!"

재휘는 고개를 점점 더 옆으로 꺾으며 한곳을 주시했다.

여자.

3층 난간 한쪽에 마련된 편의시설에 한 여자가 들고 있던 쇼핑백을 막 내려놓으며 하얗게 웃고 있었고, 그녀의 앞에는 열 살 남짓해 보이는 여자아이가 자리에 털썩 주저앉아 무릎을 두드리고 있는 중이었다. 재휘는 여자를 본 순간 가슴이 쿵 내려앉는 기분을 느꼈다. 자신의 눈이 잘못된 게 아니라면 그녀는 분명 장원영이었다. 재휘는 저도 모르게 밑으로 내려가는 에스컬레이터 계단을 거슬러 올라가기 시작했다.

"오빠, 왜 그래?"

상대방이 받지 않는 전화를 들고 투덜거리고 있던 민정이 재휘의 팔을 붙들었다. 재휘는 그녀의 손을 털어내며 두 계단씩 위로 올라갔다. 이미 에스컬레이터는 난간과 많이 멀어져 있었지만 그는 계속 뛰었다.

"오빠! 어디 가는 거야? 왜 그러는데?"

민정이 이번엔 재휘의 양복 자락을 붙들었다. 재휘는 순간 걸음을 멈추고 심호흡을 했다. 그래, 잘못 봤을 수도 있다. 그녀와 닮은 평범한 주부일 수도 있다. 원영이 아이를 키우고 살 리 없지 않나. 아, 아니— 그냥 조카일 수도 있다. 최악의 경우를 미리 예측해 흥분할 필요는 전혀 없는 것이다. 재휘는 심호흡을 하며 미치도록 빠른 속도로 쿵쾅거리는 심장을 진정시켰다.

"왜? 누구 봤어? 아는 사람이야?"

민정이 쫓아와 물었다. 재휘는 위쪽을 보지 않기 위해 노력하며 민정의 팔을 뿌리쳤다.

"놔."

"오빠?"

"따라오지 마."

재휘는 날이 선 어조로 속삭이듯 말하고 다시 전속력으로 뛰어오르기 시작했다. 민정은 그의 싸늘한 태도에 한 번 놀라고, 엄청난 속도로 계단을 오르는 재휘의 뒷모습에 두 번 놀랐다. 그는 단 몇 초 만에 아래로 내려가는 에스컬레이터의 속도를 따라잡았다. 금세 3층까지 당도한 그는 거친 숨을 내쉬며 휴식 테이블 쪽을 바라보고 있었다. 민정은 에스컬레이터를 거슬러 올라가는 걸 포기하고 2층으로 내려가 반대편 에스컬레이터를 탔다. 3층까지 올라간 그녀는 꽤 시간이 흘렀는데도 그 자리에 서 있는 재휘를 발견했다.

"오, 오빠……?"

재휘는 땀을 훔치며 귀신을 본 것 같은 얼굴로 휴식 테이블을 멍하게 바라보고 있었다. 민정의 말은 들리지도 않았다. 그의 머릿속은 분명히 봤다고 느꼈던 그 여자의 생각으로 꽉 차 있을 뿐이었다.

장원영, 그의 아내였던 여자.

십일 년 동안 연락 한 번 하지 않고 그를 외면하며 살아왔던 바로 그녀.

그녀가 아이를 데리고 백화점에 왔다.

그녀, 장원영과 최재휘가 어처구니없는 일로 얽히게 된 건 지금으로부터 십일 년 전, 1998년이었다. 장원영과 최재휘에게 사형 선고만큼이나 끔찍하고 기가 막히는 일이 벌어진 해다. 화창한 오월의 어느 날, MT를 하루 앞두고 설레는 마음으로 막 학교에서 돌아온 원영은 자신의 귀를 믿을 수가 없었다.

"에, 에?! 그, 그게 무슨 말씀이세요?"

이남삼녀 중 막내로 살아온 지 스물한 해. 꽃다운 이십대로 접어든 지 겨우 이 년차인 그녀에게 결혼을 하라니. 그녀는 고개를 살래살래 흔들었다.

"저 아니죠? 제 얘기 아니죠? 그렇죠?"

원영은 아버지인 장만재를 향해 얼굴을 디밀고 소리쳤다. 변호사로 일하다가 최근에는 일선에서 물러나 로펌의 자문위원으로 활동 중인 그는 사회적으로 존경받고 학식있는 사람이라는 평가를 받고 있었다. 그런 그가 딸의 앞길에, 그것도 겨우 스무 살 막 넘긴 나이 어린 막내딸의 미래를 이다지도 암울하게 만들 수 있을까? 당사자인 원영은 어처구니가 없었다.

"아닐 거야. 아니에요, 그렇죠? 설마 지금이 무슨 조선시대도 아니고. 아니죠? 그렇죠? 속 시원히 말씀 좀 해보세요."

"……."

묵묵부답으로 일관하는 장만재를 원영은 두 눈을 가늘게 좁혀 뜨고 관찰했다. 저 무표정은 대체 뭐야? 아니라는 거야, 맞다는 거야? 원영은 꿀꺽 침을 삼켰다. 드디어 장만재가 입을 열었을 때, 원영은 기절초풍을 하고 말았다.

"시집가. 너한테 딱 맞는 자리다."

허걱! 이게 무슨 하품하다가 파리 집어삼키는 소리냐!

"저, 정말 저보고 결혼을 하라는 거예요?"

믿을 수 없는 말에 원영은 두 눈을 동그랗게 뜨고 소리쳤다. 눈 부릅뜨고 소리치는 꼴이 딱 장씨 집안 다혈질 모드였다. 원영의 어머니인 구은아 여사는 안타까운 표정으로 두 부녀를 번갈아 바라보았다. 남편 편도, 딸 편도 들어줄 수 없는 입장이라 구 여사 마음도 썩 편한 건 아니었다. 두 사람 입장이 다 이해가 되니 한숨만 푹푹 쉴 수밖에. 에휴—

"어떻게 아빠 얼굴 한 번 본 적 없는 남자한테 시집을 가라고
해요? 그것도 딸한테!"

"얼굴 본 적이 왜 없어? 어렸을 때 자주 봤잖아."

"못 본 지가 벌써 십 년은 더 된 것 같은데 자주는 무슨 자주
요. 꼬맹이 때 보고 커서는 한 번도 못 본 것 같구만."

원영은 황망한 마음에 울상을 지었다. 일제시대 독립운동
가로 국가유공자이기도 한 광은동 김은옥 할머니와 그녀의 손
자, 최재휘가 자연스럽게 떠올랐다. 아버지의 은인이자 은사
였던 김은옥 할머니를 원영은 아장아장 걸음마를 배울 때부터
찾아다녔다. 스승의 날은 물론 각종 명절과 어버이날엔 언제
나 아버지의 손을 붙잡고 김은옥 할머니를 찾아가 절을 해야
했던 원영이었다. 그때마다 할머니는 원영을 친손녀처럼 귀애
해 주며 용돈이나 아껴두었던 사탕 따위를 꺼내어주시곤 했었
다. 사탕을 받고 기분 좋은 채로 방을 나오면 어김없이 부딪쳐
야 했던 불편한 얼굴이 하나 있었는데, 그가 바로 최재휘였
다.

독립투사 가문의 5대 독자라는 녀석은 번듯하고 뼈대있는 가
문 자손답지 않게 오만불손하기 짝이 없었다. 놈은 늘 그녀를
벌레 보듯 위아래로 훑어보곤 했었다. 하찮은 것 보듯 바라보는
녀석의 시선에 기분 상한 적이 한두 번이 아니었던 걸 떠올리니
새삼 욱, 심통이 솟구쳤다. 나이도 어린 게 그녀보다 키도 훨씬
큰 데다가 성격도 되게 나쁠 것처럼 생겨서 마주칠 때마다 재수

없어했던 기억이 났다.

'가만. 그러고 보니 나이가 어리잖아?'

원영은 미간을 찡그리고 녀석의 나이를 계산해 봤다. 그녀가 마지막으로 녀석을 봤던 때가 고등학교 때였으니까…….

"십 년은 아니지. 한 삼사 년쯤 되는 것 같은데?"

구 여사가 옆에서 한마디 거들었다. 원영은 너무도 충격적인 사실에 할 말을 잃은 채 휙, 고개를 돌려 구 여사를 째려봤다.

"엄마! 최재휘 걔 몇 살이야, 지금?"

"응? 어…….”

구 여사가 선뜻 대답을 못하고 슬금슬금 장만재 눈치를 본다. 이거 분위기 왜 이래? 원영은 눈알을 이리저리 굴리며 사태 파악에 나섰다. 그녀의 기억에 의하면 최재휘 그놈은 지독한 공부벌레였다. 애들이 입을 모아 재수없다고 말하는 바로 그 엄친아, 전형적인 '엄마 친구 아들'이란 말이다. 원영이 반 등수에 연연해할 때 놈은 전국 등수를 논하고 있던, 정말 괴물 같은 놈이었다. '걘 전국 몇 등이라더라, 넌 뭐니?'와 같은 구 여사의 잔소리를 들었던 게 녀석이 중학교에 들어가고부터였는데, 그 시기가 그녀의 고등학교 시절과 똑 일치했다. 물론 이건 전적으로 그녀의 기억에 의한 추리다.

"설마……. 설마 아니겠지? 에이~ 설마.”

원영은 손사래를 치며 웃었다. 그래, 아닐 거다. 아무리 딸을 고삐리한테 시집보내겠다고 하겠는가? 말도 안 된다. 배시시 웃으며 농으로 넘기려는 원영을 바라보며 장만재는 칼처럼 선언했다.

"최 군, 고등학교 2학년생이다."

"아효, 참."

구 여사가 세웠던 한쪽 다리를 내리며 한숨을 내쉬었다. 옆에서 듣기에도 민망할 소리를 외면하며 그녀는 딸의 경악한 시선을 피해 고개를 꺾었다. 원영은 울상이 된 얼굴에 입을 쩍 벌리고 장만재를 바라보고 있었다. 머릿속엔 '이건 꿈일 거야' 란 말이 메아리치듯 울려대고 있었다.

"거짓말이죠? 농담이시죠?"

원영이 믿지 못하겠다는 듯 되묻자 장만재는 씁쓸한 마음을 숨기고 단호하게 한 번 더 확인 사살을 해주었다.

"맞다. 열여덟 살."

헉! 말도 안 돼!

"아빠 미쳤어요? 저더러 지금 머리에 피도 안 마른 녀석이랑 결혼을 하라고요?"

"잘 컸어. 너보단 백배 어른스럽다."

"아예 일곱 살 꼬마신랑을 데려다 놓지 그러세요?"

"그래. 네 말대로 옛날엔 다 그렇게 혼사를 치렀다. 호들갑 떨 것 없이 마음의 준비나 잘해."

"아빠 말씀대로 그건 옛날 일이죠. 요즘 세상에 누가 그런 결혼을 해요? 전 못해요. 절대 못해요!"

　원영은 분개하며 맞섰지만 장만재는 눈 하나 깜짝하지 않았다. 딸의 마음을 십분 이해했고 딸의 반응이 대충 어떨지도 이미 예상했지만, 그럼에도 혼사를 강행할 결심을 굳혔기 때문이었다. 구태의연하고 고리타분한 생각일지 모르나 그는 자신이 건강할 때 딸이 짝을 지었으면 했다. 재작년에 고혈압으로 쓰러져 병원 신세를 졌을 때부터 줄곧 가져온 바람이었다. 마음속 바람일 뿐이었던 그 생각을 구체적으로 고려해 보기 시작한 건 지난 주, 은사인 김은옥이 암 재발로 병원에 입원한 직후였다.

　“그 아이가 결혼하는 거 보고 죽는 게 내 소원이야. 원영이는 내가 예전부터 마음에 두고 있었다는 거, 자네도 알 것이네. 자네, 날 좀 도와줄 텐가?”

　힘겹게 정신을 가누면서 말도 겨우겨우 하는 김은옥의 모습을 보며 그는 눈물을 흘렸다. 열다섯 살에 부모님이 돌아가시고, 동생 둘과 함께 고아가 된 그에게 학비를 대주고 생계비를 지원해 주던 은사의 모습이 눈에 선했다. 아무리 힘들더라도 절대 학업을 포기해서는 안 된다고 끝없이 용기를 북돋아주었던 분이었다. 그분이 아니었다면 지금의 장만재도 없었을 것이다. 적어도 인간 장만재에게는 김은옥 여사가 테레사 수녀보다도 더 고귀한 분으로 기억되고 있었다. 그런 김은옥 여사가 그에게 처음이자 마지막으로 부탁했다. 당신의 손자며느리로 원영을 달라고.

　김 여사는 원영을 어렸을 때부터 유난히 예뻐했다. 부군이었던 독립투사 고 최학명 선생과의 사이에 아들 하나를 두었던 김 여사는 항상 최씨 집안은 대대로 손이 귀하다고 말하곤 했었는데, 그래서인지 김 여사의 아들인 최문석도 늦게까지 자식이 없어서 큰 욕을 봤더랬다. 그렇게 아이 없이 수십 년 적적했던 집에, 원영이 쫄래쫄래 찾아와 큰절 올리며 재롱을 부리니 김 여사가 예뻐하지 않으려야 않을 수가 없었을 것이다. 그러던 와중에 문석이 사십 줄에 아들을 얻는 경사가 생겼고 이에, 김 여사는 그 모든 것이 '우리 복덩이 원영' 때문이라며 더욱 귀애하기에 이르렀다. 지금 생각해 보면 김 여사는 그때부터 원영을 손자며느리로 점찍어놓고 있었던 게 아닐까 싶었다.

　"절대 못해요. 목에 칼이 들어와도 못해요. 제 나이가 몇인데. 미팅도 한 번 못해봤단 말이에요!"

　원영은 울지 않기 위해 단전에 힘을 쓰며 인상을 팍 썼다. 밀레니엄이 코앞인 시점에 이런 만행이 자행되다니. 도저히 그녀는 현실을 받아들일 수가 없었다. 하지만 평소에도 대쪽 같은 성품으로 유명한 장만재는 자신의 뜻을 꺾을 생각이 전혀 없는 듯했다. 그는 혀를 차며 고개를 좌우로 흔들었다.

　"겨우 미팅 때문에 어미, 아비가 정해준 혼사를 마다한다는 거냐? 철없는 것."

　"아빠! 제 말뜻은 그게 아니라……!"

"잔소리 필요 없다. 여름 되기 전에 혼례를 올릴 거니, 그렇게 알고 준비나 잘해."

"아빠!"

원영이 기겁을 하며 반론을 재기하려 했지만 장만재는 딸의 말은 들을 가치조차 없다는 듯 자리에서 일어나 버렸다. 갑작스런 통보에 놀랐을 딸이 안쓰럽지 않은 건 아니었다. 한창 나이에 하고 싶은 것도 많고, 이루고 싶은 꿈도 있을 거란 것도 알았다. 하지만 꿈을 포기하고 하고 싶은 일들을 참아가며 시집살이 하라는 게 절대 아니었다. 그저 일찍 짝을 이뤄 좀 더 안정된 상태에서 꿈을 이뤄 나가길 바라는 것이었다. 예순을 바라보는 나이에 겨우 스무 살 넘은 딸을 둔 장만재 같은 사람이라면, 또 암 투병을 하며 죽을 날만 기다리고 있는 김 여사 같은 사람이라면 누구나 갖는 소박한 바람일 것이다.

"엄마! 아빠, 머리가 어떻게 되신 거 아니야?"

버릇없는 발언임을 알면서도 원영은 구 여사를 붙들고 하소연을 했다. 방 안으로 사라진 아버지에 대한 원망으로 그녀의 입은 댓발이나 나와 있었다. 그때만 해도 원영은 설마 정말 자신이 고딩 애송이랑 결혼하게 될까, 하는 마음이었다.

"김 여사님 쓰러지신 것 보고 네 아버지, 충격 많이 받으셨다. 네가 이해해 드려."

구 여사가 원영의 손을 붙들고 쓰다듬으며 딸의 울분을 달랬다. 분하고 억울한 마음에 원영은 몸을 이리저리 흔들며 징징거렸다.

"광은동 할머니 쓰러지신 거랑 내 결혼이랑 무슨 상관인데?"

"너도 나이 들면 알겠지만, 우리 나이가 되면 모든 게 다 걱정되고 무서워지는 거야. 김 여사님을 봐라. 지난달 뵐 때까지만 해도 정정하셨잖니. 그렇게 쓰러지실 줄 누가 알았겠어. 밤새 안녕이란 말이 달리 있는 게 아니다."

"그 할머니는 사실 만큼 사셨잖아. 아흔 다 되어가신다며. 근데 내가 왜 그 할머니 때문에 결혼을 해야 해?"

속상한 김에 아무렇게나 내뱉은 말이었지만 곧 원영은 후회했다. 병환으로 앓아 누워 계신 분께 해서는 안 되는 말이었다. 양심에 조금 찔려 원영은 목소리 톤을 누그러뜨리며 말했다.

"아니, 내 말은, 그렇잖아. 내 나이가 몇인데 벌써 결혼이냐고. 스물한 살에 유부녀가 된다는 게 말 돼? 학교는 어떡하고?"

"원래부터 네 아빠, 항상 말씀하셨잖니. 너 스무 살만 되면 시집보낸다고."

부드럽게 달래는 말투로 말하며 구 여사는 원영의 머리카락을 쓸어 넘겨주었다. 원영의 심정이 얼마나 놀라고 기가 막힐지는 구 여사도 이해가 되었다. 하지만 더 중요한 건 남편의 심정 역시 이해하고 동감을 하고 있다는 것이다.

재작년에 혈압으로 병원에 실려가 치료를 받은 직후, 남편의 체력은 급격하게 떨어졌다. 꾸준히 운동을 하긴 했으나 늘 상비약을 주머니에 넣고 다녀야 했고, 무리한 일은 맡아서 하지도 못하기에 이르렀다. 결국 퇴임을 결정하고 일선에서 물러나면서 남편은 정신적으로 많은 타격을 입었다. 막내딸의 대학 입학을 보면서 느꼈을 남편의 좌절감과 불안감을 생각하면 구 여사는 마음이 아팠다. 구 여사 역시 신장 쪽에 문제가 있어 무리를 하면 안 되는 지경이라, 늘 마음속에 불안감을 갖고 살아오고 있다. 나이가 든다는 건 그만큼 언제 사고를 당할지 모르는 위험을 더 많이 떠안게 되는 거였다.

거기다가 장만재와 구은아의 정신적 지주였던 김 여사가 다시 쓰러졌다. 수년 전, 위암으로 위를 1/3이나 잘라내야 했던 김 여사가 또다시 쓰러졌다는 건 비보였다. 아흔이 가까워온 나이에 암이 재발하면 완쾌는커녕 투병하기도 힘든 게 현실이었다. 코에 튜브형 산소 호흡기를 달고 파리한 얼굴로 장만재와 그녀를 맞이하던 김 여사의 모습을 구은아는 지금도 잊을 수가 없다.

'어머니 같은 분이셨는데……'

남편은 그날 이후 수많은 고민을 해왔다. 김 여사의 마지막 소원이라는 거, 그거 못할 법도 없다 싶었다. 구은아도 딱히 이견이 없었던 게, 김 여사의 손자인 재휘는 그녀가 봐도 늠름하고 괜찮은 아이였다. 서울대학교 의대는 따 놓은 당상이라는 녀석은 말로만 듣던 '전국 수석'에 인물도 훤하고 예의도 발라 소문이 자자했다. 많은 집에서 사윗감으로 미리 점찍어놓았다고 하니 더 말해 무엇 하겠는가. 게다가 독립투사 가문이니 집안이야 뭐 볼 것도 없고. 이렇게 싹수가 새파란 녀석을 미리 사위로 삼을 수 있다는 데에는 구은아 여사도 조금 혹하기도 했다. 그녀도 어쩔 수 없는 속물인 건지 뭔지.

"그럼 좀 제대로 된 남자를 붙여주던가. 고삐리가 뭐야, 고삐리가."

원영이 다시 신경질을 낸다. 생각하면 할수록 화가 나는 모양이었다.

"나이 많은 남자보다야 어린 게 낫지."

"그걸 지금 말이라고 해? 엄마 지금 나 놀려?"

"옛날엔 다 그랬어. 네 할머니만 해도 할아버지보다 다섯 살이나 위였다니까. 글쎄, 장가올 때 열세 살밖에 안 드셨더란다."

"지금이 조선시대야? 21세기가 코앞인데 웬 꼬마신랑이냐고."

"착하고 듬직하단다. 학교에선 모범생이고 공부도 엄청 잘하고. 네가 시키면 시키는 대로 따를 애야. 잘 교육시켜서 데리고 살면……."

"엄마!"

성질머리 고약한 원영이 참다못해 소리를 지른다. 가만히 듣고 있으니 속이 부글부글, 혈압이 보글보글 끓어올라 참을 수가 없었다.

"내가 무슨 평강공주야? 온달이 교육시켜서 장군 만들라고? 나더러 시집가라며. 결혼해서 살라며. 그러면서 무슨 애를 떠넘겨? 시집가라는 거야, 애 키우라는 거야?"

"내 말은 그런 게 아니고. 넌 왜 무조건 화만 내고 그러니. 나나 네 아버지 말도 들어봐야지. 그리고 재휘 군, 솔직히 온달은 아니다, 애. 머리가 너보다 백배는 더 좋다더라."

내내 타이르듯 유보적인 입장을 취하던 구 여사가 갑자기 기막힌 소리를 한다. 이것 봐라. 벌써 다 결정해 놓고 통보만 한 거였구나. 원영은 속상하고 눈물이 나올 것 같아 냅다 소리를 질러 버렸다.

"엄마는! 지금 상황에서 그게 할 소리야?"

"원영아."

"몰라! 싫어. 정말로 싫어! 절대 못해. 안 해!"

투정 부리듯 신경질을 있는 대로 내는 딸을 향해 구 여사는 쯧쯧, 혀를 찼다. 이를 어째. 어린것이 무서운 모양이다. 갓 스물 넘긴 나이에 시집을 가라고 하니 놀랄 수밖에. 안쓰러운 마음에 구 여사는 딸을 보듬어 안고 등을 토닥어 주었다.

"네 마음 이해해, 엄마는."

"난 아빠가 도저히 이해 안 돼. 어떻게 내 인생을 이렇게 엉망으로 만들어?"

원영은 구 여사의 목을 끌어안고 칭얼거렸다. 눈물이 나올 것 같아 꾸역꾸역 참아 넘겼지만 뜨거운 눈시울을 어찌할 도리가 없었다. 서럽고 또 서러웠다. 마치 짐짝이 된 기분이랄까. 부모님에게서 버림받은 듯한 마음이었다.

"긍정적으로 생각해 봐. 너 어차피 결혼은 할 거 아니니. 영양가 없는 놈들 만나서 시간 죽이는 것보다야 훨씬 경제적이잖아."

"싫어. 내가 선택한 게 아니잖아."

원영은 볼멘소리로 대답했다. 구 여사의 다정한 손길을 받고 있으니 조금은 안정되는 것 같았다. 따스한 엄마 품에 안겨 있으니 기분도 나아졌고, 터질 듯 끓어올랐던 울분도 진정되고 있었다. 하지만 여전히 말도 안 되는 그 '결혼' 문제에는 물러서고 싶지 않았다.

"할머니가 널 얼마나 예뻐하셨니. 할머니뿐이니? 최 회장님, 사모님, 다 널 친딸처럼 예뻐했잖아. 복덩이라고. 시집살이 같은 건 절대 안 시키실 거다. 네 손에 물 한 방울 안 묻게 할 분들이셔."

"다 필요없어. 결혼을 시댁 식구 보고 해? 사랑하는 사람이랑 살고 싶어서 하는 거잖아. 나도 남들처럼 남자도 만나고 싶고, 찐한 사랑도 해보고 싶다고. 이런 결혼은 싫어. 거기다가 머리에 피도 안 마른 고딩이랑……! 아, 쪽팔려."

"그렇게 싫어?"

"당연하지."

"그럼 약혼만 미리 해놓는 건 어때?"

구 여사가 조심스럽게 대안을 내놓는다. 원영의 두 눈이 번쩍 떠졌다. 결혼 얘기가 약혼으로 수정되었다는 건 이 일을 아예 흐지부지 없었던 일로 만들 수도 있다는 것. 음, 고지가 눈앞이

군! 원영은 구 여사 품으로 더욱 파고들며 어리광을 피웠다.

"약혼도 싫어. 다 싫다고. 내가 미쳤어? 걔가 나중에 뭐가 될 줄 알고 내 인생을 저당 잡혀?"

"에휴, 네가 그렇게나 싫다고 하면 별수 있니. 평양감사도 저 싫다면 못하는 건데. 내가 아버지한테 잘 말해보마."

"정말?"

원영은 뜻밖의 수확에 너무 기뻐 펄쩍 뛰었다. 구 여사의 품을 빠져나와 활짝 웃는 모습은 당장이라도 하늘 위로 날아오를 것처럼 부풀어 있었다. 그러면 그렇지. 우리 구 여사가 가만있을 사람이 아니지. 막내딸을 벌써부터 결혼이라는 인생의 종착역으로 몰아넣을 리가 있나. 남편 법대 보내려고 안 해본 허드렛일이 없이 일하며 뒷바라지해, 결혼은 절대 빨리 하는 게 아니라고 입이 부르트도록 말하고 다녔던 구 여사가 아닌가.

하지만 그때, 원영의 귓속을 찌르며 쳐들어오는 악센트 강한 어휘들이 있었으니⋯⋯.

"어림없는 소리."

방문을 나서는 장만재의 엄격하고도 단호한 목소리였다. 수많은 검판사의 혀를 내두르게 했던 카리스마 짱 장 변호사의 음성에 원영의 기대감은 산산조각이 나버렸다.

*

도산 안창호 선생의 얼을 이어받은 사립형 명문고, 도산고등
학교 교문 앞은 평일 낮 열두 시를 막 넘긴 시간인데도 하교하
는 학생들로 인해 북적거렸다. 중간고사 일정으로 인해 학교가
일찍 파하자 다들 내일 시험을 대비하여 집으로, 도서관으로 향
하는 모습들이었다. 재휘 역시 집으로 향하는 길이었지만 발걸
음은 무거웠다.

"야, 최재휘!"

뒤에서 누군가가 부르자 재휘는 무심결에 고개를 돌렸다. 같
은 반 친구인 영호였다. 넉살 좋고 여자 밝히는 괴짜 같은 이놈
은 재휘와는 둘도 없이 가까운 사이였다.

"나 화장실 간 사이에 먼저 튀었어, 너. 그래도 되는 거야?"

영호는 신나게 달려왔는지 숨을 헐떡거리며 재휘의 어깨에
팔을 걸었다. 영호도 작은 키가 아니었지만 재휘가 워낙 커놔서
어깨동무 모양새가 우스꽝스러웠다.

"내가 널 왜 기다려?"

"야, 인마. 너 내가 오늘 영어 시험지 맞춰보자고 했어, 안 했
어?"

"그럴 시간 없어."

긴 다리로 저벅저벅 거침없이 걸어가며 재휘는 무뚝뚝하게
말했다.

"너 또 할머니 병실 가려고? 어제도 갔다 왔다며."

"어제 갔으면 오늘은 안 가는 거냐?"

“시험이잖아. 시험 공부 안 해?”

“안 해.”

어라? 공부벌레 모범생 최재휘가 웬일이람? 천지가 개벽할 일이네.

영호는 얼굴을 찡그리고 재휘를 바라봤다. 확실히 분위기가 이상했다. 할머니가 쓰러지셨다더니 그것 때문에 충격 먹었나 보다. 하긴 자기 할머니가 죽는 날 받아놓고 하루하루 고통 속에 죽어가고 있는데 공부가 되겠나. 심란하고 우울하고 슬플 것이다. 공부도 마음이 편해야 집중이 되는 건데, 죽어가는 할머니 얼굴이 어른거리는 판국에 공부는 무슨 공부. 5대 독자라 할머니의 애지중지가 장난 아니었다는데, 그래서 더 기분이 착잡한 것인지도. 영호는 낙담해 있는 재휘의 목을 끌어당기며 장난을 걸었다.

“야, 너 그러다가 일등 놓치면 어쩌려고 그래? 수석 자리가 그렇게 쉽게 사수되는 줄 알아? 앙?”

“얘! 잠깐만.”

그때다. 막 교문 앞을 지나오는 두 사람을 뒤에서 부르는 사람이 있었다. 자동 반응으로 두 사람은 걸음을 멈추고 뒤를 돌아보았다. 순간, 재휘의 목을 감고 히죽거리고 있던 영호의 눈은 번쩍 커졌다. 웬 아리따운 누나가 긴 생머리를 휘날리며 서 있었다. 시커먼 녀석들만 보다가 예쁜 누나를 보니 저절로 침이 삼켜졌다.

“네 이름이 혹시 최재휘니?”

예쁜 누나가 물어왔다. 투명한 립스틱을 칠한 입술이 오물거리는 모습에 영호는 꼴깍 뒤로 넘어갈 것 같았다. 누구지? 재휘랑 아는 사이인가? 영호는 재휘를 휙 돌아봤다.

“누구세요?”

재휘는 미간을 찡그리며 물었다. 하지만 그는 이미 상대가 누구인지 아주 잘 알고 있었다. 그녀는 어렸을 적 얼굴을 그대로 간직하고 있었다. 장원영. 그녀였다.

“너 맞구나. 하나도 안 변했다, 너. 다행이다. 금방 찾았네. 나 알지? 장원영이야.”

그녀가 손을 내밀어 그에게 악수를 청해왔다. 재휘는 눈살을 찌푸린 채로 그녀의 손을 빤히 내려다보았다. 저 손을 잡는 일은 절대 없을 거라고 생각하며.

“야, 뭐 해?”

영호가 제 몸으로 재휘의 몸을 툭 건드리며 물었다. 옆에 서 있는 제가 다 무안한 모양이었다. 고개를 들어보니 원영의 얼굴은 새빨갛게 달아올라 있었다. 자존심 하나는 엄청 셌었지, 예전에도. 재휘는 거만하게 시선을 들고 원영을 똑바로 바라보았다.

“무슨 일로 찾아오셨어요?”

재휘가 무섭고 냉정하게 묻는다. 영호는 머리를 긁적거리며 슬그머니 재휘의 목에 감고 있던 자신의 팔을 풀었다. 아무래도 이쯤에서 사라져 줘야 할 듯싶었다. 분위기가 보통 심각한 게

아니었다. 잘못 끼어들었다가는 고래 싸움에 새우 등 터지는 꼴
되지 싶은 게.

"야, 난 그럼…… 이만 가볼게."

영호는 대충 얼버무리며 꾸벅 원영에게 인사를 하고는 쏜살
같이 달아났다. 순식간에 단둘이 남은 재휘와 원영은 마음에 안
드는 시선으로 서로를 마주하고 서 있었다. 원영의 경계심 가득
한 눈동자가 문제의 '엄친아'를 면밀히 관찰했다.

190㎝에 가까운 어마어마한 키, 짧고 단정하게 커트한 머리
모양, 새하얗고 잡티 하나 없이 맑고 투명한 피부, 새까만 눈동
자를 가진 녀석은 멀리서 봐도 눈에 확 들어오는, 소위 귀공자
타입의 남자였다. 정말 그의 아웃핏은 근사했다, 심지어 교복
을 입고 있었는데도 불구하고. 그저 어느 멋진 남자 모델이 교
복을 입고 있는 것 같았달까. 보지 못한 일이 년 사이에 그는
소년에서 남자로 커버린 느낌이었다. 한순간 정말 결혼해도 괜
찮겠다는 생각마저 들었던 게 사실이었다. 물론 가출했던 정신
은 0.1초 만에 다시 제자리를 찾아왔지만.

"너, 얘기 들었지?"

무시당한 손을 수습한 원영이 쌀쌀한 어조로 물었다. 재휘는
단박에 미간을 좁히며 인상을 구겼다. 처음부터 반말지거리더
니 아예 자신을 무시하듯 말하는 원영이 그는 싫었다. 누나다,
이거겠지. 나이 많으니 어른 행세하겠다는 거겠지. 이해할 수
있었다. 하지만 이해하는 것과 받아들이는 것은 별개의 차원이

다. 그는 장원영을 누나로 인정 못한다.

"뭘요?"

삐딱해진 속마음을 숨기며 그는 무덤덤하니 물었다.

"우리 얘기 말이야. 우리 결혼할지도 모른다는 거. 너도 알고 있지?"

모른다고 하면 거짓말이다. 그도 얼마 전에 전해 듣고 충격을 이기지 못한 채 힘들어하고 있는 중이었다. 할머니의 마지막 소원이라는데 까짓것 못 들어줄까 생각도 해봤지만, 그 소원이라는 게 다른 것도 아닌 '결혼'이라는 데엔 고민을 하지 않을 수 없었다. 열여덟 살이라는 어린 나이에 유부남이 된다는 건 아무리 효자인 재휘라 할지라도 받아들이기 어려운 사안이었다. 하지만 하루하루 죽어가는 할머니의 고통 어린 숨소리는 그를 감히 거부 의사조차 밝힐 수 없는 처지로 내몰고 있었다.

"들었어요."

무뚝뚝하게 대답하는 재휘를 원영은 한 번 더 강하게 쏘아봐주었다. 저 아무렇지도 않은 척하는 모습, 너무 마음에 안 들었다. 아니, 고등학생이면 고등학생답게 그녀에게 숙이고 들어와야 하는 거 아닌가? 어린 녀석이면 어린 녀석답게 이번 사태에 대해서도 쩔쩔매고 징징 짜야 정상이었다. 하지만 저 의연한 태도를 보라지. 마치 세상 이치를 모두 통달해 버린 사람처럼 너무나도 덤덤한 모습이었다. 남들이 보면 원영이 고등학생이고 재휘가 대학생이라 착각하겠다. 원영은 입술에 잔뜩 힘을 주고 암팡지게 쏘아붙였다.

"들었으면 따로 얘기하지 않아도 대충 알겠네. 내가 여기 온 건, 너라면 그래도 말이 좀 통할 것 같아서야."

"……."

"넌 내 생각에 동의해 줄 거라고 생각해. 지금 우리 나이에 결혼한다는 게 말이 되니?"

뭔가 동조에 가까운 대답이 날아올 거라 기대했지만 그는 묵묵부답이었다. 답답해진 원영은 흘러내리는 머리카락을 쓸어넘기며 조금 더 열렬히 설명하기 시작했다. 더불어 그녀의 표정은 좀 더 열성적이 되고 두 눈은 더욱 반짝이게 되었다.

"나도 너도, 절대 이대로 가만히 있으면 안 돼. 싸워야 한다고. 어른들의 야만적이고 무식한 강요에서 벗어나야 돼. 아니, 이건 그냥 강요 수준이 아니라 횡포야, 횡포. 말이 된다고 생각하니? 어떻게 어른들 마음대로 우리 인생을 좌지우지할 수 있니? 우리 인생은 우리가 개척해 나가야 하는 거잖아."

또 반응이 없다. 대체 무슨 생각을 하고 있는지, 그의 무표정한 얼굴에선 그 어떤 힌트도 얻을 수 없었다. 녀석과 연대하여 단식투쟁이라도 벌일 심사였던 원영은 맥이 쭉 빠지는 기분이었다. 이 자식 대체 무슨 꿍꿍이지?

"너도 이번 사태의 피해자라는 거, 나도 알아. 그래서 우린 힘을 합쳐야 한다고 생각해. 내 생각 어때?"

"……."

“내 말, 듣고 있니?”

“아직 멀었어요?”

그가 몇 분 만에 겨우 입을 열었다. 어린놈 앞에서 생쇼를 하다가 겨우 얻어낸 말이었다. 원영은 되물었다.

“뭐가?”

“미안합니다. 다 들어주고 싶은데 시간이 없어서.”

“뭐, 뭐?”

시간이 없으니까 뭐야? 그냥 가겠다는 거야?

“야, 최재휘!”

‘뭐 이런 놈이 다 있어’의 심정으로 원영은 엄하게 녀석을 호명했다. 하지만 그런 그녀를 두고 그는 유유히 몸을 돌려 제 갈 길을 가버리기 시작했다. 너무 어처구니가 없어 원영은 한동안 멍~ 하게 서 있어야 했다. 아니, 뭐 저런 자식이 다 있어?

“야, 너! 지금 누나가 말하는 중이잖아! 버르장머리없이 누가 먼저 가래?”

다리가 긴 건지 걸음이 원체 빠른 건지, 순식간에 멀어지는 녀석을 거의 뛰다시피 걸어 따라잡으며 소리쳤다. 지나가는 사람들이 흘깃흘깃 쳐다봤지만 신경 쓰이지 않았다. 지금 행인들이 문제인가. 이, 머리에 피도 안 마른 것도 모자라 싹퉁머리를 국 말아 처드신 재수탱이와 결혼을 하게 생긴 마당에. 창피한 것도 모른 채 원영은 자신보다 20㎝는 더 큰 ‘동생’의 팔을 붙잡고 고압적으로 꾸짖었다.

"너! 상대방이 얘기하고 있는데 코앞에서 등 돌리는 짓은 누구한테 배웠니? 네 부모님이 이러라고 가르쳤어? 할머님이 이렇게 하라고 가르치시든? 야야, 웃긴다. 공부만 잘하면 뭐 하니? 사람이 되어야지."

"누가 누난데?"

불쑥 그가 말했다. 종알거리던 입을 다물고 원영은 멀뚱멀뚱 녀석을 올려다보았다. 여전히 그녀의 손은 그의 팔을 붙잡고 있었다.

"네가 내 누나야?"

그가 건방지게 물었다. 그것도 반말로!

"뭐, 뭐?"

이 녀석이 지금 반말한 거 맞아? 세 살이나 많은 그녀에게? 자신의 귀를 믿을 수 없어 원영은 두 눈을 둥그렇게 뜨고 그를 바라보고 있었다. 그런 그녀를 향해 그는 차가운 말 한마디 툭 내뱉었다.

"따라오지 마."

그러더니 녀석은 원영의 손을 휙, 떨치고 가차없이 가던 길을 가기 시작했다. 기가 막혀 원영은 재휘의 뒷모습을 멍하게 바라보고 서 있을 수밖에 없었다. 대체 쟤 왜 저래? 놈이 가까운 버스 정류장에 머물러 설 때쯤, 원영은 겨우 충격에서 벗어나 그에게 다가갔다.

"최재휘."

그의 뒤에 서서 녀석의 이름을 부르는 원영의 목소리는 음산하기 짝이 없었다. 그는 반사적으로 뒤를 돌아봤다. 역시나 불굴의 장원영이 뒤에 서 있었다. 코딱지만 한 백팩을 메고 연한 화장에, 길고 하늘하늘한 치마를 입은 장원영은 긴 머리를 늘어뜨린 채 귀신처럼 두 눈을 치뜬 얼굴로 그를 노려보고 있었다. 재휘는 짜증스레 눈살을 찌푸렸다. 아직도 할 말이 남아 있나?

"한 가지만 대답해. 너, 네 부모님께 뭐라고 대답했어?"

참 귀찮게도 군다. 재휘는 안 그래도 피곤한 두 눈을 손바닥 밑동으로 비비고는 몸을 돌려 그녀를 똑바로 마주했다. 그리곤 아주 거만하게 그녀를 내려다보며 말했다.

"알고 싶은 게 그거야?"

"말해. 결혼 문제 어떻게 하기로 했어? 아직 한다고 말한 건 아니겠지?"

"……."

솔직히 말하면 재휘는 아직 그 문제에 대해서 부모님과 진지하게 얘기를 나눠볼 틈이 없었다. 할머니 건강이 연일 악화일로에 있고, 아버지는 회사 일도 포기한 채 할머니의 곁을 지키고 있었다. 어머니는 병원과 집안을 오가며 바삐 움직이느라 피곤이 가실 날이 없었다. 그런 분들을 앉혀놓고 어떻게 '할머니의 소원 들어드릴 수 없다'는 말을 할 수가 있을까?

"말해. 어쨌어?"

원영이 또다시 그의 팔을 붙잡고 흔들었다. 재휘는 즉시 그녀의 손을 뿌리쳤다. 마치 더러운 물건 털어내듯 빠르고 쌀쌀한 손길이었다. 원영은 점점 더 화가 끓어오르는 걸 느꼈다. 대체 왜 이 상황에서 그녀가 매달리는 모양새가 되어야 하는지 그녀는 알 수가 없었다. 이번 일은 그녀 혼자만의 불행이 아니었다. 그도 피해자이고 그럼 당연히 협조해야 하는 거였다.

"너 이렇게 비협조적으로 나올 거니?"

"용건만 말해. 바쁘다고 했잖아."

어우, 저 자식을 그냥! 원영은 녀석의 싸다구를 날리고 싶은 성미를 꾹 눌러 참으며 이를 악물었다. 참자. 그래, 참아. 참는 자에게 복이 온다잖아. 원영은 숨을 간신히 고르고는 단도직입적으로 말했다.

"못한다고 해. 어른들께 절대로 못한다고 말해. 알겠어?"

윽박지르듯 말하며 그녀는 두 눈을 부릅떴다. 심각하기 이를 데 없는 그녀의 얼굴을 내려다보며 그는 픽, 싸늘하게 비웃어주고 말았다. 그의 시건방진 반응에 부들부들, 원영의 눈썹이 떨리기 시작했다. 그러든지 말든지, 재휘는 정나미 뚝뚝 떨어지는 차가운 목소리로 말했다.

"잘나신 누님께서 말해보지 그래?"

"……뭐?!"

"나한테 이럴 시간 있으면 네 부모님한테나 가서 떼써."

"너, 너, 너……!"

이런 시건방진 놈을 봤나. 너무나도 어이가 없어 원영은 그 자리에서 있는 힘껏 고함을 쳐주었다.

"야!"

주변의 수많은 시선들이 그녀에게로 쏠렸다. 하지만 정작 최재휘는 눈 하나 깜빡하지 않고 그녀를 외면했다. 도대체 무슨 생각인 건지 원영은 당황스럽고, 놀랍고, 두려워졌다. 설마 부모님들의 그 말도 안 되는 생각에 동조하려는 건 아니겠지?

'설마! 제 나이가 몇인데?'

원영은 스물한 살이란 나이에도 불구하고 유부녀가 된다는 사실이 끔찍하기만 한데, 재휘라고 다를 리 없었다. 녀석도 내색은 하지 않고 있지만 분명 싫고 짜증날 것이다. 어느 미친놈이 고등학교도 졸업 안 한 한창 나이에 결혼이라는 요단강을 건너겠는가. 원영은 마음을 다잡고는 다시 도전적으로 재휘의 팔뚝을 잡아챘다.

"야, 최재휘."

그가 또 돌아봤다. 이번엔 그의 표정도 험악했다. '진짜 귀찮게 구네' 쯤 될까? 지금껏 무표정으로 일관하던 녀석도 이쯤 되니 부글부글 끓기 시작하는 모양이었다. 하지만 의지의 한국인 장원영이 여기서 물러설 순 없었다. 원영은 '정신 차려'를 외치며 놈의 몸을 마구 뒤흔들어 주고 싶은 충동을 꾹 눌러 참고 불끈, 두 눈에 힘을 주었다. 그리고 배시시 어색한 웃음을 얼굴 가득 띠었다.

"제발 내 얘기 좀 들어봐. 이렇게 우리끼리 토닥거리는 거, 전혀 도움 안 돼. 나랑 얘기 좀 하자. 어디 가서 할까? 응?"

그래. 웃는 얼굴에 침 뱉으랴. 지가 아무리 버릇없고 오만불손한 놈이라도 이렇게 웃으며 부탁하는데 최소한 얘기라도 들어주겠지. 원영은 방실방실 마음에도 없는 미소를 짓고 있었다. 하지만 미간 잔뜩 찌푸리고 있던 재휘라는 놈의 입에서 나온 소리는 그녀를 기함하게 하기 충분했다.

"이거 놔."

컥! 이놈 하는 말 좀 보게? 원영은 저도 모르게 꼭지가 획 돌아 소리치고 말았다.

"너 그럼 진짜 나랑 결혼할 거야?!"

순간, 버스 정류장에 모여 있던 수많은 사람들의 시선들이 두 사람을 향해 쏟아졌다. 교복 넥타이 매고 있는 핸섬한 남학생과 그의 팔을 필사적으로 붙들고 매달려 있는 청순가련형 여대생. 두 사람이 사람들 눈에 어찌 보이리란 건 빤했다. 적당한 대처법을 찾기도 전에 사람들이 수군거리기 시작했다. 다수의 도산고 학생들은 이미 재휘를 알아보고 그의 이름을 속살거렸다.

'이런 젠장.'

재휘는 속으로 욕설을 내뱉으며 원영을 짜증스레 내려다봤다. 도대체 장원영이 왜 여기까지 찾아와 분란을 일으키는 건지 그는 알 수가 없었다. 안 그래도 심란하고 머리가 터질 것 같은데 꼭 이렇게 사람 염장을 질러야 하는 걸까? 지금 그는 결혼 문제도 문제지만 할머니의 일로 죽을 맛이었다. 머릿속으로 계속

해서 떠오르는 할머니의 영상 때문에 공부도 안 되고 시험 문제
에도 집중할 수 없었다. 아무것도 하기 싫고, 아무 생각도 하기
싫단 말이다. 그런데 장원영, 불쑥 나타나서 하는 말본새를 보
라. 온통 철부지처럼 징징 짜는 소리뿐이다.

　재휘가 가장 참을 수 없는 게 바로 그거다. 철부지 주제에 어
른인 척하는 거. 누나라면서, 어른이라면서 왜 결혼 문제는 저
혼자 처리하지 못하고 찾아온 건데? 왜 그에게, 이래라 저래라
간섭하고 윽박지르는 건데? 어차피 어른들의 말에 힘없이 흔들
리기는 그녀나 재휘나 마찬가지인데 자신만 아이 취급당하는
것 자체가 그는 싫었다.

　재휘는 얼음장 같은 시선을 장원영에게 콕 찍어 누르고는 단
호한 동작으로 그녀의 팔목을 잡았다. 거센 동작에 원영의 몸이
출렁거렸다. 원영은 재휘에게 손목을 잡힌 채로 두 눈을 커다랗
게 떴다. 당황하고 놀라니 아무 말도 나오지 않는 모양이다. 그
녀는 입을 닫았다 벌렸다를 반복하며 그를 올려다보고 있었다.
재휘는 원영의 팔목을 자신의 팔에서 확 잡아떼고는 이글거리
는 눈으로 그녀를 내려다봤다. 그리고는 씩 비릿한 미소를 짓더
니 나직하게 뇌까렸다.

　“그럴 수야 없죠. 누님만 믿겠습니다.”

"그래서 뭐랬는데?"

긴 대학 교정을 한참을 걸어 빠져나오는 동안, 지원이 귀를 쫑긋 세우고 원영의 얘길 듣고 있었다. 다음 얘길 마구 재촉하는 걸 보니 원영의 얘기가 엄청 재미있는 모양이다. 원영은 아까부터 계속해서 히죽거리는 지원을 살벌한 눈초리로 째려보며 물었다.

"뭐냐, 너. 재밌어?"

"어? 아니, 사실 좀, 재미있긴 하지."

"뭐야?"

원영이 팩 쏘아 말하자 지원은 하하, 억지웃음을 지으며 두 손바닥을 내보였다. 계집애, 성질머리하고는. 하여튼 욱하는 건 알아줘야 한다니까. 지원은 헤헤거리며 애정을 담아 원영을 툭 팔꿈치로 건드리고는 눈썹을 씰룩거렸다.

"내가 널 약 올리려고 하는 말이 아니라 진짜 궁금해서 그래. 과연 풍운아 장원영은 꼬마신랑과 혼인을 할 것인가, 말 것인 가."

"집어치워라."

원영은 이를 갈 듯 지원에게 경고했다.

"야야, 너 그래 가지고 애들을 어떻게 가르치려고 그래? 선생 님 되고 싶다면서."

"내가 개 선생님이야? 과외를 하라면 내가 백번도 더 한다."

원영이 터프하게 싸지르듯 말한다. 억울해서 복창이 터지고 미칠 것 같은 마음에 이렇게 속사정 털어놓고 있는 건데, 이놈 의 지지배는 자꾸 뻥진 소리만 해대고 있으니 딱 꼭지가 돌 것 만 같았다. 그녀의 마음을 아는지 모르는지 지원은 또 헛소리를 지껄였다.

"야, 생각해 보면 네 엄마 말도 일리가 있잖아. 일단 밑지는 장사가 아니라는 거."

"뭐가 밑지는 장사가 아니야? 내 나이를 봐라. 이제 겨우 스 물한 살인데 결혼은 무슨 결혼이야?"

"네 입장에서 보면 그렇겠지. 그렇지만 그 고딩 입장에서 보 면 또 아니잖아. 걘 고등학생이야. 너보다 나이가 어리다고. 엄밀히 말하면 걔가 더 밑지는 거지.”

“너 지금 누구 편을 드는 거야?”

원영이 인상을 팍 쓰고 으르렁거리듯 말했다.

“누구 편을 드는 게 아니라 객관적으로 말하는 거야. 봐, 걔가 전국에서 1~2등 하는 애라며. 서울대 의대를 수석으로 들어가고도 남는 점수라며. 만약에 걔가 이 년 뒤에 서울대 의대를 들어갔다고 쳐보자. 넌 의사 마누라 되는 거야.”

“으흠~ 십 년 뒤에~”

원영은 얼굴에 냉소적인 미소를 띠고 심드렁하니 비아냥거렸다. 시원찮은 원영의 반응에도 아랑곳 않고 지원은 더욱더 열을 내며 제 생각을 피력했다.

“만약 의대를 못 들어갔다고 생각해 보자. 허접한 과에 들어가서 별로 미래에 대한 전망도 안 좋아. 그래도 넌 손해 보는 거 하나도 없어. 왜냐? 네 꼬마신랑은 예랑식품이라는 대기업의 후계자니까. 여차하면 거기에 취직하면 되거든.”

“그걸 지금 말이라고 하니?”

원영은 지원을 쭉 째려봤다. 현실적이면서 거침없는 입담의 소유자, 지원은 빈손을 내보이며 입술을 삐죽거렸다.

“왜? 그게 얼마나 중요한 건데?”

“걔랑 나는 결정적으로 사랑하는 사이가 아니잖아. 알겠냐? 사랑!”

“사랑이 밥 먹여주냐? 아무리 사랑해서 결혼했어도 남편이

돈 못 벌어다 주니까 이혼하고 싶다더라. 우리 언니는 아주 형부더러 대놓고 웬수라고 해."

"너 계속 장난칠 거냐? 사람 진지하게 말하는데."

원영은 눈살을 팍 찌푸리곤 지원을 노려봤다. 지원은 두터운 안경을 끌어 올리곤 조금은 수줍은 듯한 웃음을 지었다. 그리곤 게슴츠레한 눈으로 원영을 흘겨봤다.

"걱정 마, 계집애야. 내가 알기론 남자들 그때가 제일 왕성하단다. 시도 때도 없대, 아주."

"무슨 소리야?"

원영은 지원을 흘끔거리며 퉁명스럽게 물었다. 그리곤 정확히 이 초 후, 헉! 소리를 내며 숨을 들이마셨다. 지원이 무슨 뜻으로 그런 소릴 했는지 감을 잡은 거였다.

"너, 너! 양지원!"

말까지 더듬는 원영에게 지원은 언니처럼 푸근한 미소를 띠고 토닥토닥 등을 두들겨 주었다. 네 마음 이해한다, 뭐 이런 분위기였다.

"네가 무슨 걱정을 하는지 나도 알아. 근데 열여덟 살이면 알 거 다 알 나이잖아. 설마 진짜 꼬마신랑 같겠냐? 뭐, 당연히 조금은 서투르겠지. 기본 지식도 없을 테고. 근데 그런 건 네가 알아서 가르쳐 주면 되는 거야. 차차 나아지겠지. 안 그래?"

꿀 먹은 벙어리가 되어 원영은 자신의 친구를 도끼눈으로 노려보았다. 이미 피가 끓을 대로 끓어올라 얼굴이 새빨개지고 숨은 턱밑까지 쫓아와 쌕쌕거리는 중이었다. 어떻게 된 게 얜 부끄러운 줄을 몰라?

"차라리 잘된 건지도 몰라. 아직 때가 덜 탄 십대니까 네가 잘 기르면 진짜 괜찮은 남자가 될지도 모른다고. 요즘 포르노 음란물, 이딴 거 봐갖고 이상한 성의식 갖고 있는 남자애들 진짜 많다. 어설프게 알아갖고 여자들 기함시킨다니까. 그래서 요샌 자보고 결혼한대잖아. 뭐, 네 낭군님이니까 네가 알아서 잘하겠지만."

"양지원, 그만 못해?"

"으흐흐……."

지원이 괴상하게 웃으면서 게슴츠레한 눈을 원영에게 굴린다. 원영은 자신의 머리를 쥐어뜯고 싶은 충동에 사로잡혀 두 눈을 감았다. 아, 정말 어쩌다 이 지경이 되었는지 생각만 해도 끔찍하다. 스물한 살 청춘에 웬 꼬맹이를 키우게 생겼으니 이리도 박복한 인생이 있을까.

"너무 그렇게 심란해하지 마. 이런 말도 있잖아. 잘 키운 꼬마 신랑, 열 서방 안 부럽다."

지원이 나긋나긋한 음성으로 원영의 약을 더욱 바짝 올렸다.

"너, 불난 집에 부탄가스 던져?"

"왜에? 고딩을 보면 구워먹으면 된다는 말도 몰라? 그냥 잘 구워서 냠름 먹어버려."

"그런 말이 어디 있니? 장난 그만 쳐라."

“나 같으면 봉 잡았다고 덩실덩실 춤을 추겠구만 쓸데없이 머리 터지게 고민하고 있으니까 그렇지. 뭐가 그리도 걱정이니?”

“넌 남의 일이니까 그렇게 천하태평으로 말하는 거야. 내 심정을 네가 알아?”

원영은 울상이 된 얼굴로 지원을 흘겨봤다. 자칭 타칭 천하에 둘도 없는 낙천주의자로서 지원은 원영을 위로하기 시작했다.

“고등학생밖에 안 되는 애야. 말 그대로 애라고, 애. 처음엔 조금 반항할지도 모르겠지만 나중엔 네 손아귀에 들어오게 되어 있단 말이야. 말 잘 듣는 머슴 하나 생겼다고 쳐. 얼마나 좋냐?”

“남편이야. 머슴하고 어떻게 같아? 그리고 너, 자꾸 키워서 잡아먹으라는데. 내가 꽃뱀이냐? 남자를 잡게?”

“크흥!”

지원이 터지는 웃음을 참느라 입을 딱 다무니 저절로 콧방귀가 나왔다. 사실 타고난 낙천주의자인 지원이 생각해 봐도 이건 좀 문제가 있었다. 이 나이에 결혼도 어이없는데 그 상대가 새파랗게 어린 고등학생이라니. 원영이 기가 찰 만도 했다. 결혼이 무슨 소꿉놀이냐. 어른들도 참, 제삼자인 지원도 씁쓸해 입맛을 다시고 있는데 원영이 걸음을 멈추고 분노의 이빨질(?)을 해댔다.

“나쁜 놈!”

잘근잘근 윗니로 아랫입술을 짓이기고 있는 원영의 포스에 지원은 흠칫 놀랐다.

"그 자식, 그 '못된' 자식! 싸가지는 개 콧구멍만큼도 없고 개념은 아주 물 말아 처먹은 자식."

원영의 두 주먹이 불끈 쥐어지더니 부르르 떨리기 시작했다. 며칠 전, 버스정류장 앞에서의 일이 떠올라 순간적으로 열이 확 뻗친 것이다. 녀석은 '누님만 믿겠습니다'란 말을 남기고 때마침 달려온 빈 택시를 잡아타고 날름 사라져 버렸다. 남은 원영은 수많은 사람들의 호기심 어린 시선과 쑥덕거림을 온전히 혼자 감내해야만 했다. 그때만 생각하면 자다가도 벌떡 일어나게 되는 원영이었다.

"아, 짜증나!"

사람들의 '얜 뭐야?' 하는 시선을 떠올리자니 다시금 화가 불끈거리는 것 같았다. 아무리 최근 소원해졌다고는 하나 어릴 때부터 알고 지낸 '누나'한테 어떻게 그렇게 버릇없이 굴 수가 있을까? 어린 녀석한테 무시당했다는 생각에 그녀는 다시금 마구 분해졌다. 생긴 건 완전 킹카처럼 생겨가지고 언행은 상양아치가 따로 없었다. 한순간 녀석의 외모에 살짝 혹했던 스스로가 부끄러워지기까지 했다.

"야, 네 낭군님이 아무리 나이가 적어도 그렇지. '자식'이 뭐냐?"

지원이 흠칫 떨면서도 농담을 해댄다. 이 마당에 시시껄렁한 개그 나부랭이나 주절대는 친구가 원망스러워 원영은 버럭 고함을 질러 버렸다.

"시끄러워!"

"아이고 깜짝이야."

"나중에 의사 사모님이 될 수도 있다는 위로도 됐고, 키워서 잡아먹으면 된다는 말도 됐어. 아무 말도 하지 마, 차라리. 무슨 말도 지금은 위로가 안 돼."

원영이 분에 겨워 쌀쌀맞게 잘라 말하곤 크로스백을 휙, 허리 뒤로 젖혔다. 성큼성큼 도전적으로 걷기 시작하는 원영은 성난 코뿔소요, 시한폭탄이었다.

"에구, 무셔라."

지원은 겁먹은 표정으로 안경을 끌어 올리며 원영의 뒤를 천천히 따랐다. 가출을 해버릴까, 자살 기도를 해버릴까, 별의별 생각을 다하고 있는 원영을 졸졸 뒤따르며 지원은 잠시 자신만의 생각에 빠졌다. 원영과 같은 상황이 벌어질 확률이 과연 얼마나 될까? 그런 일이 지원에게도 생기기나 할까? 정말로 결혼하게 된다면, 그렇다면 어떤 일이 벌어질까? 그녀의 생각으론 그리 나쁠 것 같지 않았다. 적어도 원영처럼 기겁하며 싫어할 것 같진 않았지만, 어쩌면 원영의 말대로 자신의 일이 아니니까 이런 생각이 드는 것인지도 모르겠단 생각이 들기도 했다. 터벅터벅 끝없는 꽃길로 이어진 교정을 걸어가는 두 여대생 사이에 긴 침묵이 이어졌다.

한참 후, 그들이 막 교문을 빠져나오는 순간이었다. 한참을 맹렬히 걸어가던 걸음을 원영이 우뚝 멈춰 세웠다. 멀리서도 한 눈에 쏙 들어오는 남학생의 모습에 그녀는 온몸의 피가 거꾸로 솟는 기분을 느끼고 있었다. 키가 유난히 크고, 짧고 단정하게 커트된 머리 모양, 하얀 남방에 청바지, 그리고 운동화. 샤프한 콧날과 육감적인 입술이 돋보이는 옆모습은 분명히 그였다.

최. 재. 휘.

"왜 그래?"

지원이 고개를 갸웃거리며 물었다. 원영은 아무 대답도 하지 않고 꾹 입을 다물었다. 아무 말도 할 수가 없었다. 짜증이 있는 대로 솟구쳐 입만 열어도 욕설이 터져 나올 것만 같았다. 아니, 도대체 쟨 뭘 먹고 살길래 저렇게 잘나신 거야? 교복을 입었던 며칠 전보다 훨씬 더 남자답고 근사해 보였다. 원영의 얼굴은 점점 더 일그러졌다.

"아는 사람이야?"

지원이 재휘를 향해 턱짓하며 물었다. 원영이 녀석을 워낙 뚫어질 듯 사납게 야려보는 통에 눈치를 채버린 것이었다. 하여간 눈치도 빠르다. 원영은 이를 아드득 갈며 말했다.

"알지. 아암~ 아주 잘 알지."

"혹시 쟤가 그 고딩?"

지원이 긴가민가한 어조로 묻자 원영은 픽 웃으며 혼잣말을 중얼거렸다.

"여긴 도대체 웬일이야? 설마 여자 꼬시려고?"

녀석은 주머니에 두 손을 넣고 온통 선팅으로 도배가 된 새까만 외제 승용차에 기대어 서 있었다. 사복을 입고 승용차 앞에 서 있으니 전혀 고등학생 같지 않았다. 키가 너무 커서 애 같지 않은 모양이다. 저런 모습으로 누님들을 후리고 다니는 건가?

"하! 기가 막히네."

아주 꼴값을 떨어라, 꼴값을.

갑자기 원영의 욱한 성미가 와글와글 들끓기 시작했다. 저 녀석이 연상의 누님을 사귀고 다니든 말든 아무 상관 없음에도 불구하고. 그녀는 최재휘라는 고등학생이 자신보다 더 어른스러운 척하는 게 싫었다.

"정말 쟤가 그 애야? 네 꼬마신랑? 꼬마가 아닌데?"

지원이 호기심 잔뜩 묻은 목소리로 물었다. 녀석이 얼마나 인기가 있는지 반증하는 멘트렷다. 얼굴 잘생겨, 키 커, 거기다 돈 냄새까지 풀풀 풍기고 다니시지, 여자들이 아주 줄줄 따르시겠지. 저렇게 제 마음대로 놀고 다니는 주제에 결혼은 왜 하겠다고 난리서? 원영은 화가 부르르 끓어오르는 걸 느꼈다. 그녀에겐 절대 협조해 주지 않을 것처럼 굴었던 그날로 돌아가 확 싸다구를 날려주고 싶은 충동까지 치솟았다. 아― 짜증 대박이다.

"그럼 넌 정말 꼬맹인 줄 알았어?"

짜증난 김에 원영은 괜스레 지원에게 화풀이를 해댔다. 날카롭게 찔러보는 원영의 시선에도 지원은 아랑곳 않고 두 눈을 크게 뜨고 두 손을 가운데로 모았다.

"잘생겼네. 너 왜 잘생겼단 소린 안 했어?"

잔뜩 흥분한 목소리로 지원이 묻는다. 역시나 지원도 그의 외모에 혹한 눈치였다. 왠지 모르게 뱃속이 부글거리는 걸 느끼며 원영은 신경질적으로 쏘아붙였다.

"이 마당에 얼굴이 중요해?"

"당근 중요하지! 기왕이면 고품질 유전자를 만나는 게 좋잖아. 2세를 위해서."

이건 또 무슨 귀신 기절하는 소리? 2세라니? 얘가 미쳤나? 원영은 지원을 찌릿 곁눈으로 찔러보았다. 지원은 원영이 전혀 무섭지 않은 듯 킥킥거리며 원영의 귓가에 얼굴을 들이대고 속삭였다.

"나 같으면 못 이기는 척하고 결혼하겠다. 애가 완전 킹카잖아."

"킹카 좋아하네. 그래 봤자 고삐리거든?"

원영이 이를 드러내며 반박했다. 이에 질세라 지원은 고개를 갸웃갸웃 흔들며 원영의 약을 바짝바짝 올렸다.

"아무리 봐도 네 짝으론 아깝다야. 진짜 밑지는 건 쟨 거 같은데? 미성년자라는 이유로 부모님이 짝지어준 늙다리랑 결혼해야 하잖아."

"뭐, 뭐? 늙다리? 내가 늙다리란 말이야?"

"쟤 입장에선 네가 늙다리지. 파릇파릇한 애들 다 놔두고 너랑 결혼하는 쟤 심정도 죽을 맛일 것 아니야."

"너 누구 친구야? 왜 계속 저 싸가지 편을 들어?"

원영은 두 손을 허리에 올리고 명색이 친구라는 계집애를 허망한 눈으로 바라봤다. 원영 약 올리는 재미에 푹 빠진 지원은 실실거리며 문제의 '꼬마신랑'을 흘낏 훔쳐보았다. 아무 생각 없이 돌아본 거였는데 그 순간 그녀는 깜짝 놀라 그대로 굳어버렸다. 멀리서 문제의 고딩이 이쪽을 정면으로 서서 지켜보고 있었다. 옆모습도 근사했지만 앞모습을 보니 순간 지원의 심장이 멎어버렸다.

'오, 스타일 죽이는데?'

지원은 히죽 웃으며 원영의 귀에 속삭었다.

"야, 난 그만 가볼게. 잘해봐라."

"뭐? 뭘 잘해봐?"

지원은 대답 없이 멀리 서 있는 '녀석' 쪽으로 턱짓을 했다. 원영은 그제야 재휘가 이쪽을 주시하고 있다는 걸 알게 됐다. 녀석과 두 눈이 마주치는 순간, 순식간에 온몸의 피가 싸하게 식어갔다. 바짝 긴장이 되면서 심장이 두근거리기 시작했다. 원영은 숨을 고르며 놈을 째려봤다. 지원과 인사를 하는 둥 마는 둥 하고 원영은 재휘에게 다가갔다. 무표정한 얼굴로 천천히 두어 걸음 다가오는 그를 향해 원영은 대뜸 도전적으로 말했다.

"너 여기서 뭐 하는 거냐?"

재휘의 무표정한 얼굴이 꿈틀 움직이며 미소가 떠오른 건 그때였다. 원영은 깜짝 놀라 두 눈을 커다랗게 떴다. 이 자식이 웃어? 재휘는 며칠 전과는 전혀 딴판의 억양으로 부드럽고 양순하게 말했다.

"누나 만나러 왔죠."

누, 누나? 갑작스런 재휘의 온순 모드에 원영은 머리카락이 쭈뼛 올라서는 걸 느꼈다.

"나? 내가 이 시간에 이 길로 내려오는 건 어떻게 알고?"

"아주머니께서 친절하게 말씀해 주시던데요."

재휘가 빙긋 웃으며 순하게 대답했다. 얘가 왜 이래? 뭐 잘못 먹었나?

"뭐? 엄마가?"

퍼뜩, 오늘 아침 구 여사가 학교 가려는 그녀를 붙들고 꼬치꼬치 캐물었던 게 떠올랐다. 수업은 언제 끝나고, 평소 학교는 어느 길로 통학하느냐는 질문에 그녀는 별 의심 없이 사실대로 얘기해 주었었다. 뭐야? 구 여사까지 완전히 넘어간 거야? 기가 막힌 원영은 말까지 더듬거리며 큰소리를 치기 시작했다.

"너, 너……! 이 차 뭐야? 쪼그만 게 누가 차 끌고 다니래? 운전면허 있어? 없지?"

"없는데요."

"운전면허증도 없으면서 차를 끌고 나왔단 말이야? 너 미쳤니?"

미쳤냐는 소릴 듣고도 아무 대꾸 하지 않고 웃고만 있는 최재휘. 뭔가 좀 이상하다는 생각이 들었지만 원영은 더욱 강도 높게 놈을 비판했다.

"네가 돈 많냐? 네 아버지가 부자지, 네가 부자야? 주제를 알아라, 꼬마야. 응?"

"……."

"그리고 너! 오늘 금요일인데 어쩐 일이야? 학교 땡땡이 쳤냐? 웃긴다, 너? 얘 완전 날라리잖아. 머리 좋으면 다야? 공부 잘하면 장땡이니? 아무리 네가 머리 좋고 공부를 잘해도 그렇지. 먼저 사람이 되라. 부모님 얼굴에 먹칠하지 말고."

"명심할게요."

으잉? 이렇게 순순히 수긍할 최재휘가 아닌네……? 원영은 본능적으로 뭔가가 잘못되고 있다는 걸 느꼈다. 놈은 여전히 웃는 낯으로 이어 말했다.

"……누나."

재휘의 입가에 냉기가 떠오른 건 그때였다. 원영은 아무 말도 못하고 두 눈만 깜빡거렸다. 도대체 뭐가 잘못된 걸까, 미친 듯이 머리를 굴리고 있는데 한 자락 소름 끼치도록 명료한 효과음이 그녀의 귀청을 관통했다.

딸깍.

안에 아무도 없다고 여겼던 자동차 문이 열리고 있었다. 안에서 나오는 사람의 얼굴을 확인하고 원영은 기겁을 하고 말았다.

그로부터 삼십 분 후, 원영과 재휘는 한정식당에 좌정을 하고 앉아 있었다. 자동차 안에서 원영의 애길 죄다 들어버린 재휘의 부모님은 원영의 호탕하고 바른말 하는 모습에 더욱 마음이 혹한 듯 음식점으로 이동하는 내내 차 안에서 원영의 손을 잡고 칭찬의 말을 거듭했다. 그러나 정작 원영은 무안하고 창피하고…… 거의 죽고 싶은 심정이었다.

'사악한 자식. 부모님이랑 왔으면 왔다고 말할 것이지. 왜 말을 안 하고 있다가 사람 난감하게 하는 거야? 망신살 뻗쳤네.'

고개를 숙인 채 원영은 옆자리에 앉아 있는 재휘를 찌릿 째려봤다. 녀석은 얄미울 정도로 반듯한 자세로 앉아 있었다. 어린 학생이라고는 믿어지지 않을 정도로 어른스러운 모습에 원영은 기가 찼다. 이 가증스러운 자식은 부모님이나 다른 어른들 앞에서는 늘 이렇게 듬직하고 바람직한 모습만 보여왔던 거다. 그래서 온 동네방네 칭찬이 자자한 거고. 구 여사도 그 평판에 홀딱 넘어가 이 싹수없는 놈을 사위 삼을 생각을 한 게다.

'아— 진짜 짜증나.'

드르륵— 고풍스럽고 고상한 창호지 문양의 여닫이문이 열렸다. 화장실에 간 최문석 회장이 들어오고 있었다. 원영은 구부정하게 구겨져 있던 몸을 바로 세우고 고개를 들었다. 자리에서 일어나려고 하니 최문석 회장이 그냥 자리에 앉아 있으라며 손짓을 했다. 인자한 그의 모습에 원영은 저도 모르게 미소를 지었다. 참 젠틀하시다니까.

"음식은 조금 늦게 나온다니까 편히 앉아서 얘기나 하자꾸나."

"이이는. 밥 먹다가 체하겠어요. 나중에 얘기해요."

재휘의 어머니인 권은자가 팔꿈치로 최 회장을 쿡 건드렸다. 환갑 잔치를 코앞에 둔 커플답지 않게 두 중년부부 사이에는 훈훈한 정이 흘렀다. 보고 있는 사람 마음마저 푸근하게 만드는 다정한 모습에 원영의 눈꼬리는 저절로 휘어졌다. 저런 천사 같은 분들 사이에서 어떻게 최재휘 같은 아들이 태어났을까?

"빨리 얘기하는 게 좋을 것 같아요. 오래 잡아두는 것도 예의가 아니잖아요."

재휘가 끼어들어 말하자 원영은 녀석을 돌아봤다. 부모님 앞이라 그런지 엄청스레 무게를 잡고 있는 것 같았다. 뭐, 원래부터 알고 있던 최재휘의 모습이라 낯설진 않았지만 그렇다고 딱히 진실해 뵈지도 않았다. 아까와 같은 일을 당했으니 그를 불신하게 되는 건 아주 당연했다. 하지만 그렇다 해도 좌정을 한 반듯한 자세로 두 눈을 내리깔고 고개를 숙인 모습은 꽤나 진지해 보였다.

"시간도 없고요."

녀석은 잠시 부모님을 정면으로 바라보다가 조심스럽게 고개를 떨구며 말했다. 긴 속눈썹이 눈동자 위로 드리워졌다. 어딘지 모르게 숙연해지는 말투에 권 여사의 입에서 작은 한숨이 터져 나왔다.

"그래, 시간이 없지. 깜빡했구나, 내가."

권 여사가 고개를 숙이더니 손을 들어 눈가를 눌렀다. 우시는 건가? 조금 놀라 원영은 숨을 죽였다. 최 회장이 비장한 눈으로 고개를 들더니 원영에게 말했다.

"너도 알고 있을 거다. 재휘 할머니 쓰러지신 거."

최 회장의 말이 떨어지자마자 원영은 재휘를 향해 눈동자를 굴렸다. 조심스레 그를 훔쳐봤으나 그의 표정엔 아무런 변화가 없었다. 여전히 무겁고 여전히 차분했다. 하지만 녀석이 극심한 슬픔에 잠겨 있음을 원영은 알 수 있었다. 빛을 잃은 눈빛에서, 경직되어 있는 입가에서, 그의 감정이 느껴졌다. 원영의 마음은 무거워졌다.

"오늘 의사가 그러는데 얼마 못 사신단다."

최 회장이 말을 이어나갔다. 얼마 못 산다는 말에 권 여사의 한숨이 더욱 깊어졌다. 핸드백에서 손수건을 꺼내는 권 여사의 손은 떨리고 있었다.

"길어야 삼 개월 사신다는구나. 운이 좋으면 더 길어질 수도 있고, 나쁘면……."

"여보."

권 여사가 남편의 말을 제지한다. 만에 하나, 최악의 경우는 생각하고 싶지도 않은 듯했다. 순간 김 할머니의 다감한 미소와 강건한 눈빛이 떠올라 원영의 머릿속이 어지러웠다. 쓰러졌다는 말을 들었을 때도, 얼마 못 살지도 모른다는 말을 들었을 때도 느끼지 못했던 강렬한 충격이 원영을 감쌌다.

"어린 너한테 이런 말까지 해서는 안 된다는 걸 알지만 어쩔 수가 없구나, 원영아.”

“…….”

“네가 결심을 좀 빨리 해줘야겠다.”

“무, 무슨 결심이요?”

원영은 바보처럼 멍하게 물었다. 그러나 머릿속에선 이미 그 해답을 알고 있는 듯 한바탕 회오리가 일고 있었다. 차마 결혼 얘길 꺼낼 수 없어서인지, 권 여사도 최 회장도 입을 다물고 원영만 바라보고 있었다. 막다른 골목에 내몰린 기분으로 원영은 재휘를 돌아봤다. 이쯤 나서서 뭐라고 한마디 해주길 바라는 간절함을 담고. 하지만 재휘와 두 눈이 마주친 순간 원영은 뜨악 놀라고 말았다. 무표정하기 이를 데 없던 녀석의 얼굴에 일순 비웃음이 떠올랐던 거다.

‘누님께서 어디 한번 해결해 보시지.’

그의 눈빛은 이렇게 말하고 있었다. 원영은 두 눈을 부릅뜨고 무언의 압력을 가했다. 당장 못한다고 말해. 어서!

“원영아?”

하지만 최 회장의 재촉이 이어지자 원영은 더 이상 재휘만을 노려보고 앉아 있을 수가 없어졌다. 원영은 최 회장을 향해 어색한 웃음을 뿌렸다. 물론 속으론 이를 갈고 있었다. 최재휘, 이 나쁜 자식!

“저도…… 할머니 건강에 대해선 들었어요. 안타깝게 생각하고 있고요. 그렇지만…… 그분 뜻대로 애랑 결혼한다는 건 좀⋯⋯."

그녀가 한마디씩 내뱉을 때마다 두 노부부의 표정은 시시각각 변했다. 기대에 찬 눈빛을 반짝반짝 빛내다가, 고개를 조심스레 끄덕이다가 결국엔 왕 실망한 얼굴로 어깨를 축 늘어뜨리는 두 어른을 보며 원영도 마음이 편치 못했다. 곧 눈물을 쏟을 것처럼 슬픈 얼굴을 하고 고개를 떨어뜨리는 노인들을 보고 있자니 스스로가 불효막심 못된 년이 된 기분이 되어버렸다. 죄지은 것도 없는데 왜 이렇게 강한 죄의식을 느끼게 되는 걸까? 원영은 저도 모르게 한마디 붙이고 말았다.

"재휘한테도 못할 짓이죠."

"음?"

귀가 번쩍 뜨인 권 여사가 고개를 들었다. 촉촉이 젖은 눈가를 손수건으로 찍어 누르며 그녀는 원영을 놀란 눈으로 바라보았다. 원영의 말이, 마치 재휘가 좋다고 하면 결혼을 할 수도 있다는 것으로 들렸기 때문이었다. 그렇다면 아직 희망을 버리긴 일렀다. 혹시라도 김 여사가 원영과 재휘의 결혼 소식에 기뻐 병을 털고 일어날지 누가 알겠는가. 말도 안 되는 거지만 세상엔 그런 기적들이 무수히 많다. 원래는 기적 같은 거 안 믿는 권 여사 같은 사람도 이런 지경에 처하게 되니 기적을 믿지 않을 수 없게 되더라.

"얘도 그건 원하지 않을 거예요. 그렇지?"

원영은 팔꿈치로 재휘의 어깨를 툭 치며 힐끗 그를 보았다.

재휘는 어깨를 쳐오는 원영을 무표정하게 바라보고는 소리 죽여 한숨을 내쉬었다. 원하지 않는다는 말에 적극 찬성하고 싶은 마음은 굴뚝같았지만 입 밖으로 내뱉는 건 쉬이 할 수 없는 게 그의 마음이었다. 그는 이미 모든 상황을 제대로 잘 인식하고 있는 상태였다.

할머니의 깊은 병환, 숨지기 직전 꼭 보고 싶다는 손자며느리, 가족들의 간절한 시선.

그만이 할머니의 위로가 될 수 있고 그의 결심 한 번에 온 가족의 마음이 편해질 수 있는 상황이었다. 이런 상황에서 절대 못한다고 맞서는 건 최씨 집안의 5대 독자로 십팔 년을 살아온 최재휘의 뇌로는 절대 불가능한 일이었다. 뇌수술을 하든가 결혼을 하든가 둘 중 하나였다.

물론 결혼이 내키는 건 아니었다. 머리에 총 맞았나? 어떤 미친 자식이 열여덟 창창한 나이에 결혼을 하고 싶겠는가. 그것도 부모님이 짝지어준 여자와. 하지만 할머니의 죽음이 코앞으로 다가왔다고 생각하니 반쯤 체념을 하게 되는 재휘였다. 솔직히 결혼, 언제든 하게 될 거 아닌가. 5대 독자라는 멍에를 뒤집어쓰고 살아온 재휘로서 결혼이란 필수 코스였다. 누구와 결혼하는가의 문제는 부수적인 차원이고.

결국 그는 아무하고나 결혼을 하긴 해야 하는 상황에 처해 있었다. 만약 장원영이 못하겠다고 버틴다면 그의 부모님은 다른 누군가를 찾아 나설 것이다. 그걸 생각하니 또 앞이 아찔하다.

결혼을 위한 결혼에 목을 매고 있는 고교생. 신문에 대서특필될 일이 아닌가?

"정말 그렇니? 결혼, 싫어?"

권 여사가 조심스럽게 물어왔다. 묵묵히 현실을 받아들이는 아들이 사실은 속으로 불만을 가지고 있으면서도 꾹 입을 다물고 있는 것은 아닌지 몹시도 걱정스러운 듯했다. 재휘는 사실대로 말하지 않을 수 없었다.

"상관없어요, 전."

그가 대답하자 곧바로 원영의 폐 속으로 다량의 공기가 빨려 들어갔다. 충격과 경악에 휩싸인 원영이 거칠게 숨을 들이쉰 거였다. 그의 대답은 원영이 전혀 예측하지 못했던 거였다. 이 자식이. 정말 결혼하겠다는 거야, 뭐야?!

"큼! 원영이 네가 무슨 걱정을 하는지, 이 아저씨도 잘 알고 있단다."

최 회장이 입을 열었다. 목소리까지 가다듬고 조심스럽게 꺼낸 말은 원영을 더욱 당혹하게 했다.

"결혼하면 아무래도 마음가짐도 달라지고 시댁이며 뭐며 신경도 많이 써지겠지. 공부에 지장이 될까 봐 걱정하는 네 마음, 우리도 충분히 이해한다. 그렇지만 정말 걱정할 필요 하나도 없다. 우린 네 공부 방해할 생각 추호도 없어. 아직 어린 나이에 우리 식구가 되어주는 것만도 고마운데 우리가 뭘 더 바라겠냐."

이, 이게 아닌데…….

"어차피 우리 재휘도 학생이고 하니 너희 학업을 마칠 때까지는 전혀 집안에 신경 안 쓰도록 내, 각별히 신경 쓰마. 학비도 걱정할 거 없다. 대학 등록금은 물론, 대학원, 어학연수, 필요하다면 유학도 보내줄 용의 있어. 직장 잡고 경제적으로 자립할 때까지 생계는 우리가 책임지마. 혹시라도 아기가 생긴다면 그것도 걱정 마. 네 공부 끝날 때까지 우리가 도맡아 봐줄 테니까. 그렇지, 여보?"

"그럼요. 당연하죠. 아가, 직장도 마음대로 다녀. 내가 다 봐주마."

권 여사가 옆에서 거든다. 원영은 머리가 띵~해졌다. 이게 도대체 무슨 소리? 아가는 뭐며, 아기는 또 뭐냐고! 원영의 얼굴은 점점 핏기가 사라지고 있었다.

"저, 저, 아주머니……."

"넌 어렸을 때부터 내 딸이나 마찬가지였어. 알지?"

권 여사의 손이 어느새 원영의 손등을 덮고 있었다. 호소력 짙은 눈으로 살포시 웃는 그녀의 얼굴은 쉰넷의 나이라고는 믿기지 않을 만큼 젊어 보였다. 습기가 촉촉하게 어린 권 여사의 눈이 '제발'을 외치고 있었다. 원영은 차마 권 여사의 손을 내칠 수 없어 조용히 대답했다.

"알죠, 아주머니. 어릴 때부터 예뻐해 주셨던 거……."

하지만 결혼은 전혀 차원이 다른 문제잖아요. 이렇게, 당당히 말해야 했다. 성인답게 똑똑하고 단호하게 처신하려면. 그동안의 인정을 생각해서 아주머니의 며느리가 된다는 건 솔직히 미친 짓이니까. 하지만 어떻게 된 일인지 이 말은 목구멍 밖으로 도저히, 아무리 밀어내도 절대 나오지 않는 거다. 적어도 오늘은, 할머니의 건강 상태가 얼마나 심각한지 알게 된 지금 상황에선 도저히 거절의 말을 할 수가 없었다. 그건 이분들을 두 번 죽이는 잔인한 짓이었다.

"넌 내 딸이 되는 거야. 며느리가 아니라."

"아주머니 마음은 잘 알겠어요. 근데……."

결혼 같은 거, 절대 못하거든요!

"우리 재휘? 앤 걱정하지 마. 말 잘 들을 거야."

"네?"

권 여사의 말에 원영은 황당한 얼굴로 되물었다. 동시에 쿨럭쿨럭, 물을 마시던 재휘가 갑자기 기침을 해댔다. 억지스럽기 짝이 없는 어머니의 말이 너무나 충격적이어서 사레들린 모양이다. 재휘가 그녀의 말을 잘 들을 거란 말엔 원영도 당근 동의 못한다. 설사 정말 그렇다 하더라도 그건 그녀가 그와 결혼할 수밖에 없는 마땅한 이유가 될 수 없었다. 말 잘 듣는 남자를 원한다면 머슴을 부리지 왜 결혼을 하겠나?

"말썽 같은 건 절대 부리지 않을 거야. 내 아들이라 내가 아주 잘 알아. 얼마나 여자한테 끔찍한데."

"끔찍하긴 하죠, 애가."

저도 모르게 원영이 중얼거렸다. 흘낏 눈동자를 굴려 눈치를 살펴보자니, 아니나 다를까, 녀석은 도끼눈을 하고 원영을 쏘아보고 있었다. 아이구, 끔찍해라.

"원한다면 각서라도 쓰게 할게. 아니, 내가 쓸까? 내가……."

"아, 아니에요, 아줌마!"

마치 볼펜이라도 찾는 듯 두리번거리는 권 여사의 행동에 원영은 펄쩍 뛰었다. 속으론 일이 왜 이렇게 돌아가는 건지 울상을 짓고 있었다. 시간이 갈수록 사태는 점점 심각해지는데 재휘 녀석은 꿈쩍도 하지 않고 있었고 그녀를 도와줄 사람도, 기댈 만한 사람도 없어 완전히 사면초가였다. 이럴 때 부모님이라도 있었다면……. 일을 이 지경이 되도록 한 최재휘와 구 여사가 원영은 정말정말 미웠다.

"저, 저는요, 아줌마……."

두 번 죽이는 일이고 뭐고, 이젠 절대적으로 거절의 의사를 명확히 밝혀야겠다고 마음을 먹었을 때였다. 원영은 고개를 숙이고 머뭇머뭇 말을 꺼내려는데…….

"아무리 생각해도 도저히……."

드르륵, 식당 여닫이문이 열렸다. 그녀의 다 죽어가는 목소리는 요란한 소음에 먹혀 버리고 말았다. 식당 종업원이 방 안으로 들어오고 주변은 싸한 정적이 감돌았다. 침묵의 강이 되어버린 분위기에 원영은 슬그머니 고개를 들었다. 최씨 집안 세 식구의 시선이 그녀에게 고정되어 있었다.

"뭐라고 했니, 방금?"

권 여사가 순진한 얼굴로 물었다. 원영은 꿀꺽, 침을 삼켰다. 저도 모르게 그녀의 눈동자는 재휘를 향해 굴러갔다. 마치 이 상황을 어떻게든 해결해 달라는 신호를 보내듯 그녀의 눈빛은 간절했다.

왜 그랬을까? 그 순간까지도 원영은 자신이 왜 이런 이율배반적인 행동 방식을 보이는지 알 수 없었다. 재휘를 어리다고 무시하면서도 자꾸만 그에게 기대고 매달리게 되는 현상, 그건 그녀도 어느 정도는 인정하고 있는 거였다. 재휘에게 고등학생답지 않은 듬직하고 믿음직스러운 면이 있고 그것이 지금의 그녀에겐 유일한 위안이며 믿을 구석이라는 것을.

그녀의 눈빛에서 순수한 믿음을 보았던 것일까? 재휘는 속내를 가늠할 수 없는 새까만 눈으로 그녀를 빤히 바라보더니 뚜벅 한마디 내뱉었다.

"식사 먼저 하시고 마저 얘기하죠."

다음 순간, 원영은 안도의 한숨을 내쉬고 있었다.

밥이 코로 들어갔는지, 입으로 들어갔는지 모를 정도로 정신 없이 식사를 마치고 원영은 얼른 자리에서 일어나 방을 나와 버렸다. 화장실에 간다는 핑계를 대고 나왔지만 실은 이 길로 달려 집으로 가고 싶은 마음뿐이었다. 방으로 돌아갈 수도, 안 갈 수도 없는 난감한 입장으로 안절부절못하고 방문 앞을 서성이고 있는데 갑자기 방문이 열렸다. 힘차게 열리는 방문 소리에 원영은 반사적으로 벽면에 찰싹 달라붙으며 찔끔 두 눈을 감았다.

"거기서 뭐 하는 거냐?"

이 목소린? 원영은 두 눈을 반짝 떴다. 예상대로 최재휘였다.

"문 닫아. 빨리."

톤을 최대한 낮추고 두 눈에 힘을 빡 준 채로 원영은 속삭였다. 재휘는 우습지도 않다는 듯 한심스럽게 원영을 내려다보더니 순순히 방문을 닫고 나왔다. 원영의 말을 들어준 건 이게 처음인 듯했다. 후우— 한숨을 내쉬며 원영은 머리카락을 쓸어 넘겼다.

"내가 이게 무슨 짓이야? 이게 다……."

최재휘, 너 때문이야, 라고 말하려는 원영을 향해 재휘는 휙 등을 돌렸다.

'저, 저 자식이!'

하여간 매너 없는 건 알아줘야 한다. 원영은 심술 가득 담은 얼굴로 저벅저벅 놈의 뒤를 따라갔다. 그는 길고 좁은 복도를 따라 화장실로 향하는 길로 들어서는 중이었다. 성큼성큼 녀석의 보폭을 따라잡고 원영은 재휘의 팔을 붙들었다.

"최재휘."

이번에도 그는 순순히 멈춰 서고는 그녀를 돌아보았다.

"또 뭐야?"

싹퉁머리없는 어조로 그가 말했다.

“너 진짜 못됐다? 너 왜 아까 부모님이랑 함께 왔다는 말, 나한테 안 했니?”

“멋대로 넘겨짚은 사람은 너야.”

“그때 거기 너 혼자 있었어. 당연히 난 네가 혼자 온 줄 알았다고.”

“네 말대로 미성년자에 운전면허도 없는 내가 그 차를 혼자 몰고 왔을 거라고 생각했다?”

“원래 네가 좀 싸가지없잖아. 충분히 그럴 수도 있겠다 싶었지.”

원영은 통쾌하게 한마디 날려주고 씩 웃었다. 놈이 기분 나쁠 정도로 키가 크다는 것 빼고는, 지금 상황 아주 굿이었다. 그녀는 이대로 놈을 콱 짓밟아주고 모든 걸 놈에게 맡긴 후 이 자리를 뜨고 싶을 뿐이었다.

“네가 무슨 생각으로 아저씨, 아줌마를 내 앞에 모시고 왔는지는 모르겠지만. 안 돼. 절대로 난 못해. 그것만 알아둬라. 이건 네 집안일이야. 제발 날 좀 끌어들이지 마.”

원영은 놈의 코앞까지 삿대질을 해대며 공격적으로 쏘아붙였다. 거만하게 턱을 들고 눈을 반쯤 내리깐 채 그녀를 깔아보던 재휘는 피식 비웃었다. 그리곤 찬기 쌩쌩 도는 표정으로 말했다.

“야, 장원영.”

“뭐, 뭐, 뭐? 야, 장원영?”

원영은 심하게 말까지 더듬으며 재휘의 말을 따라 했다. 이 자식이 지금 누구한테 '야' 래?

"부모님 얼굴에 먹칠하지 말라면서 훈계 잔뜩 늘어놓았으면, 좀 어른다워 보시지?"

"뭐야?"

"뭣도 모르는 고삐리한테 맡기지 말고 네 입으로 직접 말하라고. 절대 못한다고. 안 한다고!"

"그건…… 야, 그건 네 할머니 일이잖아!"

"네 일이기도 해. 왜냐하면 이번 결혼은 네 부모님도 찬성했으니까."

재휘가 가차없이 그녀를 비판했다. 참으로 자유자재로 일그러지는 그의 입술을 보며 원영은 씩씩거렸다. 반발하고 싶은데, 마구 소리치며 '나는 모른다' 고 말하고 싶은데, 입이 안 떨어졌다.

'어쩌라고. 난들 어쩌라는 거야. 나도 어떻게 해야 할지 정말 모르겠단 말이야!'

재휘 앞에서 신나게 어른인 척했지만 사실 그녀도 겨우 스물한 살이었다. 성년식 치른 지 며칠 되지도 않은, 아직은 애란 말이다. 학교 졸업하면 임용고시 준비해서 국어 선생님이 되겠다는 목표를 세우고 하루하루 그 목표를 달성하기 위해 노력하며 살아가고 있는 평범한 학생에 불과한 그녀가 어느 날 갑자기 부모님이 정해준 남자와 결혼을 하라는 말에 당혹스러워하는 건 당연한 거다. 도망치고 싶은 마음 드는 건 지당한 거다.

신나게 자기합리화에 불과한 변명을 늘어놓는 사이, 어느새 원영의 눈에 눈물이 맺혔다. 서럽고 눈앞이 캄캄해서 어찌할 바를 모르고 원영은 울먹거렸다.

"그럼 난 어떡하니?"

"젠장, 뭐야 너?"

지금 여기서 울려는 건 아니겠지? 재휘는 뜨악한 얼굴로 원영을 내려다봤다. 아까까지 서슬이 퍼레서 신경질 내고, 윽박지르던 짜증 소녀가 지금은 얼굴을 잔뜩 우그러뜨리고 울음을 터뜨릴 준비를 하고 있으니 황당하기 짝이 없었다. 재휘는 훅 올라오는 짜증을 겨우겨우 참으며 머리카락 속으로 손가락을 집어넣었다.

"울면 일이 해결돼?"

"그럼 어떡해. 넌 꼼짝도 않고 네 부모님은 저렇게 애원을 하시는데. 너라도 좀 싫다고 하면 그래도 조금은……."

"난 말 못해."

원영의 말을 딱 자르며 재휘는 그녀의 마지막 남은 희망을 사그리 짓밟아 버렸다. 서러움이 북받쳐 올라오자 원영은 입술을 꾹 다물고는 잔뜩 얼굴을 일그러뜨렸다. 눈가로 뜨거운 눈물이 맺혔다. 울음소리를 내지 않기 위해 안간힘을 쓰는 모양새에 재휘는 소리없이 욕설을 내뱉었다. 정말 어쩌다가 이런 일이 생긴 건지. 징징 짜는 여자들은 딱 질색인데.

"그럼 우리 정말 결혼해야 하는 거야? 난 정말 벌써부터 아줌마 되기 싫단 말이야."

울먹거리며 원영이 말한다.

"야, 뚝 그쳐."

"……."

"누군 좋아서 말 못한다는 줄 알아? 나도 싫어. 너랑 결혼하는 거 끔찍하게 싫다고."

재휘는 말했지만 그의 말이 원영에게 위로가 될 리는 없었다. 원영은 닭똥 같은 눈물을 뚝뚝 흘리며 그 자리에 주저앉아 버렸다. 기나긴 복도에 쪼그리고 앉은 원영은 배를 두 손으로 감싼 자세로 흐느끼기 시작했다. 줄곧 나이 들먹이며 어른입네 하던 원영이 갑자기 이리 나오니 재휘는 어쩔 줄을 몰랐다. 좀 안쓰럽기도 하고…….

사실, 그야 십팔 년 동안 줄곧 주입받아 왔던 가족과 가문에 대한 책임감과 사명감 때문에 아무 말 하지 않고 어른들의 생각에 따를 생각이지만 원영은 달랐다. 아직도 꽃다운 한창 나이에 말도 안 되는 정략결혼에 휘둘리고 싶은 마음 추호도 없을 것이다. 한쪽에선 자꾸만 결혼을 강요하고 다른 한쪽에선 애원하고, 도무지 갈피를 잡을 수가 없는 것은 어쩌면 당연한 것인지도 몰랐다. 그녀가 안쓰러워지는 건 그녀의 마음을 조금은 헤아릴 수 있기 때문이었다. 재휘는 저도 모르게 아련한 눈빛으로 그녀를 내려다보며 불쑥 어색한 부드러움을 달고 중얼거렸다.

“방법이 아주 없는 것도 아니야.”

순간 원영이 언제 그랬냐는 듯 울음을 뚝 그치고 재휘를 바라봤다. 착각이었지만 그 순간 최재휘의 주위로 눈이 부실 듯한 후광이 짜잔~ 비치고 있었다.

그 순간 원영은 처음 알았다. 최재휘라는 인간에게서도 그런 눈빛이 나올 수도 있다는 걸. 양순하고 자애로운 시선이었다. 그럴 리 없지만, 그가 그녀를 좋아하고 있는 건 아닐까 착각까지 하게 만드는 그런 눈빛이었다. 한순간 최재휘가 매우 듬직한 '남자'로 느껴졌다. 심장 한 자락이 두근두근 뛰기까지 하자 원영은 살짝 벌어졌던 입을 꼭 다물고 꿀꺽 마른침을 삼켰다. 하지만…….

"거기서 뭐 하는 거니, 너희들?"

낯익은 목소리는 환상 속의 그녀를 현실로 불러들였다. 권 여사가 방에서 나오다가 두 사람을 발견한 것이다. 원영은 화들짝 놀라 자리에서 일어나며 얼굴을 훔쳤다. 하필 눈물 흘리고 있던 걸 직방으로 목격당할 게 뭐냐. 조금 민망해졌다.

"아가, 우니?"

권 여사가 다가오며 걱정스럽게 물었다. 그사이 재휘의 눈빛은 언제 그랬냐는 듯 싸늘하게 식어버렸다. 어른들 앞에선 언제나 듬직하고 믿음직스러운 5대 독자답게 표정 관리에 들어간 것이었다. 권 여사는 잠자코 서 있는 아들을 매서운 눈으로 쏘아보더니 원영의 어깨를 감싸 안았다.

"왜 우니? 재휘가 무슨 안 좋은 말이라도 했니?"

"아, 아니요. 그게 아니라……."

당황한 원영은 말끝을 흐리며 권 여사와 재휘를 번갈아 보았다. 그녀를 심히 걱정하는 권 여사와 무덤덤하니 시니컬하기까지 한 재휘의 표정은 강한 대비를 이루며 그녀를 향해 있었다. 두 사람 모두에게 주시당하고 있자니 원영은 어떻게 대응해야할지 갈피를 잡을 수가 없었다. 뭐라 핑계 댈지 정신없이 생각하는데 권 여사가 그녀의 눈가를 손으로 훔쳤다.

"안 봐도 알겠다."

그녀는 아들을 향해 나무라는 시선을 날리며 말했다.

"우리 재휘가 다른 건 다 좋은데 애교가 없어. 말도 쌀쌀맞게하고. 좀 매몰찬 구석이 있단다. 쯧쯧, 누가 제 아버지 판박이아니랄까 봐. 네가 이해해 줘. 응?"

필시 권 여사는 재휘가 원영에게 상처가 되는 말을 했을 거라 여기고 있었다. 억울할 법도 했지만 재휘는 입을 꽉 다물고 잠자코 있었다. 저 하나 죄인 되고 말지 싶었나 보다. 조금 고마워지는 마음에 원영은 재휘를 빤히 바라보았다.

"앤 어릴 때도 까불까불 재롱도 안 피웠다? 대신 좀 사람을 놀라게 하긴 했지. 글쎄 이가 사 개월 때부터 나기 시작한 거 있지? 걸음마는 십일 개월에 시작했고, 글은 네 살 때부터 읽기 시작했어. 지금 생각하면 그 맛에 키웠지 싶다."

"예……."

원영은 권 여사의 말에 토도 못 달고 눈치만 살피고 있었다. 최고 억울할 재휘도 입 꾹 다물고 아무 말 않고 있는데 원영이 뭐라 하기도 애매한 상황이었다. 제발 얼른 이 상황에서 벗어났으면 좋겠단 생각만 간절히 하고 있었다.

"내가 나름대로 신경 써서 부드럽게 키운다고 키웠는데 천성은 무시 못하나 봐. 가족 분위기도 그렇고. 내 아들이지만 귀여운 맛은 없어. 네가 앞으로 잘 교육시켜서 데리고 살아야지."

"에?"

잘 교육시켜서 데리고 살아? 이 무슨 황당무계한 소리?

"남자들은 원래 여자 마음 쥐뿔도 몰라."

"저, 저기 아주머니……."

"오늘 재휘는 내가 혼낼게. 최재휘, 너 집에 가서 보자."

뜨아— 원영은 휙 재휘를 향해 고개를 돌렸다. 재휘는 두 눈 가장자리를 가늘게 좁히며 원영을 못마땅한 듯 바라보고 있었다. 어, 어떻게 하지? 원영은 어찌해야 할지 몰라 입만 벙긋거리고 있었다. 사실 그가 오해를 받게 한 것도 조금 미안해지고 있는 원영이라 더욱 당황스러웠다. 이대로라면 그가 원영을 울린 것도 기정사실화되는 것뿐만 아니라 재휘를 교육시켜 살아야 할 판이었다. 원영은 권 여사의 팔을 덥석 붙들었다.

"아줌마, 아니에요."

"응?"

권 여사가 두 눈을 치뜨고 되물었다.

"재휘는 잘못 없어요. 제가 괜히 할머니 때문에……."

"뭐라고?"

말끝을 흐리던 원영은 입술에 꾹 힘을 주곤 결심이 선 듯 적당한 핑계거리를 댔다.

"할머니 생각하니까 눈물이 나와서……."

"할머니?"

한 번 봇물이 터져서일까? 김 할머니를 생각하니 자동으로 가슴이 찡해지면서 순식간에 두 눈에 눈물이 가득 찼다. 할머니도 불쌍하고, 자신도 처량 맞고, 모든 게 비극적으로 느껴졌다. 어쩌다 할머닌 그런 병에 걸려서 그녀를 이렇게 괴롭게 하는 건지 다시 한 번 답답하고 슬퍼졌다. 눈물이 그들먹하니 차오른 눈을 두 손에 묻고 원영은 울기 시작했다.

"아휴, 우리 원영이. 할머니 때문에 슬펐구나……."

권 여사의 목소리가 잦아들며 그녀를 꼭 껴안아주었다. 재휘는 인상을 찌푸렸다. 당장 이딴 결혼 따위 못한다고 말해야 할 장원영이 할머니 때문에 울고 있다니 한숨이 절로 나왔다. 정말 장원영의 이 대책없이 약한 마음을 어쩌면 좋을까. '네 집 일이다, 네 할머니 일이다' 며 쌀쌀맞게 거부할 땐 언제고 할머니 불쌍하다고 우는 건 또 뭐냐고. 재휘는 권 여사의 품에 안겨 목 놓아 우는 원영을 물끄러미 내려다보며 한숨을 푹 내쉬었다. 그는 착잡한 발걸음을 옮겨 화장실로 향했다.

"방법이 아주 없는 것도 아니야."

어수선한 분위기 속에서 식사를 마친 후, 어디론가 향하는 차에 올라탄 원영의 머릿속에서는 재휘가 했던 말이 계속 맴돌고 있었다. 지워보려고 해도 지워지지 않는, 정말 심히 기대되는 말이었다. 재휘의 성격상, 대안 같지도 않은 허접한 방법을 대안이라고 내놓을 것 같지는 않았다. 어찌 됐든 수재 소리 듣는 '엄친아' 이고 그 역시 그녀를 탐탁지 않게 생각하는 게 분명하니 분명 괜찮은 방법일 게 확실했다.

'아! 궁금해. 뭘까?'

원영은 흘낏 옆자리에 앉은 재휘 부모님을 훔쳐보았다. 안쪽에 앉아 있는 최 회장님은 식곤증이 몰려오는지 눈을 감고 있었고, 가운데에 앉은 권 여사는 최 회장님의 옷매무새를 다정하게 손봐주고 있었다. 원영은 앞쪽에 앉은 재휘의 머리통을 한참 동

안 바라봤다. 그러다가 조심스럽게 재휘의 어깨를 손가락으로
콕 찌르며 속삭였다.

"있잖아."

재휘가 꿈틀 움직였다. 자고 있는 건 아닌 듯. 씩 웃으며 원영
은 계속 속삭였다.

"아까 네가 말한 거 말이야."

재휘의 고개가 짜증스럽게 휙 뒤로 꺾였다. 좌석 틈 사이로
재휘와 원영의 눈이 마주쳤다. 그는 언제나처럼 무감각한 눈빛
을 하고 있었다. 원영은 저도 모르게 배시시~ 웃고 말았다. 눈
꼬리가 저절로 처지고 입꼬리는 위로 빙그레 올라갔다.

"언제 말해줄 거야?"

"왜? 포기했냐?"

"뭘 포기해?"

"못한다고 말하는 거."

그녀의 미소는 단박에 얼어붙었다. 빠직.

"말 못하겠냐?"

"못하긴 누가 못한대?"

하여간 사람 뭉개는 데는 천부적이지. 원영은 얄미운 녀석을
찌릿 노려봐 주곤 입술을 꽉 다물었다. 그는 그녀의 주변머리론
절대로, 죽어도 못한다 말하지 못할 거란 걸 알고 있었다. 다 알
고 그녀를 시험하는 거라 생각하니 그가 너무너무 얄미워지는
원영이다. 저런 녀석을 구세주라 생각하고 한순간 호감을 가졌

었다니. 원영은 자신이 바보처럼 느껴졌다.

"그래?"

그가 되묻더니 비스듬히 웃었다. 그녀가 허세를 부리고 있다는 걸 너무나 잘 알고 있다는 듯 그 미소에는 비웃음이 담겨 있었다.

"그럼 지금 말해. 우리 어머니, 네가 싫다면 강요하지 않으실 거야."

대신 펑펑 우시겠지. 사람, 죄도 없이 가책 느끼게. 속으로 중얼거리며 원영은 퉁명스럽게 대꾸했다.

"내가 하든 말든."

"지금이 절호의 기회잖아. 네가 또 언제 우리 어머니 옆에 앉아보겠냐."

"할 거야, 걱정 마."

"말 못하겠으면 말해. 내가 대신 말해줄 수도 있으니까."

"제발 신경 좀 꺼줄래? 그건 내가 다 알아서 할 거거든?"

"뭐, 그럼 그러시던지."

재휘는 입꼬리를 아래로 끌어 내리며 입술을 삐죽거렸다. 으, 정말 주먹을 부르는 저 입. 생긴 건 번드르르하니 멀끔해 가지고 왜 저렇게 사람 속을 뒤집는 소릴 자꾸 하는 걸까? 좋게 상부상조해 보고 싶다가도 저렇게 뺀질거리는 꼴을 보고 나면 없던 심술마저도 덕지덕지 생겨났다.

"무슨 말들을 그렇게 다정하게 나누니?"

쭈뼛, 뒤통수 머리카락이 한 올 한 올 올라섰다. 권 여사가 특유의 다감한 어조로 물어온 거였다. 원영은 너털웃음을 지으며 얼른 조수석 등받이로부터 떨어져 나왔다. 고개를 살랑살랑 흔드는 그녀는 뭐라고 대답할지 열심히 생각하는 중이었다. 다행히 이번엔 재휘가 나서주었다.

"어디 가는 거냐고 물은 거였어요."

재휘의 말에 원영은 웃는 얼굴로 고개를 열심히 끄덕였다. 권 여사는 빙긋 웃으며 원영의 어깨를 다독였다.

"이런, 내가 행선지를 말 안 해줬구나. 병원에 가는 길이야."

"병원이요?"

"그래, 할머님 뵈러. 널 보고 싶어하시길래."

인자하기 그지없는 얼굴로 권 여사가 말했다. 그제야 원영은 자신이 한 번도 할머니를 뵈러 가지 못했다는 걸 깨달았다. 재발하고 병원에 입원해 있는 걸 뻔히 알면서 이것저것 학교 일 핑계를 대며 자꾸 미뤘던 게 순간 후회가 되었다. 원영은 고개를 숙이며 모기만 한 목소리로 중얼거렸다.

"제가 요새 시험 기간이라서……. 죄송해요, 아줌마. 진즉 찾아가 뵀어야 했는데."

"으음~ 아니야. 너한테 서운해서 이러는 건 절대 아니니까 걱정 마. 난 그저 네가 고마울 따름이다."

권 여사가 왜 그녀더러 고마워하는지 그거야 빤한 거다. 재휘와 결혼해 주는 게 고맙다는 거겠지. 지금 당장 아니라고, 절대 못한다고 말해야 했다. 재휘의 말대로 지금이 딱 말하기 좋은 시점이었다. 하지만 입을 연 원영은 최 회장이 꿈틀거리며 눈을 뜨는 걸 목격하고 말았다. 이제 권 여사도, 재휘도, 최 회장도, 하다못해 운전석에 앉은 기사 아저씨까지 그녀가 무슨 말을 하는지 쫑긋 귀를 세우고 듣는 상황이 되어버렸다. 원영은 어— 벌린 입을 다물고는 어색하게 웃었다.

"뭘요."

그녀가 간신히 대답한 말이었다. 지켜보고 있던 재휘는 픽 콧방귀만 뀌고 말았다. 답답한 장원영 같으니. 장원영의 답답한 행보는 이에 그치지 않았다. 김은옥 할머니의 병실에 앉아 할머니의 손에 붙들린 상태에서도 그녀는 꿀 먹은 벙어리마냥 아무 소리도 못하고 말았다. 주글주글한 눈가에 뜨거운 회한의 눈물이 맺힌 모습을 보니 차마 거절의 말이 나오지 않은 거였다.

"아이고, 내 새끼. 우리 예쁜 손자며느리."

"할머니……."

"그래, 그래. 내 어려서부터 입버릇처럼 네 신랑은 내가 골라 준다고 말하곤 했었는데. 말이 씨가 됐구나. 결국 우리 재휘랑 혼인을 하게 됐어."

"아니, 저, 할머니. 사실은……."

"내가 이제 죽어도 여한이 없다. 너라면 우리 재휘 녀석, 안심이 돼. 어려운 결심이었을 텐데 정말 고맙구나."

죽음의 그림자가 가득 드리워진 어두운 얼굴로 김은옥은 간신히 숨을 헐떡이며 말을 이어나갔다. 원영은 아무 말도 할 수 없었다.

"의사도 그렇고 다들 내가 곧 완치될 거라고, 걱정하지 말고 편하게 마음 가지라고들 한단다. 하지만 난 잘 알아. 내 몸이니 내가 가장 잘 아는 게지. 난…… 이제 살 만큼 살았다."

"그런 말씀이 어디 있어요? 얼른 쾌차하셔야지요."

그렇게 말하는 원영의 눈엔 또다시 이슬이 맺혔다. 어릴 때부터 그녀를 친손녀만큼이나 귀여워해 주었던 분. 돋보기 안경을 쓰고 그녀를 무릎에 앉혀놓고는 동화책을 읽어주시던 분. 일제 때 일본인들의 잔혹한 폭정, 학살, 고문 등에 대해 이야기해 주고, 앞으로 열심히 사는 것만이 나라를 위해 목숨을 바쳤던 수많은 선열들에 대한 보답이라고 말하던 분. 그 김은옥 할머니가 지금은 늙고, 병들고, 지친 모습으로 눈물을 글썽이고 있었다. 가슴이 미어지고 괜스레 죄스러운 마음에 그녀는 고개를 떨구었다.

"늙은이는 얼른 비켜줘야지. 이제 젊은 너희들이 살아가야 할 시대가 아니니."

"……."

"우리 재휘, 잘 부탁한다."

"할머니……."

검버섯이 만개한 할머니의 손이 토닥토닥 그녀의 손을 쓰다듬었다. 그녀의 마음을 다 안다는 듯, 모두 이해한다는 듯. 원영은 눈물을 떨어뜨리면서도 아무 말 못하고 말았다. 무슨 말을 달리 할 수 있을까? 죽음 앞에서도 의연한 할머니의 모습엔 저절로 마음이 경건해지는 걸.

원영이 병실 문을 밀고 나오자 밖에서 기다리고 있던 최 회장과 권 여사가 벌떡 자리에서 일어났다. 벽에 몸을 기대어 서 있던 재휘도 그녀의 얼굴을 살폈다. 혹시라도 심신이 병약한 할머니께 충격을 준 건 아닌지 다들 걱정하고 있었던 모양이었다. 원영은 한숨을 내쉬며 애써 미소를 지었다.

"피곤하신가 봐요. 이제 좀 쉬신대요."

최 회장은 내심 마음을 놓으며 안도의 한숨을 내쉬었다. 혹시나 원영이 딴소리를 한 건 아닌지 그 역시 걱정하고 있었던 거다. 말은 하지 않았지만 그는 원영이 이 결혼을 흔쾌히 받아들이지 않고 있다는 걸 잘 알았다. 그는 굳이 강요할 마음은 없었다. 둘 다 어리고, 결혼은 나중에 얼마든지 할 수 있는 것 아니겠는가. 하지만 어머니인 김 여사의 마음만은 편안하게 해주고 싶었다.

김 여사는 암이 재발하고부터 지금껏 재휘 걱정에 눈물이 마를 날이 없었다. 한시도 발 뻗고 잠을 못 자는 어머니의 모습에 최 회장 역시 마음이 아팠다. 거짓이어도 좋으니 제발 원영이 재휘와 결혼하겠다는 약속만 해주면 좋겠다는 게 그의 솔직한 심정이었다.

"그래, 고맙다."

최 회장은 부드럽게 웃으며 말했다. 권 여사도 역시 원영의 손을 마주 잡고 고개를 끄덕이며 고마워했다.

"수고했다, 원영아."

"전 그럼 이만 가볼게요."

원영은 울적한 마음을 애써 숨기며 최 회장과 권 여사를 번갈아 보았다. 두 노부부는 서로 마주 보더니 원영을 향해 고개를 끄덕여 주었다. 그리고 그때, 최 회장이 아들을 불렀다.

"재휘 너, 원영이 좀 데려다 주고 와."

애잔한 마음에 쓸쓸한 미소를 짓고 있던 원영의 얼굴이 순식간에 굳었다. 재휘와 함께 가라고?

"그래, 그게 낫겠다. 같이 가면서 얘기도 좀 하고."

권 여사도 빙그레 웃으며 아들을 재촉했다. 원영과 재휘는 서로를 마주 보며 인상을 찌푸렸다. 절대로 상대와 동행하고 싶지 않다는 속마음이 서로의 얼굴에 절절히 드러나 있었다. 더 극심한 짜증이 얼굴 위로 떠오르기 전에 재휘가 먼저 휙 몸을 돌려 걷기 시작했다.

"저, 저 녀석이!"

최 회장이 아들을 향해 혀를 찼다. 권 여사는 쿡쿡 웃으며 원영의 옆구리를 찔러댔다.

"쟤가 저렇다니까. 어서 따라가렴."

"예?"

"너 데려다 주려는 거야."

"제가 보기엔 그냥 내빼는 것 같은데요?"

원영은 웃으려고 무진장 노력하며 대꾸했다.

"내 아들을 내가 모르니? 저 녀석 저렇게 말해도 네가 집에 꼭 잘 들어가는 거 확인하고 올 녀석이야."

아들을 너~무 믿는다, 순진한 아주머니. 원영은 헤실헤실 웃으며 고개를 끄덕였다. 권 여사는 애교 섞인 눈으로 찡긋 윙크를 하더니 원영을 밀었다.

"어서 가봐."

"예, 그럼 전 이만……."

휘이휘이. 곡식 찾아온 참새를 쫓는 농부처럼 권 여사가 그녀를 향해 가벼운 손짓을 날렸다. 원영은 못 이기는 척 자리를 뜨며 인정머리없이 혼자 저만치 걸어가고 있는 재휘를 노려보았다. 어차피 이렇게 된 거, 좀 성의있게 바래다주면 안 되나? 뭐가 저렇게 뻣뻣해? 원영은 놈의 뒤를 뛰다시피 걸어가 따라잡았다.

"야, 최재휘. 너 네 아버지 말씀 못 들었어? 데려다 주라잖아."

딱히 뭘 요구하기 위해 한 말은 아니었다. 그저 심술이 나서 태클 걸 목적으로 한 말일 뿐이었다. 그러나 재휘는 몹시 거슬리는 듯 우뚝 자리에 멈춰 섰다. 갑자기 멈춰 서는 재휘를 따라 원영도 급하게 걸음을 멈추었다. 그는 살짝 뜸을 들이며 고개를 돌리더니 그녀를 돌아봤다.

“업기라도 할까?”

놈이 시건방진 말투로 물었다. 듣자마자 기분 확 상하는 싸가지 말투에 원영은 두 눈을 훌쩍 키우고 반문했다.

“뭐?”

“집까지만 같이 가주면 되는 거 아니야?”

“그거야 그렇지만……!”

성미가 욱 올라와 원영은 하던 말을 멈추었다. 솔직히 그녀는 그가 혼자 가든 말든 아무 상관 없었다. 오히려 따로따로 가는 게 훨씬 좋았다. 하지만 녀석 혼자 저만치 걸어가 버리는 모습을 보자 밸이 확 꼬여 버렸다. 특별히 바라는 것도 없었는데 왜 심술이 솟았던 걸까? 그가 듬직한 남자친구처럼 자신을 보호해주길 바랐던 걸까? 알 수 없었다.

“아까 하다 만 얘길 해야 되겠어.”

약간 어지러운 마음을 숨기며 원영은 심술궂은 얼굴로 그를 향해 한 걸음 다가갔다.

“하다 만 얘기?”

그가 물었다.

“그래, 네가 괜찮은 방법이 있다고 했잖아. 뭔지 알려줘. 들어나 보자.”

“괜찮은 방법이라고 말한 기억은 없는데.”

“어찌 됐든 대안이라고 내놓은 거잖아, 네가.”

“정 방법이 없다면 그렇게라도 해야 된다고 생각했을 뿐이야.”

"그러니까 그 방법이 뭐냐고. 나도 좀 알자고. 알아야 고려해 보든가 말든가 할 거 아니야."

잠시 재휘는 생각에 잠겼다. 물끄러미 원영을 내려다보며, 정말 그런 방법까지 써가면서 결혼을 해야 하는 건가 고민했다. 이건 결혼 얘기가 처음 나온 이후 일주일 넘게, 그가 머리 깨지도록 열심히 생각해 왔던 문제이기도 했다. 하지만 그중 이 방법은 떠올리자마자 곧바로 폐기처분되었던 거다. 하지 않는 것도 아닌 애매한 방법인데다가 주변 사람들을 속여야만 하는 찜찜함을 부작용으로 동반하고 있었기 때문이었다. 그건 정말 최재휘답지 않은 행동이었다. 절대로 고려하지 않으려 했던 그 방법은, 그러나 갑자기 울기 시작하는 원영의 돌발 행동에 당황한 나머지 얼떨결에 내뱉고 말았다.

주사위는 이미 던져졌다. 원영이 이 일을 받아들이느냐, 안 받아들이느냐는 전적으로 그녀의 선택이었다. 그는 그녀가 무슨 선택을 하든 그 뜻에 따를 것이다. 어차피 그는 선택의 여지가 없으니까. 재휘는 그녀를 빤히 내려다보며 무덤덤하게 중얼거렸다.

"결혼만 하고 혼인신고는 하지 않는 거야."

✱

토요일, 정오를 막 넘긴 시각. 도산고 교문 앞은 중간고사를 마치고 해방감에 들떠 있는 남학생들로 북새통을 이루고 있었다. 영호도 두 팔을 위로 쭉 뻗고 기지개를 켜며 이번 주말엔 뭘 하며 지낼지 열심히 생각하고 있었다. 미팅 건수가 잡혔는데 거기나 갈까. 영호는 무덤덤한 얼굴로 걷고 있는 재휘 녀석을 툭 손등으로 쳤다.

"야, 무슨 생각을 그렇게 해? 미팅이나 가자."

"싫어."

"자식, 딱 잘라 거절하기는. 야, 종수가 그러는데 딱 두 사람 빈대. 너랑 나랑 가면 딱이라니까. 저쪽 은하예고 무용부라더라. 응? 어때?"

"공부해야 해."

아이구, 이런. 지겨운 공부 타령 또 나왔군. 재휘는 하기 싫은 일은 무조건 '공부' 핑계를 대며 거절하는 짜증스런 버릇이 있었다.

"야, 인마. 넌 공부 소리 지겹지도 않냐? 지금 중간고사 끝난 지 한 시간도 안 됐거덩? 그동안 시험 때문에 스트레스받은 뇌나 쉬게 해줘야지, 무슨 공부 타령이야."

"내 뇌는 멀쩡해."

거짓말로 영호의 입을 막고 재휘는 저벅저벅 더욱 빠른 보폭으로 걸어가기 시작했다. 곧 그의 뒤를 따라붙은 영호 녀석이 '이 시점에서 우리가 미팅을 해야 하는 이유'에 대해 주저리주저리 늘어놓았지만 재휘는 생각을 바꿀 용의가 전혀 없었다. 지금 한 가지 일만으로도 머리가 터질 지경인데 미팅 나갈 정신이 어디 있겠는가. 속 모르는 영호는 계속해서 재휘를 설득하려 했다. 영호의 말을 한 귀로 흘리며 재휘는 어제 원영과 나누었던 대화를 떠올렸다.

"너 미쳤니?"

그가 내놓은 대안을 듣고 그녀가 처음 보인 반응이었다. 결혼만 하고 혼인신고를 하지 않는다는 말을 '동거' 수준으로 받아들인 듯 그녀는 노발대발 더티한 성격 자랑을 해댔다.

"어린 게 정말 못하는 소리가 없구나? 너, 내가 그렇게 우습게 보여? 이게 어디서!"

원영은 너무나 흥분한 나머지 주먹을 휘두르려고까지 했다. 자신을 혼인빙자 간음죄를 저지른 간악한 시정잡배 취급하는 그녀를 보고 있자니 그는 웃음밖에 안 나왔다. '내가 하는 말을 좀 잘 들어봐. 왜 무턱대고 화만 내냐? 이 꼴통아' 라고 윽박질러 주고 싶은 걸 재휘는 꾹 참았다. 사실 그가 그녀의 오해를 사게끔 말한 잘못도 있으니까 말이다. 대신 그는 점잖게 일러주었다.

"맞아, 너 지금 굉장히 우습게 보여."

"뭐, 뭐야?"

"분해하지 말고 집에 가서 발 닦고 잠이나 자. 푹 자고 일어나서 내가 한 말을 곰곰이 생각해 보라고. 그런 다음에 애기하지?"

"너 지금 나한테 훈계하는 거니?"

"제안하는 거야. 정중하게."

"네가 뭔데……!"

"네 서방님."

그가 충동적으로 꺼낸 말에 원영은 그 자리에서 꽁꽁 얼어붙고 말았다. 그때 놀라 입만 쩍 벌리고 있던 장원영이라니. 어찌나 통쾌하던지. 유치한 짓이라는 걸 알았지만 그 순간, 재휘는 짜릿한 쾌감을 느꼈다. 결승골을 넣은 축구 선수의 기분이랄까. 재휘는 원영의 약을 바짝 올리며 보란 듯이 멋지게 웃어주었다.

"~이 될지도 모르잖아. 제안 한 번 한 것 갖고 너무 그렇게 화내지 마시라고."

"하!"

기가 차서 말을 못 한 건지, 너무 당황해서 말을 못 한 건지. 원영은 허리에 손을 올린 채로 '하!' 소리만 계속 해대고 있었다. 재휘는 그런 원영의 손을 덥석 잡아버렸다.

"뭐, 뭐 하는 거야?"

원영은 재휘가 잡은 제 손목을 보며 펄쩍 뛰었다. 얼굴이 새빨개진 채로 어찌나 놀라고 펄펄 뛰던지 재휘는 피식 웃고 말았다. 내내 산전수전 공중전까지 다 치른 어른처럼 재놓고 남자랑 손목 한 번도 못 잡아본 소녀처럼 얼굴을 붉히는 건 또 뭐람. 그런 주제에 어른이라고…….

"그만 하지 그래? 남들이 보면 내가 성추행범인 줄 알겠네."

재휘가 비아냥거렸다. 원영은 이를 갈며 버텼다.

"이게 바로 성추행이거든? 이거 놔라. 안 놔?"

"오버하지 마. 나, 너 여자로 안 봐."

"모르는 소리 마시지. 성추행은 원래 피해자 쪽 입장이 우선
이야. 내가 그렇게 느꼈으면 이건 추행인 거야. 아무것도 모르
는 게 까불고 있어."

원영은 얼굴까지 새빨갛게 붉히며 우기고 있었다. 설마 손목
잡힌 게 부끄러워서 저리 얼굴 붉히는 건 아닐 테고, 분명 끓어
오르는 화를 삭이고 있는 중일 거라 생각한 재휘는 씩 웃으며
더욱 그녀의 화를 부채질했다.

"너, 내 누나라며. 나더러 머리에 피도 안 마른 어린놈이라며.
동생이 손잡아도 성추행이냐? 내가 손잡은 게 성추행처럼 느껴
진다고? 너, 변태야?"

"뭐야? 야! 뭐 이런 게 다 있어? 아우, 증말!"

분하고 원통해 꼴까닥 뒤로 넘어갈 것처럼 원영은 화를 냈다.
뒷골이 당기는지 목 뒤쪽을 붙든 그녀는 여전히 한쪽 팔을 그에
게 잡힌 채였다. 그는 냉소적으로 피식거리며 원영의 팔을 확
잡아끌었다. 원영은 힘없이 딸려와 그의 가슴팍에 코를 박았다.

"야!"

발끈하며 고개를 쳐든 그녀에게 재휘는 싸늘하게 면박을 주

었다.

"미안한데, 나 지금 굉장히 바쁘거든? 제발 좀 시끄럽게 하지 말고 집에 가자."

"이 손 놓으셔. 그럼 가지 말래도 갈 거니까."

"왜? 내 손 잡고 가면 정들까 봐?"

"웃기고 있네. 내 눈 엄청 높거든?"

"잘됐네, 내 눈도 높은데. 서로 만날 일은 없겠다."

"손 놔라."

원영이 두 눈을 부릅뜨고 경고를 날렸다. 하지만 원영의 경고 따위는 신경도 쓰지 않는 듯 재휘는 그녀의 손목을 쥔 채로 맹렬하게 걷기 시작했다. 원영은 쓰러지지 않기 위해 뛰어야 했다.

"이거 안 놔? 놔, 안 놔? 놓으라고!"

그녀의 잔소리는 버스정류장에 도착해서 그가 손목을 놔줄 때가지 계속되었다. 정말 시끄러운 애였다, 장원영은. 그나마 쪽팔리는 건 아는지 사람들이 쳐다본다 싶을 땐 입을 다물어주었지만 그때마저도 종알종알 소리 낮춰 재휘의 뒤통수에 악담을 퍼부었었다.

그가 지금껏 납득 못하고 있는 부분이 바로 이 대목이었다. 평소라면 그녀가 놓으라고 했을 때 지체없이 놓아주었을 것이다. 그는 여자한테 집적대는 스타일이 아니었다. 물론 그녀의 손목을 잡은 것도 그다지 최재휘답지 못한 행동이긴 했다. 자신에게 발톱을 세우며 적의를 표하는 여자를 상대로 무슨 짓을 한 것인지, 스스로 생각해 봐도 매너없는 짓이었다.

왜 그랬을까? 어제저녁 내내, 그리고 오늘 하루 종일 그 생각 때문에 재휘의 머리는 쥐가 날 지경이었다. 충동적으로 그녀를 더욱 발끈하게 하기 위해서 그랬다는 건 물론 그 스스로도 잘 알고 있었다. 그땐 어른인 척하며 그를 깔아뭉개려는 그녀가 아주 얄미웠고, 그래서 거하게 한 방 먹여주고 싶었다. 그녀와의 나이 차이는 겨우 세 살. 어찌 보면 똑같이 어린데 너무 자신을 무시하는 것 같아 재휘는 화가 났었다. 하지만 그 충동이란 것이 그를 더욱 혼란에 빠지게 했다.

충동(衝動).

충동의 사전적인 의미는 '들쑤셔 움직이게 함'이다. 그녀의 무언가가 그를 들쑤셔 움직이게 한 거였다. 그녀의 무언가가……

그는 그게 궁금했다. 그녀의 어떤 점이 자신을 그렇게 들쑤셔 놓은 건지. 설마 어릴 때의 감정이 지금까지도 남아 그의 무의식을 지배하고 있는 것일까? 여덟 살 때부터 고등학교를 들어가기 직전까지 그는 장원영을 짝사랑했었다. 어떻게 해도 그녀에게 자신은 어린 동생일 뿐이란 걸 깨달은 후, 그딴 연심 따위 접어버렸지만.

"너 찾기 되게 쉽다?"

생각에 빠진 그가 고개를 숙이며 막 교문을 지나치는 순간이었다. 장원영의 목소리가 그의 발걸음을 휙 잡아챘다. 우뚝 멈춰 선 재휘는 원영의 모습을 확인했다. 하늘하늘한 긴 치마와 단이 짧은 볼레로형 니트를 입은 그녀는 긴 생머리를 휘날리며 그를 바라보고 있었다. 재휘와 두 눈이 마주치자 원영은 어색하게 입술을 삐쭉거리며 그에게 다가왔다.

"전봇대가 걸어오는 줄 알았네. 너 키가 몇이니?"

생뚱맞은 말로 말문을 연 그녀는 빤히 그를 올려다봤다. 두 눈을 슬쩍 치뜨고 그를 바라보는 원영은 새치름하니 귀여웠다. 재휘는 목을 감고 있는 넥타이를 잡아 느슨하게 풀고는 원영을 물끄러미 바라봐 주었다. 그래, 용건이 뭐냐?

"네 말……. 네가 어제 한 말 말이야. 생각해 봤는데……."

"야, 최재휘! 너도 미팅, 가는 거지?"

원영의 말을 끊은 사람은 다름 아닌 주영호였다. 원영과 재휘는 동시에 고개를 틀어 영호를 돌아보았다. 책가방을 가슴에 안고 다른 친구와 마구 장난을 치며 오고 있던 영호가 순간, 그들을 발견하고 발걸음을 멈추었다. 저 누나는?

"어……."

영호는 며칠 전 본 적이 있는 예쁜 누나를 바라보며 두 눈을 정신없이 깜빡였다. 그날 원영의 인상이 너무 좋아, 영호는 다음날 재휘를 들들 볶았었다. 그녀가 누구이고, 어떤 사이인지 캐묻는 그에게 재휘는 묵묵부답으로 일관했고 녀석의 입이 천

근처럼 무겁다는 걸 아는 영호는 금세 포기하고 예쁜 누나의 일
일랑 싹 잊어버리고 말았었다. 한데…….

"약속이 있었구나?"

수상한 눈으로 원영과 재휘를 번갈아 바라보며 영호가 말했
다. 은근히 둘 중 누구든 두 사람의 사이를 설명해 주길 바라며
한 말이었지만 두 사람은 모두 입을 꾹 다물고 어색하게 서 있
을 뿐이었다. 대체 두 사람은 어떤 사이일까? 궁금하기 짝이 없
었지만 영호는 뻘쭘하게 웃으며 재휘의 어깨를 토닥거렸다.

"뭐, 그럼 미팅은 다음에 하자."

원영의 눈매가 날카로워지는 것도 모르고 그는 활짝 웃으며
자리를 떴다. 원영은 콧방귀를 뀌며 가슴 밑으로 팔짱을 척 꼈
다. 끼니까지 걸러가며 고심하고, 또 고심한 끝에 여기까지 온
원영으로선 이렇게 억울할 때가 없었다. 그녀는 정말이지 이번
일이 죽을 만큼 혼란스럽고 괴로웠다. 어떻게 하면 이 상황을
모면할 수 있을지 생각하느라고 머리에 쥐가 날 지경이었고 잠
도 제대로 못 잘 정도로 고민스러웠었다. 그런데 일이 손에 안
잡힐 만큼 고민했던 이 사안이 그에겐 아무것도 아니었던 것이
다. 그녀는 잠도 못 자고 끙끙 앓았는데 정작 그는 미팅할 생각
에 잠을 설쳤다고 생각하니 가슴속에서 울분이 솟구쳤다.

'뭘 기대했니, 장원영?'

그는 그저 평범한 고등학생일 뿐이야. 아무 생각이 없다고.
원영은 반반한 최재휘 얼굴을 뚫어져라 째려보며 당차게 말

했다.

"바쁜 것 같은데 단도직입적으로 말할게."

배알 심하게 꼬여 냉기 풀풀 풍기는 얼굴로 그녀는 애초 여기 왔던 목적을 싹 무시하고 마음에도 없는 소릴 내뱉듯 말했다.

"네 제안 거절이야."

"아직도 내가 널 우습게봤다고 생각하는 거냐?"

재휘가 조용히 물었다. 원영은 일부러 생글생글 웃는 얼굴로 대답해 줬다.

"응."

"이유가 뭔데?"

"몰라서 묻니? 상식적으로 말이 안 되잖아."

솔직히 그가 제안한 방법은 그녀의 상식으론 이해가 안 되는 거였다. 어떻게 결혼은 하고 혼인신고를 안 하냐고. 말이 돼? 결혼하면 그녀는 유부녀가 된다. 혼인신고를 하지 않는다고는 하나, 그게 어디 눈 가리고 아웅 하는 거지 제대로 된 방편인가 말이다. 문제는 결혼과 동시에 그녀가 영영 처녀 딱지를 떼이게 된다는 사실이고, 그건 그녀의 미래에 치명적인 오점으로 남게 될 게 분명했다. 아무리 고등학생이라도, 여자에게 그게 얼마나 중요한 건지 모르지 않을 텐데 어쩌면 뻔뻔스럽게 그런 말을 아무렇지도 않게 말할 수 있을까? 그 생각만 하면 화딱지가 나고 울화가 치밀었다. 가부장적인 가정환경 탓에 그의 머리가 완전 구석기시대의 것이 되어버린 건 아닌지 아주 한심해질 지경이었다, 처음엔. 그가 처음 그런 말을 꺼냈을 때부터 몇 시간 동안은 확실히 그런 마음이었다.

하지만 생각이 거듭될수록 뭔가 앞뒤가 잘 안 맞는다는 생각을 하게 되었다. 일단, 그녀가 아는 최재휘란 애는 그런 파렴치한 짓을 아무렇지도 않게 저지를 남자가 아니었다. 적어도 김 할머니의 손자라면, 절대 그런 비양심적이고 부도덕한 짓을 저지를 순 없을 것이다. 아무리 구석기시대라도 양심이란 건 있었을 거 아닌가. 싸가지는 없어도 인간성이 나쁜 애는 아니었다, 최재휘는. 결국 고심 끝에 원영은 결정을 유보하기로 했다. 대신 다시 그와 만나 정확한 의중을 확인해 보기로 마음먹었다.

하지만 지금 원영은 재휘를 찾아온 걸 후회하고 있었다. 이 자리에 서서 그를 마주하고 있다는 것 자체가 그녀는 한심스러웠다. 최재휘가 뭐라고. 그는 단순히 어린 학생일 뿐이다. 시험 끝나고 미팅이나 할 생각에 들떠 있는 평범한 고등학생. 그에게 뭘 묻고 뭘 의지할 수 있겠는가.

"네 호적을 지켜주려는 거야. 그게 왜 말이 안 돼?"

그가 말했다. 원영은 모든 게 삐딱해진 나머지 두 눈을 가늘게 좁혀 뜨고 옹골찬 말 한마디를 내뱉었다.

"네가 총각으로 남고 싶은 건 아니고?"

훗, 그가 아주 옅은 미소를 지었다. 그러더니 고소 가득한 입가를 비틀며 중얼거렸다.

"그 점도 물론 중요하지."

순간 그녀의 눈빛이 날카롭게 빛났다.

"너 정말 이기적이구나? 진짜 소름이 돋는다."

"이성적으로 생각해 봐. 그것 외엔 방법이 없어."

열받은 그녀를 조롱하듯 그는 냉소했다. 재수없어. 원영은 싸늘하게 웃으며 놈의 코앞까지 다가가 암팡지게 입을 놀렸다.

"오호~ 그렇구나. 결혼하고 혼인신고 안 하는 게 이성적이구나. 부탁인데, 닥쳐 줄래?"

청순가련형으로 생겨서 말 한 번 거칠게 잘하네. 재휘는 교복 와이셔츠 맨 위 단추를 천천히 끄르고는 그 손을 허리에 올려두었다. 지금 느끼는 건데 장원영, 은근히 그를 열받게 하는 재주가 있었다. 웬만해선 흔들리지 않는 그의 평정심이 그녀와 얘기만 하면 순식간에 사라진다. 놀랍다. 재휘는 평소엔 끄떡도 하지 않는 수준의 비난에 발끈하는 유치한 자신을 비웃으며 원영에게 말했다.

"너, 아무래도 나랑 무진장 결혼하고 싶은가 보다?"

"뭐야?"

"결혼 못한다고 네 부모님께 말하랬지? 내 부모님한테도 네 입장 똑똑히 밝히라고도 했어. 우리 부모님, 네가 싫다고 하면 그만두실 분들이야. 막무가내로 밀어붙이는 스타일 아니라고. 솔직히 말해서 난 내 의견을 밝힐 수 있는 입장이 아니야. 그래서 네가 나서주길 바란 거고 네가 나서서 못한다고 하면 이대로 없었던 일이 될 수도 있어. 한데 넌 그러지 않았어."

"그건……! 나도 말하고 싶었어."

소리치려다 말고 원영은 목소리 톤을 낮춰 말한다. 그 부분에 대해서는 그녀도 할 말이 없는 듯했다. 재휘는 비웃듯 말했다.

"말하고 싶었는데 말은 안 했다?"

"말이 안 나왔다고!"

원영이 소리를 쳤다. 두 주먹을 꽉 쥐고 발끈대는 그녀의 얼굴은 또다시 붉게 달아오르고 있었다. 열이 훅 머리꼭지까지 솟구쳐 올라왔다. 원영은 앞으로 흘러내리는 머리카락을 훅, 입바람으로 넘기고는 이를 악물었다.

"말할 수 없었어, 적어도 그땐. 네 할머니 우시는데 말문이 턱 막혔다고. 네 어머니, 아버지 눈빛이 얼마나 간절했는지 알아?"

"결론은 안 했다는 거잖아. 게다가 내가 한 제안도 거절하고."

"그래서?"

"나랑 정말로 결혼하고 싶어 안달이 난 것처럼 보인다고."

"뭐야?"

이런 말뼈다귀 같은 자식을 봤나. 미쳤구나? 돌았구나? 완전히 뇌가 송송 뚫려 버렸구나? 원영은 기가 탁 막혀 눈알이 튀어나올 것 같았다. 그런 그녀 앞에 그는 빈정거리며 한마디 툭 던져 놓는다.

"그게 아니면, 다른 대안을 내놓아보시던가."

"너…… 너 정말로 네가 말한 그 방법이 최선이라고 생각해?"

원영이 살기마저 가득한 눈으로 재휘를 째려봤다. 재휘는 전혀 감정 없는 얼굴로 무뚝뚝하게 자신의 생각을 나열하기 시작했다.

"결혼을 피할 수 없다면 하긴 해야겠지. 하지만 우린 얼마든지 빠져나갈 수 있어. 설마 원하지도 않았던 결혼을 평생 유지하고 싶은 건 아니겠지?"

"이혼 얘기라면 제발 접어둬라. 난 너랑 결혼 같은 거 안 할 거니까."

아드득, 이 가는 소리가 원영의 보드라운 입술 안으로부터 들려왔다. 재휘는 흔들리지 않고 냉정하게 다음 말을 이어갔다.

"혼인신고를 하지 않는다면 나중에 이혼하지 않아도 되는 거야."

"하!"

원영의 외마디 감탄사가 재휘의 말문을 막아 세웠다. 지금 그녀는 고등학교 시절 학내를 주름잡았던 흑장미파 애들을 섭외해 오고 싶은 심정이었다. 이 뇌수술 필요한 나쁜 자식을 흠씬 두들겨 패주도록. 원영은 음산하게 목소리를 내리깔고는 중얼거리듯 물었다.

"헤어지기 전에 애라도 생기면 어쩔 건데?"

"뭐?"

재휘가 물었다.

"아니, 애가 안 생겨도 그렇지. 혼인신고를 안 하고 결혼해 산다는 게 말이 되니? 너 어린애가 진짜 못쓰겠구나? 여자가 네 장난감이니? 내가 네 호구로 보여?”

원영은 불꽃이 튀는 눈동자를 재휘의 눈에 고정시키고 계속 말을 이어나갔다. 너무나 화가 나 재휘가 얼마나 기막혀 하는지조차 눈에 들어오지 않았다. 그는 어이가 없어 그저 웃고만 있었다. 정말 ‘그냥 웃지요’ 였다. 도대체 그의 어느 말에서 ‘아기가 생기는 불상사에 대한 전제’를 감지한 거지?

“생긴 건 번드르르해 가지고. 여자들이 굴비 엮이듯이 줄줄 따르지? 그래서 여자들이 우습냐? 같잖아? 웃기지 마. 네 엄마도 여자고, 네 할머니도 여자야. 너 세상 그렇게 사는 거 아니다. 응?”

“…….”

“대답 안 해? 너 세상 그렇게 살지 마! 여자 우습게 알지 말고 존중해 주란 말이야. 알겠어?”

“알겠는데…….”

재휘가 드디어 입을 열었다. 여전히 기막혀 하는 모습이었지만 원영은 이미 눈에 뵈는 게 없는 상태였다. 그녀는 재휘의 말은 들을 생각도 않고 놈의 목덜미를 툭툭 쳐댔다.

“나 간다. 잘해, 인마.”

뒤통수를 쳐주고 싶었지만 녀석이 워낙 키가 커서 손이 닿지 않았다. 하여튼 목덜미라도 때려주고 나니 속이 확 풀리는 것 같았다. 나쁜 놈. 여자를 범해놓고 책임도 안 지려는 못된 놈.

저런 놈이 어찌 권 여사 같은 성품 곧은 분 뱃속에서 나왔을꼬.
최고의 미스터리다.

"장원영."

무슨 할 말이 또 남은 걸까. 재휘가 그녀를 불렀다. 뒤돌아 막
걸어가기 시작한 원영은 가슴 밑으로 팔짱을 끼고는 휙, 고개를
돌렸다. 뭐, 인마?

"내가 깜빡 잊고 말을 안 했는데."

저 밥맛, 또 무슨 말을 하려고? 원영은 미간을 좁히며 초점을
맞췄다.

"사실은 나도 너랑 자기는 싫거든?"

순간, 단호하게 얽혀 있던 원영의 두 팔이 스르르 풀어졌다.
원영의 얼이 잠시 저~ 멀리 떠나간 것은 물론이고.

결혼은 신속하게 진행되었다.

마치 정상회담 체결하듯, 양쪽 부모님들끼리 만나 몇 가지 의논하고 결정을 내리더니 번갯불에 콩 볶아먹듯 날을 잡고 얼마 안 가 혼례가 성사되었다. 방학을 며칠 앞두고 그들은 가족들만 조촐하게 모인 자리에서 전통혼례를 올렸다. 원삼 족두리의 제 모습이 어찌나 우울하고 우스꽝스러운지 원영은 그만 눈물을 왈칵 쏟아버렸다.

그녀는 몇 달만 참으면 모든 게 정상으로 돌아가게 될 거라고 스스로를 위로했다. 사실, 모든 일이 재휘의 말대로만 된다면 정말 더할 나위 없이 깔끔하게 해결될 수도 있었다. 할머니는 조만간 돌아가실 것이고, 그럼 두 사람도 아무 일 없었다는 듯이 빠이빠이 손 흔들고 헤어지면 되는 것이니까. 그의 말대로 식만 올리고, 혼인신고도 하지 않고 잠자리도 갖지 않는다면 그야말로 완벽한 범죄였다. 뭐, 물론 이 모든 사실을 양가 부모님께서 아시게 되면 불벼락이 떨어질 게다. 하지만 어쩌겠는가? 장본인들이 헤어지겠다는데. 일단 할머니가 돌아가시게 되면 그들이 결혼 생활을 계속할 이유도, 명분도 사라지게 되는 것이다. 결국 그녀는 할머니가 돌아가실 날만 손꼽아 기다리게 되었다.

'나쁜 년.'

원영은 아랫입술을 질끈 씹으며 스스로를 향해 욕설을 내뱉었다. 할머니의 완쾌와 장수를 빌고 빌어도 모자랄 판에 돌아가시길 바라고 있다니. 그녀는 철저하게 이기적인 자신이 섬뜩하기까지 했다. 죄책감에 속이 쓰렸다.

'할머니가 널 얼마나 예뻐했는데. 이래도 되는 거니, 장원영?'

원영은 이내 고개를 가로저으며 한숨을 내쉬었다.

"너 아직도 안 들어가고 뭐 해?"

주방에서 물을 마시고 있던 원영은 갑작스런 인기척에 깜짝 놀랐다. 어머니인 구 여사다. 밤 열두 시가 넘었는데 잠 안 자고 뭐 하러 나오셨담?

"아직도 안 자고 뭐 해?"

"우리 막내딸 시집보낸 날인데 쉽게 잠이 오니?"

구 여사가 뿌듯한 얼굴로 원영의 등을 부드럽게 쓸었다. 그렇다. 오늘은 그녀가 꼬마신랑 최재휘 군과 혼례를 올린 날이다. 고로 오늘 밤은 신혼 첫날, 바로 허니문이고. 하지만 신혼여행은 전통식에 따라 생략하고 친정집에 신방을 차렸다. 내일은 시댁에 잠깐 들렀다가 곧바로 신혼집으로 가게 된다.

"휴!"

원영은 땅이 꺼지도록 한숨을 몰아쉬었다. 그녀는 자신이 이런 결혼을 하게 될 줄 꿈에도 몰랐다. 늘 새하얀 드레스에 아름답고 고귀한 부케를 들고 턱시도를 입은 신랑의 팔에 손을 얹은 자신의 모습을 상상하곤 했었다. 사람들의 축복을 받으며 웨딩마치에 맞춰 행진하는 모습을 떠올리곤 했었단 말이다. 하지만 현실을 생각하면 눈물이 앞을 가린다.

전통혼례. 꼬마신랑. 신혼여행도 못 가고. 게다가 결혼 반지는 또 이게 뭐람.

원영은 제 손을 쫙 펴서 반지를 내려다봤다. 알이 엄청 큰 다이아몬드는 척 보기에도 부담스러웠다. 계방 아줌마나 복부인이 낄 만한 이 어마어마한 반지는 이제 책상 서랍 안에서 고이 잠들게 될 것이다. 그나마 민무늬 백금의 약혼반지는 꽤나 세련되고 단출하니 마음에 들었다.

"휴~"

또다시 한숨을 내쉬려니 구 여사가 은근하게 묻는다.

"왜? 긴장되니?"

"무슨 소리야?"

원영은 마시던 물을 마저 마시며 무심코 대꾸했다.

"첫날밤 말이야. 걱정되는 거야?"

"뭐, 뭐라고?"

"걱정하지 마. 재휘가, 아니, 최 서방이 다 알아서 할 거야."

"서방은 무슨 서방이야? 조그만 애한테. 징그러."

"애 좀 봐? 혼례를 올렸으면 서방님이지. 어리다고 무시하면 못써."

구 여사가 엄하게 훈계를 늘어놓는다. 원영은 불만스레 콧잔등을 찡그렸다. 개뿔. 서방님은 무슨 서방님.

"하여튼 최 서방, 알아서 잘할 거다. 네 시어머니가 잘 교육시키겠다고 했으니까 걱정하지 말고 들어가."

"뭘 교육시켜?"

이 불안한 감은 또 뭔가? 원영은 불길한 기분으로 물었다. 구 여사는 천진난만한 얼굴로 방긋 웃었다.

"뭐긴 뭐니. 첫날밤 어떻게 치르나, 하는 거지."

"풉!"

충격적인 구 여사의 발언에 원영은 입에 머금고 있던 물을 뿜어버렸다. 아니, 이게 무슨 쭈그리고 앉아 응가하다 주저앉는 소리냐?

"엄마 미쳤어? 나더러 저 꼬맹이랑 그, 그걸 하라는 거야?"

원영은 두 눈을 부라리며 소리쳤다. 오, 마이 갓! 구은아 여사의 머리가 어떻게 되어버린 거 아니야? 어떻게 미성년자랑 합방을 하라 대놓고 말할 수가 있는 거야? 원래부터 구 여사가 그리 개방적인 성품이었던고? 원영은 제 어머니인 구 여사를 마치 딴 사람 보듯 바라봤다. 구 여사는 천장을 흘낏 올려다보며 원영의 팔뚝을 찰싹 때렸다.

"이놈의 지지배, 목소리 못 낮추니?"

"아얏! 아파—!"

원영이 팔뚝을 문지르며 신경질을 부렸다. 하지만 어느새 자신도 모르게 목소리를 낮추고 있는 그녀다. 구 여사는 못된 송아지 같은 제 막내딸을 향해 혀를 쯧쯧 차며 원영의 정수리에 꽁, 군밤을 쥐어박는다.

"에라, 이 철부지야. 왜 이렇게 조심스럽지를 못하니. 이래 가지고 시집살이 제대로 하겠어?"

"아주머니가 시집살이는 안 시킨댔어."

원영은 머리를 문지르며 인상을 찌푸렸다.

"아주머니는 또 뭐야? 시어머니한테. 어머님이라고 해야지."

"아~ 증말. 우리끼리 있는데 뭐 어때?"

"안에서 새는 바가지가 밖에 나가서도 샌다고 했어. 이렇게 말 함부로 하다가 저도 모르는 새에 툭, 나와 버리는 수가 있다고. 조심해, 이것아."

"알았어."

원영은 신경질적으로 대답하고는 물 잔을 식탁에 내려놓았다. 진짜 결혼한 게 아니란 걸 알면 이보다 더 노발대발하시겠지? 원영은 생각만 해도 끔찍한 상황에 부르르, 몸을 떨었다. 그리곤 슬금슬금 구 여사의 눈치를 살피며 자리를 뜨려는 찰나였다.

"네 방 침대, 퀸 사이즈인 거 알지?"

구 여사의 목소리가 콕 정곡을 찔렀다.

"으, 응?"

"두 사람 자기엔 무리없을 거야. 둘 다 덩치가 큰 편이 아니니까."

"엄마! 정말 나더러 걔랑 같이 자라고?"

대충 알겠다고 말하고 무시하면 될 걸. 원영은 바보처럼 울상을 하고선 애걸복걸을 했다. 정말 생각만 해도 끔찍하지 않나? 그 최재휘랑 같은 침대에 누워 그, 그…….

"헉헉! 난 못해."

갑자기 숨이 가빠오자 원영은 머릿속에 떠오르는 수많은 광경들을 재빨리 지워 버렸다. 얼굴이 새하얗게 질린 그녀를 보며 구 여사는 다시금 쯧쯧 혀를 찼다. 어린것이 엄청 긴장되는 모양이다 싶으니, 그 옛날 연지곤지 찍고 시집가던 자신의 모습이 떠오르기도 했다. 구 여사는 피식 웃으며 원영의 어깨를 다독였다.

"남자들은 본능적으로 알게 되어 있어. 넌 그냥 가만히 누워만 있으면 돼.”

누워만 있으면 된다고? 꺄아— 원영은 비명을 속으로 삭이며 콧구멍을 벌렁거렸다. 이건 정말 있을 수 없는 일이야. 안 돼!

“엄마, 걘 미성년자야. 내가 그깟 미성년자랑…… 그래야 되겠어?”

최대한 침착하기 위해 노력하며 원영은 물었다. 하지만 구 여사는 그녀의 등을 톡톡 두들기며 웃기만 했다.

“경찰서에 끌려갈 일은 없으니까 걱정 붙들어 매. 결혼하면 그 시간부터 성인인 거야. 법적으로도 그럴걸?”

“그, 그런 게 어디 있어? 걘 겨우 열여덟인데.”

잔뜩 겁먹은 듯 원영은 말까지 더듬었다.

“그렇게 걱정되니? 그럼 결혼은 왜 했어?”

“그, 그야 엄마랑 아빠가……. 할머니도 그렇고…….”

“그래도 네가 조금은 마음이 있으니까 결혼하겠다고 나선 거 아니니?”

그런가? 아니야. 그건 아니라고. 하지만 듣고 보니 맞는 말 같기도 하고……? 원영은 미간을 찡그린 채 눈꺼풀을 나풀거렸다. 솔직히 녀석이 고등학생이라고 하기엔 허우대가 심각하게 멀쩡하긴 했다. 그래서 가끔, 문득문득 그녀도 모르게 동생이 아닌 남자로 바라보게 될 때도 많았고. 하지만 그래서 결혼하기로 마음먹었던 건 아니란 말이지!

“너희는 결혼했어. 뭐가 문제니? 도대체.”

“난 그래도 재휘가 고등학교 졸업은 해야지 된다고…… 생각하는데.”

머릿속이 잔뜩 헝클어져 버린 기분으로 원영은 멍하게 중얼거렸다.

“그럼 너무 늦지.”

“뭐가?”

“아기 말이야. 지금 열심히 만들어도 시간이 부족할…….”

“아기?”

이건 또 무슨 소리? 원영은 험악한 얼굴로 구 여사를 돌아봤다. 설마 지금 구 여사, 스물한 살밖에 안 먹은 막내딸한테 임신하라고 조언하는 건 아니겠지?

“지금 아기라고 했어, 엄마?”

재차 원영이 물었다.

“왜? 내가 뭐 잘못 말했니? 결혼을 했으면 아기 갖는 건 당연한 거지.”

“나, 난 그럴 마음 전혀 없는데.”

“아기를 안 갖는다고? 너 정신 나갔니? 그 집이 어떤 집인데 애를 안 낳아? 재휘가 5대 독자야, 5대 독자.”

아씨! 누가 그걸 모르나? 그것 때문에 이런 말도 안 되는 결혼을 하게 되었는데 당연히 알고 있지.

“아니, 계속 안 갖겠다는 게 아니고 지금은 좀……. 나 학교는 마쳐야 하지 않겠어? 재휘도 고등학생이고.”

생각해 보니 정말 끔찍하지 뭔가? 스물한 살 대학생의 신분으로 애 엄마가 된다니, 게다가 남편은 코찔찔이 고딩!

'암울하다, 암울해.'

물론 절대 아기를 갖게 되는 일은 일어나지 않을 것이다. 재휘와 그녀는 양해 각서를 체결한 이후다. 절대 육체 관계는 갖지 않을 것이고 두 사람의 결혼에 대해서는 주변 사람들에게 완전 함구하여야 하며 김 할머니가 눈을 감는 즉시 두 사람은 갈라선다는 내용이다. 내용대로라면 모든 것이 '백 투 더 결혼 전', 아무 일도 없었던 것처럼 되는 것이다. 그럼에도 불구하고 원영은 어른들이 벌써부터 '아기'를 바라고 있다는 사실에 충격을 받았다. 어떻게 겨우 열여덟 살밖에 안 먹은 어린아이의 애를 가지라는 건가? 정말 애가 애를 낳는다는 말이 딱 이런 경우지 싶었다.

"애 키우는 건 걱정도 하지 마. 나도 있고 네 시어머니도 흔쾌히 봐주겠다고 하시더라. 네가 공부하고 일하는 거, 하나도 반대 안 하신대. 유학도 필요하면 보내주신다던데?"

"엄만 좋겠수. 딸 학비 걱정 안 해도 되니까."

원영은 입술을 삐죽거렸다. 심히 빈정거린 거였지만 구 여사는 마냥 좋은 듯 하하호호 하며 원영의 어깨를 쿡쿡 찔렀다.

"그래. 너 때문에 내가 요즘 기분이 날아갈 것 같다. 회춘하나 봐. 기분이 좋으니까 몸이 붓는 것도 덜하고 밤에 쥐나는 일도 뜸해. 잠도 푹 자고."

"나 시집보내 버리니까 그렇게 속 시원해?"

좀 억울하고 분한 마음에 원영은 발끈 대들었다. 사실 공부시켜 준다는 재휘 부모님 말에 조금은 고맙기도 한 그녀였지만 그것은 학비 때문이 아니고 학비를 보태준다는 그 마음 씀씀이 때문이었다. 원영네 집이 찢어지게 가난하거나 대학 공부를 할 수 없는 사정이 있는 것도 아니고, 솔직히 구 여사가 저리 좋아하는 이유가 원영은 궁금했다. 말년에 낳은 막내딸이 편안한 노후 생활에 걸림돌이라고 여기는 건 아닐까?

"그럼~ 네가 내 유일한 근심거리였는데."

어라? 정말인가 보네. 속이 확 상하자 원영은 버럭 소리쳤다.

"엄마는 진짜. 꼭 그렇게까지 말해야겠어?"

"내가 뭘. 사실대로 말한 건데."

구 여사가 킥킥거리며 웃었다. 정말 요즘은 살맛이 났다. 오 남매가 다들 우애 좋아 효심 지극해 근심이라곤 나이 어린 막내딸 딱 하나뿐이었는데, 이렇게 번듯한 집안에 시집을 보내고 나니 마음이 후련해진 것이었다. 물론 결혼 애기가 처음 오고 갔던 두어 달 전에는 구 여사도 많이 불안했다. 저 천방지축이 잘하고 살까? 나이 어린 남편 무시하고 못되게 굴면 어쩌나? 하지만 오늘 장인, 장모에게 큰절 올리는 재휘의 늠름한 모습을 보고 구 여사는 모든 시름을 싹 날려 버렸다.

어찌나 듬직한지~ 나이가 열여덟밖에 안 된다는 사실이 믿어지지 않았다. 과묵하면서 묵직하니 예절 바르고, 그러면서도 자

신의 생각을 똑바로 말할 줄 아는 재휘는 과연 전국 수석다웠
다. 뿌듯하고 흡족하고 이보다 더 마음에 들 수가 없었다. 그나
저나 속궁합도 잘 맞아야 할 것인데…….

"어서 올라가 봐. 최 서방 기다리겠다."

"걔가 날 왜 기다려?"

원영이 신경질적으로 되물었다. 그가 홀딱 벗고 자신을 기다
리고 있다고 생각하자 몸이 부르르 떨리는 게 소름이 돋아 죽을
것 같았다.

"새신랑이 새색시 기다리는 거야 당연한 거지. 얼른 올라가
봐."

구 여사는 원영의 등을 밀며 생긋 웃었다.

"좀 있다가 들어갈 거야."

"네가 잠자리도 좀 봐주고 해야지. 최 서방, 오늘 많이 피곤했
을 텐데."

"피곤하긴. 지가 뭐 한 게 있다고. 그리고 걔 잠자리를 내가
왜 봐줘? 지가 알아서 봐야지."

"너 최 서방한테 자꾸 걔, 걔 할래? 시어른께서 들으시면 좋
아하시겠다."

"그럼 뭐라고 그래. 서방님? 낭군님? 아니면 뭐? 재휘 씨?"

우웩— 밥맛없는 녀석한테 '재휘 씨—' 하고 부르는 자신의
모습은 떠올리기만 해도 구토증이 밀려왔다. 원영은 소름이 돋
는 광경을 얼른 지워 버리곤 고개를 열렬히 내저었다.

"그건 네 알아서 할 일이지만 최소한 어른들 앞에서만큼은 반말은 삼가."

구 여사의 말에 원영은 표정을 굳혔다.

"그럼 존댓말을 쓰란 말이야? 나보다 세 살이나 어린 고삐리한테?"

"나이 어려도 네 서방이잖아."

나이 어려도 네 서방이잖아.

어려도 네 서방이잖아.

네 서방이잖아.

서방이잖아…….

원영의 귓속으로 윙윙 울려대는 구 여사의 말. 너무나 현실적인, 그래서 너무나 처절한. 원영은 좌절한 얼굴로 냉큼 주방을 나왔다. 구 여사와 계속 대화하다가는 내일 아침이 오기 전에 돌아버릴지도 모르겠다는 생각이 들었다. 정말 이 양반이 최재휘 같은 말도 안 되는 혼처에 딸을 시집보내 놓고 마음이 편할까, 싶었다. 그러나 여기서 문제는 구 여사가 최재휘를 말 '되는' 혼처라고 여기고 있다는 게 되겠다. 원영은 막내딸이 오늘 첫날밤을 잘 치르고 내일 아침 무사(無事) 기상하기를 바라는 마음으로 살랑살랑 한 손을 흔드는 구 여사를 뒤로하고 후다닥 이층 계단을 신나게 올랐다.

타다다닥, 나무로 된 계단을 여남은 개 올랐을 때다. 갑자기 원영은 바삐 움직이던 걸음을 멈추고 미간을 찡그렸다. 난데없이 퍼뜩 든 쓸데없는 생각이 스멀스멀 머릿속을 스며들어 와 그녀의 이성을 조금씩 잠식해 가고 있었다. 원영은 험악한 시선을 벽 쪽으로 휙 조준하고는 벽 너머에 있을 최모 군이 한 말을 다시금 생각해 보았다.

"결혼만 하되 혼인신고를 하지 않는다. 두 가문 '만' 의 결합인 만큼 두 사람은 실질적인 부부 생활을 하지 않는다. 할머니가 돌아가시게 되면 곧바로 갈라선다. 두 사람은 과거에 얽매이지 않고 각각 자신의 생활을 영위한다."

좋다. 아주 좋다. 특히 두 사람의 결혼이 외부인들에게는 거의 알려지지 않을 만큼 조촐하면서도 비밀스럽게 진행되었으니 더욱 좋다. 그의 가족이라고 해봤자 가문의 어른들이시라는 호호 할아버지, 할머니들뿐이었고 그녀의 가족 측은 부모님, 언니, 오빠들 고모와 작은아버지네 식구들이 전부였다. 재휘와 갈라서는 즉시 그녀는 감쪽같이 아가씨가 되는 거란 소리다.

나름 마음에 들었다. 마음 깊이 좋아하고 존경했던 김 할머니한테도 기쁨을 줄 수 있고 가족들의 마음도 편하게 해주면서 정략결혼이라는 틀에서 완벽하게 벗어날 수 있는 방법. 요걸 생각해 낸 최재휘에게 잠깐 동안 '허벌나게' 고마워했던 그녀였다. 그리고 이 완벽한 계획에 온 가족들이 제대로 속아 넘어가는 과정을 흐뭇하게 지켜보기도 했다. 속인다는 점에서 조금은 양심

의 가책을 느끼긴 했지만, 뭐 그 정도는 '호적 사수'를 위해서라
면 감내해야 할 고통이려니 했다. 아— 정말 왜 여자들은 호적
때문에 이렇게 마음고생을 해야 하는 거야? 불공평하네, 진짜.

아무튼 그렇게 마음에 들었던 계획도, 구 여사의 말을 듣다
보니 자꾸 허술하다는 생각이 드는 원영이다. 남편이 5대 독자
이니 아기를 빨리 낳아야 된다는 둥, 고등학생이지만 그 나이면
알 것 다 안다는 둥의 말은 점점 더 그녀를 불안하게 했다. 정말
만에 하나, 김 할머니가 병환을 이겨내어 자리를 털고 일어나
장수를 하신다면? 최재휘란 놈이 그녀의 무한한 여성적 매력에
몸이 동하여 갑자기 덮친다면?

"아, 미치겠네……."

할머니가 장수를 하신다면 그건 정말 덩실덩실 춤을 춰야 할
일이다. 맞다. 그녀 역시 그럴 거다. 하지만 그렇게 되면 결혼
은? 게다가 최재휘란 놈은 또 어떻게 믿느냐고? 남자는 애나 어
른이나 다 똑같이 늑대라는데.

"저 자식 설마?"

일부러 작정하고 원영을 감언이설로 속여 넘긴 거 아니야?
아니야, 아니야. 그럴 리가 없어. 내일 당장 지구가 두 쪽 나도
한 권의 교과서를 탐독할 놈이 무슨. 최재휘 그놈은 클라우디아
쉬퍼가 와서 홀딱 벗고 스트립쇼를 벌인다고 해도 눈 하나 깜짝
하지 않을 놈이다. 암, 그렇고말고. 최재휘가 자신을 덮치다니,
에잉~ 말이 안 되잖아. 원영은 자신의 놀라운 상상력에 고개를

살래살래 흔들며 다시 계단을 오르기 시작했다.

잠시 후, 방문을 확 열고 들어간 원영은 순간 숨이 멎을 뻔했다. 너무 놀라 비명도 못 지르고 두 눈만 커다랗게 뜬 그녀는 저도 모르게 두 손으로 가슴 근처를 가렸다.

"너, 너, 뭐야?"

놀라니 말까지 더듬게 되는 원영이었다. 그녀의 앞에는 재휘가 서 있었다. 그냥 서 있는 게 아니라 두 팔에 셔츠를 끼고. 샤워를 막 하고 나온 듯한 녀석은 트레이닝복 바지만을 입고 있었다. 그러니까 웃통을 벗고 있다는 말이다. 원영의 눈이 이모 개그맨 눈처럼 띠용~ 튀어나온 것과는 정반대로 너무나 무표정한 얼굴로 서 있던 그는 입으려던 셔츠를 마저 입으며 말했다.

"남자 옷 갈아입는 거 처음 보나?"

그가 셔츠를 머리 위로 둘러 입는 동안 원영은 고개조차 돌리지 못하고 그가 하는 양을 지켜보았다. 보고 싶어서 본 게 아니라 너무 놀라 얼어붙은 거였다. 아까 혼자 상상했던 장면들이 훅훅 자동으로 떠올라 더더욱 놀랐다.

'미쳤구나, 장원영. 엄마 젖 더 먹어야 할 새까만 꼬맹이를 상대로 뭐 하는 짓이니?'

머릿속 이성이 그녀의 시신경을 향해 마구 야단을 쳤지만 그녀는 녀석의 셔츠가 겨드랑이에서부터 주르륵 내려와 배꼽을 덮는 모습을 쭉— 지켜보고 말았다. 녀석의 반들반들한 피부는 생각보다 단단해 보였다.

"뭘 봐?"

그가 불쑥 물었다. 원영의 시선이 반사적으로 휙 위로 올라갔다. 재휘의 눈동자가 그녀의 얼굴을 빤히 지켜보고 있었다. 괜히 창피해져 원영은 일부러 큰소리로 말하며 고개를 휙휙 돌려 시선을 흩뜨렸다.

"야, 너 오늘 바닥에서 자. 설마 내 침대에서 자려던 건 아니었지? 저긴 내가 어제까지 날마다 뭉개던 침대니까 넌 절대 잘 수 없어. 내 말 알아듣겠어?"

"싫은데."

사설을 길게 엮는 그녀의 말을 톡 잘라먹는 이 싸가지없음. 정말 최재휘, 넌 싸가지 계의 지존이다. 원영은 콧잔등을 확 찡그리며 물었다.

"싫긴 뭐가 싫어? 그럼 나더러 바닥에서 자란 말이야? 내가 왜 그래야 해? 여긴 내 침대라고."

"누가 뭐랬나? 맞아, 네 침대."

"그럼 당연히 네가 밑에서 자야지."

원영은 짐짓 권위적이고 어른스럽게 방바닥을 발로 쿵 굴리며 엄하게 말했다. 휙, 한 팔을 내저어 바닥을 찌르는 건 말할 것도 없고. 네 자린 여기다, 라는 걸 초반부터 똑똑히 알려줘야 했다. 안 그랬다간 몇 달이 될지도 모르는 결혼(켁!) 생활이 엉망이 될지도 몰랐다. 겨우 고딩인 놈에게 주도권을 내주어선 절대 안 된다.

"내가 밑에서 자면 넌? 위에서 자게?"

"당연히 위에서……. 뭐, 뭐라고?"

원영의 심장박동이 갑자기 턱 멈추었다. 이, 이게 대체 무슨 소리? 설마 지금 그녀의 머릿속에 떠오르는 그것, 바로 그것을 말하는 건 아니겠지? 말도 안 된다. 녀석은 겨우 고등학생이잖아. 설마 그거일 리는 없었다. 공부도 잘한다며. 수재 소리 듣는 공부벌레가 벌써 그걸 알 리가 있나.

"너 방금……."

물어봐야 하는데 목구멍이 탁 막혀서 말이 제대로 안 나왔다. 팔딱팔딱. 다시 재가동된 심장은 평소보다 두 배는 더 빨리 뛰기 시작했고 뱃속에서는 뜨거운 것이 울컥 뭉쳐 돌아다니기 시작했다. 왜 이렇게 숨이 차지? 원영은 얕게 헐떡이며 놈을 째려봤다. 그러자 피식, 그가 한쪽 입가를 끌어 올리며 그녀를 비웃었다. 그러더니 이놈, 퀸 사이즈인 그녀의 침대에 그 육중한 몸을 털썩 뉘는 게 아닌가. 원영은 흠칫 놀라는 동시에 입을 쩍 벌렸다.

이, 이 자식이!

"야! 안 일어나? 여기 내 침대라고 했지? 넌 바닥에서 자란 말이야."

"난 태어나서 한 번도 바닥에서 자본 적이 없어."

"그건 나도 마찬가지야. 누군 뭐 바닥에서 자고 싶은 줄 알아? 내려와, 얼른."

원영은 그를 굽어본 채로 거의 윽박질렀다. 그녀의 꽃향기 가득한 분홍빛 침대보 위에 최재휘가 누워 있는 모습은 정말 충격을 넘어 경악에 가까운 광경이었다. 원영은 투우사를 향해 질주하는 황소마냥 씩씩거리고 있었다. 그러나 그런 그녀가 전혀 무섭지 않은 듯 재휘는 콧방귀를 날렸다.

"바닥에서 자기 싫으면 너도 침대에서 자든지."

"뭐, 뭐야?"

이 뻔뻔스러운 놈!

"너 분명히 나랑 약속했어. 손끝 하나 대지 않기로 분명히 서약했다고. 알지, 너!"

"그렇게 주워 읊지 않아도 기억하고 있거든. 너나 잘해. 미성년자 덮쳐서 경찰서에 붙들려 가지 말고."

"하! 기가 막혀. 내가 널 왜 덮치니? 네가 그렇게 멋진 줄 아는 거니? 네 자신을 알아라. 웃기지도 않아, 진짜."

"그럼 같이 눕던가."

"그걸 말이라고 해?"

"왜? 자신없냐? 겁나?"

"겁을 내가 왜 내? 너랑은 백날 한 침대에 누워도 절대로 그런 생각 안 들거든?"

"그렇게 자신있다니 다행이네. 그럼 나, 바닥에서 안 자도 되겠지? 오늘 밤 같이 자도 아무 일도 없을 테니까."

"야!"

한마디도 안 지지. 이 못된 꼬마 놈. 원영은 이를 아드득 갈며 놈을 째려봤다. 하지만 그는 태연히 두 팔을 머리에 괴고 두 눈마저 감아버렸다. 이 자식을 대체 어떻게 해야 하지?

“최재휘, 좋은 말 할 때 내려와서 자라.”

음산하게 중얼거리려니 재휘 눈이 번쩍 떠졌다. 솔직히 좀 놀랐지만 원영은 전혀 놀라지 않은 듯 꿋꿋이 서서 놈을 찔러봐 주었다. 그는 비장미마저 흐르는 원영의 표정을 마주 보며 싸늘하게 웃더니, 갑자기 손을 쭉 뻗어 원영의 허리를 감았다. 아주 순식간에 벌어진 일이었다. 원영은 생각보다 긴 그의 팔뚝에 허리를 붙들리고, 일 초도 안 되는 짧은 순간 안에 침대로 쓰러졌다. 퉁! 소리와 함께 코를 박고 침대에 내동댕이쳐진 원영은 비명도 지르지 못하고 경악했다.

“야, 너, 너⋯⋯!”

고개를 훌쩍 든 원영은 새빨갛게 달아오른 얼굴로 재휘를 향해 침을 튀겼다. 재휘는 저도 모르게 싱긋 웃고 말았다. 자꾸 땍땍거리는 원영의 입을 확 다물게 해주겠다고 마음먹고 한 행동이었는데, 의외로 말까지 더듬으며 당황하는 원영을 보니 귀엽다는 생각이 든 거였다. 나이 많다고 잘난 척하더니, 이건 뭐.

“뭐 하는 짓이니? 내, 내가 이런 건 안 된다고 했지? 너, 너도 절대 나한테 손 안 댄다고 했잖아!”

“안 떨리는데.”

재휘는 말을 심하게 더듬는 원영의 코앞까지 다가가 빙그레 웃었다. 홍당무가 된 원영이 두 눈을 깜박거리며 물었다.

"뭐가 안 떨려?"

"한 침대에 누웠는데 난 하나도 안 떨린다고. 근데 넌 좀 다른 가 보다?"

"그건 네가 갑자기……!"

"내려가."

"뭐라고?"

"네가 내려가서 자야 된다고."

"내가 왜?"

"상식적으로, 겁먹은 사람이 내려가서 자는 게 맞을 것 같은 데?"

"내가 무슨 겁을 냈다고 그래? 나, 너 하나도 겁 안……!"

안 난다고 말하려고 했다, 원영은. 하지만 채 말을 끝맺기도 전에 그의 얼굴이 아주 가까이, 입술이 닿을락 말락 할 지점까지 다가왔다. 놀라 흠칫 몸을 떠는 그녀의 코앞에서 그는 씩 만족스러운 미소를 지으며 속삭였다.

"거짓말하면 안 돼요, 색시. 정직이 우리 집 가훈이거든요."

원영의 얼굴이 험악하게 일그러졌다. 패배를 인정하는 거였다. 통쾌한 마음에 재휘는 매력적인 미소를 씩, 지으며 손가락 하나를 들어 원영의 이마 한가운데를 콕 찍었다. 그리곤 싸늘히 중얼거렸다.

"내려가."

그리하여, 바야흐로 20세기 마지막 꼬마신랑과 그 새색시는 결혼 첫날밤을 따로따로 떨어져 지내게 되었다.

원영은 장롱에서 꺼낸 이불을 첩첩 쌓아 최대한 푹신하게 만들었다. 자신의 침대에서 쫓겨나 바닥에 잠자리를 마련하는 서러움에 그녀는 재휘에 대한 저주의 말을 중얼거렸다. 그녀가 '대학 떨어져라, 학교에 가서 된통 혼나라' 등등 유치찬란한 주문을 외는 사이 그는 잠이 들었는지 잠잠했다.

'하여간 매너 없는 놈. 잠이 올까? 여자를 바닥으로 내몰아놓고서.'

원영은 불을 끄러 문 쪽으로 가며 재휘의 등을 찌릿 째려봤다. 딸깍. 불이 꺼지고 그녀의 방은 순식간에 어둠에 묻혔다. 이불 안으로 들어가 몸을 누이고 눈을 감은 원영은 잠시 후, 번쩍 눈을 떴다. 도저히 잠이 안 오네. 아! 분해.

"내가 밑에서 자면 넌? 위에서 자게?"

아까 그가 했던 말이 불쑥 떠올랐다. 잠잠했던 얼굴에 화기가 화르륵 끓어올라 얼굴이 다시금 뜨끈해졌다. 원영은 손바닥을 펼쳐 파딱파딱 손부채를 하고는 숨을 거칠게 들이쉬었다 내뱉었다. 정말 생각하면 할수록 낯부끄러운 말이었다. 녀석이 진짜로 그렇고 그런 광경을 떠올리며 말한 건지, 아니면 그냥 단순한 말장난을 한 건지 궁금해 미칠 지경이었다.

“남자들은 본능적으로 알게 되어 있어. 넌 가만히 누워만 있으면 돼.”

아까 구 여사가 했던 말이 떠올랐다. 남자들은 정말 본능적으로 다 아는 걸까? 그 공부벌레 싸가지도 그럼 다 알고 있어? 원영은 어둠 속에서 침대를 뚫어져라 노려보았다. 저 자식, 정말 나중에 딴소리하는 거 아니야? 막, 밤중에 덮치고 나중엔 결혼한 사이에 육체 관계는 당연한 거 아니냐고 헛소리할 수도 있는 거잖아. 법적 효력 없는 각서 하나 달랑 써놓은 것밖에 없는데, 그걸 믿고 모험을 하기엔 사안이 너무 중대하지 않나?

원영은 도저히 걱정이 되어서 잠을 이룰 수가 없었다. 벌떡 상체를 일으켜 앉아 원영은 그를 향해 소리쳤다.

“야, 최재휘.”

정말 잠을 자는 중인지 그는 아무 대답도 없었다. 그녀는 놈을 계속 째려보며 말했다.

“남아일언 중천금이라고 했다. 네가 한 말 꼭 지켜! 나한테 손끝 하나라도 대면, 알지?”

재휘는 어둠 속에서 미간을 찡그렸다. 안 그래도 계속 정신이 산란해서 죽겠는데 뭐라고 자꾸 씨부렁거리는 거야?

“난 씨받이가 아니야. 절대 너랑 안 잘 거고 애도 안 낳아.”

미치겠군. 재휘는 속으로 중얼거리며 휙, 몸을 돌렸다. 놀란 듯 원영이 숨을 거칠게 들이쉬었다. 하여간 간덩이는 작아서는.

재휘는 까칠하게 말했다.

"넌 잠도 없냐?"

"잠이 안 온다고, 너 때문에. 걱정돼 죽겠단 말이야."

깜깜한 바닥에서 그녀의 목소리가 날아왔다. 날이 잔뜩 서 있었다.

"내가 뭘 어쨌는데."

그는 신경질적으로 대꾸했다.

"남자잖아, 너. 남자들은 믿을 게 못 되는 족속이라고."

"아~ 내가 남자로 보이긴 하나 보네."

"장난하니? 진지하단 말이야, 난."

"나도 진지하게 말하는데, 나 너 정말 관심없거든? 애 낳아달라고 하지 않을 테니까 걱정 붙들어 매고 잠이나 자라. 응? 으휴—!"

놈이 짜증을 내며 한숨을 쉬었다. 몸을 휙 돌려 그녀 쪽으로 등을 보인 그는 히스테릭하게 이불을 들썩이며 신경질을 냈다. 원영은 저도 모르게 한숨을 내쉬었다. 허리가 저절로 굽어졌고 생각보다 쌩한 재휘의 반응에 약간 민망해졌다. 너무 오버스러웠다는 생각까지 들자 원영은 머리를 긁적거리며 조심스럽게 자리에 다시 누웠다.

'그래, 피곤해서 괜히 신경 쓰이는 거야. 오늘 참으로 많은 일이 있었잖아.'

결혼을 했다. 스물한 살에 까칠하기가 스테인리스 수세미보다도 더한 놈과. 한창 학창 시절의 낭만을 즐길 때에 사랑하지도 않는 남자의 아내가 되었으니 당연히 스트레스를 받았던 거다. 그래, 그런 거겠지. 원영은 눈을 감았다. 잠 속으로 빠져들기 위해 계속 눈을 감고 있었다. 일 초, 이 초…….

벽에 붙은 시계의 초침이 똑딱똑딱 움직였다. 스윽— 이불 스치는 소리가 침대 위에서 흘러나왔다. 귀가 쫑긋 섰다. 저절로, 절대 의도하지 않았는데도 불구하고. 하지만 그뿐 그는 더 이상 움직이지 않았다.

'젠장.'

손톱을 물어뜯으며 원영은 얼굴을 찡그렸다. 똑딱똑딱…….
시곗바늘 소리는 왜 저렇게 큰 거지? 몸은 왜 이렇게 간지러운 거야. 원영은 소리 안 나게 조심스럽게 몸을 움직였다. 침대에서만 자다가 바닥에서 자려니 등이 불편했다. 허리가 너무 쏙 위로 올라가서 막 부러질 것 같기도 하고. 아, 미치겠네. 왜 이렇게 잠이 안 와?!

"으흠……."

원영은 괴로운 듯한 신음을 흘렸다. 이불에 얼굴을 묻고 아주 낮게 흘린 신음 소리였지만 재휘의 유난히 곤두선 청신경에는 그 소리가 아주 제대로 잡혔다. 잠자리가 바뀌어서인지 쉽사리 잠을 못 이루고 있던 재휘는 미간을 찡그렸다. 저 소리, 대체 뭐야? 그는 조심스럽게 자신의 아랫배를 향해 고개를 꺾었다.

"으흐읏……! 미치겠네……."

원영이 또다시 웅얼거리며 신음 소리를 내자 그는 더욱 인상을 찌푸렸다. 그의 똘똘이가 성난 것처럼 빠른 속도로 부풀어 오르고 있었다.

다음날, 그들은 그의 집에 들러 어른들께 인사를 드렸다. 첫날밤을 보낸 새색시 흉내를 내느라고 어찌나 진땀을 뺐던지 원영은 다시는 그의 집에 가고 싶지 않다는 생각을 했다. 아무리 스무 살이 넘은 성인이라 할지라도 집안에서 어린애처럼 취급받고 살아온 그녀에겐 참으로 부담스러운 자리였다. 하지만 모처럼 퇴원하여 손자의 혼인을 지켜보고, 시댁으로 인사 온 손자와 손자며느리를 대하는 김은옥 할머니의 기꺼워하던 모습을 생각하면 흐뭇한 미소가 지어지기도 했다.

하여튼 원영과 재휘는 저녁 무렵, 그들의 신혼 살림이 차려져 있는 작은 아파트에 도착했다. 인테리어가 어떻게 되었는지 관심 갖고 지켜보지 않아 내부 그림은 잘 모르지만 스무 평이 겨우 넘는 정도의 작은 아파트인 것만큼은 알았다. 집을 계약하기 전에 권 여사가 재휘와 원영을 동시에 불러다 놓고 구경시켜 준 적이 있었기 때문이다. 그때 권 여사는 원영의 손을 맞잡고 이렇게 말했다.

"사실은 여기랑 사십 평 오피스텔이랑 어떤 게 좋을까 고민 많이 했어. 편하고 넓게 쓰려면 그 오피스텔이 좋을 것 같았거든. 그런데 네 시아버지가 그러시더라. 두 사람, 아직 공부할 땐데 집안 살림에 신경 못 쓸 것 같다고. 쓸데없이 넓기만 하면 괜히 쓸고 닦는 데에 시간을 많이 소비할 것 같다고. 그 말이 일리가 있더라. 뭐, 또 아직은 집이 좁아야 두 사람 사이가 더 돈독해질 테고."

뜨아~ 그날 원영은 기절할 것 같은 상황을 간신히 모면할 수 있었다. 아무래도 가족들은 그녀가 지금 당장이라도 아기를 가지길 원하는 듯했다. 그의 부모님이든 그녀의 부모님이든. 하여튼 어른들은 이기적이다. 이제 겨우 대학 2학년인 그녀에게 아기를 낳으라니. 도대체 정신이 있는 것일까, 없는 것일까? 어제도 재휘에게 말했지만 그녀는 절대로 씨받이가 될 생각 없었다. 앞날 창창한 그녀에게 그 무슨 망발이란 말인가. 우욱~ 생각만 해도 소름이 쫙 끼친다.

"뭐 하냐, 안 들어가고?"

이젠 귀에 익어버린 재휘의 목소리에 원영은 정신을 번쩍 차렸다. 놈은 현관문을 열쇠로 딴 후 그녀가 먼저 들어가길 기다리고 있었다. 그녀의 짐 트렁크를 몽땅 챙겨 들고 있는 녀석을 보고 있자니 양심의 가책이 느껴졌다. 남자니까 네가 다 들어, 하면서 억지로 떠안겨 준 짐이었는데 그는 그녀의 짐을 여직 내려놓지 않고 있었다.

'짜식, 이제 좀 남자 같네.'

그녀는 재휘를 위아래로 훑어보곤 쭈뼛쭈뼛 안으로 들어갔다. 탁, 불이 켜지고 실내가 환해지자 좁은 아파트 내부가 한눈에 들어왔다. 그들의 보금자리는 딱 세 단어로 요약할 수 있었다. 깔끔, 단정, 간소. 원영은 기분 좋은 향내가 나는 공기를 흠뻑 들이마시며 주위를 둘러보았다. 꽃무늬 가득한 커튼 사이로 새까만 어둠이 스며들어 오고 있었다. 원영은 괜히 기분이 좋아져 히죽 웃으며 안방으로 향했다. 그리고 막 방문 앞에서 손잡이를 돌리기 위해 팔을 뻗을 때였다.

"켁!"

재휘가 뒤에서 그녀의 후드 티를 잡고 놓아주지 않았다. 티셔츠가 턱밑에 걸려 식도까지 짓누르자 원영은 한 손으로 목을 잡으며 뒤를 돌아봤다.

"너 뭐야?"

"거긴 내 방이야. 넌 저 방을 써."

성의없는 고갯짓으로 재휘는 작은방을 가리켰다. 집 구경할 때 봐서 알지만 그 방은 정말 코딱지만 했다. 침대가 들어가고 나면 남은 공간엔 옷장 넣기도 빠듯해 보였다. 알다시피 남자보다야 여자들의 짐이 훨씬 많지 않나? 당연히 그녀는 안방을 쓸 수 있을 거라고 기대했다.

"무슨 소리니? 학생 주제에. 당연히 내가 큰방을 써야지."

"이 집이 누구 것인지 몰라서 그래? 여긴 내 집이다. 명심해."

재휘의 부모님은 그녀에게 일절 혼수를 장만하지 못하게 했었다. 이 집도, 집안 살림도 모두 권 여사가 알아서 채워 넣었다는 건 원영도 아주 잘았다. 그래서 너무 고마운 나머지 원영의 집에서는 혼례와 잔치에 들어가는 비용 일체를 맡았다고 했다. 하지만 그 비용이 어디 집 한 채에 비할까.

"이 치사한 놈."

원영은 이를 갈며 놈을 쏘아보았다. 남자 같다는 말, 취소다.

"비켜주시죠."

놈이 깐죽거렸다. 원영은 자신의 곁을 지나치는 재휘를 붙들고 늘어졌다.

"넌 집에서 잠자고 공부만 하잖아. 방 크기가 무슨 상관이니?"

"그건 네 생각이고."

"여자들은 다르다고. 화장대도 있어야 하고……!"

원영이 말도 채 끝내지 못했는데 재휘는 벌컥 안방 문을 열었다. 녀석의 뒤를 바싹 붙어가던 그녀는 그 자리에서 우뚝 멈추고 말았다. 재휘와 문틈 사이로 보이는 안방의 광경은 그야말로 '재갈'이었다.

"저, 저게 뭐야?"

원영은 멍하게 중얼거렸다.

"침대지. 더블 킹사이즈 침대."

"누가 몰라서 물어? 저게 왜 이 집에 있냐고."

"신혼부부 집에 킹사이즈 침대 들어가는 건 당연한 거지. 뭘 그렇게 놀라냐?"

"너, 아줌마한테 말 안 했어? 침대 따로 해달라고?"

"했지."

재휘는 죄책감 전혀 없는 얼굴로 방 안으로 들어가 버렸다. 원영은 그의 뒤를 쪼르르 따랐다.

"했는데? 했는데 왜 이 모양이 된 거야?"

"말 안 된다고 단번에 거절하셨어."

"공부 방해되니까 당분간은 따로 지내게 해달라고, 그렇게 말하랬잖아!"

"말은 글쎄 했다니까."

"말만 하면 어떡하냐? 책임지고 해결을 해야지."

원영의 언성이 저절로 높아졌다. 열이 훅 뻗쳤다. 일이 이렇게 될 줄 미리 알고 재휘더러 어머니께 로비를 펼치라 명했던 사람으로서 열이 안 뻗칠 수가 없었다. 일을 이 지경으로 만들어놓고 저렇게 태연자약이라니. 뭐 저런 자식이 다 있어?

"계속 우겨댔어야 했단 말이야?"

그가 물었다. 원영은 신경질적으로 대답했다.

"우기기라도 했어야지."

"우리 계획이 들통날지도 모르는데?"

"뭐, 뭐?"

"말씀은 안 하셔도 조금 의심하는 것 같았어. 그래서 그냥 접어둔 거고. 어차피 방이 두 갠데 침대가 하나든 둘이든 무슨 상관이냐 싶어서."

"넌 침대에서만 잔다며. 바닥에선 절대로 못 잔다며."

"맞아. 그러니까 넌 작은방에서 자야 하는 거지. 제대로 이해하고 있네."

으이구! 원영은 이를 드러내며 두 주먹을 불끈 쥐었다. 확 뒤통수를 후려갈겨 주고 싶네. 어쩌면 저렇게 얄미운 말만 골라서 해댈까. 저런 자식이랑 몇 개월이 될지 모르는 기간 동안 동거를 해야 하다니. 아이고, 내 팔자야.

"나도 침대 아니면 못 자. 상황이 이렇게 된 건 전적으로 네 책임이니까 네가 작은방 써."

그녀는 옹골차고 야무지게 대응했다.

"못 자는 거 맞아? 어젠 잘만 자던데. 코까지 골면서."

"뭐라고? 내, 내가 무슨 코를 골았다고 그래?"

원영은 기겁을 하며 부인했다. 하지만 자동으로 코에 손이 가는 이 궁색한 행동은 뭔고. 재휘는 재수없는 미소를 피식 짓더니 입술을 삐죽거리며 빈정거렸다.

"분명히 들었는데, 난. 드르렁드르렁. 시끄러워서 잠을 못 자겠더라."

"아니거든. 증거 있어?"

"증거 만들어줘? 그럼 오늘 밤 또 같이 자자고?"

"미쳤니?!"

저도 모르게 원영은 날카롭게 소리를 질렀다. 어젯밤 뒤척였던 걸 생각하면 정말 끔찍했다. 잠을 자고 싶은데 잠이 안 오는 상황만큼 지독한 경험은 없을 것이다. 잠자리도 불편하고 늘 혼자 자던 방에 누군가와 함께 있다고 생각하니 더더욱 잠 못 이뤘던 날이었다.

"그럼 결정났네. 잘 가라."

"결정은 무슨 결정……!"

소리치려는 원영은 다음 순간 말문이 막혀 버리고 말았다. 재휘가 입고 있던 셔츠를 벗기 시작했던 것이다. 어젯밤 잠깐 본 적 있었던 그 맨가슴과 복근이 정말 순식간에 드러났다. 당황하고 놀란 원영은 또다시 그 자리에 못 박혀 버리고 말았다.

"너, 너……! 뭐 하는 짓이야? 당장 못 입어?"

"아직도 안 나갔냐? 나갈 때 문 닫고 나가라."

"너, 이런 식으로 해서 날 조종하려고 하는 모양인데 그래 봤자 어림없거든? 당장 옷 입어!"

"싫어."

싫다는 뜻을 더욱 확고히 보여주기 위함인가. 녀석이 바지 버클을 끄르더니 손가락을 바지 안쪽에 걸었다. 이제 곧 바지를 벗겠다는 거였다. 원영은 여기서 질 수 없다는 생각으로 버텼다. 설마 놈이 아무리 뻔뻔하다고 해도 그녀 앞에서 바지를 벗는 짓을 아무렇지도 않게 벌일 수 있겠는가? 겁주려는 거였다. 치사하게 이런 짓으로 사람을 조종하려 하다니. 정말 유치해서 못 봐주겠네. 원영은 두 눈마저 부릅뜨고 놈을 노려봤다. 본능은 당장 달아나라 명하고 있는데 오기로 버티자니 온몸이 부르르 떨리고 있었다.

"이 변태 자식. 얼른 옷 입어라, 응?"

"싫다고 말했을 텐데."

그가 심드렁하게 중얼거리는 순간이었다. 정말 그가 바지를 내리기 시작했다. 원영은 두 번도 생각 않고 뒤를 돌아 나가 버렸다.

쾅! 방문이 닫히는 걸 보며 재휘는 킥킥거렸다. 정말 귀엽지 아니한가. 별것도 아닌 게 자꾸 어른 행세하는 모습이 처음엔 짜증이었는데 지금은 웃기기만 했다. 적어도 동거하는 몇 달 동안 심심하진 않겠다 싶을 만큼.

그는 마저 옷을 갈아입었다.

한편, 안방을 사수하지 못하고 작은방으로 쫓겨 들어온 원영은 눈물을 머금고 짐 가방을 풀었다. 작은방은 책상 두 개가 세

팅되어진 게 고작이었다. 옷장도 없고 침대도 없고 화장대도 물
론 없었다. 그건 전부 안방에 있으니, 휴우— 한숨이 나올 수밖
에 없었다. 어쩌다가 이런 엿 같은 상황에 처하게 된 건지. 정말
악몽이었다.

하지만 그렇다고 쉽게 물러나는 건 장원영 스타일이 아니다.
이럴 때일수록 힘내서 최재휘 놈을 정복해 버리리라. 머슴처럼
부려보리라. 굳게 다짐하며 원영은 트렁크를 열어젖혔다. 속옷
들과 세면도구, 잠옷, 화장품, 간단한 평상복 몇 벌이 들어 있었
다. 일단 옷을 갈아입고 재휘와 다시 한바탕 붙을 생각을 하며
원영은 셔츠와 트레이닝복 바지를 꺼냈다. 입고 있던 후드 티를
벗어놓고 브래지어만 걸친 상태로 평상시 집에서 입는 허름한
면셔츠에 막 팔을 끼워 넣으려는데…….

"장원영."

문이 벌컥 열리고 그녀를 부르는 재휘의 목소리가 들렸다.
헉! 원영은 숙이고 있던 고개를 들어 목소리의 진원지를 올려다
보았다. 몸을 살짝 숙이고 상체를 들이밀고 있던 재휘가 그녀를
내려다보고 있었다. 빤히. 원영은 반쯤 드러난 가슴을 두 팔로
가리고 비명을 질렀다.

"꺄아아아—!"

재휘의 얼굴로 그녀의 후드 티가 날아왔다. 잠깐 동안 얼굴을
덮고 바닥으로 떨어진 후드 티에는 희미한 땀 냄새와 더불어 미
묘하게 그를 흥분시키는 기분 좋은 향기가 섞여 있었다. 일순

아찔해지자 재휘는 당황했다. 이게…… 뭐지?

"안 나가, 자식아?! 나가!"

탁. 즉시 문이 닫혔다. 원영은 그가 사라진 문가를 씩씩거리며 노려보았다. 낯 뜨겁고, 화가 나고, 창피하고…… 부끄러웠다. 원영은 시뻘겋게 달아올랐을 얼굴을 두 손으로 감싸고는 심호흡을 마구 해댔다. 심장이 갈비뼈를 뚫고 나올 것처럼 거세게 뛰었다. 후우— 숨을 내쉬고, 흐읍— 들이쉬고를 수십 번 반복하고 나서야 진정이 될 정도였다. 겨우 평상심을 되찾은 원영은 얼른 옷을 갈아입은 후 거실로 나갔다. 재휘 녀석은 소파에 앉아 태연히 텔레비전을 보고 있었다.

'저 변태 자식.'

피해자인 그녀는 그토록 놀라고 당황했는데 정작 위해를 가한 재휘는 저리 멀쩡하다는 게 원영은 더 화가 났다. 쿵쾅거리는 걸음으로 녀석의 앞으로 다가선 원영은 그를 향해 공격적인 어조로 말했다.

"너 뭐야? 변태냐?"

재휘가 고개를 들어 그녀를 올려다봤다. 그의 새까만 눈동자는 알쏭달쏭 수수께끼가 가득 든 보물 상자처럼 단단하고 방어적이었다. 그는 무심한 듯 심드렁하게 대꾸했다.

"실수였어."

"실수? 하! 그래, 실수였겠지. 너 같은 애한테 내가 뭘 더 바라겠냐. 사과를 바란 내가 등신이다."

“어차피 피장파장 아니야? 너도 내 몸 봤잖아.”

“내가 보고 싶어서 봤니?”

“나도 보고 싶어서 본 거 아니야.”

“그깟 신소리 됐고! 앞으로 내 방엔 노크 없이 절대 들어올 수 없어. 알겠어? 내 허락 없이는 절대 들어가지 마. 혹시라도 내가 없을 때 들어갔다가는, 알지?”

“내 짐이 거기 있는 걸로 아는데. 아까 내가 작은방 갔던 것도 그 때문이었고.”

“네 짐, 당장 싸 갖고 가. 안 말려. 그리고 혹시나 잊고 있을까 봐 하는 말인데, 우린 서로 각자의 사생활에 터치하지 않기로 약속했어. 기억하지?”

“물론.”

재휘가 순순히 대답한다.

“좋아. 넌 너대로 생활해. 난 나대로 생활할 테니까.”

그녀의 말에 재휘는 풋, 소리 내 웃었다. 별로 큰 웃음소린 아니었지만 유난히 그녀의 심기를 어지럽히는 소리였다. 원영은 그를 째려보며 이를 악물었다.

“왜 웃어?”

“아니, 뭐, 너무 민감하게 구는 거 같아서. 놀랐냐?”

“놀라다니. 뭘?”

“아까 말이야. 옷 벗고…….”

그가 손짓을 하며 말을 하기 시작했다. 뭐라고 말할지는 들어

보나마나. 원영은 잽싸게 놈의 말을 막아섰다.

"입, 다물어라."

픽, 그가 또 웃었다.

"부부 사이에 너무 내외하는 거 아니야? 남녀칠세부동석도 아니고."

"시끄러워. 너랑 내가 어떻게 부부야? 식만 올렸지 혼인신고도 안 했잖아. 너…… 설마……!"

원영이 의심 가득한 눈초리로 재휘를 흘겨봤다. 재휘는 어처구니없는 얼굴로 원영을 바라봤다.

"걱정 마. 나도 이 나이에 유부남 되는 거 바라지 않으니까. 신부가 미치게 예쁘거나 매력적이면 또 모를까. 어떤 미친 자식이 열여덟 살에 기혼남이 되려고 하겠냐."

"뭐야?"

듣고 보니 기분 나쁘네. 이 말은 자신이 미치게 예쁘거나 매력적이지 않다는 소리잖아. 최재휘 같은 고딩한테 매력적으로 보이고 싶은 생각 전혀 없음에도 썩 기분 좋은 말은 아니었다. 하여간 매너라고는 눈을 씻고 찾아봐도 없지. 지금까지 놈을 겪어보고도 아직까지 미련 못 버리는 자신이 더 한심스러워지는 원영이다.

"네 말에 전적으로 동의하고 나도 최대한 협조할 생각이니까, 그만 흥분하고 가서 밥이나 차려라."

"밥? 내가 왜?"

"넌 밥 안 먹을 거냐? 난 내일 일찍 일어나야 돼. 밥 먹고 잘 거니까 얼른 차려."

이, 이 자식이! 완전히 대감마님 행세잖아? 제가 뭔데 밥을 차리라 마라야? 원영은 뻔뻔하고 무례한 재휘의 말투에 머리꼭지가 뼹 도는 것 같았다. 너무나 흥분하니 피가 싸하게 식어버린다. 원영은 꾸울—꺽 천천히 침을 삼키고는 꼬마신랑 최재휘에게 대차게 쏘아주었다.

"잘 들어. 오늘부터 너랑 나랑은 같은 집에 사는 남남 이외 아무 사이도 아니야. 네 밥도 네가 챙겨먹고, 먹고 난 설거지거리도 네가 처리해. 빨래도 네 것은 네가 하고 네 방 청소도 네가 혼자 다 해. 알았어?"

"정 그렇다면야."

재휘는 고개를 끄덕이고 있었다. 뭐가 웃긴지 히죽거리면서 말이다. 마치 그녀가 이렇게 나올 줄 잘 알고 있었던 듯 태연했다. 강력한 어퍼컷 한 방 날렸다고 생각했던 원영은 그가 너무나 얄미웠다. 원영은 더욱 울화가 솟구치는 걸 느끼며 놈을 째려봤다. 도대체 권 여사는 뭘 먹고 저 자식을 낳았기에 저리도 유들유들한 건가. 승질나.

"나이만 많아가지고."

원영이 놈을 죽일 듯 꼬나보고 있는데, 재휘가 일어나며 한 말이었다. 귀에 쏙 날아와 박힌 말에 원영은 또 속이 왈칵 뒤집혔다. 놈은 그녀를 지나쳐 주방으로 들어가며 빈정거렸다.

"말로만 어른이지."

울분이 턱밑까지 쫓아 올라오자 원영은 있는 힘껏 소리쳤다.

"야!"

다음날, 월요일. 학교에서 집으로 돌아온 원영은 깜짝 놀랐다. 재휘가 소파에 앉아 휴대전화로 통화를 하고 있는 게 아닌가. 대학생인 그녀도 안 가지고 있는, 나름 학생들 사이에선 부의 상징이라는 바로 그 'PCS'를 가지고 있는 것도 모자라 저녁 여섯 시밖에 안 된 이 시각에 집 안에서 빈둥거리고 있는 녀석이라니. 원영은 너무 놀라 녀석을 향해 다그쳤다.

"너 뭐야? 지금이 몇 신데 벌써 왔어? 너 야자 안 해?"

"야, 그만 끊어."

재휘는 보호자나 되는 것처럼 나서서 발끈대는 원영을 어처구니없는 얼굴로 바라보곤 휴대전화에 대고 말했다.

[그럼 이번 주말에 미팅 가는 거다?]

수화기 너머에서 영호 녀석이 소리쳤다. 학교 내 설치되어 있는 공중전화에서 전화카드를 이용해 통화를 하고 있는 영호는 이번 주말에 있을 재원외고 여학생들과의 미팅에 재휘를 끌어들이기 위해 안간힘을 쓰고 있었다. 미팅 주선에 일가견이 있는 재준의 사주를 받은 게 틀림없었다. 재휘는 짜증스레 미간을 찌푸렸다.

"안 돼. 나 요새 할머니 때문에 정신없어."

[뭐, 어때서 그래? 당장 돌아가실 것도 아닌데.]

"미안. 머리가 아파서. 끊는다."

[야, 잠깐! 아까 집으로 전화했더니 너희 어머니가 이상한 소리 하더라.]

재휘는 일방적으로 전화를 끊으려던 움직임을 멈추었다.

"무슨 소리?"

[너 이제 집에서 안 산다고 하던데. 이사했다더라. 따로 나가서 산다며?]

휴— 저도 모르게 재휘는 한숨을 내쉬었다. 거기까지밖에 발설하지 않았다면 그나마 나은 수준이었다. 재휘는 대충 그럴듯한 핑계를 댔다.

"자취 시작했어. 간섭받는 거 귀찮아서."

[그으래? 오~ 그거 마음에 드네. 그럼 너네 집 놀러 가도 되겠지?]

"마음대로."

마음대로 생각하고, 제발 전화 좀 끊어줄래?

[좋아. 그럼 언제 갈까? 이번 주에 갈까?]

"내일 얘기해. 나 지금 쉬어야겠다."

[아, 그래. 그럼 내일 보자.]

재휘는 휴대전화 플립을 거칠게 닫고는 응접실 탁자에 휴대전화를 아무렇게나 내동댕이쳤다. 평소엔 휴대전화를 별로 켜 놓지 않는 편인데, 할머니 병실 전화번호를 찾기 위해 켰다가 영호의 난데없는 전화를 받은 거였다. 재휘가 지난 주말에 결혼을 했다는 걸 알면 주영호, 이 자식의 표정은 어떻게 변할까? 생각해 보니 피식 웃음이 났다.

"너 진짜 웃긴다. 자취?"

하지만 그의 색시 장원영은 전혀 웃을 기분이 아닌 모양이다. 반 평균이 왜 이러냐고 소리치는 담임의 것마냥 날 선 음성으로 말하는 폼이 가관이었다. 왜 이렇게 화를 내는 거야?

"왜 들어오자마자 짜증이냐?"

"너 하는 짓이 웃기니까 그렇지. 너, 이 시간에 왜 여기 있어? 너희 학교 야자 안 해?"

"해."

"해? 한다는 말이 나와? 너 왜 땡땡이 쳤어?"

이거야 원. 시어머니도 이런 시어머니가 없네. 재휘는 머리카락을 쓸어 넘기며 깊은 한숨을 내쉬었다.

"서로 간섭 안 하기로 했던 것 같은데."

"집에서야 그렇지. 학교 문제는 달라. 네 학교 생활에 문제 생기면 아줌마랑 아저씨는 곧바로 날 추궁하실 텐데, 어떻게 네가 엇나가는 걸 그냥 두고 보니?"

"엇나가는 거?"

재휘는 기가 차서 말이 안 나왔다. 어른인 척하는 것도 모자라 이제 아주 보호자 행세를 하려고 하네. 재휘는 콧방귀를 뀌며 미간을 찌푸렸다.

"언제부터 장원영이 청소년 선도위원이 되었을까?"

"딴소리하지 마. 왜 지금 이 시간에 집 안에 앉아 있는지, 그거나 말해."

"조퇴했다. 됐냐?"

"조퇴를 네가 왜 해? 하나도 안 아픈 것 같구만."

"아픈지 안 아픈지 네가 어떻게 알아?"

이 거짓말쟁이. 원영은 들고 있던 두꺼운 전공 서적을 탁자 위에 척 내려놓고는 저돌적으로 재휘의 앞머리 밑으로 손을 밀어 넣었다. 순간 재휘는 깜짝 놀라 저도 모르게 상체를 뒤로 젖혔지만 원영의 집요한 손길을 피할 수는 없었다.

"오호~ 썰렁한데? 아픈 애 머리가 왜 이렇게 차갑냐? 거짓말이지? 공부하기 싫어서 땡땡이 친 거 맞지?"

"아이씨, 젠장!"

재휘는 고개를 틀어 원영의 손길을 피했다. 그러나 그러면 그럴수록 원영의 입가는 통쾌함으로 물들어갔다. 최재휘, 이 자식. 말로는 있는 대로 거만 떨고 싸가지없게 굴더니. 흥! 요 기겁하는 꼴을 보라지.

"좋은 말 할 때 말해. 땡땡이 쳤지? 아프다고 거짓말하고 일찍 온 거지? 왜? 땡땡이 쳤으면 어디 놀러 가기라도 하지? 그건 도저히 양심에 찔려서 못하겠디? 너 그러면 안 되는 거야. 벌받아. 아줌마가 아시면 얼마나 속상해하시겠니? 엄마 없다고 네 마음대로 할 거면, 너 가. 집으로 가!"

어느새 원영의 얼굴은 재휘의 코앞까지 다가와 있었다. 그를 완전히 예닐곱 살 꼬맹이로 취급하는 그녀는 사악하게 웃고 있었다. 요 때다 이거겠지. 재휘는 도저히 참지 못하고 벌떡 일어나며 소리치고 말았다.

"짐 때문에 일찍 온 것뿐이야!"

"어, 어, 어……!"

재휘의 갑작스런 행동은 원영의 균형을 흩뜨렸다. 서 있던 원영은 재휘와 부딪치지 않기 위해 몸을 뒤로 젖혔고 그 바람에 균형을 잃은 그녀는 탁자 쪽으로 쓰러지고 말았다. 기우뚱하고 몸이 뒤로 기울어지는 사이 몇십 분의 일 초가 지났다. 재휘는 속수무책으로 뒤로 넘어가는 원영의 허리를 본능적으로 낚아챘다.

"꺄악!"

출렁, 그녀의 긴 머리가 공중에서 대롱거렸다. 찔끔 두 눈을 감은 원영은 서서히 두 눈을 떴다. 그리고 재휘의 팔뚝 안에 안긴 채 그의 어깨를 꽉 붙들고 있는 자신의 모습을 발견했다. 하체를 너무나도 찰싹 밀착시키고 있는 것까지 확인한 원영은 또다시 비명을 지르며 재휘를 밀어냈다. 재휘는 소파로 넘어졌고 원영은 재휘의 가슴팍 위에 넘어졌다.

"아야……."

넘어지는 과정에서 그의 턱에 머리를 찧은 원영은 머리통을 문지르며 신음했다. 하지만 그녀를 안고 쓰러진 재휘의 아픔은 전혀 알지 못하고 있었다. 턱보다도 더 아플 그 어딘가는 그녀의 몸에서 풍겨오는 향긋하고 상큼한 향기에 고문당하고 있었다. 끔찍한 고통을 참아내며 재휘는 이를 악물고 음산하게 중얼거렸다.

"제발 부탁인데 머릿속에 개념 좀 넣고 다니면 안 되겠어?"

"뭐라고?"

인상을 찌푸리며 원영이 고개를 들었다. 여전히 손으로 한쪽 머리를 문지르고 있었다.

"모르는 척하자며. 서로 간섭하지 말자며. 나도 그럴 테니까 너도 좀 그러라고."

"네가 걱정되어서 이러는 거잖아. 너 이러다 대학 떨어져, 인마!"

그의 널찍한 가슴팍에 널브러져 소리치는 장원영의 모양새란. 재휘는 고개를 가로저어 버렸다. 꼴랑 삼 년 가지고 어른 행세 작작했으면 싶었다. 확 키스해 버릴까 보다.

"내가 걱정돼?"

재휘는 찌릿 사나운 눈으로 원영을 내려다보았다. 날카로운 그의 시선에 뜨끔했는지, 그와의 거리가 너무 가깝다는 걸 그제야 느꼈는지 원영은 퍼뜩 긴장했다. 그녀는 냉큼 그의 몸에서 일어나며 흐트러진 머리카락과 옷가지를 정리했다. 재휘 역시 이미 단단해진 몸 한 군데를 잔뜩 의식하며 거의 눕다시피 앉아 있던 자세를 바로 했다. 갑자기 어색해진 원영은 더듬더듬 웅얼거리듯 말했다.

"걱정되지 그럼. 너 대학…… 떨어지면 사람들이 내 탓이라고 생각할 거 아니야. 새신랑 공부 못하게 했다고 괜히 나만 야단 듣지 않겠어?"

"내 공부 걱정하지 말고 네 학점 관리나 잘하시지. 괜히 새색시 공부 못하게 했다고 나 야단 듣게 하지 말고."

"뭐? 이게!"

원영은 말문이 탁 막혀 재휘를 사정없이 노려보았다. 저 웬수, 안 볼 수만 있으면 소원이 없겠다. 원영은 괜히 분한 마음에 휙, 몸을 돌려 자신의 방으로 들어가 버렸다. 그리고 정확히 삼 초 후, 아래층에서 고성방가라고 신고하지 않을까 심히 우려되는 고성능 비명 소리가 터져 나왔다.

"최재휘!"

재휘로선 이미 예상하고 있었던 일이었다. 재휘는 심드렁한 얼굴로 텔레비전 화면에 집중했다. 잠시 후 성난 코뿔소마냥 씩씩거리며 원영이 방에서 나왔다. 재휘를 한 번 찍— 째려보더니 그녀는 안방을 향해 쿵쾅쿵쾅 발걸음도 씩씩하게 걸어갔다. 텅! 거한 소음과 함께 안방 문이 열리고 원영은 모든 것이 완벽하게 정돈된 가구들을 제 눈으로 확인하고 말았다.

그렇다. 재휘는 아프다는 핑계로 조퇴를 한 이후, 집으로 와서 모든 집 안의 가구들을 재배치한 거였다. 덕분에 그녀의 방에는 책상 하나와 화장대, 개켜놓은 이부자리만 덜렁하니 남아 있었다. 이거 무슨 난민도 아니고. 그가 자신이 없는 사이 마음대로 자신의 방에 들어왔었다는 사실에 화가 났던 원영은 이제 재휘의 이 이기적이고 불우 이웃 정신이라곤 눈곱만큼도 찾아볼 수 없는 못된 행동에 치를 떨었다.

"네 옷들은 이불 위에다 쌓아뒀다."

뒤통수로 재휘의 뻔뻔한 목소리가 날아오자 원영은 거세게 놈을 향해 고개를 틀었다.

"어쩜 이럴 수 있어? 어떻게 네 마음대로 이래?"

"공부하러 네 방까지 갈 순 없잖아. 매번 들어가도 되는지 노크해야 하는 것도 번거롭고. 너 역시 내가 불 켜놓고 공부하는 거 불편하지 않겠냐?"

"네가 네 책상 가지고 간 건 그럴 수 있다 쳐. 내 옷은 저게 뭐야? 내가 거지야?"

"같은 이치지. 내가 옷 갈아입을 때 네가 불쑥 들어오는 일이 생기면 안 되잖아? 피차 그게 편할 것 같은데."

"내 방엔 옷장이 없잖아."

"그럼 하나 사다 놓든지."

"돈 없단 말이야!"

원영은 신경질적으로 쏘아붙였다. 정말 왜 그녀가 이런 취급을 당하며 그와 살아야 하는지 새삼 화가 났다. 괜히 서럽기도 하고 속도 상하고 해서 더욱 심통이 나는 그녀다. 재휘는 원영의 통통 부은 얼굴을 빤히 바라보고는 소파에서 일어났다. 뒷주머니에서 지갑을 뺀 그는 카드 한 장을 꺼내 탁자 위에 놓았다.

"어머니께서 전해주래."

"그게 뭐야?"

"살림하라는 거겠지."

원영은 미간을 좁혀 뜨고 재휘와 카드를 번갈아 보았다.

"나만 쓰라고? 넌?"

"난 통장으로 용돈 들어와."

"……."

재휘는 제 할 얘기를 마치고는 그녀를 지나쳐 주방으로 들어갔다. 원영은 탁자로 다가가 카드를 주워 올렸다. 이제 막 만든 것처럼 번쩍번쩍한 게 완전 새 카드였다. 원영은 주방 쪽을 힐끗 훔쳐보고는 카드를 이리저리 뒤집어보았다. 부르주아 남편이라 좋긴 좋네. 예랑식품 아들이라 그런가.

"한 달에 얼마 정도 쓰면 되는데?"

원영은 재휘에게 소리쳐 물었다. 시선을 탁자 위에 아무렇게나 놓여 있는 재휘의 검은색 휴대전화에 두고 있었다. 무전기보다도 작고 모양도 날렵한 게 정말 욕심나는 물건이었다. 아무 데다 돌아다니면서 전화를 걸고 받는 이 물건은 삐삐나 시티폰과는 차원이 다른 거였다. 아버지가 가지고 다니는 것만 봐서 그런지 고등학생인 재휘가 이런 비싸고 귀한 물건을 들고 통화를 하는 장면에 원영은 내심 충격을 먹었었다. 자꾸 손이 근질근질하네.

"잘 모르겠는데. 궁금하면 어머니한테 전화해 보던지."

"넌 한 달 용돈이 얼만데?"

별로 궁금하지 않은 질문을 하고 원영은 슬그머니 휴대전화로 손을 뻗었다. 정말 구경하고 싶어 죽을 것 같았다. 잠깐만 살짝 보기만 하고 다시 내려놓아야지…….

"오백만 원."

손을 뻗던 원영의 몸이 그대로 굳어버렸다. 뭐시라? 한 달 용돈이 얼마라고? 원영은 기가 탁 막혀 놈을 뒤돌아 바라봤다. 그는 주방에서 라면을 끓이고 있었다.

그로부터 한 달이 지났다.

8월도 중순, 방학도 끝나가는 시점에서 원영은 선풍기를 틀어놓고 헥헥거리고 있었다. 연일 불볕 더위가 기승을 부리고 있었지만 원영은 얼마 전 구 여사가 집 안에 놔준 에어컨을 노려보며 참고 또 참고 있었다. 지금껏 살면서 구 여사만 한 짠순이 본 적 없다 입버릇처럼 읊고 다니던 자신이 이렇게 자린고비가 될 줄 원영은 꿈에도 몰랐었다. 하지만 시댁에서 생활비 전액을 원조받는 처지에 괜한 낭비를 할 수는 없었다. 재휘는 방학 때도 공부 때문에 바깥으로 나도는데 집에 혼자 놀고먹으면서 에어컨이라니. 절대 그건 있을 수 없는 일이었다.

게다가 얼마 전 병원에서 우연히 할머니의 구토하는 장면을 본 직후, 더욱 정신을 바짝 차리게 되었다. 저도 모르게 눈물을 주르르 흘리며 꾸역꾸역 터져 나오는 울음소리를 삼키는 그녀에게 기진맥진한 김 할머니는 희미하게 웃어주었다. '아가, 왔니?' 하며 미소 짓는 김 할머니의 모습을 그녀는 잊을 수가 없었다. 할머니가 토하는 걸 전부 다 받아주고 등을 두들겨 주고 입까지 헹구게 도와주는 재휘의 모습도 신선한 충격이었다. 부르주아 남편은 효자이기도 했다.

최재휘는 꽉 짜인 학교 일정에도 불구하고 이삼 일에 한 번씩은 꼭 병원에 들러 할머니를 보고 오는 것 같았다. 처음엔 녀석에게 무관심해 전혀 눈치 채지 못했던 원영은 어느 순간, 녀석의 옷자락에서 푸르스름한 포르말린 냄새가 나는 걸 깨달았다. 그때 그 먹먹했던 기분은 지금도 말로 표현할 수 없이 묘한 감동이었다. 처음으로 그에 대한 호감이 생겼다고나 할까. 녀석, 생각보다 괜찮은걸? 하고 느꼈던 계기가 되었던 거다. 물론 그건 남자로서가 아니라 인간으로서의 호감이었다.

[그런데 원래 독립운동가 후손들은 가난하지 않냐? 왜 네 서방님네는 부자야?]

수화기 너머로 양지원이 종알거렸다. 할 일이 없으니 집에서 뒹굴거리면서 친구와 수다를 떨고 있던 원영은 친구의 묘한 뉘앙스가 담긴 말투에 꿈틀, 미간을 찡그렸다. 이거 지금 태클 거는 거 맞아?

"무슨 의미야, 그게?"

[아니, 뭐~ 요새는 가짜들도 많다고 하길래.]

"너 그럼 우리 할머니가 가짜 독립운동가라도 된다는 거야?"

[꼭 그렇다는 건 아니고~]

생각해 보니 정말 짜증나는 말이었다. 한때 나라를 살리기 위해 목숨을 걸었고 지금은 죽음과 맞서 사투를 벌이시는 할머니를 이런 식으로 폄훼하는 거. 그거 정말 못된 짓이다. 원영은 신경질이 팍 나서 있는 대로 쏘아주었다.

"나라에서 유공자로 인정해 주신 분이야. 어디서 망발이냐? 우리 시어머니네 아버지가 예랑식품 창립자거든? 그래서 잘사는 것뿐이지! 우리 할머니, 전답이며 집이며 전 재산을 다 독립운동에 쏟아 부으신 분이거든?"

[아, 알았어! 왜 이렇게 민감해? 그냥 궁금해서 물어본 거뿐인데.]

"몰라, 지지배야. 끊어!"

원영이 신경질을 내는데 현관문이 열렸다. 돌아보니 재휘가 책가방을 메고 집 안으로 들어오는 중이었다. 방학 중 보충 수업이라 일찍 끝난 거다. 무표정하던 그는 원영과 눈이 마주치자 한심하다는 듯 인상을 썼다. 그리곤 한마디 툭 내뱉는다.

"아예 전화기 뜯어서 네 방으로 갖고 가라. 거실에서 그러지 말고."

네네, 그러면 그렇지. 저 싸가지, 말 한마디도 좋게 안 꺼낸다니까. 원영은 수화기 송화구를 손으로 막고 재휘에게 말했다.

"이깟 전화세 얼마나 나온다고. 지는 고등어 주제에 휴대전화

들고 다니면서.”

　방 안으로 들어가려던 재휘는 그 자리에 멈춰 서서 천장을 쏘아보곤 휴— 한숨을 내뱉는다. 얼마 전부터 원영이 그를 ‘고등어’라고 부르기 시작했는데 그 뜻이 상당히 짜증났다. 고등학생+애라는 의미. 처음엔 ‘고딩애’라고 부르더니 이젠 아주 대놓고 고등어라고 한다. 어리다고 무시당하는 것도 짜증이 나는데 멀쩡한 이름 놔두고 고등어가 뭔지. 결정적으로 그는 비린내 나는 생선을 지독히도 싫어했다.

　“너 자꾸 고등어, 고등어 할래?”

　“고등어를 고등어라고 하지. 그럼 뭐라고 하냐?”

　“장원영.”

　“왜, 최재휘.”

　재휘의 눈가에 찌뿌둣한 주름이 잡힌다. 흥! 인상 써봤자지, 지가. 원영은 혓바닥을 뾰족 내밀어 메롱 하고는 휙, 고개를 돌려 그를 외면해 버렸다. 재휘는 더 이상 상대하기도 귀찮아 머리카락을 훑어 올리며 방 안으로 들어가 버렸다.

　[야, 내 말 듣고 있어? 장원영!]

　전화기 속에서 지원이 그녀를 열심히 부르고 있었다. 원영은 손으로 승리의 V를 그리며 씩 웃었다.

　“왜?”

　[방금 선배, 우리 집에 왔다고. 이제 출발할 거야.]

　지원이 경쾌하게 말했다. 그녀는 아까부터 맥주나 한잔하자고 원영을 부추기고 있었다. 밤에는 그런대로 시원하니까 밤바람 맞으면서 맥주 파티나 하자는 지원의 말에 원영은 거절도 승낙도 못하고 있는 중이었다. 솔직히 좀 마시고 놀고는 싶은데 재휘 녀석이 심히 걸려서 말이다.

"정말 갈 거야?"

[당연하지. 네 집으로 우리가 갈게. 가까우니까. 집 앞에서 전화할 테니까 나와.]

"으, 응……. 그런데 난 좀……."

[왜? 네 서방님한테 허락받아야 해? 우리가 받아줄까?]

"무슨 소리야? 내가 왜 걔한테 허락을 받냐?"

[에이~ 아닌 거 같은데? 내가 허락받아 줄게. 기다려.]

"아니라니까! 지원아, 양지원! 양지원!"

뚜뚜…….

전화가 끊겼다. 원영은 멀뚱멀뚱 수화기를 내려다보았다. 지금 일이 어떻게 되어가고 있는 거야? 그러니까 지원이 여기, 그녀의 집으로 오겠다는 건가?

"에이씨!"

원영은 벌떡 일어나 어질러질 대로 어질어져 있는 거실을 치우기 시작했다.

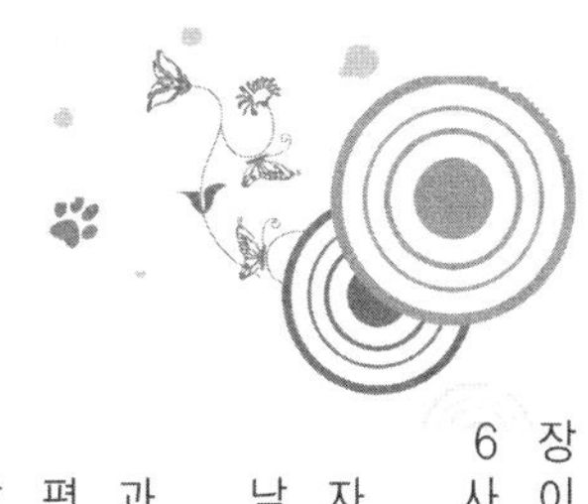

6 장
남 편 과 남 자 사 이

"**뭐**야? 민성이 선배를 집으로 데리고 오겠다고?"

십여 분 후, 원영은 기겁을 하며 수화기에 대고 소리치고 있었다. 지원은 그녀가 결혼한 사실을 알고 있지만 민성은 전혀 모른다. 그런데 지금 집으로 데리고 오겠다니 양지원, 이 계집애 완전 미친 거 아니야? 원영은 오만상을 찌푸리며 협박질을 해댔다.

"너, 선배 데리고 오면 죽어. 누구 학교에서 매장당하는 꼴 보려고."

[왜 그래? 뭐 어때서. 밖에서 혼자 어색하게 세워놓는 게 더 이상하겠다.]

“그러다가 들키면. 들키면 어쩌려고 그래?”

[들키긴 무슨. 또 들키면 어때? 우리 선밴데.]

우리 선배. 지원이 민성을 ‘우리 선배’라고 하는 이유는 따로 있었다. 지원은 민성을 신입생 시절부터 좋아했었다. 비록 공식적으로 사귀는 커플은 아니지만 서로 마음을 확인해 가고 있는 중. 한마디로 자기 사람이다, 이거였다. 하지만 원영은 그 누구에게도 자신의 처지에 대해 알리고 싶지 않았다. 지원이야 둘도 없는 단짝 친구였고, 단짝에겐 아무리 숨기려고 해도 숨길 수 없는 중대사이기 때문에 그냥 밝혔지만 민성은 달랐다. 이런 식으로 하나둘씩에게 알려지게 되면 그녀는 끝장이다. 가을 학기가 다 가기 전에 ‘장원영은 유부녀다’는 사실이 학내에 짜하게 퍼질 수도 있음이다.

“너 진짜 책임감없이 말할 거냐? 비밀 지켜준다고 했잖아! 아무리 민성이 선배라도 안 돼. 발설하면 어떡해?”

[너 우리 선배 못 믿니? 은근히 기분 나쁘네.]

“못 믿는 게 아니라…….”

수화기 너머로 민성의 말이 들려왔다. 민성의 휴대전화로 통화하고 있는 건가? 그렇다면 지금 지원이 한 말도 다 들었다는 건데? 원영은 한쪽 손으로 머리카락을 쥐어뜯으며 신음을 내뱉었다.

“너 진짜……! 지금 선배가 듣고 있었어?”

[우리 선배가, 너 좀 짜증이래. 비밀 같은 거 만들지 말래.]

민성이 그렇게 말했을 리 없다. 워낙 점잖은 성격이라 아마도 '무슨 비밀인지 궁금한데 내가 알면 안 되는 거야?' 라고 말했을 거다. 아니나 다를까, 민성이 또 옆에서 뭐라고 한다. 물론 지원이 귀엽다는 듯 흐뭇한 목소리다. 아주 꼴값들을 떤다. 예전엔 안 그랬는데 요즘 그녀는 다른 사람들 앞에서 서로의 애정을 과시하는 것(?)들을 보면 팍 혈압이 오른다. 죄다 감옥에 처넣어 버리고 싶달까. 이건 또 무슨 놀부 심보인지.

"안 돼. 오려면 너 혼자 와. 아니면 그냥 내가 내려가고."

[그건 절대 안 되지. 나도 네 허즈번…….]

지원이 '허즈번드(Husband)' 라는 단어를 채 다 말하기 전, 원영은 냉큼 그녀의 말을 잘랐다.

"야! 너 뭐야? 선배 지금 옆에 있는데 그걸 말하면 어떻게 해?"

[흐흐흐……. 그러니까 내 말은 나도 꼭 네 그걸 봐야겠다는 거지.]

여기서 지원이 말하는 '그거' 는 원영의 남편님 되시겠다. 능글맞게 웃어대는 지원은 원영의 속을 더욱 들끓게 만들었다. 지원은 원영이 결혼식까지 올린 마당에 결혼을 무효화하겠다는 발상은 무의미하다고 생각한단다. 그냥 순순히 상황에 순응하고 현실을 받아들이란다. 그래도 전혀 원영은 손해 보는 장사가 아니란다. 처음부터 그런 말로 물 타더니 지금까지도 원영의 약을 박박 올리고 있었다. 어림 반 푼어치도 없는 소리지. 원영은 이를 악물고 중얼거렸다.

"지난번에 봤잖아. 뭐가 궁금해?"

[그땐 멀리서 살짝만 봤지. 가까이서 인사도 나누고 그럼 좋지 뭐. 그리고 꼭 네 그걸 보고 싶어서 가는 게 아니라 누누이 말했지만 네 새 보금자리가 어떻게 꾸며졌는지 너무나 궁금해서 가는 거야. 앞으로 우리 선배랑 나도 그렇게 꾸며야 하는데 보고 좀 배우면 안 돼?]

말은 이렇게 하지. 사실은 재휘와 그녀가 어떻게 살고 있는지 보고 싶은 것일 게다. 꼭 올라와 둘러보겠다고 이렇게 우겨댈 이유는 그거밖에 없지 않겠나? 아— 정말 미친다, 미쳐.

[게다가 너, 집들이도 안 했잖아. 우리 선배가, 너 자취 시작한 기념으로 하이타이 들고 찾아가야 되는 거 아니냐고 막 그랬는데 내가 자제시켰거든?]

"그, 그랬어?"

[그래. 그렇게까지 했는데 잠깐 들여다보는 것도 싫다면 사람들이 더 이상하게 생각하지. 안 그렇겠냐?]

"그, 그렇긴 하지만……. 생각을 해봐. 선배가 걜 보고 뭐라고 생각하겠어?"

[대충 둘러 붙이면 되지. 뭐 그런 걸 갖고 걱정하고 그래? 그딴 거 걱정하지 마. 내가 다 알아서 할 테니까.]

"알아서 하긴 뭘 알아서 하냐. 내가 네 꿍꿍이속 모를 줄 알아?"

[내 꿍꿍이속? 그게 뭔데?]

진짜 궁금한 듯 지원이 물어왔다. 자신의 꿍꿍이속이 뭔지 몰라 묻는 게 아니라 원영이 제 속내를 아는지 모르는지 궁금한 것이다. 원영은 신경질적으로 대답했다.

"날 골탕 먹이려는 거잖아. 친구 괴롭히면 넌 행복해?"

[뭘 또 괴롭히기까지. 별거 아닌 일로 스트레스받는 네가 더 이상타. 그냥 가볍게 생각해 버려.]

"내가 너야? 나도 네 입장이면 가볍게 치부할 수 있어."

[수재에 나이도 어린 남펴…….]

"안 돼!"

헉! 원영은 기겁을 하며 '남편'이란 단어를 언급하려는 지원의 입을 급하게 틀어막았다. 민성 선배가 옆에 있다는데 말조심할 것이지.

[아차, 미안.]

"하마터면 선배가 알 뻔했잖아. 조심 좀 하라고!"

원영은 목소리를 낮추며 지원을 마구 추궁했다. 지원은 잘못했다는 반성의 말은커녕 재미있다는 듯 킥킥거리고 웃었다.

[발 없는 말 천 리 간다. 너 아무리 이렇게 틀어막아도 소문은 막을 길 없어. 비밀이 언제까지 지켜질 것 같아?]

"순응하란 소리 너 또 해봐. 그땐 절교야. 응?"

원영이 강력한 어조로 협박했다.

[알았어, 알았어. 그런 소리 안 할 테니까 얼른 주소나 불러.

올라가게.]

"싫다니까!"

[너 자꾸 그러면 비밀 폭로한다.]

이 계집애가 지금 무슨 소릴 하려는 거야? 세상에 믿을 거 하나도 없다더니 딱 그 짝이로세.

[우리 선배, 지금 옆에 있거든? 말할까?]

"너 죽는다. 벙긋하면 그날로 네 제삿……."

[선배, 사실은 원영이가 얼마 전에…….]

흐흑! 정말로 다 말할 모양이다. 원영의 협박쯤일랑 귓등으로 안 듣고 지원은 옆에 앉아 있다는 민성에게 주저리주저리 뭔가를 말하려고 했다. 원영은 다급한 나머지 그만 아파트 호수를 말해 버리고 말았다.

"304호야! 304호!"

[…….]

잠시 정적이 흘렀다. 지원이 하다 중단한 말이 뭔지 궁금한 듯 민성이 캐묻는 소리가 들렸다. 원영은 꿀꺽 저도 모르게 침을 삼켰다. 설마 진짜 말하는 건 아니겠지? 긴장이 돼 원영은 꼬불거리는 전화 줄을 힘껏 쥐었다. 이윽고 지원은 피식 웃음을 터뜨리더니 민성을 향해 말했다.

[원영이가 얼마 전에 에어컨을 났다고.]

긴장이 순식간에 풀렸다. 원영은 어깨를 축 늘어뜨리곤 안도의 한숨을 푹 내쉬었다. 이 독종 계집애. 결국 이렇게 찾아오게 되는구나.

[304호랬지? 지금 아파트 앞이니까 십 분 안으로 들어간다. 문 열어놓고 있어.]

뚜뚜뚜뚜…….

원영은 일그러진 얼굴로 전화기를 내려다보았다. 욕을 한 바가지 쏟아붓고 싶은 마음 굴뚝이었지만 이러고 있을 때가 아니었다. 원영은 벌떡 자리에서 일어나 문제덩어리를 찾아 집 안을 헤맸다.

"야! 최재휘! 최재휘!"

일단 사정을 설명하고 녀석을 집에서 내보내야 했다. 민성은 원영이 집에서 독립을 했다고 알고 있는데 버젓이 웬 시꺼먼 남정네랑 함께 살고 있다는 걸 알면 얼마나 놀라겠는가. 동거라도 하는 줄 알 것이고, 그럼 민성처럼 보수적이고 꽉 막힌 원칙주의자의 눈엔 그녀가 그렇고 그런 애로 보일 것이다. 그녀는 자신이 누군가에게 그런 식으로 비춰지는 거 딱 질색이었다. 근데 이 자식 어디 있는 거야?

"최재휘! 야, 어디 있어?"

"왜!"

놈의 목소리가 등 뒤에서 들려왔다. 원영은 분주히 돌아다니던 발걸음을 딱 멈추었다. 휙 뒤를 돌아보니 욕실 문이 단단히 닫힌 채로 그녀를 노려보고 있었다. 샤워 중인 건가? 왜 하필! 원영은 다다다 달려가 욕실 문을 쿵쿵 두드렸다.

“최재휘, 너 거기 있어?”

“왜 그러냐고!”

“응가해? 샤워하는 거야?”

“샤워해.”

오홋! 다행이다. 차라리 욕실 안에서 나오지 않는 게 오히려 좋은 방법이 될 수도 있다는 생각이 퍼뜩 들었다. 일단 사건 개요를 쫙 설명하고 나면 녀석도 흔쾌히 받아들일 것이다. 녀석의 성격에 모르는 이 앞에서 둘의 사이를 들키고 싶진 않을 테니까 말이다. 원영은 열심히 욕실을 두드렸다.

“잠깐만 나와봐. 시간 없어!”

“샤워 중이라고 했잖아!”

“누가 뭐래? 잠깐만 나랑 얘기하고 다시 샤워하라고.”

“…….”

욕실 안에서 시원한 물줄기에 몸을 맡기고 있던 재휘는 순간 말문이 막혀 꼼짝할 수 없었다. 세상에서 제일 어처구니없는 소리 들은 얼굴로 그는 무심히 고개를 돌려 문짝을 응시했다. 한창 샤워 중인데 지금 나와보라고? 이게 대체 무슨……! 그리도 개념을 챙겨 넣어달라고 말했건만.

“나와보라니까, 잠깐만. 할 말이 있어. 급하단 말이야.”

쾅쾅쾅. 정말 제대로 시끄럽게 군다, 장원영. 재휘는 짜증스럽게 수도꼭지를 돌려 물줄기를 멎게 하고 얼굴 위로 흘러내리는 물기를 두 손으로 쓸어내렸다. 타월로 대충 몸을 닦고 허리에 두른 그가 문을 열고 나가기 직전까지 그녀는 계속 욕실 문을 두드리며 소리치고 있었다. 너 진짜, 급한 일 아니면 죽을 줄 알아.

재휘는 이를 악물며 휙, 욕실 문을 열어젖혔다. 열심히 문짝을 두드리며 나오라고 소리치던 원영은 문이 갑자기 열리자 순간적으로 멈칫했다. 하마터면 재휘의 가슴을 칠 뻔했다. 놀란 그녀는 거의 반벌거숭이의 모습으로 자신의 앞에 서 있는 재휘를 멍하게 바라봤다. 이젠 정말 비명도 안 나온다…….

"너 지금 뭐야? 옷 안 입어?"

"빨리 나오라며. 뭐야?"

재휘는 머리도 채 닦지 못하고 부랴부랴 나온 듯했다. 수건 한 장을 손으로 들고 머리카락을 문지르며 그는 귀찮다는 듯 짜증을 부렸다. 순간 할 말을 잃어버린 원영은 그의 벗은 상체를 멍하게 바라보았다. 아직도 물기가 어린 맨가슴과 여자 것과는 다른 유륜. 꽤나 울퉁불퉁한 몸과 떡 벌어진 어깨…….

이건 어린애의 몸이라고 하기엔 너무…….

"장원영."

재휘가 그녀를 불렀다. 잠시 넋을 잃고 재휘의 벗은 몸을 뚫어져라 관찰하고 있던 원영은 퍼뜩 고개를 들었다.

"어?"

"뭐냐고. 급하다며."

"어……. 사실은 지금 내 친구가…….'

왜 이렇게 말을 더듬는 거냐, 장원영. 시간이 없다고. 얼른 녀석을 욕실에다 처박아놔야 해.

"친구가 뭐?"

녀석이 묻는다. 원영은 간신히 입을 열어 하고 싶었던 말을 꺼냈다.

"친구가 오기로 했어. 너, 들어가서 나오지 마……."

원영은 떨리는 목소리로 중얼거렸다. 온몸의 기운이 쫙 빠지면서 얼굴이 살짝 붉어지고 다리가 후들거리기 시작했다. 왜 이러냐, 장원영. 설마 이 녀석이 웃옷을 벗고 있어서 이러는 건 아니지? 아니잖아. 이제 겨우 열여덟 살밖에 안 먹은 애한테 무슨 야릇한 감정을 느끼겠는가?

"들어가라니. 어딜?"

재휘가 답답한 얼굴로 캐물었다. 속 시원하게 대답을 내놓지 않는 원영이 그로서는 참 갑갑할 따름이었다. 아까부터 뭘 우물쭈물해 대는 거야? 장원영답지 않게.

"내가 문 잠그고 갈 테니까 넌 그때까지……."

"어딜 간다고?"

"그게……."

그녀가 막 어눌한 어조로 설명하려고 할 때였다.

띵동.

벨소리가 들렸다. 원영은 깜짝 놀라 두 눈을 휘둥그레 떴다. 지원이 벌써 왔나? 재휘는 현관문을 보더니 큰소리로 물었다.

"누구세요?"

헉! 원영은 화들짝 놀라 녀석의 입을 손으로 틀어막았다.

"조용히 해, 이 자식아."

말을 막는 원영의 손길에 퍼뜩 놀라 재휘는 재빨리 그녀의 손을 내쳤다.

"뭐 하는 거야?"

"넌 조용히 하고 욕실 안에 들어가 있으란 말이야. 나오지 마. 절대로 나오지 마. 내가 문 잠그고 밖으로 나갈 때까지 절대로 인기척을 내면 안 돼. 알았지?"

"미쳤어? 내가 왜 그래야 하는데?"

"학교 신배가 올 거란 말이야. 그 선배한테 내 상황 들키기 싫어."

원영이 속삭이듯 말했다. 자꾸 현관문 쪽을 힐끗거리는 게 여간 똥줄이 타는 게 아닌 것 같았다. 뭣 때문에 이렇게 안달복달하는 거야? 재휘는 못마땅한 얼굴로 원영을 내려다봤다. 그때 현관문 밖에서 웬 굵은 남자 목소리가 들려왔다.

"여기 원영이 집 아닌가요?"

재휘의 눈매가 가늘게 좁혀졌다. 남자잖아?

"어, 어! 콜록콜록~ 선배! 잠깐만!"

원영은 소리를 치며 재휘한테 눈짓을 해댔다. 마치 '누구세요?' 라고 물었던 재휘의 목소리가 자신의 목소리인 양, 감기가 걸려 남자 목소리가 나온 것처럼 가짜 기침을 해대며 원영은 그의 등을 떠밀었다. 재휘는 점점 더 수상한 눈으로 원영을 빤히 응시했다. 대강 상황이 머릿속으로 그려지는 것이, 상당히 기분이 나빠졌다. 그러니까 뭐야? 좋아하는 남자가 생겼다는 거야? 그새?

'기가 차는군.'

그래, 뭐 어차피 그녀와는 애정을 가지고 결혼한 사이가 아니니 충분히 그럴 수 있다고 생각했다. 원영도 여자이니 좋아하는 사람이 생기는 건 당연한 거니까. 하지만 여기가 어디라고 감히 남자를 끌어들인다는 건가? 여긴 엄연히 그의 집이었다. 아무리 법적 효력 없는 부부라도 부분데, 어떻게 좋아하는 남자를 집까지 끌어들일 수가 있는 거지? 장원영은 정말 최소한의 예의도 없는 건가? 재휘는 평소의 차분함과 이성이 싹 날아가는 걸 느꼈다.

"뭐 하니? 안 들어가고."

원영이 그를 다그쳤다. 재휘는 싸늘하게 비웃고는 현관문을 돌아봤다. 원영은 갑자기 긴장되는 얼굴로 재휘를 빤히 바라봤다. 애가 또 무슨 짓을 하려고?

"문 열려 있어요. 들어오세요!"

갑자기 그가 큰소리로 말했다. 유난히도 굵은 또렷한 그의 목소리에 원영의 눈은 또다시 띠용~ 튀어나올 것처럼 커졌다.

"이, 이게 무슨 짓이야? 왜 그래, 너?"

원영은 재휘의 어깨를 붙들고 흔들었다. 재휘는 비릿한 미소를 짓더니 원영을 내려다보고 뇌까렸다.

"아까 들어오면서 문을 안 잠갔거든."

"그 말이 아니잖아, 지금. 없는 사람처럼 행동해 달라고 했잖
아. 욕실로 들어가서 나오지 말라고 했어, 안 했어?"

"너랑 바람피운 것도 아닌데, 내가 왜 숨냐? 웃긴다고 생각하
지 않아?"

"너 이⋯⋯!"

십장생, 볍씨 자식! 마구 욕을 퍼부어줄 요량으로 원영이 막
입을 열었을 때였다. 현관문이 덜컹 열렸다. 그리고 흥미진진한
표정의 양지원과 선한 인상의 김민성 선배가 모습을 드러냈다.
원영은 철렁 가슴이 내려앉는 걸 느꼈다. 재휘는 아주 뻔뻔한
얼굴로 손님들을 빤히 바라봐 주었다. 허리에 타월 한 장 달랑
두른 채 수건으로 머리카락을 닦는 그는 '나 방금 샤워했소' 라
고 말하고 있는 듯했다.

"어멋!"

지원이 재휘의 벗은 몸을 보고 깜짝 놀란 듯 두 손으로 얼굴
을 가렸다. 하지만 손가락 사이가 넓게 벌어진 걸 보면 그다지
부끄럽진 않은 듯. 원영은 떨떠름한 얼굴로 지원을 째려보고는
재휘를 슥 눈알만 굴려 노려보았다. 뒷덜미가 뻣뻣해져 고개가
안 돌아갔다. 이, 이런 개똥 같은 일이 다 있나!

"누구시죠?"

재휘가 묻자 민성은 놀란 눈을 깜빡거리기 시작했다. 원영 혼
자 산다고 들었던 그는 그녀의 집에 웬 남정네가 샤워를 하고
나와 있는 이 모습을 도대체 어떻게 받아들여야 할지 난감한 얼

굴이었다. 원영은 얼어붙어 끽끽거리는 턱을 겨우겨우 움직여 어설픈 해명을 했다.

"내 동생이야, 선배. 재휘야, 인사해. 우리 선배. 여긴 내 친구, 지원이."

"동생이라고? 아~ 반갑다."

지원이 히죽거리며 눈썹을 씰룩거렸다. 그녀의 얼굴엔 '오호, 순발력 짱인데?' 라고 써져 있는 듯했다. 민성은 곰곰이 생각하는 얼굴로 고개를 갸웃거리더니 무심히 물었다.

"어, 그래. 반갑다. 그런데 원영이 너 막내라고 하지 않았니?"

의외의 예리한 질문에 원영은 퍼뜩 놀라고 말았다. 겨우 위기를 모면했다 싶어 마음을 놓고 있던 그녀는 다시금 긴장했다.

"어? 어, 그러니까……."

"이남삼녀라고 했잖아, 너. 다들 결혼하시고 너만 남았다고 들은 거 같은데."

"아! 그, 그거는……."

말문이 탁 막혀 원영은 입만 벌리고 재휘를 올려다봤다. 제발, 녀석아! 좀 도와줘! 간절하게 애원하는 눈으로 재휘를 바라봤지만 녀석은 그녀의 임기응변이 어느 수준까지인지 시험해 보려는 듯 입을 꾹 다물고 그녀를 내려다보고 있었다.

"사촌 동생이구나?"

원영을 구해준 건 지원이었다. 귀에 콱 박히는 말에 원영은 고개를 마구 끄덕였다.

"맞아, 맞아! 방금 내가 그거 말하려고 했었어. 방학 때라 얘가 서울로 놀러 온 거야. 지방 살거든."

지방 살거든? 재휘는 기가 막힌 얼굴로 원영을 째려봤다. 그래. 네 낭군님, 지방에서 올라온 네 사촌 동생이다. 짜증이 확 난 재휘는 이렇다 할 인사도 없이 싸늘하게 세 사람 사이를 가로질러 방 안으로 들어가 버렸다. 쾅! 방문이 닫혔다.

"너 뭐니? 민성 선배를 정말 데리고 오면 어떻게 해?"

지원을 제 방으로 끌고 들어온 원영은 거칠게 다그쳤다. 물론 거실에 남아 집 안을 돌아보고 있는 민성이 혹시라도 들을지 모른다는 생각에 목소리를 잔뜩 낮춘 상태였다. 지원은 펄펄 뛰기 일보 직전인 원영의 태도에도 아랑곳하지 않고 방 안을 둘러보느라 정신이 없었다.

"야— 너 정말 방 따로 쓰는구나? 넌 여기서 자는 거야?"

"양지원."

"명색이 부부인데 좀 너무하다. 시어머니가 보고 아무 말도 안 해?"

물론 권 여사는 알고 있다. 하지만 아무 말도 하지 않았다. 재휘 녀석의 조리있는 설명 덕분. 재휘는 원영이 옆에 있으면 공부가 잘 되지 않아서 그녀의 책상만 부득이하게 안방으로 옮겼다고 둘러댔다. 하지만 실제로는 그의 책상과 화장대를 맞바꾼 것이었다. 책상 하나가 안방으로 옮겨지니 화장대는 당연히 작은방으로 옮겨진 것이고. 만약 권 여사가 의심을 갖고 책상 위의 내용물들을 자세히 살폈으면 금세 탄로났을 터였지만, 다행히 그녀는 그러지 않았다. 오히려 부부 침실은 의도적으로 들어가지 않으려고 하는 것 같은 느낌이랄까.

하여튼 그 문제는 그렇게 잘도 넘어갔다. 어차피 화장대는 아침저녁에만 쓰니 원영도 이해해 주었다며 태연스럽게 둘러대는 재휘를 보고 원영은 혀를 내둘렀다. 정말 사기꾼 기질 농후한 녀석이지 뭔가. 예로부터 머리 좋은 놈들 나쁜 쪽으로 빠지면 사기꾼 된다고 했다지?

"지금 그게 문제니? 너무 빨리 왔잖아. 내가 어떻게 수습하기도 전에 와버리면 어떡해?"

"전화 끊고 뭐 했길래 그래. 시간 넉넉했잖아."

"그때 재휘 자식, 화장실에 있었다고. 방금 봤잖아. 샤워하고 나온 거."

"그건 네 사정이지. 그나저나 걔 좀 괜찮더라?"

갑자기 샤륵 웃으며 은근히 말하는 지원이다.

"뭐가 괜찮아?"

"몸 말이야. 가능성있어. 아무래도 주시해 봐야겠어."

남의 남편 두고 이 무슨 망발? 뭘 주시한다는 거야? 원영은 순간 미간을 확 좁히곤 인상을 구겼다.

"주시하긴 뭘?"

"앞으로 어떻게 크나, 이 누님이……."

“네가 왜 재휘 누님이야? 네가 누나야?”

순간, 원영은 저도 모르게 말을 허투루 내뱉고 말았다. 꺼내 놓고 보니 이건 재휘가 그녀를 처음 만난 날 했던 말? 원영은 입술을 깨물었다.

“아니, 난 그런 뜻으로 한 말 아니야. 네가 너무 민감한 거 아니야? 난 아무 뜻도 없었는데.”

지원이 대충 얼버무리더니 원영을 향해 샐쭉 웃으며 말한다. 그녀로선 아무 사심 없이 장난삼아 한 농담이었으니 원영이 너무 예민하게 구는 것 같다는 느낌이 들지 않을 수 없었던 거다. 확실히 결혼이라는 세도가 무섭긴 무서운 건가? 아무 감정 없이 만난 사람이라도 일단 결혼을 하고 나면 제도 안에서 서로에 대한 소속감을 느끼게 되는 게 어쩌면 당연한 게 아닐까 하는 생각도 들었다. 그러다 보니 지원의 눈이 저절로 게슴츠레해졌다.

“솔직히 걔를 내가 걔라고 부르는 건 괜찮지만, 네가 걔를 걔라고 부르는 건 좀 듣기 거북하거든?”

“왜? 법적으론 네 남편 아니잖아.”

지원은 일부러 조금은 도발적으로 대꾸했다. 장원영, 너 내숭 떠는 거냐? 아니면 진짜 네 마음을 모르는 거냐?

“네 남편은 더더욱 아니잖아. 어찌 됐든 개한테 개라고 할 수 있는 사람은 나뿐이야. 누나라고 할 수 있는 사람도 나뿐이고.”

“그래?”

“눈빛이 왜 그래?”

원영은 기분 나쁘게 웃고 있는 지원과 그녀의 시선에 얼굴을 찌푸렸다. 지원은 빙긋 웃으며 살랑살랑 고개를 내저었다.

"아니야. 좀 이상해서."

"뭐가 또?"

"네가 네 남편 역성드는 기분이 들어서 말이야. 나한텐 진짜 남편도 아니고 진짜 결혼도 아니라고 해놓고. 좀 앞뒤가 안 맞아서."

"그건…… 걔가 내 보호하에 있으니까 그렇지."

"보호?"

지원은 무슨 이런 말도 안 되는 소릴 하나 싶어 원영을 빤히 바라봤다. 얘는 정말 자신을 최재휘의 보호자라고 생각하는 걸까? 어느 모로 보나 보호는 재휘, 그 고등학생이 원영을 하고 있는 것 같았는데. 젖은 머리에 강렬한 눈빛으로, 지원과 민성에게 누구냐고 묻는 그 포스는 정말 대단했다. 그냥 고등학생 미성년자라고 치부하기엔 좀 억울할 법도……. 뭐, 물론 지원의 눈엔 민성이 훨씬 더 멋져 보이지만.

"왜?"

원영이 퉁명스럽게 묻는다. 빤히 바라보는 지원의 시선에 조금은 민망한가 보다. 그래야지, 양심이 있으면. 지원은 픗 웃으며 화장대를 기웃거렸다.

"방이 왜 이렇게 허접하냐? 그 흔한 침대도 없고."

"그렇게 됐어."

원영은 땅이 꺼져라 한숨을 쉬며 옷장을 열었다. 그가 준 카드로 옷장은 구입했지만 침대는 구입할 수가 없었다. 시어머니와 친정어머니가 번갈아가면서 밑반찬과 김치를 해 나르는데 혹시라도 두 방에 침대가 있다는 걸 알면 뭐라고 생각하겠는가. 옷장이야 수납공간이 부족해서 그랬다고 대충 둘러대면 되는 거지만 침대는 각방 쓴다는 걸 적나라하게 드러내는 꼴밖에 안 되었다.

"그래도 한 번은 같이 잤겠지? 안 그래?"

지원은 혹시나 싶어 원영의 속을 슬쩍 떠봤다. 물론 돌아온 건 팔딱 뛰는 오버액션. 옷장에서 무릎 길이의 치마와 반소매 니트를 꺼내던 원영은 소리를 버럭 질렀다.

"뭐? 너 지금 무슨 큰일 날 소리야?"

"명색이 결혼이잖아. 한 번도, 진짜로 한 번도 안 잤어?"

"너 이리 와."

원영은 지원의 등짝을 있는 힘껏 짝! 팼다. 윽— 고문받는 독립투사마냥 신음하며 지원이 몸을 움츠렸다. 마음속으론 쯧쯧 혀를 차고 있음이었다. 아무래도 이 바보가 정말 부부 생활을 하지 않고 있나 보다. 미쳤나 봐, 정말.

진짜 자신의 계획이 성공할 수 있을 거라고 생각하는 걸까? 지원이 봤을 땐, No다. 절대 성공 못한다. 남녀가 단둘이 몇 개월을 함께 사는데 아무 일도 안 일어난다는 게 말이 되나? 무인도에 표류한 남녀가 사랑에 빠진다는, 이브 몽땅 주연의 모 프

랑스 영화도 안 봤나? 남녀는 단둘이 붙여놓으면 야릇한 마음을 갖게 마련이다. 매력적인 구석이 단 하나도, 0.1%도 없는 사람과 함께라면 모를까. 어떻게 상대에게 빠지지 않을 수 있겠는가. 게다가 원영과 재휘는 이미 마인드 자체가 부부였다. 딱 봐라. 신경질 내며 방으로 들어가 버리는 최재휘나 남편한테 '개'라고 부르지 말라며 흥분하는 장원영이나 서로에 대해 일정 부분 소유하고 있었다.

불쌍한 것들. 처녀인 이 양지원도 아는데 버젓이 결혼까지 한 부부가 이런 기본적 상식도 모르고 있다니. 쯧쯧이다, 참말로. 지원은 속으로 혀를 차며 중얼거렸다.

"너 네 남편도 이렇게 패나?"

"말조심해! 민성 선배가 들으면 어쩌려고."

"나보단 네 남편 입단속 먼저 해야 하는 거 아니냐. 우리더러 들어오라고 한 사람도 네 남편이고, 벌거벗은 채로 네 옆에 서서 우리 선배 의심하게 만든 사람도 네 남편이잖아."

"벌거벗긴 무슨. 너 정말 그따위로 말할래? 남들이 들으면 진짜로 벗은 줄 알겠네."

"야~ 쭉 뻗었더라. 누군 좋겠던데?"

지원은 일부러 원영의 약을 바짝바짝 올렸다. '이래도 인정 안 할 거냐'는 심정으로다가. 물론 그리 쉽게 깨달을 장원영은 아니었다. 원영은 다혈질과 고약한 성미, 약한 마음 이외에도 누구도 말릴 수 없는 막강 '똥고집'을 가지고 있었다. 쉽게 자신의 마음을 인정하긴 힘들 테다.

"양지원……!"

이를 악물고 원영이 잔소리 한 바가지 쏟아부을 준비를 하자 지원은 냉큼 방을 나왔다. 이럴 땐 피하는 게 상책임을 알기에. 나가기 전 애교 섞인 앙큼스런 한마디 덧붙여 그녀의 약을 바짝 올려준 것은 물론이다.

"옷 입고 나와~"

성난 원영의 얼굴을 뒤로하고 방을 나온 지원은 긴장감이 흐르는 거실 분위기에 멈칫, 걸음을 멈추었다. 거실 한가운데에 재휘와 민성이 서서 얘기를 나누고 있었다. 재휘는 이비 말끔하게 옷을 갈아입고 나온 이후였다. 등을 지고 있어 민성의 표정은 알 수 없지만 재휘의 표정은 선명하게 읽을 수 있었다. 잘생긴 그의 얼굴은 불편함과 불쾌함이 혼재되어 있었다.

"사촌 동생이라는데 말하는 건 오빠 같네?"

민성이 말한다. 재휘는 키가 작은 편인 민성을 압도하고 있었다. 하지만 민성도 그다지 호락호락한 편이 아니었다. 묘하게 말하는 그의 말투에서, 그가 대충 감을 잡았음을 지원은 캐치할 수 있었다. 역시 우리 민성 선배라니까. 지원은 민성이 재휘를 어떻게 요리하는지 느긋한 마음으로 지켜보았다.

"아시겠지만 누나가 좀 덜떨어져서요. 안 챙기면, 손해 보는 줄도 모르고 손해 보고 다녀요."

재휘는 편안한 인상을 한 원영의 선배를 빤히 내려다보며 말했다. 마음에 안 들었다. 아무리 선배라지만, 아무리 일행과 함께라지만, 남자가 여자 혼자 사는 집에 아무런 거리낌 없이 들어왔다는 것부터가 마음에 안 들었다. 도대체 얼마나 친한 사이면 이렇게 마음대로 드나들 수 있는 건지 화가 치밀었다. 대학생이면 단가? 이런 예의도 없어? 이건 상식이다. 남녀 간에 지켜야 할 에티켓이란 말이다. 만약 그가 없었다면, 정말로 원영이 혼자 살고 있다면……?

웃기는 일이지만 원영이 이 선배와 단둘이 이 집에 있게 되면 어떻게 될까 생각해 보니 좀 짜증이 났다. 묘한 소유욕이랄까. 남자의 종족본능 같은, 이상한 경쟁심과 질투가 끓었다. 진짜 아내가 바람피우면 살인이라도 낼 것 같은 기분이었다.

'결혼해서인가?'

실질적인 부부는 아니지만 결혼식은 치른 정식 부부였다. '식'이라는 정식 절차를 거쳐 서로를 옭아매고 소유할 수 있는 권한을 부여받았단 말이다. 어쩌면 이런 권리는 정당한 것인지도 몰랐다.

"믿음직스러운 동생이네. 원영인 네가 있어서 든든하겠다."

민성이 웃으며 재휘의 어깨를 툭툭 두들겼다. 네가 있어서? 이 사람 지금 반말한 거 맞아? 게다가 어깨를 두들기는 이 제스처는 뭔가? 재휘의 눈썹이 꿈틀 움직였다.

"근데 너 몇 살이냐? 몇 학년이지?"

"……"

"지방 어디서 올라왔는데?"

재휘는 대답하려고 했다, 처음엔. 욱하고 올라오는 성미를 조금 참았다가 조용히 말할 요량으로 한 템포 죽이고 있었을 뿐이었다. 하지만 민성은 재휘의 인내심을 테스트하듯 계속 물어왔다.

"공부는 잘하고? 나 때는 방학 때도 보충수업을 했었는데 너흰 안 하니? 서울엔 무슨 일로 올라왔니?"

결국 재휘는 피식 웃으며 시건방진 소리를 내뱉고야 말았다.

"어른 행세하고 싶으신가 봐요?"

민성은 약간 당황한 듯 '뭐?' 하고 물어왔다. 이렇게 발칙한 고등학생은 처음이라는 듯 그는 반쯤 얼이 나간 얼굴이었다. 재휘는 여전히 싸늘한 미소를 입가에 띤 채 빈정거렸다.

"대학생들의 특권인가? 왜 다들 남의 성적에 관심들이 많은지 모르겠네."

"아, 아니, 저기 저……."

"그러면 그럴수록 덜떨어져 보인다는 것도 모르지."

"이봐! 너 좀……."

민성이 손짓까지 해가며 재휘에게 훈계를 늘어놓으려 했다. 재휘는 그가 말실수하길 기다리며 예리한 눈으로 민성을 관찰하고 있었다. 긴장감이 더욱 고조되었다. 남자들의 기 싸움 같은 것이랄까. 자존심 싸움이랄까. 뒤쪽에서 상황을 주시하고 있던 지원은 재휘의 싸가지없는 언행을 보며 얼굴을 찌푸렸다. 원영이 이를 갈며 욕했던 이유가 있었던 것이다. 지원은 마음속으로 민성을 응원하며 두 남자의 다음 말에 온 관심을 쏟았다.

그때였다. 작은방 문이 열리면서 원영이 호들갑을 떨며 나왔다.

"아우, 옷 한 꺼풀 입었는데 왜 이렇게 덥냐? 빨리 나가자. 더워 쪄죽겠다."

방 앞에 서 있던 지원은 깜짝 놀라 손가락을 입가에 갖다 댔다. 영문 모른 원영이 두 눈을 껌벅거리며 지원을 바라봤다. 지원의 제스처를 보고 입을 딱 다문 원영은 그러나 곧 자신과 지원을 빤히 돌아보는 민성과 재휘의 모습에 노출되고 말았다. 두 남자가 이쪽을 뚫어져라 바라보고 있었다. 원영은 어색하게 웃으며 자신의 다리를 내려다봤다. 치마 때문에 그런가? 별로 짧지 않은 것 같은데…….

"어디 가?"

재휘가 물었다. 원영은 고개를 들어 녀석을 보았다. 그러고 보니 외출할 계획이라는 말을 하지 않았다는 걸 깨닫고 있었다. 원영은 알 수 없는 죄책감에 약간 망설였다.

"아직 말 안 했니?"

지원이 옆에서 물었다.

"어, 그게…… 시간이 마땅치 않아서 말 못했어."

"어딜 가는 건데?"

원영의 어눌한 대답에 재휘가 재빨리 물었다. 빠져나갈 수 없는 올가미에 갇힌 듯 갑갑한 기분에 원영은 콜록콜록 헛기침까지 했다. 하지만 대답을 오래 미룰 수는 없었다. 곧 그녀는 사실대로 말할 수밖에 없었다.

"요 앞에 잠깐 갔다 올게. 잠깐이면 돼."

죄를 지은 것도 아닌데 왜 이렇게 미안하지? 재휘를 혼자 놔두고 그녀만 놀러 간다는 게 영 찜찜했다.

"요 앞이 어딘데?"

즉각 그가 물었다. 하지만 대답은 원영이 아닌 지원이 날름 해버렸다.

"호프집. 시원하게 한잔하려고."

재휘의 반응이 내심 걱정이 되었던 원영은 순간 찔끔 눈을 감았다. 혹시라도 친구와 선배가 있는 자리에서 재휘가 무슨 말을 꺼낼까 걱정이었던 거였다. 하지만 우려했던 비아냥거림은 날아오지 않았다. 슬그머니 눈을 뜨고 보니 그는 꾹 입을 다물고 그녀를 보고 있었다. 물론 입매를 보아 이 상황을 마뜩찮아 한다는 건 충분히 알 수 있었다.

"가자."

지원이 원영의 귓가에 속삭이듯 말하곤 어깨를 잡아당겼다.

"으, 응……."

원영은 괜히 치맛자락을 아래로 내리고 맨다리를 슥슥 문지르고는 재휘의 눈치를 슬쩍 보며 지원을 따라갔다. 민성도 현관문 쪽으로 성큼성큼 다가왔다. 신발을 신는 원영의 뒤통수가 찌릿찌릿 따가웠다. 아~ 쟤가 오늘따라 왜 이렇게 신경 쓰이지?

지원이 먼저 나가고 민성이 뒤이어 집을 나가고 있었다. 원영은 민성의 뒤를 따라 나가려다 걸음을 멈추고, 슬그머니 재휘를 돌아봤다. 그는 여전히 표정 없는 얼굴로 원영의 뒷모습을 물끄러미 바라보고 있었다. 원영은 그를 빤히 바라보다 충동적으로 툭 다음 말을 내뱉고 말았다.

"오늘 학원에 가니?"

재휘의 눈가가 가늘어졌다. 그녀가 무슨 의도로 이런 질문을 하는지 심히 궁금해지는 그다.

"왜 물어?"

"아니, 잘 갔다 오라고."

그녀의 대답은 어딘지 모르게 석연찮았다.

"공부 잘하고 있어. 밥 잘 챙겨먹고."

이건 뭐 꼭 자식 떼어놓고 도망가는 어미 같은 말투였다. 재휘는 짜증나는 얼굴로 원영을 계속 노려보았다. 더욱 어색해진 원영은 그의 마음을 풀어주고자 했던 마음을 고이 접어버렸다. 무슨 말을 해도 지금은 화를 돋울 뿐이란 생각이 들었다. 원영은 한숨을 푹 내쉬고는 그를 빤히 보며 속삭이듯 말했다.

"늦을지도 모르니까 기다리지 말고 그냥 자."

그녀는 곧 뒤를 돌아 집을 나갔다. 재휘는 서 있던 자리에서 꼼짝도 하지 않고 서 있었다. 한참 동안이나.

밤 열두 시가 넘은 시각, 이제 일요일 새벽을 향해 가고 있는 벽시계 초침. 재휘는 무표정한 얼굴로 시계 초침의 움직임에 시선을 두고 있었다. 텔레비전조차 전원이 꺼진 집 안은 무거운 침묵에 휩싸여 있었다. 불과 몇 시간 전까지 학원에서 수업을 받던 재휘는 도저히 수업 내용에 집중이 안 돼 일찍 집으로 돌아와 버렸다.

요즘 계속해서 공부가 집중되지 않는 현상이 생기는데, 솔직히 그 정확한 이유를 모르겠다. 잠자리만 바뀌었을 뿐 공부 환경이 바뀐 것도 아닌데 알 수가 없었다. 원래 그는 공부를 집에서 하는 스타일이 아니었다. 주말에도 도서관을 찾는 이유도 그래서다. 그는 주로 학교, 학원, 도서관을 전전하며 공부를 해왔다. 지금도 그건 마찬가지였다. 그런데 요샌 예전과 다르게 집중이 안 된다. 한정된 공간 속에 여자와 단둘이 살고 있다는 생각 때문일까? 그래, 뭐 어찌 됐든 장원영이 남자는 아니니깐.

'그나저나 장원영……'

도대체 어찌 된 일일까? 시간은 이미 두 시를 향해 가고 있는데 어디서 뭘 하는 건지 아직까지 집에 오지 않고 있었다. 혼자 간 게 아니니 걱정할 필요 없다고 스스로를 향해 위로했지만, 방정맞게도 자꾸만 만에 하나 생길 불미스러운 사고가 떠오르는 건 어찌할 수가 없었다. 선배라는 사람의 연락처를 받아놓을 걸 그랬나? 한 시간에 한 번씩 어디에 있는지 보고하라고 할 걸 그랬나? 그것도 아니면, 그의 전화번호라도 알려주고 혹시 무슨 일이 생기면 연락하라고 말해줄 걸 그랬나……?

그러고 보니 원영에게 그의 전화번호조차 알려주지 않았다. 원영이 휴대전화 사용자가 아니라 번호 알려줄 생각은 꿈에도 생각지 않았는데. 생각해 보니 원영에게 휴대전화가 없어서 불편한 사람은 원영이 아니라 주변 사람들이었다. 재휘는 내일 당장 휴대전화를 사 목에 걸어줘야겠다는 생각을 하며 더욱 미간을 찌푸려 벽시계를 노려보았다.

재깍, 재깍, 재깍…….

현관 벨소리가 울린 건 그로부터 한참이 지난 시간이었다. 생각하는 것 외엔 아무것도 하지 않는 무료함 속에서도 단 일 초도 졸지 않은 초인적 괴력을 발휘하며 날밤을 새우고 있던 재휘는 자동으로 벌떡 일어나 현관문을 열었다. 그리고 곧 쓰러질 듯 헥헥거리는 민성과 그의 등에 축 늘어져 업혀 있는 장원영을 뜨악한 얼굴로 내려다봤다.

"다행히 안 자고 있었네? 원영이 좀 부축해 주겠어?"

허리를 반쯤 구부린 민성은 원영 때문에 곧이라도 바닥에 쓰러질 것 같았다. 안경은 한쪽으로 기우뚱하게 기울어져 있고 땀을 비 오듯 쏟은 폼을 보아 꽤 오랫동안 원영을 업고 온 것 같았다. 온몸의 피가 싸하게 식어가는 걸 느끼며 재휘는 이를 악물었다. 민성의 등에 있는 원영을 짐짝 넘겨받듯 두 팔로 받아 드니, 재휘의 몸도 휘청거렸다. 재휘는 팔로 그녀의 옆구리를 감싸 안고 부축을 했다. 힘없이 근뎅거리는 원영의 머리를 어깨 위에 막 걸치고 나니 그새 깜빡 잠이 들었던 정신이 돌아오는지 원영이 말한다.

"아~씨. 뭐야? 놔~"

그녀의 혀는 완전히 풀려 무슨 말을 하는지도 겨우 알아들을 수 있었다. 재휘는 휘휘 내젓는 그녀의 팔을 완고하게 잡아 자신의 옆구리에 꽉 끼고 가둬 버렸다. 그리곤 신랄한 눈으로 민성을 노려보았다. 민성은 땀으로 범벅이 된 얼굴을 팔로 훔치며 헐떡거렸다.

"아~ 자식, 무슨 술을 그렇게 무식하게 마시는 건지. 안 마신 지도 꽤 됐다면서 너무 급하게 마시더라니."

“이 시간까지 같이 계셨습니까?”

재휘가 딱딱하게 물었다. 원영은 다리에 힘이 없는 듯 재휘의 몸에 기대 간신히 서 있었다. 재휘는 솔직히 말해, 이런 식의 술모임은 절대적으로 반대하는 편이었다. 대학 문화=술이라는 공식도 마음에 안 들었고 원영이 잠깐 놀다 오겠다고 나가서 이렇게 취해 오는 것도 이해 안 됐다. 남들은 고지식하다 생각할지도 모르지만 재휘 입장에선 그랬다. 물론 그녀의 일에 감 놔라 대추 놔라 코치할 입장이 못 되긴 하지만 말이다.

“어, 어……. 지원이랑 또 다른 일행이랑 합류해서 같이…….”

민성은 약간 우물쭈물하며 대답했다. 처음 볼 때부터 민성은 재휘가 상당히 부담스러웠다. 시선도 무례하리만치 당당한 데다 원영과 특별한 사이인 것 같은 분위기가 꽤나 강했다. 지원이 함구하고 있는 비밀이 뭔지는 모르겠지만 재휘가 원영의 사촌동생이 아니라는 것만큼은 확실했다.

“지금은 왜 둘뿐이죠? 아까 오실 땐 여자 분도 함께였잖아요.”

재휘가 날카롭게 묻자 민성은 축축한 머리카락을 헤집으며 머리를 긁었다.

“지원인 지금 밑에서 기다리는 중인데. 번거로우니까 올라오지 말라고 했어. 원영인 나 혼자 업고 올라오면 되니까. 이제 내려가서 지원이도 집까지 바래다줘야지.”

"……."

"그럼…… 난 가볼게."

민성이 두 눈을 슬쩍 크게 뜨고 고개를 끄덕이며 말한다. '간다. 응?'의 메시지가 담긴 눈짓에 재휘는 짜증스레 고개를 끄덕였다. 그의 고갯짓이 끝나자마자 민성은 뒤도 돌아보지 않고 달아났다. 재휘는 인사불성이 된 원영을 내려다보곤 한숨을 푹 내쉬었다. 도대체 나이만 스물한 살이지, 어른다운 게 뭔데? 밖에 나가 술 마시고 인사불성되는 게 어른인가? 제 앞가림도 제대로 못하는 주제에 늘 '누나, 누나' 하지.

재휘는 그녀의 허리에 한쪽 팔을 쑤욱— 감고는 그대로 들어 올렸다. 그녀의 몸이 마네킹처럼 뻣뻣했다면 아주 쉽게 들려질 각도였지만 아쉽게도 술 취한 그녀는 연체동물에 가까운지라 생각보다 쉽지 않았다. 재휘는 한쪽 손으로 그녀의 등을 감싸고 다른 손으로는 엉덩이 밑을 잡아 다시금 휙 들어 올렸다. 다행히 이번엔 순순히 끌어 올려졌다. 하지만 그녀는 고개를 뒤로 젖히면서 나른한 신음을 흘렸다.

"아…… 으흠……!"

긴 그녀의 생머리가 뒤로 쭉 늘어뜨려졌다. 당연히 그의 균형도 몸의 앞쪽으로 쏠리게 되었다. 짜증이 솟구친 재휘는 거칠게 속삭였다.

"가만히 안 있을래?"

"어어어?"

말꼬리 길게 늘여 묻는 원영의 눈이 게슴츠레 떠졌다. 살짝, 아주 살짝 떠진 그녀의 눈동자가 뒤로 넘어가더니 한참 만에 다시 되돌아왔다. 긴 머리에 흰자라. 딱 귀신이네. 정말 가지가지 한다, 장원영. 재휘는 그녀를 거칠게 앞으로 끌어당기며 작은방으로 걸어갔다.

"아! 너 뭐야? 누구냐고? 야! 내려놔!"

허공에서 둥실거리니 정신이 조금 돌아온 건지. 그녀가 갑자기 심하게 몸을 움직이며 반항을 했다. 술 취한 정신으로도 누군가에게 들려 어디론가 간다는 느낌에 두렵고 저항해야 한다는 생각이 반사적으로 드는 모양이었다. 좀 낫네, 그래도. 어디 납치는 안 당하겠어. 시니컬한 미소를 지으며 재휘는 정신없는 원영한테 윽박지르듯 말했다.

"좀 가만히 있으라니까. 네 몸무게를 좀 생각해."

"어? 너어어어?"

말끝이 또 늘어진다. 하지만 반쯤 뜬 눈은 재휘의 얼굴을 똑바로 바라보고 있는 중. 그녀는 해롱해롱한 정신으로도 재휘를 알아보고 있었다.

"우리 고등어네? 고등어. 헤헤, 내 고등어 남편."

원영의 손이 톡톡 재휘의 볼을 건드렸다. 재휘는 휙 고개를 돌리곤 짜증스레 작은방 손잡이를 붙들었다. 두 손을 써서 원영을 안고 있던 중이라 손잡이 돌리는 일이 만만치 않을 것 같았다.

"야, 너 진짜 내 남편 맞냐? 나 사랑하냐? 좋아하냐고오오오~"

진땀 흘리는 그의 볼을 원영은 계속해서 톡톡 두들겼다. 말이 '톡톡'이지 계속 같은 자리를 때려대는 통에 완전 뺨 맞는 기분이었다. 재휘는 참다못해 그녀를 바닥에 턱 내려놓곤 그녀의 팔을 휙 거머쥐었다.

"좀 가만히 있지? 힘들어 죽겠구만."

"어? 힘들어? 뭐가?"

"눈이나 똑바로 떠. 술은 뭐 하러 진탕 마셔가지고 사람 고생을 시키냐?"

"헤헤헤~ 내가 원래 여러 사람 고생시키지. 우리 엄마아아아, 우리 아빠아아아."

하던 말을 멈추더니 원영은 한숨을 푸하― 내쉬었다. 술 냄새가 훅 다가오자 재휘는 코를 잡고 싶은 마음을 꾹 눌러 참고 인상을 팍 썼다. 하여간 진상이네. 재휘는 원영의 슬픈 듯 접힌 이마를 외면하곤 작은방 문을 열고 불을 켰다.

"근데 너도 나 때문에 고생이야? 푸히히힛~ 이상하다. 왜 사람들은 다 나한테 귀찮다고만 하지? 난 평범한데. 아무것도 바란 거 없는데. 그냥~ 난 평범하게 사는 것밖엔 바라는 게 없는데. 정말 이상하지?"

재휘는 그녀의 말을 못 들은 척하며 그녀의 몸을 다시 끌어안았다. 질질 끌고 갈 수 없으니 안고라도 가서 방에 눕혀야 했다. 하지만 원영은 엉덩이를 뒤로 쭉 빼며 그를 째려보았다.

"야아아아— 너 내 말 씹었어?"

그러더니 또다시 툭 그의 볼을 건드렸다. 짜증이 더욱 솟구쳐 재휘는 휙 고개를 돌려 그녀를 정면으로 바라봤다. 그녀의 입술이 그를 기다리듯 거기에, 아주 가까운 거리에 있었다. 원영이 갈증을 느낀 듯 혓바닥으로 아랫입술을 핥자 재휘는 저도 모르게 이를 악물었다. 몸의 한쪽이 요동을 치기 시작한 거였다. 모든 게 불편해지기 시작했다. 그녀를 안고 있는 이 자세도, 그녀와 얼굴을 맞대고 있다는 사실도. 그녀가 술에 취해 있다는 것마저 강하게 인식되자 재휘는 그녀의 몸을 거칠게 안아 올렸다.

"아야—"

부주의하게 들려진 그녀는 느리게 비명을 질렀다. 목이 뒤로 슬쩍 꺾인 모양이었다. 그는 그녀를 들어 방 안으로 들어가 방바닥에 조심스럽게 앉혔다. 마음 같아선 맨바닥에 휙 내동댕이치고 싶었지만 그럴 수는 없는 일. 후끈 달아오르는 열기를 꾹 누르며 그는 장롱에서 이부자리를 꺼내 바닥에 깔았다. 그사이 벽에 기대어 앉은 그녀는 나른하고 몽롱한 어조로 옹알거렸다.

"나쁜 놈. 내가 조선시대 여자야? 이 나이에 결혼해서 애까지 낳으라는 거, 너무한 거 아니야? 내가 애기 낳는 기계도 아니고."

재휘가 그녀를 다시 안고 눕히려고 하자 그녀는 몸을 웅크리며 재휘의 머리통을 마구 손바닥으로 내려치기 시작했다.

"에잇, 에잇! 나쁜 놈. 고등어 자식! 저리 가. 저리 가아아아."

"에이 씨!"

머리끝까지 짜증이 난 재휘는 결국 그녀를 이부자리 위에 휙 내동댕이치듯 던져 버렸다. 아픈 듯 인상을 마구 찡그리더니 원영은 갑자기 흑흑 울기 시작했다.

"이 나라는 썩었어. 모계 사회로 확 바꿔 버려야 해. 난 가부장적 사회의 희생양이란 말이야아아아—"

울음 섞인 목소리로 소리치며 그녀는 엉엉 울었다. 이불에 얼굴을 묻고 어깨를 들썩이는 그녀를 재휘는 어처구니없는 눈으로 내려다봤다. 정말 헛웃음밖에 안 나왔다. 방금까지 그의 뺨이며 머리를 치며 큰소리치던 여자가 이게 대체 무슨 퍼포먼스야? 뭐? 가부장적 사회의 희생양? 아주 입만 살아가지고. 무슨 이런 더러운 주사가 다 있나?

"기가 막힌다, 장원영."

재휘는 왕짜증난 얼굴로 혀를 쯧 차고는 휙, 방에서 나갔다. 이불에 눈물까지 적시며 엉엉 울던 원영은 곧 이불도 덮지 않고 그 자리에서 잠이 들고 말았다.

얼마나 지났을까. 한참 후 그녀의 방문이 열리고 재휘가 머뭇머뭇 방 안으로 들어왔다. 그는 새우처럼 온몸을 오그리고 잠들어 있는 원영을 물끄러미 내려다보았다. 지금껏 잠도 자지 않고 공부도 하지 못한 채로 아까운 시간만 죽인 게 바로 장원영 때문이란 사실을 그는 조용히 받아들였다.

착잡한 마음으로 그는 그녀의 몸 위로 얇은 모시이불을 덮어주었다. 한참 동안 잠든 원영을 바라보던 그는 자리에서 일어났다. 다시 밖으로 나가려는 거였다. 하지만 곧 그는 또다시 그 자리에 멈춰 서버렸다. 마음이 자꾸만 그를 붙잡았다. 자꾸만 그를 붙들고 이성과는 동떨어진 일을 하도록 시켰다. 그는 생각했다. 마음이 시키는 대로 해야 될지 말아야 될지, 해도 될지 말아야 될지. 그리고 정말 한참 만에, 그는 원영에게 다가가 그녀의 몸을 끌어안았다.

"으으음……."

그녀가 몸을 뒤척이며 두 팔을 그의 목에 감았다. 재휘는 그녀의 몸을 들어 올려 안았다. 아무래도 방보다는 침대가 나을 것 같았다. 술까지 취해 인사불성인데 혼자 바닥에 오그리고 자는 모습을 보니 마음이 쓰였다. 침대와 바닥이 무슨 차이이겠냐만. 그래도 평소보다는 몸 상태가 훨씬 좋지 않을 때이니 그게 낫지 않을까? 혹시라도 감기에 걸릴 수도 있으니까. 원래 여름 감기가 더 지독하다고 하지 않나. 술 취하면 몸의 기온이 뚝 떨어지고 감기 걸릴 확률도 높으니…….

"에잇."

쓸데없는 핑계들을 싹 날려 버리며 그는 그녀를 안아 들고 성큼성큼 자신의 방으로 갔다. 목에 팔을 두른 그녀의 엉덩이를 받치니 들기가 훨씬 용이했다. 아까보다는 훨씬 쉽게 그녀를 안고 방으로 들어온 그는 시트를 걷고 그녀를 눕혔다. 문제가 생긴 건 그때였다. 침대에 누운 그녀가 그의 목을 꽉 끌어안고 놓아주지 않았다.

"뭐 하는 거야, 장원영?"

"으흠……."

대답은 그냥 만족스러운 신음 소리뿐이었다. 살짝 미소까지 머금은 그녀는 기분이 매우 좋은 듯했다. 재휘는 그녀의 팔을 떼어내려 했다. 그녀의 손을 잡고 그는 자신의 몸에서 확 잡아뗐다. 하지만 그녀의 손이 떨어지는 순간, 그녀의 다리가 그의 허리를 감아왔다.

"……!"

너무나 큰 충격에 재휘는 아무 말도 못하고 입만 벌리고 말았다. 그는 그만 그 자리에서 발기하고 말았다. 재휘는 그녀를 거칠게 내동댕이치고는 방에서 나와 버렸다.

꽝! 방문이 큰 소리와 함께 닫혔지만 아무것도 모르는 원영은 빙그레 고운 미소를 지은 채로 깊은 잠의 나라에서 헤엄을 쳤다.

다음날 아침, 원영이 눈을 뜬 시각은 해가 중천에 떠 있을 때였다. 너무나 더워 죽을 것 같은 기분으로 눈꺼풀을 열심히 밀어 올린 그녀는 끈적거리는 목덜미를 쓱쓱 매만졌다. 긴 머리카락이 목덜미에 들러붙어서 죽을 맛이었다. 어쩔 수 없이 눈을 뜬 그녀는 띵한 머리를 천천히 들었다. 목을 쓱쓱 문질렀던 손이 저절로 아래로 떨어졌고 자동적으로 원영은 가슴 언저리를

득득 긁었다. 말랑말랑, 물컹물컹. 가슴살이 만져지자 원영은
잠시 멍한 시선을 허공에 두었다. 이게 왜 만져지는 걸까? 아무
리 더워도 잠잘 때는 꼭 잠옷을 입고 자는데.

"……!"

다음 순간, 눈이 저절로 번쩍 뜨였다. 정신이 확 깨면서 크게
뜬 눈으로 낯선 벽지가 눈에 들어왔다. 여기가 어디야? 원영은
상체를 벌떡 일으켰다. 출렁, 몸이 움직여지자 곧 그녀는 자신
이 침대 위에 있다는 걸 자각했다.

"뭐, 뭐야?"

설마 모르는 사람과 워, 워, 원 나잇? 그럴 리가 없다. 그녀는
어제 분명히 지원과 민성, 그리고 서너 명의 동아리 후배들과
어울려 술을 마셨다. 민성과 다른 남자 아이 한 명을 제외하곤
전부 여자였고. 원영은 깨질 듯한 머리를 움직여 자신의 상태를
내려다보았다. 브래지어와 팬티가 그녀가 걸치고 있는 옷가지
의 전부였다.

"……크 ……흑!"

너무나 놀라 비명도 지르지 못하고 원영은 후다닥 침대 시트
를 쥐어 가슴을 감쌌다. 그러나 그 순간 그녀는 침대 시트가 어
딘지 굉장히 눈에 익다는 생각을……

"최재휘!"

원영의 손에 힘이 들어가니 이불 쪼가리가 금세 구겨졌다. 이
건 분명히 8월 초, 여름 이불이라며 권 여사가 준비해 들고 왔던

바로 그 꽃무늬 모시이불이었다. 그녀의 취향을 고려해 꽃무늬가 수놓인 걸 준비했다며, 여분과 함께 두 채를 들여놓아 주어 재휘와 그녀가 각각 한 채씩 따로 쓰는 중이었다. 제정신이 확든 원영의 얼굴은 험악하게 일그러졌다.

"이 자식이……!"

고개를 돌려보니 침대엔 베개가 둘. 그의 것으로 보이는 베개는 얌전히 정돈되어 있는 대신 방금까지 그녀가 베고 있던 베개는 완전히 흐트러져 있었다. 방바닥에는 그녀의 옷가지들이 아무렇게나 널브러져 있었다. 그림이 딱 나왔다. 술에 취한 그녀를 그가 방으로 끌어들인 거고, 그가 그녀의 옷을 벗긴 거다. 그런 다음엔, 그런 다음엔……!

"이 자식이 진짜……!"

말이 안 나왔다. 어떻게 술에 취한 상태에서 일을 벌일 수 있을까? 비열한 자식. 나쁜 자식. 똥물에 튀겨 타 죽을 자식! 지금까지 어떻게 지켜온 순결인데. 키스도 한 번 안 해본 그녀를 어떻게 이렇게 비참하게……! 자고 있을 때 덮치는 비매너는 도대체 뭐냐고!

이럴 줄 알았다. 이런 거였다. 구 여사가 말한 '남자는 본능적으로 안다' 는 말이 바로 이런 걸 의미한 거였다. 어리다고 무시했더니 어린놈이어도 꼴에 남자라고. 결국 이렇게 그녀를 덮치고만 거였다. 제 입으로 한 말도 안 지키는 나쁜 놈. 거지 같은 놈!

"어떻게 해, 이제……."

금세 눈가가 시큰거렸다. 재휘 녀석이 자신의 옷을 벗기고 키스하고 몸까지 만졌다고 생각하니 눈앞이 다 캄캄했다. 후회 막급이었다. 녀석과 이런 거래 아닌 거래를 한 것도, 녀석을 완전히 믿어버렸던 것도. 미쳤었지. 더운 날 밖에 나가 밤바람 맞으며 술은 왜 처먹어가지고. 정말 정신줄 놓은 거 순식간이었다. 맥주에 소주에, 다시 맥주에 마구 섞어 마셨더니 한순간에 필름이 확 끊겼다. 아— 이럴 줄 모르고 안심한 그녀가 천치 등신이었다. 고삐리라고, 까짓것 남자도 아니라고 무시해 줬더니만.

"내 이것을."

원영은 아직도 댕댕 수백 개의 종소리가 울려대고 있는 머리통을 조심스럽게 움직이며 자리에서 일어났다. 이대로 울고만 있다고 해결될 일이 아니었다. 놈에게 확인하고 제대로 따져야 했다. 이건 엄연히 약속 위반이고…….

'가만. 설마 그, 그…… 짓도 한 건 아니겠지?'

저도 모르게 자신의 아랫배를 만지는 원영이다. 몸만 만지고 키스 몇 번 한 것과 몸을 섞는 건 완전히 다른 얘기였다. 성추행과 성폭행은 엄연히 처벌도 다르지 않나. 혹시나 그가 그녀를 공격했을 가능성에 대해 그녀는 미친 듯이 생각했다. 가능성없지 않았다. 그녀는 술에 취해 있었고, 그는 키도 크고 힘도 셌다. 호기심에 못 이겨 그녀의 옷을 벗기고 몸을 만졌다면 그다음 단계로 나가는 건 일도 아니었다. 무슨 일이든 처음이 어렵다고 하지 않나. 참기 힘들었을 것이다. 놈이 그녀를 가졌을 가능성도 분명히 있었다.

"설…… 마……."

남자 경험 없는 그녀였지만 처음 남자를 몸 안으로 받아들일 땐 적응하기 힘들어 아프다는 말을 들은 적이 있었다. 다리를 움직여 보니 아픈 것도 같고 안 아픈 것도 같고. 아프다는 말만 들었지 얼마만큼 아프다는 건 그녀도 잘 몰랐다. 너무나 기막히고 황망해서 원영은 숨도 제대로 쉴 수가 없었다. 만약 그런 일이 벌어졌다면 도대체 어떻게 해야…….

"아니야. 그럴 리가 없잖아. 에이~"

그래, 그럴 리는 없을 거다. 그런 일이 있었다면 분명히 기억이 났을 게 아닌가. 아무리 술에 취했기로서니 자신의 처녀성을 잃는 그 중요한 순간을 기억 못할 리가 없었다. 게다가 상대가 다른 남자도 아니고 최재휘였다. 아무리 최재휘가 싸가지없고 못마땅한 놈이지만 가정교육 하나는 제대로 받은 놈 아닌가. 설마 아무리 몸이 동한다고 술에 취한 여자를 덮쳤겠는가.

아닐 것이다. 아니어야 한다. 아닌 게 아니면 절대 안 된다. 꼭, 아니어야 한다!

원영은 바닥에 흐트러진 옷가지를 주워 들고 대충 허겁지겁 몸에 끼워 넣은 다음 시큰거리는 눈가를 꾹 양손으로 눌렀다. 혹시라도 마음이 약해져 그놈 앞에서 울기라도 한다면 큰일이었다. 녀석 앞에서는 절대 울지 않으리라, 결심을 단단히 하고 원영은 방문을 벌컥 열었다.

"일찍도 일어난다."

문을 열고 나오자마자 기다렸다는 듯이 재휘의 말이 날아들었다. 그는 주방에서 물을 꺼내 마시고 있는 중이었다. 중국 음식을 시켜먹었는지 빈 그릇들이 식탁 위에 놓여 있었다. 그제야 오늘이 일요일이라는 걸 알았다. 재휘는 늘 빨간 날마다 도서관에 가서 공부를 하곤 했는데 오늘은 아주 이례적인 날인 것이었다. 양심은 있어갖고 그녀가 깨어나길 기다렸나 보다. 혹시 모를 임신에의 공포감이 또다시 밀려오자 원영은 인상을 찌그러뜨리며 입을 꽉 다물었다.

"음식 냄새 나니까 토 나오냐? 그러게 술은 왜 그렇게 마셔? 이기지도 못할 거면서."

걱정해 주면 누가 좋아할 줄 알고. 말해. 어서 네가 먼저 실토하라고. 어디까지야? 어디까지 했어?

"배고파? 시켜줘?"

중국 음식이라도 시켜달라면 시켜줄 요량으로 그는 물었다. 하지만 원영은 똥 밟은 표정을 하고 계속해서 묵비권 행사 중이었다. 대체 왜 또 일어나자마자 저래? 재휘는 고개를 갸웃하고는 한심스럽다는 듯 그녀를 바라봤다.

"왜 그래? 간만에 침대에서 자니까 몸이 황송해서 말을 안 듣냐?"

원영은 역시나 대답하지 않았다. 대신 꽉 다문 입술이 바들바

들 떨리더니 콧구멍이 벌렁거리기 시작했다. 저건 또 뭐야?

"장원영."

"……."

"너 아직도 술 덜 깼냐?"

"……."

"너 깼으니까, 나 나간다."

마치 그녀가 깨길 기다렸다는 듯 그는 툭 한마디 내뱉고는 그녀를 지나쳐 거실로 갔다. 거실에는 작은 탁자 위에 책과 노트들이 펼쳐져 있었다. 아무래도 그녀가 침대에서 자고 있는 덕분에 거실에서 내내 공부하고 있었던 듯하다. 다른 때 같았으면 그의 배려가 조금이라도 느껴져 감격스러워했을 테지만 지금은 아니다. 원영은 책가방을 싸고 있는 놈의 뒷모습을 찌릿 째려봤다. 저거, 분명히 도망치는 거야. 찔려서 모르는 척하는 거라고.

'봐봐, 서두르고 있잖아.'

찔려서 후다닥 내빼려는 게 틀림없었다. 그럼 정말 그녀의 옷을 벗긴 사람이 최재휘란 말일까?

'바보, 장원영. 그거야 당연한 거지. 네가 눈뜬 곳을 생각해봐.'

그녀가 눈뜬 곳은 그의 침대였다. 옷가지가 벗겨진 채로 그녀는 그의 침대 위에서 눈을 떴다. 그럼 당연히 재휘 놈의 소행이라고 의심할 수밖에 없는 거다. 나쁜 놈. 모르는 척한다는 게 말이 돼? 책임감은 눈곱만큼도 없는 놈 같으니라고. 아무리 나이가 어리다고 저렇게 야비할 수가 있을까?

나이도 아직 어리고, 그녀에게도 방심한 잘못이 있으니, 옷 벗기고 만진 것까진 대충 넘어가 주려고 했더니 정말 안 되겠다. 사과만 받을 일이 아니다, 이건. 내 이 자식을 꼭 감옥에 처넣고 말겠다, 라고 생각하며 부득부득 이를 가는 원영이다. 그가 자신의 남편이라는 사실을 그녀는 전혀 의식하지 못하고 있었다.

"어림없지. 너 도망 못 가."

원영은 스스로 뻔뻔해져야 함을 열심히 되뇌며 물었다. 상처받지 않은 척, 굉장히 의연한 척하면서. 물론 처음이라는 티는 절대 내지 않을 셈이었다. 놈에게 얕보이고 싶은 생각 눈곱만큼도 없었다. 엄연히 어른처럼, 당당하고 이성적으로, 그렇게 대해줄 셈이었다.

"뭐?"

책가방을 싸던 그가 그녀를 돌아봤다.

"도망 못 간다고. 어딜 도망가? 어른 되는 게 그렇게 쉬운 줄 아니?"

뭐야, 저건. 재휘는 알 수 없는 소리를 해대는 장원영을 빤히 바라봤다.

"몸만 어른이면 어른이 되는 줄 알아? 이 머리에 든 생각이 어른이어야 하는 거야. 알겠어?"

그녀가 손가락으로 톡톡 제 관자놀이 쪽을 두드리며 비아냥거렸다. 재휘의 미간이 또다시 피곤에 휩싸였다.

"좀 쉽게 말해줄래? 내가 아직 머리가 덜 성숙해서 도저히 네 말뜻이 뭔지 모르겠다."

"못 알아듣는다고?"

어떻게 그럴 수가 있냐는 듯 그녀의 눈가에 핏대가 섰다. 그는 심드렁하게 중얼거렸다.

"암호 해독엔 소질이 없어서."

"암호 해독? 야~ 그렇구나. 네가 생각하는 어른은 완전 오리발이네? 닭 잡아먹고 오리발 내민다더니. 너 겨우 그런 책임감으로 나한테 잘난 척했니?"

"내가 오리발을 내밀고 있다고?"

"그래. 오리발! 너, 고등어가 아니라 이제부터 오리발이다. 응?"

이를 악물고 그녀는 놈을 쏘아보았다. 마음 같아선 당장 어디까지 범했는지 추궁하고 싶었지만 어찌 된 일인지 입이 안 떨어졌다. 잘못은 저놈이 제대로 했는데 왜 이러는지 그녀 스스로도 모르고 있었다. 혹시라도 무슨 일이 생긴 게 맞는 거라면…… 다음은 정말 생각하기도 싫었다.

"그렇다 치고. 닭은 뭔데?"

"뭐라고?"

"내가 오리발 내밀었다고 치면 닭은 뭐냐고. 내가 대체 뭘 잡아먹었다고 그 난리야?"

나다, 라고 해야 하는데. 역시 입이 안 떨어졌다. 원영은 입술을 옴질거리면서 시선을 이리저리 내돌렸다. 재휘는 수상한 얼굴로 원영을 빤히 바라보다 참지 못하고 자리에서 일어났다. 그리곤 그녀의 앞으로 성큼 다가가더니 그녀의 어깨를 터프하게 꽉 쥐었다.

"말해. 너 뭐 나한테 숨기는 거 있지?"

"숨기는 건 너지."

"……."

말을 잘못했나? 원영은 말없이 자신을 내려다보는 재휘의 눈치를 슬금슬금 살폈다. 재휘는 한참이나 뚫어지게 원영을 보더니 천천히 입을 열었다.

"너, 어제 무슨 일 있었지?"

원영은 저도 모르게 두 눈을 훌쩍 키웠다. 목구멍으로 꿀꺽 침이 넘어갔다. 잘못한 것도 없는데 왜 이렇게 긴장이 되지? 잘못한 건 애잖아.

"어떤 놈이야?"

그가 매섭게 물었다. 원영의 두 눈이 더욱 커졌다. 어떤 놈이냐고? 이건 또 무슨?

"누구야? 누가 너 건드렸어? 말해."

매우 낮은 톤의 목소리는 언뜻 아무 감정이 들어 있지 않은 듯했지만, 그렇기 때문에 더욱 섬뜩하게 들렸다. 등줄기가 오싹해지는 기분으로 그녀는 입을 열었다.

"무슨 소리야? 누가 날 건드렸냐니?"

"나더러 책임감 운운하며 닭 잡아먹고 오리발 내민다고 했잖아. 그거, 너한테 무슨 일 생겼다는 뜻 아니야?"

이건 또 무슨 소리람? 뭐가 어떻게 돌아가는 거야? 그럼 앤 아무 짓도 안 했다는 거야? 그럼 옷은? 옷은 어떻게 된 거지?

'설마 그냥 혼자 벗은 건 아니겠지?'

원영은 재휘의 얼굴을 빤히 바라봤다. 녀석이 거짓말하는지 아닌지 가늠하기 위해 두 눈을 가늘게 떴다. 재휘는 성난 듯 딱딱한 표정으로 그녀를 더욱 압박했다.

"말 안 할 거야?"

"뭘 말하라고?"

"어떤 놈한테 당했냐고."

'오, 마이 갓! 정말 아닌가 봐.'

재휘는 정말 화가 많이 난 얼굴로 그녀를 다그치고 있었다. 후우— 안도의 한숨이 저절로 나왔다. 아무 일도 없었다고 생각하니 마냥 좋았다. 진작 사실대로 물어볼걸. 괜히 쫄았잖아. 하긴 최재휘, 이 자식이 그런 비열한 짓을 할 리 없지. 술 취한 여자는 건들지 않는다는 건 남자라면 기본으로 알고 있어야 하는 거잖아. 선량하고 순진한 학생—까진 아니지만—을 괜히 이상한 쪽으로 의심하다니. 원영은 스스로를 향해 마구 꾸짖었다.

"말 안 해?!"

하지만 갑자기 재휘가 버럭 고함을 질렀다. 안도하며 배시시 웃고 있던 원영의 얼굴이 순식간에 굳어졌다.

"왜, 왜, 큰소리야?"

"어떤 개자식이 너 건드렸냐고 했잖아! 누구야?"

"자, 잘못……."

잘못 안 거야. 혼자 착각해서 생쇼한 거라고.

"잘 모르겠다고? 그게 말이 돼?"

재휘의 눈에 살기가 떠올랐다. 아니, 떠올랐다고 생각했다. 순식간에 나타났다 사라졌지만 분명히 그 빛은 정상적인 기운이라고 할 수 없었다. '개자식'이 눈앞에 있으면 죽여 버리기라도 하듯 그는 숨 막히는 눈빛을 예리하게 찔렀다. 원영은 얼굴에 구멍이 날 것 같은 기분에 거의 쥐어짜는 듯한 목소리로 겨우겨우 한마디 했다.

"기억이 안 나."

"잘한다. 계집애가 술 마시고 필름이나 끊어먹고."

"뭐? 계집애?"

잠시 발끈했으나 재휘의 강렬한 눈빛에는 간이 저절로 오그라드는 원영. 무슨 죄를 지었다고 이렇게 기가 팍 죽어야 하는 건지? 알쏭달쏭하지만 재휘의 분노에는 저도 모르게 수긍하고 있는 그녀였다. 사실대로 말해야 할 텐데……. 그러고도 싶은데, 영 쪽팔려서 원.

원영은 이 이상한 상황이 일어나지 않은 십 분 전으로 되돌아가고 싶은 마음뿐이었다. 그녀는 배시시 웃으며 분위기 전환을 시도하였다.

"너 도서관 안 가니? 아까 간다며."

"지금 공부가 문제야?"

재휘는 지금 눈에 뵈는 게 없었다. 아무래도 어젯밤 그녀에게 무슨 일이 생긴 것 같았다. 사실 필름까지 끊어먹을 정도로 술에 취한 그녀에게 아무 일도 벌어지지 않는다는 게 더 이상한 거였다. 빌어먹을 계집애. 어제 맨다리에 짧은 치마를 입고 갈 때부터 알아봤다. 민성의 등 뒤에 업혀 들어올 때부터 불쾌하더라니.

'그 자리에 따라갔어야 했는데…….'

치마를 입은 그녀를 업었다면, 민성도 그녀의 맨살을 만졌을 가능성이 있었다. 그녀를 안고 침대에 눕혔을 때 그 역시 손에 닿아 깜짝 놀라지 않았나. 너무나 아찔해 그만 서버리고 말았었다. 강렬한 욕구로 인해 온몸은 딱딱하게 굳어버렸다. 무방비로 누워 자는 여자를 보고 그런 미친 생각을 했다는 사실에 그는 충격을 먹었다. 그는 지금껏 그런 경험이 없었기 때문에 더욱 놀랐었다. 그 역시 남자였던 거다. 욕망에 충실한.

그조차도 그런데 선배라는 작자며 친구라는 놈들은 오죽하겠는가. 분명히 무슨 일이 일어난 거다. 자세히 기억하지는 못해도 자고 일어난 몸이 이상하다는 걸 깨달은 게 틀림없었다. 그리고 그 장본인이 재휘라고 여긴 것이다. 그럴 만했다. 그녀가 깨어난 곳은 그의 침실이었으니까. 도대체 어디까지 범해진 걸까?

재휘는 저도 모르게 어금니를 꽉 깨물었다. 어떤 놈인지 찾아내기만 해봐라. 그날로 그놈은 재휘의 손에 죽는 거다. 그는 원영의 팔을 꽉 그러쥐고 휙, 끌어당겼다. 현관으로 향하는 그를 따라 원영이 종종걸음을 쳤다.

"아야! 뭐 하는 거니? 어디 가려는 거야?"

"잔말 말고 앞장서."

"어딜? 어디로 앞장서라는 거야?"

"어디긴 어디야? 어제 그놈한테지."

"그, 그놈? 민성 선배? 왜?!"

왜인지 몰라서 묻나? 당연히 그 자식이 알겠지. 그녀를 데리고 갔다가 데리고 온 자식 아닌가.

"그 후레자식을 찾아야 할 거 아니야?"

"후레자식은 또 누구야?"

얼떨결에 신발까지 신은 원영이 물었다. 그 와중에 아파트 문은 잠가야 할 텐데 어쩌나, 걱정하며 집 키를 두리번두리번 찾고 있는 그녀였다. 하지만 곧 이리저리 기웃거리던 그녀의 고개가 딱 멈추었다.

"술 취한 널 유혹한 자식."

"……!"

"어디서 당했어? 정말 기억 안 나?"

"재, 재휘야……."

그거 아닌데. 최재휘, 그거 아니야!

"모가지를 비틀어 버리겠어. 다시는 그런 짓 못하게 완전히 부러뜨려 놓을 거야."

"아, 저……."

애가 왜 이래? 원래 이런 애 아니잖아. 원영은 입을 쩍~ 벌리고 그를 올려다봤다. 뭐라 설명을 제대로 하긴 해야 하는데 말이 안 나왔다. 재휘가 이렇게 나오리라고 그녀는 전혀 생각하지 못했었다. 최재휘가 원래 말투는 좀 싸가지없어도 화를 막 내고 큰소리치는 타입은 아니다. 그런데 이렇게 흥분하는 모습을 보니 완전히 딴 사람 같아서 원영은 엄청 당황하고 있었다.

"휴~"

놀란 그녀를 빤히 보더니 재휘는 깊은숨을 몰아 내쉬었다. 자신이 얼마만큼, 왜 흥분하고 있는지도 모른 채 그는 마음을 진정시키려 했다. 언뜻 봐도 원영이 얼마나 놀라고 있는지는 충분히 가늠할 수 있었다. 그런 일을 당했으니 당연히 놀랐을 것이다. 이럴수록 그가 차분해져야 함을 느끼며 그녀를 윽박지르지 않기 위해 최대한 조용히 상황을 설명하기 시작했다.

"너, 임신했을 수도 있어."

원영의 얼굴이 기묘하게 일그러졌다. 웃는 건지 우는 건지 알 수 없는 일그러짐은 그녀가 얼마나 많은 충격을 받았는지 알 수 있게 해주는 대목이었다. 철없고 어리석은 그녀가 미치도록 답답하면서도 한편으론 또 미치도록 안타까웠다. 재휘는 피곤한 얼굴을 손으로 문질렀다.

"그, 그게 절대 그럴 수가 없는 게 뭐냐면……."

그녀가 더듬거리며 말을 하기 시작했다. 그가 조금만 덜 화가 난 상태였더라면 그녀가 무슨 말을 하려는지 알아챌 수 있었을 것이다. 하지만 재휘는 이미 화가 많이 난 상태였다. 그 지경까지 자신을 내몬 장본인 장원영한테도, 그녀가 그렇게 될 때까지 아무것도 모르고 있었던 자신한테도 몹시 분노하고 있는 그였다. 그런 그에겐 원영의 말더듬은 두려워 떠는 것으로밖에 뵈지 않았다. 그는 부글부글 끓어 터져 버릴 것 같은 심장을 최대한 억제하며 말했다.

"너 씨받이 아니라며."

원영은 할 말을 잃은 채로 그를 올려다봤다. 그녀가 했던 말을 그는 기억하고 있었다.

"가부장적 사회의 희생양이라며. 이렇게 어이없이 당했다는 게 말이 돼?"

원영은 말간 눈동자로 그를 빤히 바라봤다. 그의 눈빛은 격한 분노로 이글거리고 있었다. 정말로 그 가상의 '후레자식'을 잡으면 목을 졸라 죽여 버릴지도 모르겠다는 생각이 들 정도로.

'날 걱정하나 봐, 얘…….'

순간 뭔지 모를 감동이 찡…… 하게 원영의 가슴을 후벼 파왔다. 누군가 자신을 위해 이렇게 화를 내고 분노하는 모습을 지금껏 원영은 본 적이 없었다. 그녀가 얼마나 걱정이 되고 안타까우면 이럴까 싶으니 상황에도 안 맞게 감동이 되었다.

"아직도 모르겠어?"

그가 거칠게 물었다. 멍하게 서 있는 그녀가 답답한 모양이었다.

"정신 똑바로 차려! 그 자식 찾아야지!"

그가 버럭 고함을 질렀다. 원영은 움찔하면서도 그를 바라보는 눈길을 거둘 수가 없었다. 그가 화를 내는 게 아니란 걸 알기 때문이었다. 그는 걱정하고 있었다. 그녀를. 늘 비웃고 비아냥거리고 티격태격하던 바로 그 상대, 장원영을 그는 걱정하고 있는 거였다. 원영은 너무나 궁금해졌다. 그의 진심이 뭔지.

"그 자식 찾으면 어떡할 건데?"

원영은 조심스럽게 물었다. 물론 '그 자식'을 찾는 일은 없을 것이다.

"뒈지게 쥐어 패줘야지. 너 함부로 건드린 죗값을 치르게 해줄 거야."

"그 뒤엔?"

왜 이딴 게 궁금한지 모르겠다. 하지만 재휘가 뭐라고 대답하는지는 꼭 알고 싶었다. 그녀의 질문에 그는 한숨을 푹 내쉬었다.

"괜찮은 놈인지 알아봐야지."

"괜찮은 놈이면?"

"……"

순간 기나긴 침묵이 흘렀다. 거기까지는 생각해 보지 못했던 그는 말문이 콱 막혀 버렸다. 장원영에게 남자가 나타난다면, 정말 남자가 봐도 괜찮은 남자가 나타난다면, 그렇다면 그는 어떻게 해야 하나?

"그래도 할머니 때문에……."

당장 원영을 놓아줄 수는 없었다. 할머니가 살아 계시는 지금은 절대로. 물론 원영에게는 미안한 일이지만 그래도 그건 어쩔 수 없었다. 이미 원영과 합의가 된 사항이 아닌가. 어찌 됐든 할머니 때문에 결심한 위장 결혼이었다. 할머니가 살아 계시는 한은 절대로 원영과 헤어질 수는 없다. 하지만 순간 그의 머릿속에 한 가지 질문이 훅 떠올랐다.

'만약 할머니가 살아 계시지 않는다면? 그땐 어쩔 거냐?'

그는 입을 열었다가 그냥 닫아버렸다. 아무 말도, 어떤 대답도 내놓을 수가 없었다.

"응?"

그의 대답을 기다리는 듯한 그녀의 두 눈이 반짝거렸다. 못내 궁금한 모양이다. 이 지긋지긋한 결혼에서 벗어날 수도 있다고 생각하니 흥분되는 건가? 재휘는 머리카락을 긁어 올리며 기나긴 숨을 토해냈다.

"그거는……."

그때 전화가 울렸다. 재휘도 원영도, 거실 탁자 쪽으로 고개를 돌렸다.

전화를 받고 재휘와 원영은 부랴부랴 병원으로 향했다. 병실의 할머니가 갑자기 병세가 악화되었다는 연락을 받은 거였다. 고통을 참아내며 비명 한 자락 지르지도 못하고 식은땀만 흘린 채 혼절한 김 여사를 보고 최 회장은 만약의 상황에 대비해 아들 내외를 불러야 한다고 생각했다.

다량의 모르핀이 투여되었고 검사가 실시되었다. 배에 복수가 가득 차 있다는 말에 최 회장은 털썩 자리에 주저앉았다. 다리에 힘이 풀려 서 있을 수가 없었다. 할 말을 잃은 그의 머릿속은 하얗게 비워졌다. 권 여사 역시 왈칵 울음이 터져 고개를 숙이고 흐느껴 울기 시작했다. 어떻게 이런 일이……. 기적을 기대했건만 이젠 그 희망마저 기대할 수 없는 지경이 되어버렸다.

의사의 빠른 설명이 시작되었다.

"복수가 차기 시작했다는 건 암이 혈관까지 퍼졌다는 것입니다. 저희 의료진들이 노력은 하겠지만 장담할 수가 없습니다. 마음의 준비를 하셔야 할 것 같습니다."

장담할 수 없다는 말은 너무도 잔인하게, 너무나 예리하게 재휘의 가슴을 파고들었다. 회복에 대한 일말의 가능성을 남겨두는 그 말이 그저 입에 발린 상투적인 말이라는 건 어린 그마저도 알 수 있었다. 의사가 정말 그들에게 하고 싶은 말은 '마음의 준비를 하라' 는 거겠다. 재휘는 눈앞이 아찔해져 두 눈을 감았다. 원영이 큰소리로 울음을 터뜨리며 의사를 붙들고 소리쳤다.

"나이 드신 분들은 세포가 노쇠해서 암세포 증식 속도도 그만큼 느리다고 했잖아요. 이제 와서 이렇게 말을 바꾸는 법이 어디 있어요? 살려내요. 살려내세요! 우리 할머니, 살려내시라고요!"

"원영아."

권 여사가 원영을 붙들었다. 하지만 원영은 철철 흘러나오는 눈물을 닦을 생각도 않고 의사를 붙들고 늘어졌다. 의사는 난감해하며 원영을 향해 이런저런 설명을 늘어놓았다. 재휘는 원영을 말릴 생각도 못하고 병실로 들어가 버렸다. 눈시울이 점점 뜨거워졌다.

병실엔 김 여사가 시체처럼 누워 있었다. 생기 없는 입술, 푸

석해진 백발, 눈 밑으로 진하게 깔린 불길한 어둠. 늘 발그레했던 두 볼도 석 달에 가까운 병원 생활로 인해 색깔을 잃고 거무튀튀해져 있었다. 오후의 발작으로 인해 엄청난 양의 진통제를 투여받은 채였다. 재휘는 힘없이 누워 있는 할머니를 바라보며 뜨거운 눈물을 흘렸다. 할머니가 쓰러졌다고 했을 때도 울지 않고 버텼는데. 티끌만큼의 희망에 매달려 여기까지 버텨왔지만 결국 이렇게 되어버렸다…….

"재휘구나……."

잠이 든 줄 알았던 할머니가 꿈틀 움직이며 속삭였다. 말할 기운도, 눈뜰 기운도 없는 할머니를 위해 재휘는 의자에 앉아 바짝 몸을 기울였다. 까칠해진 할머니의 손을 두 손으로 붙잡고 재휘는 대답했다.

"네, 할머니. 저예요."

"지금…… 몇 시니?"

두 눈이 거의 감겨진 채로 그녀는 물었다. 얼굴이 퉁퉁 붓고 눈가에 달라붙은 눈곱 따위의 이물질 때문에 쉽사리 눈을 뜨지 못하고 있었다. 재휘는 물티슈를 꺼내며 대답했다.

"한 열 시쯤 됐을 거예요. 왜요? 출출하세요?"

"저녁 밥 먹었는데 무슨."

먹은 걸 모조리 토해 버렸으니 뱃속에 든 건 아무것도 없을 터였지만 김 여사는 티를 내지 않았다. 재휘는 꺼낸 물티슈로 할머니의 얼굴을 닦아주었다. 그는 다시 몰려드는 격한 감정으로 꽉 잠겨 버린 목소리로 말했다.

"이 시간에 이 녀석이 웬일인가, 하셨구나?"

손자의 말에 김 여사가 희미하게 웃었다.

"그래……. 내 새끼."

그녀는 자신의 이마를 훔치는 그의 손을 붙들어 쓰다듬었다.

"왜 공부 안 하고 여기 있어?"

"저 여기 있는 거 싫으세요?"

"싫기는. 나야 좋지."

"그럼 계속 여기 있을게요."

"이 녀석, 내 핑계 대고 학교 빠지려는구나?"

어설픈 김 여사의 농담에 재휘는 피식 웃고 말았다. 자신의 할머니지만 이렇게 의연하게 대처하는 김 여사가 자랑스럽기까지 했다. 젊은 시절, 수많은 옥고를 치르면서도 끝까지 자신의 뜻을 버리지 않았던 것처럼 지금도 김 여사는 끔찍한 고통과 죽음의 공포에 맞서고 있었다. 재휘는 무거운 얼굴로 김 여사의 손을 꽉 잡았다. 주르륵, 그의 두 볼로 눈물이 타고 흐르자 김 여사는 손을 뻗어 재휘의 눈물을 닦아주었다.

"사내대장부가 이만한 일로 눈물을 보이면 쓰나? 이 할미는 살 만큼 살다 가는 거야. 울면 못써."

"할머니……."

"내 나이가 올해로, 어디 보자……."

새하얀 병원 천장으로 시선을 두던 김 여사가 힘없이 웃었다.

"올해로 꼭 여든일곱이구나. 이만하면 오래 살았지. 갈 때도
됐다."

"무슨 그런 말씀을 하세요?"

"생각해 보면 나만큼 복받은 사람 없구나. 목숨 질겨 손자가
결혼해서 잘사는 모습까지 보고 돌아가니."

"……돌아가시다니요. 더 오래 제 곁에 있으셔야죠. 저, 대학
들어가는 거 꼭 보고 싶다고 하셨잖아요."

"공부는 둘째야. 언제나 그건 두 번째란다. 명심해야 해."

"……."

"네 행복이 우선인 거야. 사랑하며 사는 게, 그게 가장 중요
해. 알겠니?"

"……네."

저도 모르게 흐르는 눈물을 손바닥으로 훔치며 재휘는 겨우
대답했다. 목이 메어 아무 말도, 더 이상은 아무 말도 할 수가
없었다. 재휘는 복받치는 오열을 참기 위해 할머니의 손에 이마
를 대고 어금니를 꽉 사리물었다.

"여한이 없다. 나는 행복한 인생 살았어."

그의 머리를 쓰다듬으며 김 여사는 힘겨운 말을 이어나갔다.

"한 가지만……. 욕심이란 거 알지만 한 가지만 더……."

김 여사는 다음 말을 잇지 못하고 숨을 헐떡였다. 재휘는 거
칠게 고개를 들며 외쳤다.

"할머니! 할머니, 괜찮으세요?"

"됐다. 난 괜찮아."

시끄럽다는 듯 한 손을 내저으며 김 여사는 고개를 저쪽으로 돌려 버린다. 많이 피곤한 모습이었다. 김 여사는 도무지 안 되겠는지, 이만 쉬어야겠다며 눈을 감아버렸다. 재휘는 속이 터져 버릴 것 같은 마음으로 머리카락을 쥐어뜯었다. 방금 전, 할머니가 무슨 말을 하려고 했는지 그는 알 수 있었다. 평소에도 늘 그 말을 입에 달고 다녔었기 때문에. 증손자 얘길 하려던 거였다, 분명.

새빨갛게 충혈된 눈을 한참 동안 감았다가 뜬 재휘는 한동안 할머니의 눈 감은 모습을 지켜보았다. 퀭한 할머니의 모습이 그의 마음을 휑하게 했다. 결국 이렇게 마지막을 준비해야 하는구나, 생각하니 가슴이 찢어질 것만 같았다. 이불을 가슴까지 덮어주고 그는 자리에서 일어났다. 힘없이 뒤를 도는 그의 눈에 눈물범벅이 된 원영의 얼굴이 들어왔다.

둘은 서로 마주 보며 아무 말도 하지 못했다. 언제부터 그를 지켜보았는지 그녀의 눈엔 고통과 동정이 가득 머물러 있었다. 재휘는 꾹 입을 다물고 그녀의 곁을 스쳐 지나갔다.

"재, 재휘야……."

딱히 할 말도 없으면서 원영은 그를 불렀다. 하지만 대답 없이 싸늘한 뒷모습을 남기고 병실을 나가 버리는 재휘를 그녀는 멍하게 바라만 보아야 했다.

'울었어.'

그가 우는 걸 봐버렸다. 빨갛게 부어오른 그의 눈을 분명하게 봐버렸던 말이다. 원영은 너무나 놀라 말도 안 나왔다. 싸늘하고 무뚝뚝한 데다 건방지고, 간혹 싸가지까지 없는 그가 울다니. 감정없는 놈이라 치부했건만, 인정머리없다 욕했건만. 원영은 혼란스러운 얼굴로 그의 뒷모습을 빤히 지켜보았다.

"이만 들어가 보거라, 넌."

최 회장은 침울하게 병실을 나오는 아들을 향해 조용히 말했다.

"자리 지킬게요."

"너까지 그럴 필요 없어. 내일은 학교도 가야 하잖니. 이만 네 안사람 데리고 들어가 봐."

"그래, 그러렴. 오늘 당장 무슨 일이 생기지는 않을 거야. 걱정하지 말고 들어가."

최 회장에 이어 권 여사까지 재휘를 집으로 돌려보내려고 했다. 이에 재휘는 뒤통수 꼿꼿이 세우고 고집을 부렸다.

"저도 있을 거예요."

권 여사는 고집스러운 아들의 말에 한숨만 나왔다. 아무래도 재휘는 오늘 굉장히 큰 충격을 받은 모양이었다. 의사가 말한 삼 개월의 시한도 지났고, 현재 상태도 위중하다고 하니 더욱 자리를 뜰 수 없을 테지. 원래 재휘는 사소한 것에 쓸데없는 고집을 잘 부리지 않는 편이긴 하지만, 그런 반면 물러서고 싶지 않은 일이 생겼을 시엔 그 고집을 꺾을 사람이 아무도 없었다. 제 아버지인 최 회장도 두 손 두 발 다 들 정도이니 과연 최씨 고집 중 으뜸이라 할 만했다.

그때 원영이 병실에서 나왔다. 조용히 문을 닫고 몸을 트는 원영에게 최 회장이 말했다.

"아가, 네가 재휘를 좀 데리고 들어가야겠다."

"네?"

난데없는 말에 원영은 재휘의 눈치를 슬쩍 살폈다. 비장하고 엄숙한 재휘의 뒷모습은 딱딱하게 경직되어 있었다. 그가 집에 들어가지 않고 병실에 남겠다고 고집을 부리는 듯했다. 원영은 저도 모르게 주르륵, 눈물을 흘리곤 고개를 끄덕였다. 손바닥으로 흘러내린 눈물을 닦아내는 그녀를 향해 권 여사는 안쓰러운 얼굴로 한숨을 쉬었다.

"그래, 그럼 너만 믿는다……."

권 여사는 원영의 팔을 힘주어 붙들고는 슬픈 미소를 지어주었다. 복도에서 꼼짝도 하지 않고 서 있는 아들을 뒤로하고 권 여사와 최 회장이 병실 안으로 들어갔다. 오늘도 두 분은 꼬박 병실에서 밤을 새려나 보다. 원영은 시어른에게 고개를 숙여 인사를 하고는 재휘를 돌아봤다. 여전히 같은 자세로 그는 서 있었다. 무슨 생각을 하는지. 원영은 작은 한숨을 내쉬곤 녀석의 어깨를 붙들었다.

"안정을 되찾으셨으니 당분간은 괜찮을 거야. 당장 어떻게 되진 않을 테니까 일단 집으로 가자."

"……."

"네 마음 알아. 발이 안 떨어지는 건 당연해. 사실은 나도 그래."

그는 여전히 요지부동이었다. 이런 그를 집으로 데리고 가는 건 불가능했다. 한숨을 푹 내쉬고 원영은 말했다.

"좋아, 그럼 조금만 있다 가자."

제 혼자 결정을 내리고 원영은 그를 의자로 이끌었다. 마지못해 움직인 그를 억지로 자리에 앉히고 원영도 그의 옆자리에 털썩 주저앉았다. 재휘는 머릿속으로 한 손을 집어넣고는 죄없는 머리카락을 쥐어뜯으며 스스로를 고문하고 있었다. 보이진 않지만 그가 마음속으로 많은 번뇌들과 싸우는 것처럼 보였다.

'그게 뭔지 알면 좋으련만.'

원영은 조금이라도 그에게 도움이 되고 싶었다. 뭘 해도, 무슨 말을 해도 지금의 그에겐 도움이 되지 않겠지만. 원영은 저도 모르게 손을 뻗어 그의 어깨를 감쌌다. 반사적으로 그가 어깨를 움찔하자 팔 안쪽 예민한 부분으로 그의 물결치는 근육이 느껴졌다. 저도 모르게 그녀 역시 긴장이 되었다. 혹시라도 그가 그녀의 손길을 거부할까 싶어 모든 게 조심스러웠다.

하지만 다행히 그는 그녀를 거부하지 않았다. 일순 마음이 놓이고 긴장이 풀어진 원영은 용기를 내어 그의 어깨를 품 안으로 끌어당겼다. 아무 저항 없이 그가 딸려왔다. 잔잔한 마음의 파장이 그녀의 몸 안에서 일어났다. 그의 덩치 큰 몸이 그녀의 작은 몸 안으로 서서히 기대오는 이 순간, 그녀는 묘한 감동마저 느꼈다.

아, 얘가 많이 아팠구나. 많이 외로웠구나. 힘들었었구나…….

눈물이 원영의 눈동자를 덮고, 넘쳐흘러 두 볼을 타고 후드득 떨어졌다. 그녀는 재휘의 얼굴을 어루만지며 한참을 그 자리에 앉아 있었다.

그렇게 얼마나 지났을까.

그녀의 어깨에 기대어 있던 재휘가 흡사 영혼이 없는 듯 공허한 눈을 들었다. 그는 아까부터 계속 치열하게 고민해 왔던 문제에 대해 조심스럽게 입을 열었다.

"장원영."

이미 눈물이 말라 버린 그녀는 뻑뻑한 눈동자를 내려 그를 보았다. 누가 봐도 잘생긴 얼굴이었지만 그의 표정에는 감정이 없었다. 뭔가 결심한 듯 결연해 보였을 뿐. 그의 얼굴에 떠오른 비장함에 원영은 저절로 긴장이 되었다. 뭘까? 뭘 말하고 싶은 걸까? 그녀는 자신이 들어야 할 말이 무엇일지 궁금함과 동시에 두려워졌다.

그는 계속 말을 이었다.

"네 아이 아빠, 내가 할게."

"무슨 소리야?"

무슨 말인지 생각해 볼 틈도 없이 원영은 멍하게 되물었다.

“내가 너 책임진다고.”

이건 또 뭔 개 풀 뜯어먹는 소리?

“책임이라니? 아이라니?”

“어젯밤 일 말이야.”

“어젯밤에 무슨 일이 있었다고 그래? 난데없이 아이라
니…….”

멍하게 중얼거리던 원영은 순간 망치로 한 대 빵! 얻어맞은
듯한 충격에 휩싸였다. 그러니까 재휘는 아직도 어젯밤 그녀가
누군가와 잤다고 여기는 건가? 아니, 잤으면 잔 거지 아기 이야
기는 또 뭐야? 설마 이 고등어, 하룻밤 자면 다 임신이 되는 줄
아는 거야? 원영은 두 눈을 홀쩍 키웠다.

‘아― 이 바보!’

아무리 고등학생이라지만 이거 너무한 거 아니야? 요즘 세상
에 아기가 생기는 과정도 모르는 애가 어디 있어? 앤 성교육도
안 받았나? 너무나 기가 찼다. 더 황당한 건 최재휘의 표정이다.
얼굴이 참으로 비장하다. 얼굴만 봐선 절대로 농담은 아닌 것
같다. 원영은 정말로, 진심으로 뜨악했다. 그러는 사이 재휘는
진지하게 중얼거렸다.

“어차피 지금 아기 가졌으니 다들 내 아기라고 생각할 거야.”

“미쳤구나? 너 지금 무슨 말도 안 되는 소리니?”

남의 아이를 자기 아이라고, 어른들한테 속이기라도 하겠다
는 건가? 하룻밤 자면 다 임신되는 줄 아는 무식함만큼이나 끔

찍했다. 핏줄 속이면 천벌받아, 인마!

"우리 할머니 소원이래."

재휘가 아주 덤덤하게 중얼거렸다. 이 순간에 덤덤함이 웬 말? 그의 심정을 이해 못하는 건 아니지만 이건 아니었다. 이 무지한 놈. 난 임신 따위 하지 않았다고!

"난 어제 아무하고도 안 잤어."

원영은 열받은 티 내지 않기 위해 노력하며 재휘를 쏘아봤다. 그리곤 척, 두 팔을 가슴 아래로 크로스해 팔짱을 끼었다. 예상대로 그는 놀랐다.

"뭐……?"

"그러니까 임신했을 리도 없고 너한테 낳아줄 애도 없어. 그리고 잠잔다고 무조건 임신되는 거 아니거든? 임신을 했다 하더라도 하루 만에 임신 여부를 알아낼 수는 없어, 이 무식한 놈아."

원영은 놈의 몸을 확 밀어내곤 자리에서 일어났다. 그녀가 아무하고도 안 잤다고 말한 그 순간부터 벙져 있는 재휘는 원영이 싸늘하게 등을 돌리는 동안에도 아무 대꾸도 하지 못하고 있었다. 잠만 자면 아기를 가질 수 있다고 생각했던 게 아니었는데, 어쩌다 말이 이렇게 와전되어 버렸는지 그도 알 수가 없었다.

생각을 많이 하다 보니 상황을 너무 앞서 갔던 것 같다. 그는 할머니의 고통 어린 모습과 그에 대해 진실해질 수 없는 자신의 처지가 답답했다. 할머니의 마지막 가는 길에 웃음을 드리고 싶은 마음은 컸지만 그럴 수 없는 현실이 가슴 아팠다. 내내 그는 조금이라도 할머니에게 위안을 줄 수 있는 방법이 없을까 생각했다. 원영과 아기가 떠올랐고 그 뒤부턴 뒤죽박죽이었다. 그사이 원영이 임신했을 수도 있다는 가정이 확신으로 이어졌던 모양이다. 그 스스로 생각해 봐도 참 바보 같은 제안이었다.

그나저나 어젯밤 아무 일도 없었다면 오늘 낮엔 왜 그런 소릴 했던 걸까? 원영은 분명 부인하지 않았었다. 재휘는 그녀의 뒤를 쫓았다.

"장원영, 기다려."

"뭐! 또 무슨 해괴한 소릴 하려고?"

머리만 좋으면 뭐 해? 상식이 없는걸. 가던 길을 멈추고 그를 돌아본 원영은 속으로 신랄하게 놈을 비꼬았다. 그는 금세 그녀의 코앞까지 다가와 섰다. 무슨 말부터 해야 할지 모르겠다는 듯 그의 시선은 사방으로 흩어졌다. 늘 자신감과 확신에 차 있는 평소의 최재휘와는 분명 다른 모습이었다. 그도 지금 상황이 당황스럽긴 마찬가지인 것이다. 원영은 작은 한숨을 쉬며 놈의 말을 들어줄 준비를 마쳤다.

"왜?"

그는 한 손을 허리에 올리고 다른 한 손으론 얼굴을 문지르며 한숨을 내쉬었다. 뭣 때문인지 굉장히 긴장한 모습이었다. 원영은 내심 궁금해하며 그를 찔러봤다.

"뭔데? 빨리 해, 나 바빠."

"지금이라도 우리……."

"뭐?"

"갖는 건 어때?"

밑도 끝도 없이 무슨 소리?

"뭘 갖자고."

원영이 퉁명스럽게 물었다. 그는 길고 깊은 숨을 토해내더니 뭔가 큰 결심이라도 한 듯 빠르게 중얼거렸다.

"아기 말이야. 우리 지금이라도 갖는 건 어떠냐고."

"뭐?!"

원영의 눈은 휘둥그레졌다. 잘못 들은 건 아닌지 귀를 후벼 파기까지 했다. 얘가 지금 제정신이니? 아기를 갖자고? 이 고등어 자식, 지금 그 말이 무슨 뜻인지나 알고 하는 소리일까? 아기를 갖는다는 건 단순히 마음과 결심만으로 되는 게 아니다. 단순히 동거하는 것만 갖고는 절대로 이루어질 수 없는 수준의 사안이란 말이다. 이건 그들이 나눠가졌던 위장 결혼 합의서와는 완전히 반대되는 상황이다.

"미쳤지? 너 미친 거지? 할머니가 돌아가시게 생기니까 완전히 머리가 돌아버린 거야. 그렇지?"

그녀는 부릅뜬 눈을 재휘에게 들이대며 물었다. 그는 예상대로 대답을 하지 못했다. 그럴 테지. 머리가 있는데 자기 잘못을 모를까? 제 생각에도 자기 말이 미친 소리처럼 들릴 것이다.

"이 사기꾼."

원영은 옴팡지게 쏘아주며 휙 그에게 등을 돌렸다. 그리고 뒤도 돌아보지 않고 걸어가기 시작했다. 그가 불렀지만 그녀는 발걸음을 멈추지 않았다. 계속 걸었다. 그가 쫓아오든 말든 상관하지 않았고 그러고 싶은 일말의 아쉬움조차 없었다. 어떻게 그런 생각을 할 수 있지? 우리끼리 했던 약속이 있는데 어떻게 이런 말을 하냐고. 잠자기 싫다며. 그도 부부 관계는 원치 않는다고 했잖아. 그래 놓고 어떻게 이렇게 말을 싹 바꿔?

야비한 놈. 양심이라곤 털끝만큼도 없는 놈. 창피함이라곤 눈곱만큼도 없는 못된 사기꾼!

"장원영."

그녀가 막 병원 건물을 빠져나오자 묵묵히 그녀의 뒤를 따라오던 재휘가 그녀를 불렀다. 원영은 계속해서 걸으면서도 그의 부름에는 대답하지 않았다. 지금은 아무 말도 하고 싶지 않았다. 특히 짜증나는 최재휘하고는 결단코 말 섞고 싶지 않았다.

"장원영."

다시금 그가 그녀를 부르며 그녀의 팔을 거머쥐었다.

"아무 말도 안 하고 이렇게 걷기만 하면 어쩌자는 거야?"

몸이 돌려진 원영은 그의 질문에 다시금 분노했다. 이 자식이 정말 인내심 테스트하네. 끓어오르는 성미를 겨우겨우 눌러 참으며 원영은 이를 갈 듯 말했다.

"이거 놔. 난 너랑 더 이상 할 말 없어."

"싫으면 싫다, 좋으면 좋다 말을 해야 알 거 아니야?"

"넌 내가 좋아하는 걸로 보이니? 꼭 말로 해야 알아들어? 너 돌머리야?"

"왜 싫은 건데?"

의외로 차분하게 그가 물었다. 이 정도의 반대쯤 예상하고 있었다는 듯하다. 그의 차분한 태도는 그녀의 분노를 더욱 부채질했다. 원영은 이글거리는 눈으로 놈을 죽일 듯이 쏘아보았다.

"너 그렇게 머리가 나빠? 왜 싫다고 하는지 생각 못해? 내가 이 결혼 생활 받아들인 게 왜라고 생각하니? 너, 나랑 무슨 각서 썼니? 아무리 법적 효력 없다고 이렇게 말 바꿔도 되니? 아무리 철없는 십대라지만 사람 이렇게 갖고 놀면 안 되는 거야. 이렇게 딴소리할 거면 각서는 왜 썼니?"

"그 점에 대해선 나도 할 말이 없어."

"할 말 없음 찌그러져 있어. 안 그래도 화나 있는 나, 더 화나게 하지 말고."

"할머니가, 그게 소원이래. 너도 우리 할머니 좋아하잖아. 아까 의사한테도 살려달라고 막 소리쳤잖아."

"그거랑 연관 짓지 마. 할머니 건강이랑 내 인생이랑은 아무 상관 없어. 내가 애 낳는 기계야? 네 할머니 마지막 가는 길 편하게 해드리자고 네 애기를 가지게?"

말하다 보니 더 화가 난다. 남자들의 이기심에 진저리가 났다. 아무리 철부지라도 양심은 있을진대. 어떻게 다른 것도 아닌 임신을 하라고? 그 문제가 그렇게 쉽고 간단한 문제인가? 그녀의 인생이 달린 문제다. 아무리 제 할머니가 중요하다고 그녀더러 이런 희생을 부탁하는 건 말도 안 됐다. 최재휘, 정말 나쁜 놈이다.

"나도 내 말이 말 안 되는 거 알아. 하지만……."

상관없다고 생각했다, 재휘는. 원영과 진짜 결혼해서 사는 것도 나쁘지 않다고 생각했었다. 사랑 그딴 게 어떤 감정인지는 모르겠지만 그냥 지금처럼 지내면 되지 않을까 했다. 지금처럼…….

하루가 멀다 하고 티격태격하는 사이인데도 그는 원영이 밉지 않았다. 그만 보면 땍땍거리는 계집애인데도 원영이 싫지 않았다. 지금까지 한 달여 일정한 거리를 두고 생활을 해서인지, 처음부터 별로 대단한 기대를 하지 않아서인지, 그녀에 대한 실망이 없었다. 그저 그녀를 발견하고 그대로 받아들이는 것이 전부였다. 그래서 꺼낸 말이었지만 원영은 완강한 거부 입장을 밝히고 있다. 그녀는 한 번도 그와의 결혼에 대해 진지하게 재고해 본 적이 없는 모양이었다. 묘한 상실감과 실망감이 휘감아와 재휘는 당황했다. 딱히 그녀에게 긍정적인 답변을 기대했던 것도 아닌데 왜 이런 기분이 되는지 그도 잘 알 수 없었다.

"말 안 되는 거 알면 그만 해. 한마디만 더 했다간 죽을 줄 알아."

원영이 재휘를 향해 두 눈을 부라렸다. 재휘가 조용히 입을 다물자 그녀는 거칠게 몸을 돌리곤 맹렬히 앞으로 걸어 나아갔다. 생각할수록 분해서 숨이 저절로 가빠왔다. 이미 씩씩거리고 있는데도 계속 분노가 치솟자, 결국 원영은 또다시 걸음을 멈추고 세차게 놈을 째려봤다. 곧바로 그는 빠르게 쫓아오던 걸음을 우뚝 멈추었다.

"아무리 생각해도 이해가 안 돼. 어떻게 그런 생각을 다 하게 된 거니? 생각이란 게 있는 애니, 너?"

"……."

"애는 어쩌려고 했어? 태어난 애는 어쩌려고 했냐고. 너 혼자서라도 키울 작정이었니?"

순간, 재휘는 가벼운 충격으로 머리가 띵해졌다. 그가 재기한 문제를 원영은 전혀 다른 관점에서 바라보고 있다는 사실을 깨달은 거였다. 그가 결혼의 합법화를 염두에 두고 꺼낸 말을 그녀는 '아기'에 대한 문제로 국한시켜 생각하고 있었다. 그는 입을 다문 채 그녀를 물끄러미 바라보았다. 어떻게 해석해야 할지 그는 갈피를 못 잡고 있었다. 그녀가 원하는 건 과연 무엇일까? 그녀가 화를 내는 이유는 뭘까? 생각하면 생각할수록 머리가 점점 더 복잡해졌다.

"애가 무슨 죄니? 나중에 자라서, 자기가 어떻게 태어나게 되었는지 알게 되면 어떤 기분이 될까? 그런 거 한 번이라도 생각해 봤어?"

"……."

"난 네가 너~무 싫어. 이기적이고 교만하고 잔인하기까지 한 네가 너무너무 싫어.”

그는 끝까지 아무 말도 하지 않을 작정인가 보다. 뜻 모를 깊은 빛이 담긴 눈동자만 빤히 그녀를 응시한 채, 그는 묵묵부답이었다. 말 않고 버티면 어쩌겠다는 건지. 끝까지 제 의견을 관철시키겠다는 거야, 뭐야? 속이 부글부글 끓어올랐다. 지금이라도 잘못했다고 빌면 용서해 주려고 했더니. 원영은 성큼 그의 앞으로 다가가 녀석의 코앞에 얼굴을 디밀었다.

“말해보시지. 내가 만약 아기를 낳아준다면, 그땐 어떻게 할 거야? 너랑 난 이미 갈라지기로 합의된 사이인데 어떻게 할 거냐고.”

재휘의 미간이 아주 약간 꿈틀거렸다. 뭔지 모르지만 녀석의 평정심을 흩어놓았다는 생각에 원영은 점점 기고만장해졌다. 그녀는 심술궂은 얼굴로 비릿한 웃음을 날리고는 한쪽 눈썹을 끌어 올려 녀석의 답변을 유도했다.

지루한 몇 초가 지난 후 그가 입을 열었다.

“당연히 내가 키워야지.”

“뭐라고?”

원영은 어이가 없다는 듯 입을 벌리며 그를 바라봤다. 재휘는 자조적으로 쓸쓸히 웃었다. 뭐, 어차피 거짓말은 아니니까. 원영과 결혼해서 키우든 혼자 키우든, 재휘는 최선을 다할 수 있었다. 물론 현실에 부딪치면 어떻게 될지 모르겠지만 각오는 충분히 되어 있었다. 그의 말을 어떻게 이해하느냐는 순전히 원영의 의식에 달려 있었다. 아기 문제를 결혼에 딸려오는 세부 사항으로 받아들이느냐, 아니냐의 문제 역시.

"최선을 다해서 키울 거야. 그건 걱정 마."

"웃기시네. 이제 열여덟 살밖에 안 된 녀석이 뭐? 최선을 다해? 네가 애 키우는 게 어떤 건지나 알아?"

"몰라. 하지만 자식 키우는 걸 처음부터 아는 사람은 없어."

"배우면서 키우면 된다고? 네가? 기가 찬다. 애가 애를 키우겠다고 하네."

원영은 콧방귀를 끼며 고개를 흔들었다. 속으로는 최재휘는 미쳤어, 라고 소리치고 있었다.

"부탁해. 할머니가 간절히 원하는 일이야. 꼭 들어드리고 싶어."

"내일 당장 돌아가실지도 모르는 할머니를 위해서 내가 왜 그래야 하는데? 애가 무슨 붕어빵처럼 후딱 찍어서 나오는 물건이야?"

"할머니는 우리가 정말로 결혼한 줄 아셔. 행복하게 살고 있는 줄로만 아신다고. 그 앞에서 아무 말도 못했어. 거짓으로 결혼했다고, 기다리시는 아기는 결코 태어날 수 없다고 말할 수가 없었다고."

"그건 네가 먼저 제안한 거야. 네 죄책감 때문에 내가 왜 지금 독박을 써야 하냐고."

"할머니께 사죄하고 싶어. 마음으로라도…… 지금이라도 진실한 모습으로 대하고 싶다고."

원영은 입술을 깨물었다. 그러니까 이 미친 자식이, 제 할머니와 자신의 양심 때문에 이 정신 나간 소릴 하고 있다는 건가? 기막혀. 그녀는 두 눈을 더욱 부릅떴다.

"도대체 내가 애 낳는 게 무슨 소용인데? 내가 애 낳으면 네 할머니가 다시 되살아나시니? 병원에서도 포기한 상태인데 갑자기 다 낫기라도 하신대?"

재휘의 미간이 심하게 요동쳤다. 잠시 가라앉았던 마음의 고통이 급속히 되살아났다. 원영이 이런 말을 하다니 믿을 수가 없었다. 아무리 사실이라도 이렇게 말하면 안 되는 거 아닌가? 아무리 화가 난다고 해도, 이렇게 말하는 건 예의가 아니잖아.

"어차피 돌아가시잖아. 실질적으로 우리가 해드릴 수 있는 건 하나도 없어. 아기? 좋아, 내가 네 아기를 임신했다고 치자. 그 아기가 태어날 때까지 할머니가 살아 계신다는 보장 있어? 내가 임신할 때까지 살아 계시지도 못할 거잖아."

독설에는 독설. 자기 아기를 낳아달라는 미친 소리에는 미친 소리로 대꾸해야 상책. 원영은 독하게 마음먹고 독하게 쏴붙였다. 나쁜 년이라 욕해도 상관없었다. 그녀는 절대로 재휘의 소원대로 해줄 수 없으니까. 아직도 살아갈 날이 창창한데, 미쳤어? 저런 꼬마 놈한테 시집가는 것도 모자라 애까지 낳으라고? 결혼하기 싫어서 위장 결혼까지 했는데 아기를 낳으라니. 그게 말이 되는가? 원영은 눈 한 번 깜빡하지 않고 재휘를 노려봐 주었다.

"네 할머니 아니라고, 어떻게 그렇게 말할 수 있어?"

재휘의 입에서 거친 쉿소리가 흘러나왔다. 마음이 많이 상했다는 걸 느낄 수 있었다. 하지만 여기서 물러날 생각은 눈곱만큼도 없는 원영이다. 그녀는 더욱 거세게 밀어붙였다.

"넌 네가 애 안 낳는다고 어떻게 그런 말을 해? 넌 네 씨만 뿌리고 다시 네 자리로 돌아가면 그만이겠지만 난 아니야. 난 열 달 동안 아무것도 못하고 살아야 해. 알아? 학교도 못 다니고, 애가 태어나면 키워야 해. 넌 네가 키우면 된다고 말하지만 현실적으로 그게 말이 되니? 넌 학생이잖아. 고삐리. 고등어!"

"……."

"그리고 결정적으로, 내가 왜 너와 할머니를 위해서 내 인생을 포기해야 하는지 그 이유를 모르겠어. 우린 처음부터 애정 없이 시작한 거 아니야? 어른들이 하라는 거, 거부 못하고 꼼짝없이 하게 되어서, 그래서 결혼하게 된 거잖아. 하지만 엄밀히 따져 보면 우린 결혼한 게 아니야. 안 그래? 너도 할머니가 돌아가시면 곧바로 서로의 갈 길을 가자는 쪽 아니었어?"

"그럼, 해."

"뭐?"

원영은 장황하게 늘어놓던 말을 중단하고 눈살을 찌푸렸다. 뭘 하자는 거야?

"하자고. 지금이라도."

"무슨 말이야? 뭘 하자는 건데?"

재휘가 반쯤 감겨 있던 눈을 치떴다. 그의 눈엔 뭔지 모를 각오가 있었다. 오싹하니 소름이 돋는 것 같아 원영은 저도 모르게 자신의 팔을 감싸 안았다. 설마 그 말은 아니겠지? 지금 퍼뜩 머릿속으로 떠오르는 그, 그……?

"결혼."

"……!"

"하자고. 결혼."

"너, 너, 너……!"

"혼인신고 하자."

너무나 놀라 말이 안 나왔다. 이 녀석이 정말!

"그걸 말이라고 하니? 겨우 그딴 걸로 진짜 결혼을 하자고?"

정말 악몽 같은 상황에, 악마 같은 재휘 앞에서 원영은 또다시 부르르 떨었다. 어리다고 무시하기만 했다가 된통 당한 기분이랄까. 매 상황마다 깜짝깜짝 놀라고 있는 그녀다. 그녀보다도 훨씬 더 세속적인 놈이었다, 최재휘는. 그녀에게 결혼이란 사랑하는 사람하고만 하는 거였다. 사업이나 게임이 아니란 말이다.

"보상해 줄게. 최대한. 결혼만 해주면……."

그녀가 지독히도 경멸하는 말을 녀석은 하고 있었다. 원영은 재휘의 꼴 뵈기 싫은 입을 재빨리 틀어막았다.

"어떻게? 돈이라도 뿌려보시려고?"

"원한다면."

"장난하니, 너? 네가 보기에, 내 인생이 그렇게도 하찮게 보여?"

"그런 뜻 아니야."

"내 인생 망가지는 거, 돈으로 보상해 주겠다며. 그 말이 그 말 아니야?"

"그런 뜻으로 한 말은 아니야."

"왜? 네가 가진 예랑식품 지분이라도 넘겨주시지. 그러면 한번 생각해 보지 뭐."

"……."

대답 없는 그를 향해 원영은 비웃었다.

"내가 눈에 흙이 들어가기 전엔 절대 안 해. 못해! 정 애가 필요하면 딴 여자 찾아보시던가. 너 알아서 하세요."

휙, 그녀는 몸을 돌려 앞으로 걸어갔다.

그는 뒤따라오지 않았다. 뿐만 아니라 그날 밤 집에 들어오지도 않았다. 새벽 여섯 시까지 꼬박 날밤을 새며 기다렸지만 끝내 그는 귀가하지 않았다. 그사이 원영은 휴대전화를 몇 번이나 들었다 놨다 했는지 모른다. 막연히 병원에 있겠지, 하는 생각과 그래도 혹시 모르니까 연락해 봐야 하는 거 아닐까, 하는 우려가 그녀를 혼란스럽게 했다. 열 손톱을 모조리 물어뜯고 허벅지에 손바닥을 미친 듯이 문질러 댔지만 불안감은 떨치지 못했다. 계속 초조했고 계속 걱정되었다. 혹시라도 무슨 좋지 않은 일이 생긴 건 아닐까, 경찰이나 병원에 연락해 봐야 하는 건 아닌지 걱정했고 이 사실을 시댁 어른들에게 알려야 할지 말아야 할지도 고민되었다.

그렇게 아침이 되고, 혹시나 싶어 그의 침실을 열어본 원영은 텅 비어 있는 공간만큼이나 마음 또한 텅 빈 듯한 기분에 휩싸였다. 그래도 지금껏 산 정이 있어서인지 녀석이 없는 집 안은 정말로 적적했다. 평소에도 녀석은 그다지 집에 붙어 있는 편이 아니었는데 왜 이럴까? 늘 학교와 도서관으로 나돌던 녀석인데…….

유난히도 쓸쓸했다.

원영은 한숨을 푹 내쉬었다. 도대체 뭐 하느리고 외박까지 한 건지 궁금하기 짝이 없었다. 설마 그녀가 딴 여자 찾아보라고 한 것 때문에 정말 딴 여자 찾아보러 다닌 걸까? 아니야. 그 녀석은 그럴 녀석이 아니잖아. 할머니 병실을 지키고 있을 거다, 분명히. 아니, 그래야 했다. 왜냐하면…….

'녀석의 탈선은 내 책임이니까.'

그것 때문이다. 다른 사감정이 개입된 건 절대 아니었다. 아니라고, 그녀는 확신했다. 하지만…….

"내가 너무한 건가?"

그녀는 조용히 중얼거렸다. 안 하던 외박까지 하는 재휘의 반항에 원영은 조금은 풀이 죽어 어제의 일을 다시 생각해 보았다. 재휘의 입장도, 할머니의 건강도. 그는 지금껏 집안의 장자로서, 5대 독자로서의 의무를 주입당해 오며 살아온 녀석이었다. 할머니에 대한 효심이 지극하고 그녀를 정신적 지주로 모시고 있는 데다가 어릴 때부터 집안에서 짝지어준 여자와 결혼해야 한다고 여기며 살아왔다. 할머니의 죽기 전 마지막 소원을 들어주고 싶은 건 그의 입장으로서 당연한 일인지도 몰랐다. 그래, 아주 이해 안 되는 것도 아니었다. 충분히 이해할 수 있다. 하지만…….

그럼에도 불구하고, 그녀는 그와 결혼하고 싶지 않았다. 여기서 결혼이란 진짜 결혼을 말하는 거다. 지금처럼 양가 부모님 앞에서만 결혼한 부부인 척하는 것 말고 민성 선배 앞에서도 떳떳하게 결혼했다 말하고, 혼인신고도 당당히 하고, 침대도 같이 쓰는 진짜 결혼 말이다.

그녀는 사랑하지도 않는 남자와 결혼해서 남들 열심히 공부할 나이에 시집살이 걱정하고, 남들 취직 걱정할 때 아기 키울 걱정하고 싶은 마음 추호도 없었다. 누누이 말했지만 그녀의 꿈은 평범함 그 자체다. 평범하게, 남들처럼 공부하고 남들처럼 연애하고 남들처럼 결혼해서 남들처럼 아기 낳고 남들처럼 행복하게 늙어가고 싶단 말이다.

"억울해. 아무리 생각해도 억울하다고."

원영은 미간을 찡그리며 고개를 저었다. 절대로 녀석에게 먼저 전화하지 않을 거라 굳게 다짐도 했다. 집에 오지 않겠다면 오지 말라지. 누가 겁나나? 한 달 용돈 오백만 원이나 받는 부르주아 녀석이니 돈 없어 굶어 죽거나 하진 않겠지. 원영은 입술을 팩 비틀며 녀석의 방문을 있는 힘껏 닫았다. 꽝! 소리와 함께 문이 닫혔다.

"오든지 말든지."

원영은 새벽 내내 못 잤던 잠이나 보충해야겠다 싶어 뽀로로 제 방으로 들어가 버렸다.

다음날도, 그 다음날도 녀석은 집에 들어오지 않았다.

자연스레 원영이 현관문을 째려보는 시간이 많아졌고 그의 방 안에 들어가 멍하게 앉아 있는 시간도 잦아졌다. 손가락이 간질간질, 녀석에게 전화를 걸고 싶은 마음이 하루에 열두 번도 더 부글거렸지만 원영은 기를 쓰고 버텼다. 어쩐지 녀석에게 전화를 거는 순간, 결혼 문제에 있어서 지고 들어가는 거란 생각이 든 것이다. 재휘가 집에 돌아오지 않는 걸로 고집을 피우는 거라면 그녀도 똑같이 그를 찾지 않는 것으로 맞불을 놓을 것이다. 절대 먼저 연락을 해서 약한 모습 보이지 않을 거다. 그녀의 결심은 굳었다. 하지만 날이 갈수록 그 기세는 점점 수그러들고 있었다.

그러던 수요일 저녁, 평소처럼 꿀꿀한 기분으로 혼자 저녁 식사를 하던 원영은 거실에서 울리는 전화벨 소리에 벌떡 일어났다. 거의 날마다 지원과 전화 통화를 하며 수다를 떨지만, 오늘 저녁에 지원은 민성의 친구들과 모이는 자리에 꼽사리로 끼어서 놀 거라고 했었다. 그렇다면 저 전화는 재휘일지도……. 원영은 냉큼 달려가 전화를 받았다.

"여보세요."

[여보세요~ 거기가 재휘네 집인가요?]

여자였다. 상냥하고 상큼한 목소리의. 원영은 순간 망치로 뒤통수를 얻어맞은 기분이 되어버렸다. 여자라니, 남학교 다니는 녀석이니 학급 친구일 리도 없고 도대체 누구야? 마치 남편 바람피운 증거 찾은 여자마냥—딴엔 맞는 말—원영은 두 눈에 불이 붙는 것 같았다.

"누구시죠?"

날이 선 목소리로 원영은 물었다. 그녀는 자기가 대체 왜 이런 반응을 보이고 있는지 전혀 모르고 있을뿐더러, 알려고도 하지 않고 있었다.

[아, 예. 여기 학원이거든요? 어제 재휘가 나오지 않아서…… 오늘도 아직 안 보이고요. 그래서 전화드렸어요.]

엥? 학원에도 안 갔다고? 원영은 순간 할 말을 잃어버렸다. 최재휘가 누군가? 학교와 학원, 도서관에서 지내는 시간이 집에서 지내는 시간보다 훨씬 많은 녀석이다. 주말에도 집에 붙어 있지 않고 학원과 도서관에서 사는 녀석인데. 지금껏 지내오면서 학원 빼먹었다고 연락 온 건 오늘이 처음이었다. 이 녀석, 도대체 어디로 간 거야? 슬그머니 마음에서 내려놓았던 걱정이 다시금 밀고 올라오는 것 같았다.

[혹시 누나 되세요?]

"예? 아닌데요."

누나는 무슨 누나?

[아아― 죄송합니다. 어머니시구나. 목소리가 너무 젊으셔서 제가 잘못 알았어요.]

어머니? 너무 어처구니가 없으니 혈압이 다 오르는구나. 원영은 뒷골이 당기는 걸 느끼며 헛웃음을 헛헛 웃었다.

"아닌데요."

살짝 비꼰 목소리로 말하고 원영은 유치한 자신의 행동에 코웃음을 쳤다. 이건 또 무슨 심보인지. 확 색시라고 말해 버리고 싶어 입이 근질근질해졌다.

[예? 그, 그럼……?]

망설이듯 물어오는 담당자를 향해 원영은 어쩔 수 없이 이렇게 말했다.

"동생이에요."

얇고 가느다란 목소리를 내며.

[아, 그렇구나. 어머, 미안해. 재휘한테 동생이 있는 줄 몰랐

네. 오빠는 어디 갔니?]

"예, 병원에 있어요. 할머니가 위독하셔서요."

이 나이에 이게 도대체 뭐람. 콧잔등을 찡그리며 원영은 속으로 투덜거렸다. 뭐, 다행히 학원 담당자는 더 이상의 질문이나 대화 유도는 하지 않은 채 알겠다는 말을 하고 전화를 끊었다. 원영도 수화기를 거칠게 내려놓으며 짜증스레 머리카락을 쓸었다. 부드러운 생머리가 뒤로 넘어갔다가 아래로 흘러내렸다. 대체 이거 어찌해야 해?

'전화하자.'

어쨌든 학원에서 연락 왔었다는 건 알려줘야 하니까. 그것 때문에 전화하는 거지, 아기 문제를 양보하는 의미로 전화하는 건 아니지 않나. 오해하지 않도록 딱 부러지게 얘기를 하면 별 탈 없을 거다. 원영은 수화기를 들고 쿡쿡쿡쿡 녀석의 휴대전화 번호를 찍었다.

뚜르르— 벨소리가 두어 번 울리고 녀석이 전화를 받았다.

[여보세요.]

낮고 무거운 목소리였다. 녀석 특유의 무게 잡는 왕재수 목소리였지만 묘하게 오늘은 반가웠다. 저절로 입가로 떠오르는 미소를 억지로 참아내며 그녀는 쌀쌀맞게 말했다.

"나야."

[…….]

"알려줄 게 있어서 전화했어."

[······.]

"듣고 있어?"

저도 모르게 목소리에 힘이 들어갔다. 사람이 말을 하면 무슨 대꾸가 있어야지 말이야. 어휴, 확 뒤통수 갈겨 버리고 싶네.

[귀청 떨어지겠다. 뭔데.]

하여간 말 한마디를 곱게 안 한다. 원영은 짜증스럽게 혀를 쯧, 차고는 뾰족한 어조로 말했다.

"학원에서 전화 왔어. 너 며칠째 안 온다고. 학원 안 갔어, 너?"

[알았어.]

학원 안 간 거냐고 물어보는데 '알았어'라고 대답하는 건 또 무슨 화법이냐? 기가 막혀서. 완전히 전화를 끊어버릴 태세잖아. 원영은 신경질적으로 소리쳤다.

"묻는 말에 대답이나 해! 갔어, 안 갔어?"

[왜 물어보는데? 상관없잖아. 서로 간섭하지 말자고 했던 거 기억 안 나?]

"누군 묻고 싶어서 묻는 줄 알아? 자꾸 학원에서 전화가 오니까 그렇지."

짜증 부리며 원영이 싸지르듯 소리쳤다. 머릿속으론 학원에서 연락하지 않았으면 그녀 역시 재휘를 찾는 일 따위 하지 않았을 거라고 열심히 스스로를 이해시키고 있는 중이었다. 뭐, 사실이 그렇기도 했다.

[걱정하지 마. 내가 그쪽으로 연락 안 가도록 할 테니까.]

덤덤한 녀석 특유의 어조로 그가 말했다. 너무나 아무렇지도 않은 어조 때문인지, ‘그쪽’이란 단어에 담긴 매우 낯선 느낌 때문인지, 원영은 슬슬 화가 나기 시작했다. 아무리 말싸움을 했고 토라졌다고는 하나, 어떻게 걱정되어서 전화한 사람한테 이렇게 대할 수 있나? 며칠째 연락도 하지 않고 집에 들어오지도 않았으면서. 정말 기가 막혔다. 제아무리 서로 사생활에 대해선 간섭하지 말자고 약속했다지만 이건 간섭 차원이 아니라 매너 차원 아닌가? 함께 사는 사람으로서 적어도 예의는 지켜야지. 어떻게 자기 좋을 대로만 하냐? 이럴 거면 아예 혼자 살지?

“너 오늘도 집에 안 와?”

원영은 약간 공격적으로 물었다. 못 물어볼 이유 없다고 생각했다. 동거인에 대한 최소한의 예의를 지키지 않는 놈은 바로 최재휘이니까.

[기다리는 것처럼 말하네?]

“미쳤냐? 내가 널 왜 기다려?”

[핏. 그럴 줄 알았어.]

기분 나쁜 웃음소리를 내며 그가 빈정거렸다.

“오는 거야, 마는 거야? 왜 대답을 안 해?”

[신경 쓸 거 없잖아. 그걸 왜 물어? 기다리는 것도 아니면서.]

“뭐야? 너, 네 어머니가 이러는 거 아셔? 확 전화해서 꼰질러 버린다.”

[마음대로.]

"너 정말 이렇게……."

이렇게 나올래? 라고 하려고 했건만. 녀석은 그녀의 말이 채 끝나기도 전에 전화를 끊어버렸다. 원영은 너무나 어처구니가 없어 전화기를 내려다보며 입을 벌렸다. 이런 망할 자식이 봤나? 이 누나가 말을 하고 있는 중간에 전화를 끊어? 원영의 눈동자에 불길이 화르륵 솟구쳤다.

원영은 두 눈을 부릅뜬 채로 또다시 콕콕콕콕 전화 버튼을 눌러댔다. 재휘는 역시나 두어 번 만에 전화를 받았다. 전과 다름없이, 그녀의 불같이 끓는 마음과는 정반대로, 그는 아주 차분하고 묵직하게 대답했다.

[여보세요.]

"너 지금 어디야?"

다짜고짜 원영은 물었다. 당장 녀석한테 쫓아가서 따지고 말 생각이었다.

[또 너냐?]

"그래, 나다. 왜? 저승사자 같냐?"

[도대체 왜 자꾸 전화하는 거야?]

"몰라서 물어? 내가 묻는 말 씹었잖아, 너. 어디야? 왜 거기가 어딘지 말을 못해?"

[왜 나에 대해서 궁금해하는 건데? 내가 어디 가서 뭘 하든 너랑 상관없는 거 아니었어?]

"너 정말 치사하구나? 계속 이렇게 나오면 나도 생각이 있거든?"

[그래? 다행이네. 너한테도 생각이란 게 있다니…….]

이것이! 원영은 내재되어 있던 성미가 욱하니 올라오는 걸 느꼈다. 정말 얄미운 놈이 아닌가. 어째 이렇게 하는 말마다 꼴 뵈기 싫은 말만 골라서 해대는지. 계속 대화하다간 돌아버릴지도 모르겠다는 생각을 하며 그녀는 이를 악물었다.

"네 마음대로 해. 들어오든지 말든지."

성미대로라면 노발대발 성질을 내고 난리를 쳤겠지만 그녀는 참았다. 고작 한다는 게 죄없는 전화기 때려 부수듯 내던진 것뿐. 일방적으로 전화를 끊어놓고 보니 조금은 분이 삭이는 기분이 들기도 했다. 원영은 분에 못 이겨 씩씩거리며 전화기를 노려봤다. 혹시라도 녀석이 전화를 걸어올까 싶어 몇 분간 계속 전화기만 주시했다. 하지만 끝내 전화가 오지 않자 원영은 입술을 깨물며 눈물이 솟구치는 걸 참아냈다.

"참 못났다. 왜 우니?"

그런 기분이었다. 왜, 어릴 때 친구랑 막 싸우고 나서 집으로 돌아오는데 왠지 자꾸만 눈물이 날 때 그때 느끼는 상실감과 후회, 미련, 자책, 서운함 등이 한데 어우러진 기분. 조금만 참을 걸, 내가 왜 그랬을까, 다시 돌아가 화해할까, 왜 잡아주지 않을까? 등등. 수많은 감정들이 아우성치는 그 기분을 똑같이 느끼고 있었다.

재휘가 이렇게 나오는 이유는 분명 아기와 결혼 문제 때문이 었다. 아무리 서로 간섭하지 않기로 했다지만 그 문제들이 불거지기 전까진 이렇게까지 그녀를 배척하지 않았었다. 그들은 어찌 됐건 동일한 목적을 가지고 일정한 기간의 동거에 합의한 사람들 아닌가. 당연히 서로의 일정에 대해 꿰고 있어야 했다. 얼마 전 다투기 전까지는 실제로 그렇게 하고 있었고. 하지만 일이 이렇게 되고 보니 속이 말이 아니었다.

마음이 무겁고 답답했다. 이러지도 저러지도 못하는 마음이 이럴까. 재휘와는 불편한 관계이고 싶지 않았다. 헤어질 때까지는 지금처럼 편하고 부담없는 사이이고 싶었다. 누구든 마찬가지겠지만 인간관계 복잡하고 어려워지면 받는 스트레스가 장난이 아니지 않나. 매일 이렇게 신경을 써야 하고 눈치 살펴야 하고 걱정해야 한다면 앞으로 몇 달이 될지 모르는 나날을 어떻게 견딜 수 있겠는가.

'그렇다고 재휘가 해달라는 대로 해줄 수는 없잖아.'

어떻게 버텨온 한 달인데. 이제 와서 녀석과 진짜로 결혼을 한다는 게 말이 되는가 말이다. 열여덟 꼬마신랑과 결혼했다는 게 학교에 알려지면 그녀는……!

"아아아—!"

원영은 머리를 쥐어뜯으며 고뇌했다. 대체 어찌해야 할지 갈팡질팡이었다. 이래도 싫고 저래도 싫고. 자기 마음을 자기도 컨트롤 못하는 지경이라 원영은 탁자에 머리를 쿵쿵 찧으며 괴

로워했다. 솔직히 왜 이딴 일로 고민해야 하는지도 모를 일이었
다. 그녀는 확실히 재휘에게 자신의 의사를 밝혔고, 그 의사를
꺾을 생각도 없지 않나. 그런데 왜 이렇게 괴롭냐고!

"미치겠네~"

원영은 휙 고개를 거칠게 쳐들고는 이를 앙다물었다. 마음속
한구석이 자꾸만 약해지고 물러져 단단하게 쌓아놓았던 성벽이
점점 허물어지고 있다는 걸 강하게 부정하며 그녀는 수화기를
거칠게 들었다. 재휘 생각을 하지 않기 위해서는 뭐라도 해야
했다. 지원을 불러 수다나 떨어야겠다는 생각으로 원영은 민성
의 휴대전화 번호를 찍어 눌렀다.

[여보세요.]

민성이 전화를 받자 원영은 지원을 바꿔달라고 했다. 민성의
옆에 붙어 있었던 모양으로 지원은 금세 전화를 받았다.

[원영이니? 왜? 무슨 일 있어?]

밝고 씩씩한 지원 특유의 목소리가 전화선을 타고 원영의 귓
속으로 흘러들어 왔다. 친구의 음성을 들으니 갑자기 코끝이 찡
해지는 것 같았다. 방심하면 울먹거릴 것 같은 기분이 든 그녀
는 목에 잔뜩 힘을 주고 손으로 코끝을 문질렀다.

"너 어디야?"

[여기? 호프집에서 한 잔 꺾고 지금 노래방 가는 길. 왜 그
래?]

"꼭 거기 따라가야 해?"

[그런 건 아니지만. 왜?]

"나랑 얘기 좀 하자고."

[무슨 일 생겼냐? 걔가 또 무슨 사고 쳤어?]

'걔'란 재휘를 의미하는 말일 테다. 지난번에도 지적했건만 아직도 재휘를 걔라고 하는 지원. 살짝 짜증이 나기도 했지만 지금은 그런 것까지 일일이 신경 쓸 겨를이 원영에게는 없었다. 일단 패스하기로 하고 축 처진 목소리로 중얼거렸다.

"묻지 말고 좀 만나자. 오늘 무지 술 당겨."

[애는. 며칠 전에도 그 난리를 쳐놓고 또 술이야?]

지난 주 토요일 얘길 하는 거였다. 만취하여 민성의 등에 업혀왔던 그날의 일 말이다.

"우울해서 그래."

[그러니까 왜 우울한데? 괜히 그러는 건 아닐 거 아니야.]

얘가 지금 뭐 하는 거야? 취조? 추궁? 살짝 화가 나려고 하자 원영은 싸늘하게 말했다.

"됐어. 안 와도 돼. 끊어."

[야야! 왜 그래~ 내가 안 가겠다는 게 아니잖아. 성질도 급해, 기집애가.]

원영이 삐쳤다고 판단했는지 지원은 갑자기 태도를 바꿨다. 넉살 좋은 아줌마처럼 헤헤거리며 원영을 살살 어르는 것이다. 하지만 이미 뿔이 난 원영은 더욱 톡 쏘아 말했다.

"넌 친구보다 남자친구가 더 중요하잖아. 가장 친한 친구가 우울해서 죽겠다는데 고작 노래방에 가서 놀 궁리나 하면서 핑계 대고 있는 거잖아, 지금."

[아니, 간다니까. 간다는데 자꾸 왜 그래?]

"너 같은 애들 때문에 여자들은 의리를 모른단 소리가 나와. 알아?"

[알았어! 알았어, 계집애야. 간다, 가. 지금 일어났어.]

"정말?"

솔깃한 말에 원영은 날름 반겼다. 정말 오려나? 사실 원영은 지원이 민성을 두고 자신에게 달려올 거란 기대는 거의 하지 않았었다. 그럴 의리도 없고 그래 달라고 부탁할 마음도 처음부터 없었다. 단지 성난 마음, 이런 식으로라도 풀고 싶었던 것뿐이었다. 만만한 게 친구라서. 그런데 이놈의 계집애가 정말 달려온단다. 웬일? 지금 이 순간만큼은 사랑보다 우정인 건가?

[정말이지 그럼. 한 시간 내로 갈게. 준비하고 있어. 내가 화끈하게 쏘마.]

"오호~"

[대신 무슨 일 때문인지는 말해줘야 한다.]

"봐서."

새침하게 원영이 튕기자 지원은 낄낄거리며 협박했다.

[봐서? 네가 안 보면 어쩔 건데. 내 입 한 번 벙긋하면 지구가 흔들려. 알지?]

"뭐야, 그 말은?"

[비밀은 터뜨리라고 있는 거라고.]

"야!"

원영이 급하게 소리치자 지원이 다시금 웃어젖혔다. 목소리 한가득 웃음을 담고 그녀는 조금만 기다리라며 전화를 끊었다. 원영은 빙긋 웃는 얼굴로 수화기를 내려놓았다. 그래도 이렇게 속마음 털어놓을 수 있는 친구가 있어서 참 다행이지 싶었다. 네 명의 언니, 오빠가 있는 원영이지만 사실 넷 모두 그녀와는 나이 차이가 현격했다. 서로 관심사도 다르고 사는 방식도 다르고, 거기다가 모두 결혼해서 따로 나가 살고 있다 보니 자연스레 멀어지게 되는 것 같았다. 자식 키우고 돈 버느라 여념없는 언니, 오빠 붙들고 결혼하기 싫다, 애 낳기 싫다, 하며 징징 짤 수도 없는 일이었고, 언제 죽을지 모르니 그전에 막내딸에 대한 대책을 세워놓아야 한다고 여기는 부모님 붙들고 하소연할 수도 없었다.

그들 모두 원영이 가족들을 상대로 사기(?)를 치고 있다는 걸 알게 되면 가만 안 있을 것이다. 무슨 일이 벌어지게 될까 생각하니 머리가 다 아찔했다. 지금이라도 혼인신고를 하라고 압박 넣을 게 분명했다. 만약 그렇게 되면 그녀는 정말로 빼도 박도 못하게 되는 것이고. 결국 이 모든 건 그녀 혼자 결정하고 버텨 나가야 할 일이었다.

또다시 피곤해져 원영은 한숨을 내쉬었다. 어찌 된 게 이놈의 최재휘 일은 생각하면 할수록 골치가 아파지고 복잡해지는

지, 원.

"휴!"

일단 오늘은 접어두고. 내일부터 다시 생각해 보지 뭐. 계속 생각해 봤자 무슨 뾰족한 수가 생길 것 같지도 않으니. 원영은 자리에서 벌떡 일어나 화장실로 향했다.

재휘가 집에 도착한 건 밤 열한 시쯤. 그가 진짜로 결혼해 버리자는 충격적인 말을 원영에게 꺼내고, 그 때문에 대판 싸우게 된 그날로부터 만 사흘이 지난 시점이었다. 벨을 눌러도 인기척이 없어 열쇠로 문을 따고 들어온 재휘는 눈살을 확 찌푸렸다. 집 안 꼴이 말이 아니었다. 설거지통에는 설거지거리가 산처럼 쌓여 있고 작은방과 욕실 사이에 원영의 옷가지들이 떨어져 있었다. 결정적으로 유선 전화기가 잘못 놓여 뚜뚜— 소리를 계속 내고 있는 중. 원영은 아무래도 급한 전화를 받고 나갔나 보다.

"그래도 그렇지."

하여간 게으르고 지저분하다. 불리하면 논리도 없이 우기고 떼쓰고, 그래도 안 되면 화내고 울어버리고. 나이만 스물한 살이지 하는 짓은 딱 다섯 살짜리 애다. 어려서부터 수많은 어른들 틈에 끼어 어리광부리고 예쁨받으면서 커서 그런가 보다. 똑같이 어른들 틈에서 큰 그는 나이에 비해 어른스러운 것과는 매우 다른 경우다. 그럴 수밖에. 그는 손이 귀한 집 5대 독자였고 부모님과 그 외 집안 어른들 모두 연로하여 분위기 자체가 매우 묵직하다. 독자로서 집안을 이끌어가야 한다는 의무감과 독립 유공자인 조부조모의 명예에 먹칠해서는 안 된다는 중압감이 자연스레 그를 진중하게 만들었다.

하여튼 원영은 그가 보기에 철딱서니가 없었다. 그렇다고 그 게 불만인 건 아니지만. 사실 보편적인 시선으로 봤을 때 원영 이 훨씬 정상에 가까우니까. 본인은 엄청 어른인 줄 알지만 사 실 스물하나라는 나이는 결코 어른이라 할 수가 없었다. 겨우 아이의 티를 벗었을 뿐 어른 되려면 아직 먼 거다, 그녀도.

그는 그녀가 벗어 던진 옷가지들을 하나씩 주워 들었다. 수화 기도 제대로 고쳐 내려놓고 그녀의 옷들을 세탁기에 넣었다. 세 탁기가 돌아가는 동안 설거지를 해놓고 샤워를 마쳤다. 삼 일 동안 병원에서 먹고 자고 했더니 몸이 상당히 찜찜했다. 물론 속옷들은 편의점에서 사 갈아입었지만 아직도 한여름인 요즈음 샤워를 제대로 못했으니 오죽하겠나. 대충 몸은 씻었지만 찜찜 할 수밖에 없었다.

샤워를 하고 빨래를 널고 나니 시간은 벌써 한 시를 향해 달 리고 있었다. 공부를 하기 위해 책상에 앉았지만 집중을 할 수 없었다. 글자들이 자꾸만 그의 눈앞에서 흩어져 짜증이 날 정도 였다. 손가락의 펜을 정신없이 돌리며 두 눈으로 책장을 뚫어져 라 보았지만 내용은 머릿속에 들어오지 않았다. 한참을 그러다가 결국 탁, 소리를 내며 펜을 놓아버린 재휘는 드륵, 의자를 밀고 일어났다.

재휘는 주방으로 가서 냉장고 문을 열었다. 찬물을 잔에 한가득 담아 꿀꺽꿀꺽 마시니 답답했던 속이 조금은 트이는 것 같았다. 탁. 유리가 덮인 식탁 위로 잔을 내려놓고 그는 허공을 주시했다.

똑딱똑딱…….

"도대체 어디서 뭘 하는 거야?"

확인해 보니 시간이 벌써 한 시 사십 분이었다. 무슨 여자가 밤에 겁도 없이 싸돌아다니는 거야? 불안해서 공부를 할 수가 없었다. 내일은 정말 핸드폰을 사서 목에 걸어주어야지. 이거야 원, 걱정이 되어서 살 수가 있나.

"……."

참다못해 재휘는 방 안에서 핸드폰과 지갑, 열쇠를 챙겨 나왔다. 아무래도 바깥에 나가서 기다려야 할 것 같았다. 혹시라도 지난번처럼 술에 취해 있다면, 그래서 집이 어딘지 못 찾고 있다면 큰일이 아닌가. 술에 취해서 봉변이라도 당한다면……. 생각이 거기까지 미치니 더욱 초조해지면서 참을 수가 없었다.

"골칫덩이 같으니라고."

재휘는 이를 악물곤 혼잣말을 중얼거리며 운동화를 신었다. 하지만 막 굽혔던 허리를 펴고 현관문을 열기 위해 손을 뻗었을 때다. 귀에 익은 목소리가 흥얼흥얼 노래를 부르는 소리가 들렸

다. 들릴 듯 말 듯 흔들리는 소리에 집중하니 문밖에서 속삭이
는 여자 목소리가 또렷하게 들렸다.

"야, 조용히 좀 해. 앞집 사람 듣겠다."

현관문 밖, 지원은 엘리베이터에서 내리자마자 바닥에 철퍼
덕 주저앉아 버린 친구를 향해 소리 낮춰 윽박지르고 있었다.
검지를 꺼내 입술에 대고 조용히 하라고 통사정을 하는데도 원
영은 신나게 흥얼흥얼 노래를 부르고 있었다.

"한밤중에 목이 말라~ 냉장고를 열어보니~"

노래도 꼭 저 같은 것만 부르지. 지원은 귀찮으면서도 짠한
마음에 원영의 앞에 쪼그리고 앉아 쯧쯧 혀를 찼다. 남의 일이
라고 원영의 앞에서 장난만 실실 치고 그녀가 처한 상황을 농담
삼아 웃어넘겼던 스스로를 그녀는 '매정한 것'이라 욕하고 있었
다. 맥주잔을 기울이며 하소연하던 원영을 생각하니 더욱 자신
이 한심해졌다. 자신이 처한 상황을 감당하지 못하고 이렇게 비
틀거리고 방황하는 원영이 안쓰럽고 불쌍해지는 건 물론이다.

역지사지해 보면 지원도 끔찍했다. 이 나이에 부모님이 정해
준 혼처에 시집을 가야 된다는 건 앞으로 사랑하게 될 기회를
몽땅 잃어버리는 거 아닌가. 지원이 지금 사랑하고 있는 민성과
도 이루어질 수 없는 거고. 사람이 태어나서 사랑 한 번 못해보
고 결혼이라는 제도 속에 갇혀 버린다는 건 정말 끔찍한 것 같
았다. 하여튼 원영도 그런 마음이었을 테고 그럼에도 임기응변
약한 그녀는 어찌해야 할지 몰라 미친 듯 걱정하고 힘들어했던

거다. 그리고 그러던 중 겨우 찾아낸 돌파구가 결혼식을 하되 혼인신고는 하지 않는 거였고. 막다른 골목에 겨우 쥐구멍 하나 파놓고 숨을 쉬고 있었던 건데…….

"어떻게 하니, 장원영."

"이럴 줄 몰랐냐?"

술자리에서 맥주잔을 기울이며 지원이 한 말이었다. 원영이 꼬마신랑의 제안에 흔들리고 있음을 겨우 인정한 후였다. 원영의 혀는 이미 살짝 꼬부라지고 있었다. 알맞게 취기가 올라오니 원영도 속마음을 털어놓은 거었다.

"솔직히 말하면 몰랐어. 내가 겨우 열 몇 살 먹은 꼬맹이한테 마음이 흔들릴 줄 누가 알았겠냐?"

원영이 새우로 만든 스낵을 아작거리며 중얼거렸다.

"하긴. 네가 그 녀석, 고삐리라고 난리쳤던 게 엊그제구나. 그 땐 완전 꼬마 취급했었지."

"그랬었지. 지금도 그 점에선 별로 변한 거 없어. 너도 걔 교복 입고 학교 갔다 돌아오는 거 보면 절대 남자답단 말 안 나올 거다."

"남자 같지도 않은 남자한테 흔들렸다는 소리야, 뭐야?"

인상을 찌푸리며 묻는 지원의 말에 원영이 픗, 쓴웃음을 흘렸다.

"그러게. 나 정말 미쳤나 봐."

"미치긴 뭐가 미치냐? 당연한 거지. 같이 살면 정 드는 거 당연한 거 아니야?"

지원의 핀잔 섞인 말에 원영은 잠시 멍하게 허공을 응시했다. 그리고 하는 말.

"그냥…… 정인 걸까?"

이건 엄연히 정인지 사랑인지 헷갈려 하는 말이었다. 지원은 예리한 눈으로 원영을 훑어보며 질문했다.

"왜? 그 외에 뭐 다른 게 더 있는 것 같아?"

원영은 땅이 꺼져라 한숨을 내쉬곤 머리통을 북북 거칠게 쓸었다.

"그걸 모르겠어. 처음에 결혼하자는 말을 들었을 땐 이 자식이 아기 때문에 눈이 멀었네? 했는데, 자꾸 그게 아닐지도 모른다는 생각이 든단 말이야. 아기가 아니라 더 근본적으로…… 뭐랄까……."

"걔도 널 좋아하게 된 것일 수도 있다?"

말끝을 제대로 못 맺는 원영을 대신해 지원은 말했다. 원영은 속마음을 꿰뚫린 듯 흠칫 놀라며 지원을 돌아봤다. 하지만 부인의 말은 하지 않았다. 정말로 그런 생각을 했던 듯했다.

"그랬을 수도 있네. 네 신랑도 너한테 마음이 있어서 그런 말을 꺼낸 것일 수도 있겠어. 솔직히 네 신랑 입장도 너랑 별반 다를 거 없잖아. 어린 나이에 벌써부터 발목 잡혀서 여자 한 번 제대로 못 사귀고 평생을 너한테 매여 살고 싶겠냐?"

“근데 정말 가능성이 있나?”

“무슨?”

“걔가 날 좋아하고 있을 가능성.”

“왜 없겠냐? 그렇게 고딩이라고 무시하고 질색하던 너도 네 신랑한테 흔들린다며.”

“솔직히 잘 몰라, 그것도. 내가 걜 정말 좋아하게 된 건지, 아니면 걔가 부탁하니까 동정심이 생겨서 흔들리는 건지.”

원영은 심경 복잡한 얼굴로 한숨만 연신 내뱉었다. 정말 답답하게도 지금의 원영은 생각이 너무 많은 것 같았다. 마음이 시키는 대로, 그냥 그렇게 행동하면 되는 건데. 너무 신중하고 너무 고민하고 너무 분석했다. 그러다 보니 자신이 마음으로부터 가장 갈망하는 게 뭔지 헷갈려하고 있는 거였다. 정말 그녀가 원하는 게 뭔지는 모르지만 어쨌든 결론은 하나였다.

“그럼 이젠 네 시할머니 돌아가셔도 못 갈라서겠네?”

“…….”

해답을 모르는 걸까? 알면서도 두려워 대답 못하는 걸까? 원영은 입을 꾹 다물고 맥주잔만 물끄러미 바라봤다. 지원은 원영을 빤히 바라보며 말했다.

“잘 생각해. 나중에 후회할 일 만들지 말고.”

자연스레 아까의 일을 떠올리는 지원은 더욱 심란해졌다. 원영에게 친구로서 아무런 조언을 해줄 수 없어서 답답하기도 하

고. 뭐 딱히 원영도 그녀에게 해법을 제시해 달라는 의미로 속
내를 털어놓았던 건 아닐 테지만, 그래도 친구 입장으로서 원영
에게 조금이라도 도움이 되어주고 싶었다. 그럼에도 아무 도움
도 못 되어주는 자신이 바보 같다고나 할까.

"일어서, 장원영."

지원은 반쯤 눈을 감고 친근한 노랫가락을 흥얼거리는 원영
에게 툭 내뱉듯 말했다. 원영은 고개로 박자까지 맞추며 계속
노래를 흥얼거렸다.

"고등어가 절여져 있네~ 아싸~"

"으이구! 내 팔자야."

지원은 제 의지로는 일어날 가망성 제로인 원영을 향해 혀를
찼다. 그리곤 원영의 어깨 밑으로 두 팔을 넣고 그녀를 강제로
일으켜 세우기 시작했다. 다리에 약간 힘이 풀린 상태인 원영이
흐느적흐느적 몸을 가누려고 노력했다. 다행히 오늘은 지난번
처럼 완전히 맛이 간 상태는 아니었다.

"내, 너랑 또 술을 마시면 네 딸이다. 네 딸! 에휴!"

지원은 원영의 한쪽 팔을 제 목에 두르고 부축하기 시작했다.
몇 걸음만 때면 그녀의 집 현관문이니 그 앞까지만 데려다 앉혀
놓고 열쇠를 꺼내 문을 열면 될 듯싶었다. 원영의 말에 의하면
집엔 아무도 없다고 했고, 때문에 지원은 벨을 누를 생각은 꿈
에도 하지 않고 있었다. 그리고 끙끙거리면서 겨우 현관문까지
도달한 순간이었다.

문이 벌컥 열렸다. 힉! 지원은 너무나 갑작스런 상황에 깜짝 놀라 거칠게 숨을 들이마셨다. 사람이 없다더니 이 무슨?

"……!"

안에서 모습을 드러낸 사람은 다름 아닌 원영의 '개' 였다. 신랑, 낭군, 혹은 고등어.

"아, 안녕?"

저도 모르게 지원은 방긋 웃고 말았다. 물론 그 얼굴은 곧바로 어색하게 굳어버리고 말았지만. 원영의 고등어는 지금 몹시 화가 나 있는 것 같았다. 표정이 아주 살벌했다. 고개를 슬쩍 숙이며 눈인사만 하는 그에게 지원은 얼떨결에 물었다.

"집에 아무도 없다고 하던데, 있었네?"

"아직 방학이 남았거든요."

빈정거리는 그의 말투에는 원영의 거짓말을 신랄하게 비꼬고 있었다. 원영이 재휘를 '시골에서 올라온 사촌 동생' 으로 소개했다는 걸 떠올리며 지원은 어색하게 웃었다. 정말 데면데면한 순간이다.

"있는 줄 알았으면 전화해서 불러냈을 텐데. 애가 좀…… 술이 약해서. 오늘도 취해 버렸네?"

죄 지은 것도 없이 이게 무슨 짓인지! 지원은 이 순간 땅으로 꺼져 버리고 싶은 마음뿐이었다. 빨리 원영을 넘겨주고 사라지리라 마음먹고 지원은 얼른 원영의 축 처진 몸을 재휘의 품에 던져 주었다.

“여기.”

재휘의 품으로 원영의 몸이 철커덕 붙었다 주르르, 천천히 내려가기 시작했다. 그냥 놔두면 바닥으로 쓰러지기라도 할 것 같았다. 재휘는 어처구니없으면서도 원영의 허리에 두 팔을 감고 끌어 올렸다.

“아아— 고등어, 고등어, 고등어!”

잠시 놓았던 정신줄을 다시 붙들고 원영이 고래고래 소리를 질렀다. 노래도 아니고 뭣도 아니고 완전히 고성방가였다. 지원은 깜짝 놀라 원영의 등짝을 있는 힘껏 팼다.

“아이구, 이놈의 지지배. 조용히 좀 해라. 동네 창피하게.”

원영이 꿈틀거리며 아프다고 중얼거렸다. 묘하게 기분이 상한 재휘는 미간을 찡그리며 지원에게 대뜸 말했다.

“안녕히 가세요.”

인사말에 불과한 말이지만 결과적으로 얼른 가보라는 뜻.

“에, 에?”

재휘의 말속에 담긴 뜻을 알아챈 듯 지원이 놀라며 되물었다. 하지만 딱히 다른 반응은 보이지 않고 실실 웃으며 고개를 끄덕이기만 했다. 알았다며 그녀는 꽁지가 빠져라 달아났다. 재휘는 원영을 한 팔로 안듯이 데리고 집 안으로 들어왔다. 흐느적거리며 걷는 원영을 거실 바닥에 앉히고 신발을 벗기려니 고개를 아래로 꺾고 흔들거리던 그녀가 슬그머니 고개를 들었다.

“이게 누구야?”

혀가 꼬일 대로 꼬이고 코맹맹이 소리에 앵앵거리기까지 한 그녀의 목소리에 재휘는 뒤통수가 쭈뼛한 기분이었다. 이게 또 무슨 말을 하려고. 웬만하면 그냥 잘 것이지.

"우리 꼬마낭군일세. 꼬마낭군."

또다시 앵앵거리더니 배시시 웃는다. 재휘는 그녀의 신발을 벗기고 그녀를 보았다. 긴 머리 사이로 반쯤 감긴 그녀의 눈동자가 재휘를 뚫어져라 바라보고 있었다. 초점 없는 눈동자지만 그만큼은 알아보는 듯했다. 두 볼이 벌겋게 달아오른 그녀를 보고 있자니 갑자기 더워지는 것만 같아 재휘는 벌떡 자리에서 일어났다.

"꼬마신랑. 꼬마남편. 고등어. 으흐흐~"

뭐가 그리 좋은지 괴이한 웃음까지 흘리는 그녀를 향해 한숨 한 바가지 뱉어주고 재휘는 그녀의 몸을 또다시 일으켜 세웠다. 술 좀 작작 마시지. 하루가 멀다 하고 이 짓을 해야 하니. 짜증이 솟구쳤다. 재휘는 그녀의 몸을 훌쩍 일으키고는 옆구리를 감싸 부축했다.

"한밤중에 목이 말라~ 냉장고를 열어보니~"

고등어 노래다. 저절로 빠직, 핏대가 오르는 걸 꾹 참으며 재휘는 방문을 열고 들어갔다. 오늘 또 침대를 내주고 소파에서 자게 생겼다고 생각하니 한숨이 저절로 나왔다. 이러다가 정말 침대 뺏기게 생겼네.

"어머니가 사다 놓은~"

삿대질을 하는 건지 손가락으로 박자를 맞추는 건지, 팔을 마구 흔들며 원영은 흥청거렸다. 비틀거리는 원영을 부축하느라 진땀을 흘리며 재휘는 그녀의 옆구리를 더욱 끌어당겼다. 그녀의 한쪽 팔이 재휘의 가슴을 끌어안고 얼굴은 그의 가슴팍에 파묻은 채였다. 점점 스멀스멀 올라오는 이상한 기운을 느끼며 재휘는 침대 위로 원영을 거의 패대기를 쳤다.

"아야."

침대 스프링에 튕겨 몸이 위로 올랐다가 툭 떨어지자 원영이 꿈틀거렸다. 아하― 으흠― 별 이상한 신음을 다 흘리며 몸을 뒤틀어대는 걸 보니 재휘의 기분은 점점 나빠졌다. 묘하게 욱신거리는 몸을 간신히 추슬러 그는 원영이 몸으로 깔고 있는 홑이불을 끄집어내기 위해 그녀의 허리 밑으로 손을 집어넣었다.

"으흠―"

몸을 뒤척이며 원영이 작게 신음을 흘렸다. 반쯤 감겼다 떴다를 반복하던 그녀의 눈꺼풀이 재휘를 향해 흐느적거렸고, 곧 이부자락을 꺼내는 재휘의 옆얼굴에 초점을 맞추었다. 픗, 실없는 웃음을 흘리는 그녀는 재휘가 이불을 꺼내 가슴 위까지 끌어 올려 그녀를 덮어주는 모습을 조용히 지켜보았다. 무슨 생각을 하는지 전혀 알 길이 없는 재휘는 그녀를 내려다보며 무뚝뚝하게 한마디 건넬 뿐이었다.

"자."

그리고 자리에서 일어나려던 재휘는 순간, 목을 휘감아오는 손길에 꼼짝도 하지 못하고 말았다. 그녀, 원영이 그를 끌어안고 헤실헤실 웃기 시작한 거였다.

"야, 꼬마신랑. 너 애는 어떻게 생기는지 알아?"

"뭐 하는 거야?"

재휘는 온몸을 뻣뻣하게 굳히고 대꾸했다. 하지만 이미 그녀의 입김을 목덜미 가득 뜨겁게 느끼고 만 후였다. 순식간에 그의 몸은 돌처럼 굳어버렸다. 특히 어느 한 곳은 더더욱. 당황한 재휘는 숙였던 허리를 일으켜 세우려고 했지만 원영의 팔은 더욱더 그를 끌어당겨 왔다.

"알아? 응? 어떻게 생기는지 알고나 아기를 낳자고 하는 거냐고."

그는 갖고 있는 모든 자제심을 끌어 모아 그녀의 팔을 잡아떼려고 했다. 하지만 그녀의 행동이 더 빨랐다. 그녀는 그의 몸에 온 힘을 다해 매달려 상체를 일으키고는 그의 입술에 정면으로 쪽, 입을 맞추고 말았다. 놀란 재휘는 엉겁결에 앞으로 꼬꾸라지고 말았다. 그리고 두 사람은 입술뿐만 아니라 전신이 서로 찰싹 달라붙어 버렸다.

"으훗……!"

저도 모르는 사이 키스가 깊어졌다. 어떻게 하는지도 모르는 키스를 두 사람은 거의 본능적으로 이어가고 있는 중이었다. 숨 막힐 정도로 긴 시간을 입술만 딱 붙이고 있더니 나중엔 숨을 쉬기 위해 누군가가 입을 벌렸고, 서로의 벌어진 입술 속으로 누구랄 것도 없이 파고들고 탐하기 시작한 게 거의 삼십 분이 넘어가고 있었다. 둘은 모두 정체 모를 광적인 욕구에 사로잡혀 있었다.

"아아, 나쁜 놈……."

그의 입 안에서 그녀가 웅얼거렸다. 이미 그녀의 몸 안에선 뜨거운 것이 불처럼 타오르며 전신을 달구고 있었다. 녹아버릴 것 같은 열기 속에서 그녀는 저도 모르게 허리를 뒤틀었다. 몸이 말을 안 들었다. 뇌는 꼼짝하지 말고 그에게서 벗어나야 한다고 했지만 몸은 정반대의 상황을 연출하려 했다. 다리는 본능적으로 재휘의 허리를 감싸려고 했고, 허리는 뒤틀리고 꿈틀거려 그의 몸에 더 밀착되고 싶어 안달이 난 것 같았다. 원영은 두 발바닥을 침대 바닥에 딱 붙이고 제 허리를 제어하기 위해 안간힘을 썼다. 이러면 안 된다고 스스로를 미친 듯이 자제시키고 있었다. 술기운이 날아가 버린 지는 이미 오래, 이제 본능의 물결이 그녀를 지배하고 있었다.

"장원영……."

그가 낮게 웅얼거렸다. 폭주기관차로 비견되는 십대 후반의 나이에 걸맞게 그는 금세 흥분한 상태가 되어버린 것 같았다. 생각보다 잘 참아내는 게 용하기까지. 하지만 겉보기와는 달리 속내는 그다지 의연하지 않았다. 거의 고문에 가까운 그녀의 몸 위에서 그는 머리가 핑글핑글 도는 것 같았다. 이미 거기는 딱딱해진 지 오래였고 그녀의 혀를 감싼 입술은 그녀를 삼켜 버리기 일보 직전이었으며 그녀의 허리를 더듬는 두 손은 얼간이처럼 덜덜 떨고 있었다.

그의 뜨거운 심장은, 피는, 당장 그녀를 가져야 한다고 말했다. 그의 깊은 내면에 숨겨져 있던 야비함과 이기심은 이 기회를 이용해도 좋다고 그를 충동질하고 부추겼다. 지금 상황에서 연약한 그녀를 집어삼키는 건 일도 아니었다. 어찌 됐든 그녀도 지금 그를 원하고 있고 그를 먼저 유혹한 것도 그녀였으니 그에 겐 아무런 죄가 없었다. 오히려 둘의 육체가 결합함과 동시에 모든 고뇌는 사라질 것이었다. 어쩌면 이걸 계기로 그녀를 그의 옆에 붙잡아놓을 수도 있었다.

하지만 그의 냉정한 머리는 지금 당장 그녀에게서 손을 떼라 고 했다. 술에 취해 자기가 뭘 하고 있는지도 모르는 여자를 상 대로 이렇게 키스를 하는 것만으로도 그는 충분히 수치스러웠 다. 더 이상 원영을 탐하는 건 옳지 못했다. 육체의 욕구에 자신 이 이렇게 완벽하게 패배했다는 사실에 그는 이미 크게 충격을 받은 상태였다.

그는 그녀의 입술에서 헤어나 고개를 들고 거친 호흡을 수습 했다. 그녀의 아늑하고 따뜻하며 한없이 보드라운 그 달콤함에 서 스스로 빠져나오기란 결코 쉬운 일이 아니었다. 엄청난 자제 력이 필요한 일이었고 빠져나온 후에도 당장 그녀의 입술로 돌 진하고 싶은 마음에 눈앞이 시큰거렸다. 재휘는 침대 바닥에 팔 을 짚고 상체를 일으켜 세우며 속삭였다.

"미안해."

원영은 가슴을 들썩이며 거칠게 숨을 들이쉬었다 내뱉었다를 반복하고 있었다. 몸의 중심이 여전히 그의 몸과 닿아 있었고 그 때문에 여전히 흥분이 가시지 않고 있었다. 그를 원하는 뜨 거운 열기가 한 곳으로 집결되어 웅덩이를 만들었고 그 부분은 그의 몸을 받아들이기를 간절히 원하고 있었다. 저도 모르게 엉덩이를 꿈틀거리며 그녀는 중얼거렸다.

"무슨 뜻이야?"

"……."

대답 없는 그를 향해 그녀는 재차 물었다.

"미안하다는 게 무슨 뜻이냐고."

"취했어. 그만 쉬어."

그가 허리를 틀어 그녀의 몸에서 떨어져 나갔다. 이대로 나가려는 거였다. 원영은 다급하게 그의 옷자락을 붙잡았다.

"가지 마."

왜 붙잡았는지 그녀도 모를 일이었다. 그냥 이대로 혼자 남겨지기 싫었다. 숨 막히게 짓누르고 있던 그의 몸이 떨어져 나가자마자 그녀는 허탈하고 허전한 마음에 기운이 쑤욱 빠지는 것만 같았다. 왜 이런 기분이 되는 건지 그녀도 알 수 없었다. 침대 가장자리에 엉덩이를 걸치고 앉아 있던 그가 그녀를 돌아봤다. 속마음이 드러나지 않은 무심한 그의 시선이 그녀를 향해 떨어졌다.

"내일 다시 이야기해."

"나 지금 멀쩡해."

"……."

"진짜야."

재휘는 순간 마음을 놓았다. 술에 취하지 않았다고 주장하는 그녀는 지금 술에 취한 게 맞았다. 지금 그녀는 자신의 말이 마치 '날 제발 가져줘'라고 애원하는 것처럼 들린다는 것도 눈치 채지 못하고 있었다. 그만큼 술에 취해 있고 제정신이 아니라는 거였다. 이건 분명히 그녀를 거절할 명분이 될 수 있었다. 한순간 흔들렸던 마음을 다잡고 재휘는 그녀의 손을 잡아 자신의 몸에서 떼어냈다.

"자."

그는 자리에서 일어나 문 쪽으로 걸어갔다. 원영은 믿을 수 없을 만큼 강한 실망감에 휩싸여 재휘의 뒷모습을 멍하게 지켜보았다. 그렇게 강렬하게 키스를 했는데, 그랬는데도 저렇게 냉정해질 수 있다니. 그녀가 느꼈던 유대감은 그녀 혼자 느꼈던 거였나? 바보가 된 기분이었다. 그 역시 자신을 원한다고 생각했던 스스로가 멍청하게 느껴졌다. 억울함에 분노가 치밀자 원영은 옆에 있던 그의 베개를 냅다 그의 등을 향해 내던졌다.

"나쁜 놈!"

그가 멈춰 섰다. 다시 돌아올지도 모른다는 생각에 원영은 그를 바라본 채 씩씩거렸다. 하지만 그는 그대로 손을 뻗어 방문 손잡이를 돌리고 있었다. 원영은 저도 모르게 크게 소리치기 시작했다.

"겁쟁이. 얼뜨기 같은 놈. 야, 이 쪼다야!"

재휘가 숨을 거칠게 내뱉더니 고개를 뒤로 젖혀 천장을 응시했다. 원영은 계속해서 그를 비난했다.

"사랑이 뭔지도 모르는 애송이. 할머니 기쁘게 해드리자고 아

기를 낳아? 네가 그렇게 할머니를 사랑해? 네 인생 모두 포기할
정도로? 왜? 사랑 같은 건 없다고 생각하는 거야? 앞으로 넌 사
랑 같은 건 하지 않을 거냐고.”

“도대체 하고 싶은 말이 뭐야?”

재휘가 몸을 돌려 그녀와 정면으로 마주했다. 그는 여전히 무
심해 보였다. 진저리가 쳐질 정도로 짜증이 났다. 어떻게 방금
전까지 그토록 진한 키스를 했는데도 저리 금세 차가워질 수가
있지? 차가워진 거야, 차가워진 척한 거야?

“난 네가 한 말 못 믿겠어. 단지 할머니를 마음 편히 눈감게
하기 위해 결혼하겠다는 게 말이 안 돼.”

“말했잖아. 속죄하고 싶다고. 할머니께 진실된 모습을 보이고
싶어.”

“진짜 결혼하면, 우린 돌아올 수 없어.”

“알아.”

“지금까지완 달라질 거야. 미뤘던 혼인신고를 하면 너랑 나랑
은 진짜 법적인 부부가 되는 거라고.”

“알고 있어.”

“그리고 네 말대로 아기를 갖자면…… 바, 방금 전에 했던 것
보다 더한 것도 해야 해.”

핏, 재휘가 짧게 냉소했다.

“그 정신에 성교육까지 하시려고?”

“그게 아니라……!”

당황해 큰소리치는 그녀의 말문을 그가 먼저 막았다.

"알아."

"뭐?"

매우 의심스러운 듯한 눈으로 그녀는 물었다.

"네가 생각하는 것만큼 나, 그렇게 어리지 않아. 아기가 어떤 식으로 생긴다는 걸 모를 정도로 순진한 줄 알아?"

"나, 나는……!"

솔직히 그녀를 알게 된 지 얼마 안 되어서 하는 말이다. 그녀의 성지식은 고등학교 때 친구들과 몰래 봤던 영화가 전부였다. 그것도 결정적인 순간은 전부 가위질당한. 그것도 아니면 벌거벗고 뭔가를 하는 두 남녀의 허리 위에 항상 흰 천이 덮여 있어 대체 무슨 일이 벌어지는지 정확히 눈으로 확인할 길이 없었다. 그냥 머릿속으로 상상만 했을 뿐.

그렇다. 그녀가 봐왔던 수많은 소설과 영화의 러브 씬보다도 방금 자신이 재휘와 했던 키스가 더 야하고 숨 가빴다는 사실은 그녀도 인정할 수밖에 없었다. 그는 확실히 성교육이 필요없는 것 같았다.

"우리 결혼이 진짜가 된다면 지금과는 모든 게 다 달라진단 말이었어."

원영은 차분히 말했다. 혀가 꼬이지 않도록 노력하는 중이었다. 아직 취기가 싹 가시지 않은 데다 키스 때문에 너무 많은 에너지를 쏟아부은 탓에 기운이 탁 빠져, 정신이 가물가물했다.

“그것도 알아. 나도 생각이란 게 있고 그런 거 다 감안해서 제
안한 거야.”

“제안?”

그랬던 거다, 역시. 그는 그냥 제안을 했던 거다. 혹시나 그가
자신을 좋아하게 된 건 아닐까, 그런 마음을 숨기고자 할머니를
핑계 삼고 결혼하자 한 건 아닐까 생각했던 자신이 어리석었던
거였다.

“남들은 그걸 프러포즈라고 하는데, 넌 그냥 제안이라고 하
네?”

그녀가 맥 빠진 듯 힘없이 헛웃음을 흘리며 말하자 재휘는 초
조하게 손바닥으로 얼굴을 문질렀다.

“그게 그 뜻이잖아.”

“그게 어떻게 같아? 어감부터 다른데.”

그래서 어쩌자는 건가? 그의 입에서 달달한 사랑 고백이라도
듣겠다는 건가?

“원하는 게 뭐야?”

그는 무덤덤한 어조로 물었다. 하지만 머릿속은 이미 헝클어
질 대로 헝클어져, 그 어떤 것도 제대로 생각해 낼 수 없었다.
그저 간신히 버티고 있을 뿐이었다.

“원하는 거? 왜? 내가 원하는 게 있으면 들어주려고?”

“난 네가 싫어하는 걸 억지로 강요할 생각 없어. 그래서 부탁
한 거고 넌 싫다고 말했잖아. 그걸로 상황 종료된 거 아니었어?”

"그럼 왜 집에 안 들어와?"

"할머니가 위독하셔서 곁을 지키고 있었어."

"그뿐이야?"

"그뿐이야."

그녀는 매섭게 치뜬 눈으로 그를 노려보았다. 그가 거짓말을 하고 있다는 게 빤히 보였다. 아닌 척하지만 녀석은 분명 일부러 집에 들어오지 않았다. 그녀가 걱정하고 있다는 걸 뻔히 알면서 연락 한 번 주지 않았다는 건 그녀에게 화가 났다는 거 아닌가? 그녀가 자신을 받아주지 않아서 그런 거 아니었냐고. 그는 빤히 속내가 보이는 사실 앞에 너무나도 뻔뻔스럽게 거짓말을 하고 있었다.

"겁쟁이."

원영은 이를 악물고 녀석을 쏘아보며 뇌까렸다.

"넌 거짓말쟁이야. 한 번만이라도 좋으니까 나한테 진심으로 대할 수 없어? 왜 넌 자꾸 숨기려고만 하니? 사실대로 말해봐. 뭐야? 왜 갑자기 마음이 바뀐 거야? 왜 갑자기 아기 핑계를 대면서 날 붙잡는 건데?"

"네가 무슨 말을 하려는 건지는 알겠는데. 장원영, 난⋯⋯."

"아니!"

그의 말을 원영이 막았다.

"넌 몰라. 내가 무슨 말을 하려는지 모른다고."

"난 핑계 같은 거 대지 않아. 그럴 이유도 없고."

없긴 왜 없어? 원영은 인상을 찌푸리고 핏 웃었다. 그리곤 싸늘하게 중얼거렸다.

"넌 날 좋아하니까."

그 순간, 서로 얽히고 얽혔던 대화의 맥이 딱 끊겨 버렸다. 두 사람은 서로를 마주 본 채 꼼짝도 하지 못했다. 그녀가 거칠게 내쉬는 숨소리만 방 안을 가득 채웠다. 재휘는 자신도 모르게 멈춰 버린 숨을 한참 만에 토해내며 천천히 물었다.

"뭐?"

그의 비웃음이 날아올지도 모른다고 생각했던 원영은 그의 멍한 얼굴을 빤히 바라봤다. 그는 생각지도 않은 공격을 받은 듯 아무런 반론을 재기하지 못했다. 그녀가 너무 터무니없는 말을 해서인지, 그녀의 말에 충격을 받아서인지 그는 예상외로 멈칫했다.

"좋아하면서도 비겁하게 인정을 하지 않고 있으니까. 안 그래?"

"그게 무슨 소리야? 난 분명히 말했어. 할머니 때문이라고."

그는 조용히 대답했다. 하지만 그의 내부는 핵폭탄을 맞은 듯 우왕좌왕하고 있었다. 아니라고 말해야 하는데, 아니란 말을 할 수가 없었다. 모르겠다. 정말 자신이 그녀를 사랑하고 있는 건지 아닌지. 확실한 건 할머니의 죽음을 더 이상 피할 수 없음을 알았을 때 가장 먼저 떠올랐던 건 원영이었다는 것이다. '아기'가 아니라. 그는 아기를 위해 원영과의 진짜 결혼을 떠올린 것이 아니라, 원영과의 결혼을 위해 '아기'를 떠올렸던 거다. 실수든 고의든, 무의식이든. 앞뒤가 맞지 않았다.

"겁쟁이. 비겁한 나쁜 놈. 가슴에 손 한 번 올려보시지."

그녀가 입술 끝을 비스듬히 기울여 웃으며 비아냥거렸다. 재휘는 그녀에게서 시선을 거두고 피식 웃어버렸다. 그녀가 한 말이 웃겨서 웃는 게 아니라 자신의 꼴이 웃겨서 웃는 거였다. 그녀에게 아무런 반박도 하지 못하는 자신의 꼴이 그는 너무나 우스웠다. 이게 무슨 개꼴이니, 최재휘.

"아무래도 너 정말 많이 취한 거 같다."

속마음과는 다르게 조용하고 덤덤히 그는 중얼거렸다.

"웃기지 마. 말짱하단 말이야. 난 말짱해!"

그녀가 오기 부리듯 소리쳤다.

"자고 내일 얘기해."

"넌 피하고 있는 거야. 사실을 인정할 용기가 없으니까 어떻게든 모면해 보려는 거라고."

그는 그녀의 말을 뒤로 문을 열었다.

"멍청이. 너도 키스가 좋았잖아. 왜 인정 못하니? 날 좋아하는 거 맞잖아!"

쾅. 재휘의 뒤태를 삼키고 문이 닫혔다. 원영은 기가 막힌 녀석의 행태에 황망한 마음으로 닫힌 문짝을 노려보았다. 매정한 녀석. 어떻게 저렇게 냉정하게 나가 버릴 수 있어? 어떻게?

"정말 재수…… 없어."

이를 악물며 놈에게 일갈하는 그녀의 눈에선 눈물이 흐르고 있었다. 주르르, 두 볼을 타고 흘러내렸다. 지금 그녀는 평소보다 많이 감성적이고 훨씬 연약한 상태였다. 어질어질한 머리를 풀썩, 베개에 뉘고 그녀는 한 손을 들어 촉촉한 볼을 훔쳤다. 사랑하는 남자에게 버림받은 여자처럼 처량하게 이게 무슨 일인지. 눈물은 하염없었다.

"누군 뭐 지가 좋아서 이러는 줄 아나?"

두 눈을 꼭 감으니 뜨거운 습기가 동공 전체로 물들어 따끔거렸다. 아— 정말 죽을 것처럼 마음이 아프다. 왜 마음이 이다지도 아픈 건지, 왜 재휘의 행태가 괘씸하게 느껴지고 서운해지는 건지 생각해 볼 틈도 없이 그녀는 이불 속으로 몸을 구부렸다. 바보처럼 흑흑거리는 소리를 낼 수 없음이었다. 베개에 얼굴을 묻는 원영의 콧속으로 익숙한 향기가 스며들어 왔다.

"나쁜 놈……."

그의 몸에서 나는 특유의 향은 그녀를 밤새 괴롭혔다.

아침에 일어나니 머리가 빠개질 것 같았다. 딱따구리 백 마리가 머릿속에 살고 있는가 보다. 한쪽 관자놀이를 콕콕 쪼는 듯한 통증에 원영은 미간을 찡그리고 한참이나 우두커니 앉아 있어야 했다. 겨우 자리에서 일어나 문을 열고 나가니 재휘가 넥타이를 매고 있었다. 몽롱한 정신으로 어젯밤에 있었던 일을 채 떠올리기도 전에 원영은 그에게 다가가고 있었다. 그녀는 손을 뻗어 재휘의 손에 있는 넥타이 자락을 고쳐 잡았다.

"아침마다 이걸 매일 매니? 멍청하게."

재휘는 유령처럼 나타난 원영의 모습에 깜짝 놀란 듯 몸을 흠 칫 떨었다. 지금까지 한 달 남짓 함께 살면서 넥타이는커녕 그가 학교 가는 모습조차 단 한 번 지켜본 적 없는 원영이었다. 그런데 하필 오늘, 그녀가 손을 내밀고 그의 옷매무새를 만져 주고 있는 거였다. 어젯밤 있었던 일이 저절로 떠올라 또다시 재휘의 머릿속을 헤집어놓았다. 간밤에 잠 한숨 자지 못하게 만든 그녀의 말, 그리고 키스…….

"목걸이처럼 만들어서 걸었다 뺐다 하면 되잖아. 시간 절약도 되고. 다들 그렇게 하던데."

원영은 어젯밤에 대해서 전혀 기억하지 못하는 사람처럼 행동하고 있었다. 정말 기억하지 못하는 걸까? 술 때문에 필름이 끊겼던 것? 아니면 알면서도 모르는 척하는 걸까. 재휘는 아무 말도 할 수 없었다. 그저 그녀의 능수능란한 손놀림을 물끄러미 내려다볼 뿐.

"우리 아빠도 너처럼 날마다 새로 매는 타입이야. 내가 가끔 매주기도 했지. 하여간 융통성도 없고 한 가지밖에 모르는 고집불통 스타일이라니까."

"속 괜찮아?"

그가 오늘 처음으로 한 말이었다. 원영이 풀린 눈을 들었다. 그녀의 부스스하고 퉁퉁 부은 얼굴에는 밤새 잠을 못 잤다는 티가 역력했다. 물론 재휘는 평소처럼 멀끔하고. 원영은 한 손으로 배를 슥슥 문지르며 중얼거렸다.

“아직은 멀쩡하니까 걱정 마. 네가 보기엔 늙다리처럼 보이겠지만 나도 학교 가면 영계거든. 아직은 뭐, 며칠 밤새고 술 마셔도 끄떡없다.”

“내가 할게. 그만두고, 식탁에 꿀물 타났으니까 그거나 마셔.”

그가 원영의 손에 걸린 타이 자락을 잡아당기며 말했다. 꿀물? 원영은 내심 놀라며 입술을 삐죽거렸다. 웬일이래? 이렇게 기특한 짓을 다 하고.

“가만있어 봐.”

원영은 타이 자락을 놓지 않은 채 몸을 뒤로 빼려는 재휘의 팔을 잡아당겼다. 처음 넥타이를 매주겠다고 했을 땐 정말 아무 생각이 없었지만 갑자기 이걸 꼭 매주고 말겠다는 사명감이 불타오르기 시작했다. 무슨 일이 있어도 요건 꼭 매주고 말 거야.

“내가 하겠다니까.”

“앙탈은. 가만 안 있어? 목 졸라 버린다.”

원영이 눈꼬리에 매서움을 달고 협박했다. 겨우 넥타이 자락 붙잡고 목을 졸라 버리겠다고 협박하는 원영의 모습에 어처구니없어진 듯 재휘는 순간 반항을 멈추고 원영을 빤히 내려다봤다. 그녀의 속내를 가늠해 보려는 듯. 그녀가 어젯밤 일을 어떻게 생각하는지 표정을 통해 감지해 보려는 듯. 원영은 그의 짙은 시선을 느끼며 입술을 비틀었다.

"생각해 볼게."

"뭐?"

멍하게 재휘가 대꾸했다. 원영은 그녀에게 목을 대준 채 얌전히 서 있는 재휘의 얼굴을 흘낏 훔쳐보며 원영은 새침하게 말했다.

"결혼 말이야. 생각해 보겠다고. 진지하게."

"어젠 싫다고 했잖아."

"어젠 어제고 오늘은 오늘이고."

재휘는 다시금 혼란에 휩싸였다. 그녀가 마음을 바꿨다는 건 뭔가 그럴 만한 계기가 있었다는 건데 그게 뭔지 재휘는 궁금했다. 어젯밤 일 때문인 걸까? 키스 때문인 건가?

"진심이야?"

"속고만 살았냐?"

그녀가 톡 쏘듯 말했다. 재휘는 멍해졌다. 도대체 어떻게 된 걸까? 어젠 분명 못한다, 안 한다고 강하게 불쾌감을 드러내던 그녀가 왜 하룻밤 사이에 이렇게 마음을 바꾸었는지 재휘는 궁금했다.

"아직 확실히 결정한 거 아니야. 생각해 보겠다는 거지. 생각해 봐서 영 아니다 싶으면, 거절이니까 너무 좋아하지 마."

"왜 갑자기……."

"다 됐다."

그의 말문을 막으며 원영이 빙긋 웃었다. 겨우 교복 넥타이일 뿐인데 어쩐지 그가 멋져 보였다. 훤칠하니 키도 큰 데다가 옷발도 장난 아니어서 교복임에도 꽤나 근사해 보였다. 음, 그래. 긍정적으로 생각해 보자고. 외모에 머리에, 이 정도 유전자면 장원영 인생에서 대박 만난 거지. 싸가지는 살짝 없는 것 같지만 것도 예쁘게 봐주자면 매력이니까. 적어도 아무 여자하고나 바람피울 것 같진 않잖아.

"가봐."

원영은 그의 팔을 톡톡 두드리며 말했다. 대답하지 않고, 움직이지도 않고 재휘는 빤히 그녀를 내려다보았다. 도통 원영의 마음을 모르겠다는 표정이었다. 그럴 테지. 원영도 원영의 마음을 모르는데 그가 어떻게 알겠는가. 원영은 피식 웃었다.

"오늘도 여섯 시쯤에 끝나지? 끝나고 곧바로 병원으로 갈 거니?"

"응."

마지못해 그가 대답한다. 원영은 재휘의 책가방까지 챙겨 들어주며 말했다.

"그럼 병원에서 보자."

"……."

"가. 늦겠다."

원영은 속셈이라곤 전혀 없는 듯 순진한 얼굴로 방긋 웃었다. 그녀는 차마 발길이 떨어지지 않는 듯 뭉그적거리는 남편의 등을 떠밀었다. 진짜 남편 배웅하는 새색시처럼 한 손까지 다정하게 흔들어주며 원영은 환히 웃어주었다. 웃는 얼굴에 침 못 뱉는다고, 비록 뚱한 얼굴이었지만 재휘는 더 이상의 질문공세 없이 순순히 집을 나서주었다.

쿵. 그가 나가고 현관문이 닫히자 원영은 금세 허탈 모드가 되어버렸다. 시무룩한 표정에 온몸에는 힘이 쭉 빠졌다. 쿨한 척하기도 참 힘들구나. 어쨌든 그는 알아채진 못한 눈치였다. 어젯밤의 일을 그녀가 죄다 기억하고 있다는 걸. 비록 그녀가 왜 마음을 바꾸었는지 그 의구심을 쉽게 떨치지 못하는 것 같긴 하지만 말이다.

그녀는 양지원이 아니다. 모든 걸 단번에 긍정적으로 받아들일 수 없다. 지원처럼 재휘의 미래와 집안만 보고 자신의 미래를 결정할 만한 사람이 그녀는 못 된다. 원래 그렇게 생겨먹은 애다. 사랑해야만 결혼하는 거고 결혼은 설레고 달콤한 거여야 했다. 누군가에 의해 억지로 맺어지는 그런 관계가 아니라. 어찌 됐든 그를 좋아하는 건 마찬가지다. 그가 그녀를 사랑하지 않는다는 문제가 있지만.

어젯밤의 일이 떠오르자 원영은 한숨을 푹 내쉬었다. 어쩌자고 그런 소릴 지껄였는지. 지금 생각하면 창피하고 죽고만 싶었다. 그를 좋아하고 있음을 정말 만천하에 고하고 만 거 아닌가. 아아— 만천하가 아니라 최재휘다. 한마디로 술에 취해 그에게 사랑 고백을 한 거나 마찬가지였다. 그리고 그녀는 보기 좋게 차였고. 고등어 주제에 그녀를 차다니.

바보 같은 자신을 향해 그녀는 허공에 헛웃음을 날렸다. 정말 사람은 오래 살고 볼 일이었다. 저 머리에 피도 안 마른 자식이 남자로 보이게 되는 일이 생길 줄 누가 알았겠는가. 석 달 전이나 지금이나, 그는 여전히 열여덟 살의 고등학생 최재휘인데 그녀의 눈엔 그가 분명 달라 보였다. 살 붙이고 살다 보면 사랑도 하게 되고 정도 드는 거라더니 어른들 말 틀린 거 하나도 없다 싶다. 물론 아직 살 붙였다고 표현할 만큼 가까워진 건 아니지만.

하여튼 문제는 이제부터다. 지금까지는 허구였고, 이제부터가 진짜였다. 재휘에게 마음이 흔들리고 있는 것도 진짜고, 그의 부탁을 들어주고 싶은 것도 진짜다.

주방에 들어선 원영은 그가 타놓은 꿀물을 물끄러미 바라보며 빙그레 미소를 지었다. 아침에 일어나 그녀를 걱정하며 이걸 타고 있었을 최재휘를 떠올리니 웃지 않을래야 않을 수가 없었다.

"짜식. 기특하기도 하네."

흡족한 마음으로 꿀물을 단박에 들이마시고 아침까지 대충 챙겨먹은 원영은 시간을 확인했다. 아홉 시에 가까워지는 시간. 삼십 분만 더 있다가 구 여사한테 전화를 걸어야겠다는 생각을 하고 원영은 소파에 머리를 대고 누웠다. 구 여사한테 지금까지의 일을 모두 털어놓고, 앞으로 어떻게 할 것인지도 의

논할 생각이었다. 잔소리는 마구 얻어듣겠지만 어쩌겠나? 일의 전모를 가족 중 한 명은 알아야 하지 않겠나. 원영은 눈을 감고 잠을 청했다. 마음의 결정을 내리고 나니 잠이 금세 스르르 들었다.

불행히도 그녀가 잠에서 깬 건 열한 시도 훨씬 넘은 시간이었다. 전날 잠을 제대로 못 잔 덕에 수면 부족이었던지 눈만 살짝 감았다 일어난다는 게 그만 너무 깊이 잠이 들어버린 거였다. 원영은 깜짝 놀라 일어나며 입가의 침을 닦았다. 서둘러 구 여사에게 전화를 걸고 몽롱한 정신을 가누고 있는데 구 여사가 전화를 받았다.

[여보세요.]

"엄마야?"

야단맞을 준비를 단단히 하고 원영은 물었다.

[어? 원영이니? 어쩐 일이야?]

"뭐, 무슨 일이 꼭 있어야 전화를 해? 아빠는?"

[나가셨지. 요새 바쁘시다.]

"또 사건 맡으셨어?"

전직 변호사인 아버지는 일선에서 물러난 지 꽤 되었음에도 돈이 없어 변호사를 고용할 수 없는 피해자들의 소송을 도와주고 있었다. 요즘 건강이 부쩍 쇠해져서 이젠 좀 그만 하고 쉬라고 그리 말했거늘, 또 일을 맡았나 보다. 아프다는 거 다 엄살이라니까.

[응. 오늘도 아침 식사하고 곧바로 나가셨다.]

"좀 진득하게 쉬시라 그러지. 왜 또 맡으셨대?"

[그 사람이 워낙 사정이 딱한 사람이었대. 네 아버지, 원래 그런 사람 그냥 못 지나치잖니. 천성이지 뭐.]

"그건 그런데 몸 축날까 봐 그렇지. 너무 과로하시다가 지난번처럼 쓰러지면 어떻게 해?"

[못하는 소리가 없네. 입방정 떨지 말고 너나 잘하고 살아, 이것아.]

"저기…… 내가 할 말이 있는데."

원영은 조심스럽게 말을 꺼냈다. 일단 아버지가 집에 없다고 하니 마음 놓고 얘길 털어놓아도 될 것 같았다. 좋은 소린 못 듣겠지만 지금이라도 이실직고했으니 정상 참작이 되지 않을까?

[할 말? 뭐? 아~ 네 시할머니?]

"에?"

난데없이 튀어나온 할머니 얘기에 원영은 어색하게 되물었다. 그녀의 마음을 읽지 못한 듯 구 여사가 할머니 얘기에 열을 올렸다.

[나도 얘기는 들었다. 많이 안 좋으시다며. 지난주에도 찾아뵙긴 했는데 아무래도 오늘이나 내일, 다시 찾아뵈어야 할 것 같다. 어제 네 시어머니 얘기 들어보니까 심각하던데…….]

어제? 시어머니? 기분이 묘해 원영은 물었다.

"어제 우리 시어머니랑 통화했어?"

[아니, 일이 있어서 만났지. 오늘내일 한다더라, 네 시할머니. 어쩐다니~ 큰일이다 참.]

"큰일은 큰일이지."

원영은 씁쓸한 입맛을 다시며 대충 건성으로 대답했다. 생각해 보니 그녀는 할머니의 건강이 급격히 안 좋아진 이래 며칠 동안 한 번도 병원을 찾지 않았다. 재휘 때문에 속이 상해서이기도 했지만, 심적으로 재휘나 재휘네 집에 의무감 따위나 소속 감이 전혀 없었다는 이유가 더 컸다. 한 번도 재휘를 남편이라 여겨본 적도 없었던 것처럼 그의 집을 시댁이라 여겨본 적도 없었던 거다. 이젠 이런 태도도 지양해야겠지.

[넌 학교 때문에 바쁘다며?]

구 여사가 묻는다. 방학인데 바쁠 리가. 날마다 집에서 노는데.

"누가 그래?"

[사부인이 그러던데? 너 요새 계속 병원 못 갔다며. 네가 학교 때문에 시간을 못 내는 거라고 하더라만. 아니니?]

"아……! 뭐, 그게 그러니까……."

당혹감에 원영은 말을 더듬었다. 얼굴이 화끈거려 원영은 손등으로 볼을 눌렀다. 그 말을 했을 권 여사의 마음을 생각하자 민망해 죽을 것 같았다. 나름대로 그녀와 구 여사를 배려한 것이겠다. 정말 미치겠네.

[응? 뭐라고?]

원영이 혼잣말을 중얼거리자 무슨 소리인지 못 알아먹고 구여사가 물었다. 원영은 한숨을 연신 내쉬며 제 머리통을 주먹으로 쥐어박았다.

"아니야. 바쁜 일 끝났으니까 오늘부터 자주 가겠다고."

[그래, 그래야지. 그 어르신, 사실 날도 얼마 안 남았는데. 지난번에 얼굴 뵀는데 정말 많이 야위셨더라. 어휴— 젊어서 모진 고생 다하신 분이 어쩌다 그런 병에 걸려서……. 내 마음이 정말 아프더라.]

사실 날이 얼마 남지 않았다는 말이 왜 이리도 먹먹한지. 원영은 허리를 굽히며 한숨을 내쉬었다. 마치 김은옥 할머니에게 엄청나게 큰 빚을 진 기분이었다. 그분께 재휘를 잘 돌보겠다고 약속했는데, 재휘를 사랑해 주겠다고 약속했는데…….

아직은, 아직은 할머니의 죽음을 받아들일 수 없었다. 재휘도 그렇겠지만 원영 역시 할머니에 대한 애정이 남달랐다. 어릴 때부터 할머니를 친할머니라 여기며 자랐고, 그분으로부터 받은 사랑도 넘칠 정도로 많았다. 받은 게 그렇게나 많은데 이렇게 무기력하게 보낼 수 없었다. 아직은, 해드린 것도 별로 없는데…….

[그러니까 이것아, 얼른 애를 가져. 지금이라도 네가 임신하면 할머니께서 얼마나 좋아하시겠니?]

"……"

[마지막 가시는 길에 큰 선물이 되지.]

"지금 당장 가지는 건 무리야."

시무룩한 목소리로 그녀는 중얼거리듯 말했다. 당연한 말이다. 하늘을 본 적도 없는데 별을 딸 수가 있나.

[너 혹시 피임하고 있니?]

피임은 무슨.

"뭐…… 일종의 피임이라고 할 수 있지."

엄밀히 말하면 아니지만. 아예 안 하는 것이니……. 그녀의 말에 구 여사는 펄쩍 뛰었다. 어찌나 예상대로 대처해 주시는지.

[너 미쳤니? 내가 말했잖아. 하루빨리 아기 가지는 게 네 임무라고.]

이런 소리 들을수록 짜증만 나는 원영이다. 아기를 임무로 낳나? 사랑하는 사람과 사랑하고, 그래서 그 결실을 맺게 된다면 아기를 안 낳겠다고 버틸 이유 전혀 없었다. 아무리 나이가 어리고 앞날이 창창해도 사랑하는 사람의 아이라면 낳을 수 있다. 그게 여자다. 하지만 대를 잇기 위해, 그게 임무라서 낳아야 한다면 문제는 달라진다. 왜 여자가 종족 번식의 희생양이 되어야 하는데? 젠장. 원영은 발끈해서 소리쳤다.

"또 그 소리야? 엄만 딸을 셋이나 낳아 키우면서 어쩜 그렇게 아들 위주로 생각해?"

[얘가. 내가 또 무슨 아들 위주야?]

"그럼 안 그러우? 여자가 무슨 애 낳는 기계야? 볼 때마다 아기 낳으란 그 소리, 정말 지겨워.”

[이것아, 모르고 결혼했어? 그 집이 원래 그런 집이야. 네 신랑은 5대 독자고 넌 그 집 대를 이어야 할 책임이 있어.]

“아, 몰라!”

수천 번도 더 들은 그 소리. 원영은 짜증을 있는 대로 냈다. 정말 어제오늘 전방위로 압박받고 있는 기분이었다. 할머니의 악화된 건강 상태, 재휘의 청혼—으로 생각해야 하는 걸까?—과 키스, 구 여사의 잔소리까지. 마치 잘 짜인 시나리오처럼 그녀를 숨 막히게 조여왔다. 이대로라면 원영은 두 손 들고 항복해야 할 판이었다. 뭐, 지금 상태도 거의 절반은 항복한 상태이긴 하지만.

[내가 어제 너희 혼인신고 하려고 동사무소에 갔다가 우연히 재휘네 호적을 봤는데…….]

“혼인신고?”

혼인신고라니? 무슨 혼인신고? 호적을 봤네, 어쩌네 하는 구 여사의 다음 말은 원영의 귀에 하나도 들어오지 않았다. 혼인신고라는 단어만 계속 귓전을 때리며 울려대고 있을 뿐이었다. 원영은 잘못 들은 게 아닌가 싶어 냉큼 다그치듯 물었다.

“방금 엄마, 뭐라고 했어?”

[뭐? 호적 얘기하고 있었잖아.]

“그게 아니라…… 혼인신고, 했다고 했잖아. 그게 무슨 소리야?”

[무슨 소리긴. 말 그대로 혼인신고를 한 거지. 결혼한 지 꽤 지났는데 아직 혼인신고가 안 되어 있잖니. 그래서 어제 네 시어머니랑 만나서 신고하고 왔다.]

쿠쿵— 머릿속에서 지진이라도 난 듯 어마어마한 굉음이 울렸다. 이게 무슨 날벼락? 반쯤 얼이 나간 얼굴로 원영은 재빠르게 입술을 놀려 물었다.

"엄마가 왜 혼인신고를 해줘? 그거 본인이 하는 거 아니야?"

[애는. 재휘가 미성년자잖니. 미성년자는 부모님 동의가 있어야 되는 거야.]

"……!"

말도 안 돼. 이건 사기야. 어떻게 이런 일이 벌어질 수가 있어?

[몰랐니?]

"몰랐지 그럼!"

알았다면 당연히 결혼 따위 하겠다고 승낙하지 않았을 것이다. 최악의 순간 가출 감행까지 생각하고 있었던 그녀가 아닌가. 정 안 되면, 결혼은 재휘가 고등학교 졸업한 이후에 하기로 하고 약혼만 미리 하는 것으로 조율하는 방법도 있었다. 덜컥 결혼까지 해버린 건, 결혼을 결혼으로 간주하지 않았기 때문이었다. 그냥 순간만 모면할 수 있는 최고의 방법이라 생각해서 여기까지 온 거 아닌가. 그런데 이게 무슨 일이야?

"재휘도 이 사실 알고 있어?"

원영은 고함을 치며 대답을 재촉했다. 전화기를 쥐어짜듯 세차게 잡고 있었다.

[글쎄다. 정확한 건 모르겠지만 알고 있지 않았겠니?]

"모를 수도 있잖아."

[미성년자 결혼할 때 부모동의 필요하다는 건 쪼그만 꼬마도 다 아는 상식이다. 너나 모르지. 재휘가 왜 모르겠어?]

그래, 전국 수석 아닌가. 모를 리 없지. 알았을 거다. 분명히. 그럼 다 알고, 그녀를 속였다는 건가? 말도 안 돼. 원영은 머리카락을 쥐어뜯고 싶은 충동에 사로잡혀 소리쳤다.

"확실한 거야? 그 녀석도 알고 있어?"

[너 왜 그래? 무슨 안 좋은 일 있어? 왜 그리 흥분하니?]

수화기 너머로도 뭔가 이상한 낌새를 감지했는지 구 여사가 조심스레 묻는다. 하지만 원영의 귀엔 어머니의 근심이 전혀 들어오지 않았다. 눈에 뵈는 게 없는 그녀다. 원영은 부들부들 떨리는 손을 들어 앞머리를 쓸어 넘기고 중얼거리듯 말했다.

"나중에 다시 전화할게."

[애! 원영아! 왜 그래?]

원영의 거친 숨소리와 떨리는 음성을 듣고 구 여사는 다급하게 소리를 쳤다. 뭐 잘못된 게 있나? 결혼한 지 한 달이나 지난 시점에서 이제야 혼인신고를 한 건 좀 그렇지만 그 외에 문제될 게 뭐 있나? 재휘가 알고 있으면 안 될 일이 대체 뭔데? 구 여사의 머릿속엔 수많은 의문들이 아우성치고 있었다. 하지만 의문

의 열쇠를 쥔 원영은 전화를 두둑 끊어버렸고 구 여사는 수화기
만 내려다볼 수밖에 없었다.
　"무슨 일이래?"

원영은 도산고 수위실을 거쳐 2학년 건물로 찾아갔다. 최
재휘는 학교에서 꽤나 유명한 듯 수위 아저씨까지 그 이름을 알
아듣고 고개를 끄덕였다. 그가 몇 반이고, 어디 쪽으로 가면 빨
리 갈 수 있다는 것까지 상세하게 전해 들은 원영은 지체없이
달려갔다. 남고에 이렇게 혈혈단신 찾아왔다는 것 자체가 평소
라면 생각할 수 없는—여고 졸업한 지 얼마 안 된 시점이라서 더 그
랬다—간 큰 행동이었지만 지금은 이것저것 따질 정신이 없었
다. 당장 재휘를 만나야 했다. 지금 당장.

복도를 가로지르는 그녀의 마음은 비장했다. 전혀 생각지도
않은 곳에서 지뢰를 밟은 듯, 마음이 조급하고 불안해서 진땀이

마구 흘러나왔다. 어떻게 된 건지 그의 입으로 당장 들어야 했다. 점심시간을 앞둔 시간이라 그런지, 각 학급은 전체적으로 고요하면서도 조금은 어수선한 분위기였다. 그녀는 소리없이 조용히 지나갔지만 간혹 그녀의 존재를 눈치 챈 남학생들이 옆 친구들에게 알리느라 정신이 없었다. 남학교에 여대생이 떴으니 다들 눈이 휘둥그레진 것이리라.

바람을 일으키며 그녀는 그의 반까지 왔다. 앞서 지나왔던 반에서는 벌써 그녀가 누군지 궁금해 기웃거리기 시작하는 아이들이 속출하고 있었다. 다른 때 같았다면 수줍거나 당황해서 얼굴을 가리거나 했을 텐데, 지금의 원영은 그딴 것에 신경 쓸 겨를이 전혀 없었다. 그녀는 몸을 기웃거리며 창문 너머에 있을 재휘의 모습을 찾았다. 창가에 앉아 있던 한 학생이 그녀를 돌아보고 두 눈을 키웠다. 웬 여학생인가 싶어 학생은 옆 짝꿍을 쿡쿡 건드리며 속삭였다. 옆 학생도 그녀를 확인하고 놀라 다른 친구에게 귀띔하느라 정신이 없었고, 그러한 분위기는 점차 확산되고 있었다. 자율학습하고 있는 학생들은 순식간에 집중력을 잃고 웅성거리기 시작했다.

그런 와중에 꿋꿋이 고개를 숙인 채 책에서 시선을 들지 않고 있는 녀석이 한 놈 있었으니. 맨 뒷자리에 앉아 턱을 한 손으로 괴고 펜을 움직이고 있는 녀석은 바로 최재휘였다. 원영은 창가에 앉은 학생에게 다가가 억지웃음을 지어 올리며 재휘를 불러 달라고 부탁했다.

"야, 야. 최재휘. 누가 너 찾아왔어."

수학 문제 하나를 삼십 분째 잡고 앉아 딴생각만 주야장천하고 있던 재휘는 옆 친구가 툭툭 치는 손길에 고개를 들었다. 누가 봐도 진지하게 골똘히 학업에 열중해 있는 것처럼 보였던 재휘는 무심결에 시선을 돌려 창가 쪽을 보았다. 낯익은 여자의 모습이 순간 눈에 들어오자 그의 미간은 저절로 확 모아졌다.

'이제 헛것이 다 보이네.'

오전 내내, 그녀가 아침에 보여준 행동 때문에 정신이 산란했었다. 그가 제안한 '진짜 결혼'에 대해 진지하게 생각해 보겠다는 그녀의 말에는 긍정적으로 검토하겠다는 의미가 다량 내포되어 있었다. 태도도 싹 바뀌어 넥타이를 매주고 가방도 들어주며 그를 배웅해 주었다. 이건 그가 지금까지 그녀와 보낸 몇 주간의 기간 동안 처음 겪는, 매우 생경한 경험이었다. 거기에 어젯밤 그녀가 그에게 던진 말까지 뒤엉켜 그는 혼란의 구렁텅이에 빠져 허우적거리고 있었다.

정말 그는 그녀를 좋아하고 있는 것일까? 그녀를 붙잡고 싶은 마음에 치졸하게 할머니를 핑계로 댄 것일까? 그저 함께 동고동락한 친분 이외에 다른 감정이 개입된 것인가? 정말 그런 것인데 그는 깨닫지 못하고 있는 것인가? 생각이 하루 종일 복잡했다.

"뭐 해? 너 부르잖아."

짝인 수훈이 한 번 더 재휘의 팔을 건드렸다. 잠시 생각에 빠져 있던 재휘의 표정은 점점 더 험악해졌다. 정말 그녀였다. 장원영이 긴 생머리를 하나로 묶고 하늘거리는 원피스를 입은 채로 이쪽을 보고 서 있었다. 쟤 미쳤나? 여기가 어디라고 와? 재휘는 느릿느릿 팔을 움직여 툭, 손에 쥔 볼펜을 노트 위에 던졌다.

"누구냐? 누나냐? 너 외아들 아니야?"

앞에 앉은 은혁이 뒤를 돌더니 물었다. 그가 미처 대답하기도 전에 옆에 앉은 희범이 속삭였다.

"네 사촌 누나야? 이야~ 삼삼한데? 몇 살이야?"

삼삼? 재휘는 좀비 떼처럼 몰려들며 재휘에게 질문 공세를 펼치는 친구 녀석들을 주르륵 훑어보며 째렸다. 듣기 꽤나 거북한 단어다, 삼삼. 재휘는 묵묵부답으로 일관하고 자리에서 벌떡 일어났다. 주변 아이들의 웅성거림이 일시에 잠잠해졌다. 재휘는 반 녀석들의 따가운 시선을 한 몸에 받으며 밖으로 나갔다. 더운 날씨라 창문이 훤히 열려 있었고, 그와 장원영의 모습은 생생하게 수많은 관중 앞에서 생중계되었다.

"무슨 일이야?"

재휘는 목소리를 최대한 낮추고 물었다. 원영은 매우 불안한 듯 입술에 침을 바르다가 오므리고 깨물다가 힘주고, 별의별 쇼를 다 하고 있었다. 등 뒤로 흥미진진한 시선들을 따갑게 느끼며 재휘는 다시금 물었다.

"무슨 일이냐고."

“물어볼 게 있어서 왔어.”

“여기까지 찾아와서 물어야 할 정도로 급한 일이야?”

“그래, 중요한 일이야.”

앞으로 흘러내린 머리카락을 초조한 손길로 쓸어 넘기며 그녀가 말했다.

“뭔지 모르겠지만 빨리 말하고 가.”

원영은 마음의 준비를 하는 듯 심호흡을 했다. 자꾸 심장이 떨리고 손발이 후들거려 죽을 것 같았다. 아까까진 눈에 뵈는 게 없어 저돌적이었지만, 재휘를 보자마자 기운이 탁 풀려 버린 거였다. 정말 재휘가 모든 걸 다 알고 그녀를 속였다면, 그게 사실이면 어쩌나 싶어 도무지 물어볼 엄두가 나지 않았다. 원영은 가빠진 숨을 간신히 진정시키며 천천히 입을 열었다.

“우, 우리 결혼한 거…….”

순간이었다. 재휘의 커다란 손이 원영의 입술을 덮었다. 그의 두 눈이 커다래지더니 원영을 향해 윽박지르듯 속삭였다.

“너 지금 무슨 소릴 하려는 거야? 제정신이야?”

“으, 으, 읍…….”

원영이 뭐라고 중얼거렸지만 그의 손에 입이 막힌 덕에 그녀의 말은 웅얼거림이 되어버렸다. 그녀의 도톰한 입술이 그의 손바닥 안을 덮힐 따름. 손바닥 감각을 타고 척추까지 강타하는 아릿한 통증에 재휘는 재빨리 손을 뗐다. 생각다 못한 그는 그녀의 손목을 거칠게 쥐고는 복도를 따라 걷기 시작했다.

"따라와."

원영은 손목이 잡힌 자세로 그에게 끌려갔다. 열린 창문으로 새까만 녀석들의 머리가 속속 튀어나왔고, 웅성거림은 점점 더 거대해졌다. 전교생 앞에서 이상한 모양새가 되어버린 재휘는 자율학습 시간에는 절대 나올 수 없는 건물 밖으로 나왔다. 녀석들의 시선에서 벗어나 계단 근처에 멈춰 선 그는 원영을 놓아주고 두 손을 허리에 놓은 채로 그녀를 굽어보았다.

"뭐야?"

"아파 죽겠네."

원영은 그에게 잡혔던 손목을 틀어쥐고는 인상을 구겼다. 원망 담긴 시선에 재휘는 푹 한숨을 내쉬고는 거칠게 원영의 손목을 다시 거머쥐었다.

"어디 봐."

손목은 빨갛게 손자국이 나 있었다. 조금 미안해졌지만 재휘는 일부러 매정하게 내던지듯 그녀의 팔을 휙 던져 버렸다.

"안 죽겠다. 빨리 용건이나 말하고 가."

우이씨~ 원영은 냉정하기 짝이 없는 재휘 녀석의 낯짝을 뚫어지게 노려봐 주었다. 인간미라곤 눈곱만큼도 없지. 저런 자식한테 뭘 기대하리오. 어쩌면 정말로 모든 걸 다 알고 있을지도 모를 일이었다. 다 알면서 그녀를 속여왔던 거다. 제가 하고 싶은 일을 이루기 위해선 원영을 속이고도 남을 놈이었다. 나쁜 놈이 달리 나쁜 놈일까. 원영은 서러운 눈물을 꾹 삼키고는 표독하게 놈을 노려보았다.

"한 가지만 먼저 확인할게."

"해."

무뚝뚝하게 그가 말했다. 하여간 말 한마디도 정나미가 뚝뚝 떨어지게 한다.

"너, 우리 혼인신고 된 거 알아?"

"무슨 소리야? 그건 안 하기로 했잖아."

재휘가 짜증스럽다는 듯 인상을 찌푸리며 그녀를 위아래로 훑었다. 무슨 정신 나간 소리냐는 듯 심히 신경질적인 시선이었다. 아닌가? 정말 그는 모르고 있었던 것인가?

"안 하기로 했지. 그런데 너네 엄마랑 우리 엄마가 어제 해버렸대."

"뭐?"

그의 한쪽 눈가가 심하게 구겨졌다. 제 귀를 의심하는 듯했다.

"알고 있었어?"

"다시 말해봐. 누가 뭘 했다고?"

"우리 혼인신고 말이야. 어른들이 해버렸다고. 어제."

"어디서 들은 말인데?"

"아까 우리 엄마랑 전화 통화 했어. 네가 미성년자라 어른들이 나서서 하는 거래."

"……!"

얼이 빠진 듯 재휘의 얼굴이 완전히 굳어버렸다. 전혀 몰랐던 사실인 게 틀림없었다. 휴— 묘하게 안도가 되었다. 그도 전혀 모르고 있었던 사실이라는 건 그가 그녀를 속이지 않았다는 것이니까. 그 역시 피해자인 것이다.

"좋아. 너도 모르고 있었나 본데, 이제 어떻게 하면 좋니?"

최대한 침착하기 위해 원영은 자제력을 있는 대로 쥐어짰다. 지금까지 구 여사와 통화한 이후 줄곧 재휘가 알고 있었나, 모르고 있었나의 문제에 집중하고 있었던 터라 그녀 역시 아무런 대책을 마련해 놓지 못했다. 사실 이 순간, 아무리 머리를 쥐어짜도 뾰족한 수는 나오지 않을 듯했다. 호적 정리가 끝난 상황에서 무효화시킬 수 있는 방법은 거의 없었다. 적어도 스물한 살 장원영의 상식으로는.

"우리 어떻게 해?"

"……아!"

재휘가 손으로 미친 듯이 이마를 문지르더니 외마디 신음성을 흘렸다. 그 역시 정신적 타격이 심한 듯 혼미한 모습이었다. 이제 돌이킬 수 없는 상태가 되어버렸다는 사실이 그에게도 큰 충격인 모양이었다.

그도 그럴 것이, 아무리 두 사람이 서로 마음을 열기 시작하는 시점에 있다 하더라도 일이 이렇게 되어버리면 생각은 전혀 다른 방향으로 이어질 수 있었다. 원래 성난 물길을 막으면 물이 범람하게 되어 있는 거 아닌가. 서로에 대해 우호적으로 바

꿰고는 있으나 아직은 결혼에 대한 확신이 서지 않은 상태였다. 두 사람 모두 자발적이 아닌, 강제적으로 맺어지는 경우는 결코 흔쾌히 받아들일 수 없었다. 어쨌든 두 사람은 일시적인 위장 결혼 상태 이외에는 그 어떤 합의도 도출해 내지 못한 상태가 아닌가. 둘 다 지금은 극도로 예민하고 불안한 상태였다.

"확실해? 정말 어머님께서 그렇게 말씀하셔?"

재휘는 다그치듯 재차 확인해 왔다. 원영은 절망적인 마음으로 울먹거렸다.

"그래, 신고했대. 어제부로 우리, 부부야."

"젠장."

"이제 어떡하냐? 아직도 내 나이 스물한 살밖에 안 됐는데 유부녀라니. 정말 끔찍해."

재휘의 입술이 거칠게 움직였다. 욕설을 중얼거리는 듯한 모양새였다. 원영은 재휘 역시 이 상황을 끔찍하게 받아들이고 있다는 걸 똑똑히 알 수 있었다. 아직 고등학생이라는 신분으로 아저씨가 됐으니 당연한 일이다. 한창 여자 사귈 나이에 이게 무슨 족쇄냐 싶겠지. 순간 예전 일이 떠올랐다. 재휘가 친구와 미팅 얘기를 하던……

"무슨 할 말 없어? 아무거나 방법을 얘기해 봐. 어떻게 해, 우리?"

원영은 괴로운 얼굴로 그를 바라보며 말했다. 재휘는 목을 죄고 있던 넥타이를 흔들어 반쯤 풀고는 머리카락을 쥐어짜기 시작했다. 척 보기에도 엄청 짜증스러운 듯했다. 왠지 모를 실망감이 원영의 전신으로 짜하게 퍼져들었다. 그에게는 요만큼의 기쁨도 찾아볼 수 없었다. 원영은 어린애가 칭얼거리는 듯한 말투로 투덜거렸다.

"믿을 수가 없어. 어떻게 넌 그런 것도 예방하지 못하니? 혼인신고 하지 말자는 아이디어는 네가 먼저 생각해 낸 거잖아. 이런 일도 하나 예상 못하고 뭐 했어? 너 때문이야. 일이 엉망이 되어버렸어. 머리 좋다고 엄청 잘난 체하더니 이게 뭐니? 무효 신청 같은 거 하려면 복잡해질 텐데. 난 그런 거 진짜 모른다고."

실망감 반, 오기 반이 섞인 말이었다. 어쩌면 자존심 때문에 이리 말한 건지도 모를 일이었다. 그는 분명 이 상황을 반기지 않는 것 같았고 그녀 역시 그의 반응이 당혹스러웠다. 어쩌면 이렇게 걱정하고 힘들어하는 그녀를 그가 위로해 주길 바랐던 건지도 몰랐다. 하여튼 그녀는 그가 지금까지 보여줬던 것처럼 의연히 이번 일을 지휘해 주길 바랐다. 걱정하지 말고 이 일을 잘 수습해 보자, 뭐 이런 말을 기대한 건지도. 하지만 그가 그녀에게 제시한 대안은 아주 충격적이었다.

"이혼해."

그가 뚜벅 건넨 말이었다. 원영은 순간 하던 말을 뚝 그쳤다. 숨마저 멈추고 그녀는 재휘를 똑바로 바라봤다. 그는 시선을 바닥으로 내리깐 채였다. 잘못 들은 건가? 방금 애가 이혼하자고 한 거 맞아? 믿을 수 없었다.

"이혼하자고."

그가 자신의 말을 다시금 확인해 준다.

"이, 이, 이혼?"

그녀는 버벅거리며 되물었다.

"그래. 그 방법밖에 없잖아."

재휘는 싸늘한 얼굴로 냉랭히 대답했다. 하늘이 무너진 것처럼 괴로워하는 원영에게 그가 해줄 수 있는 건 그거 한 가지뿐이었다. 그녀가 궁극적으로 원하는 단 한 가지일 거라고 그는 생각하고 있었다. 그녀는 놀란 듯 침묵을 지켰다. 놀라는 건 당연했다. 혼인신고에 이어 이혼이라니, 처음엔 당연히 충격으로 받아들이겠지. 하지만 충격이 가시고 나면 결국 그녀는 그 길을 택할 것이다. 그녀가 '결혼' 자체를 원하지 않는 상황에서, 그는 그녀가 원하면 언제든지 이혼해 줄 수 있다는 입장을 밝힐 필요가 있었다.

"결혼은 모르겠지만 이혼의 경우는 미성년자라도 스스로 결정할 권리 있어. 거의 확실하니까 그건 걱정하지 마. 네가 원하면 언제든지 이혼해 줄게."

대답 없는 원영에게 재휘는 무덤덤하게 대답해 주었다. 멍하게 입까지 벌리고 그를 바라보는 원영의 눈에 놀라움과 당혹감이 한꺼번에 떠올랐다. 그가 이혼을 거론했다는 사실이 정말 놀라울 따름이었다. 아무리 그래도 그렇지, 이혼이라니……?

"아, 그렇구나. 간단하네. 괜히 걱정했어."

몽롱하게 그녀는 중얼거렸다. 재휘는 손으로 얼굴을 무심히 훔치며 어색하게 말했다.

"그럼 들어가."

그는 등을 돌려 건물 안으로 들어가 버렸다. 반사적으로 그의 뒤를 따라가려던 원영은 아직까지 기웃거리고 있는 수많은 남학생들의 시선에 걸음을 멈추었다. 그는 뒤도 돌아보지 않고 교실 안으로 들어가 버렸고 그녀는 복도에 우두커니 혼자 남았다. 긴장한 듯 움츠러져 있던 어깨가 순간 축 내려갔다.

✳

"난데없이 거길 왜 찾아가?"

명색이 친정 어머니인 구 여사는 차가운 얼음물을 딸에게 건네주며 물었다. 요즘 연일 불볕더위에 하루 중 가장 더운 두 시께라 선풍기를 틀어도 더운 바람만 나와 짜증만 나는 중이었다. 얼굴이 벌겋게 달아오른 채 땀을 뻘뻘 흘리며 집에 들어선 원영은 들어오자마자 넉 다운이 되어 거실 바닥에 대 자로 누워버렸다.

"아— 더워."

"치마 입고 뭐 하니? 조신하지 못하게. 어여 일어나."

원영의 허벅지를 철썩 때리며 구 여사가 눈살을 찌푸렸다. 신발도 벗지 않고 두 발바닥을 댓돌 위에 올려놓은 채로 누워 있던 원영은 차가운 물방울이 방울방울 맺혀 있는 물 잔을 흘낏 보고는 꾸역꾸역 자리에서 일어났다.

"아빠는? 아직도 안 들어오셨어?"

"그렇지 뭐. 요새 공판 일정이 잡혀서 눈코 뜰 새 없이 바빠."

그나마 다행이다. 딸내미가 이십대 초반에 이혼녀가 되게 생겼다는 걸 알면 장 변호사 기함한다. 원래 고집도 엄청 세고 신념이 강한 사람이 충격도 더 심하게 받는 거 아니겠는가. 게다가 말로는 표현하지 않지만 은근히 장 변호사가 원영을 극진히 여긴다. 지금껏 그는 원영이 하고 싶은 거 다 하게 해주며 험한 꼴, 거친 꼴 안 겪게 애지중지 온실의 화초로 키워왔다는 건 세상이 다 아는 일이었다. 마흔 다 되어 낳은 자식이라 더 그런 건지, 하여튼 애정과잉이다. 그 애정과잉이 결혼까지 이리 일찍 시키는, 말 안 되는 일로 진화된 것이고. 그런 장 변호사가 지금 집에 있다면 문제는 분명 커질 것이다.

'아─ 근데 어떻게 말을 꺼내지?

멍한 얼굴로 원영은 찬물을 쭈욱 들이켰다. 일단은 마음을 좀 진정시킬 필요가 있었다. 이미 공황 상태에 빠진 그녀의 뇌 속이 아까부터 계속 재휘가 한 말 한마디만 공명하듯 울려대고 있었다.

"이혼해."

이혼……. 원영은 한숨을 푹 내쉬었다.

"무슨 일 있니? 아까 정신없이 전화를 끊더니 최 서방네 학교까지 갔다 왔다고 하고."

구 여사가 조심스레 묻는다. 직감적으로 뭔가 잘못되었다는 걸 알아챈 듯한 모습이었다.

"무슨 일이야? 응? 네 시할머니께 무슨 일 생겼어?"

"아니야, 그런 거."

원영은 귀찮은 듯 툭 한마디 내뱉고는 신경질적으로 신발을 벗어 던졌다. 더워 죽을 것 같아 선풍기 쪽으로 몸을 이끌고 간 원영은 멍한 얼굴로 숨만 씩씩거리고 있을 뿐이었다. 입을 봉하고 아무 말도 하지 않는 원영이 답답해진 구 여사는 더욱 적극적으로 그녀 옆으로 다가가 앉으며 자초지종을 캐물었다.

"무슨 일인데? 왜 갑자기 최 서방한테 달려갔어?"

"……."

어디서부터 어떻게 말을 꺼내야 할지 원영은 여전히 막막했다.

"혼인신고 한 것 때문에 그러니?"

구 여사의 말에 원영은 저도 모르게 휙 고개를 돌렸다. 구 여사는 두 눈을 말똥말똥 뜨고 원영의 표정을 살피고 있었다. 아— 이 답답한 마음을 어째야 하니. 털어놓을 용기는 아직 없고, 그렇다고 입 꾹 다물고 있자니 속이 다 터졌다. 엄마 때문에 막내딸 이혼녀 되게 생겼다고요!

"그걸 왜 엄마가 해? 우리가 알아서 잘할 텐데 왜 나섰어?"

"아니, 혼인신고를 누가 하면 어때서 그래? 네들이 공부하느라 바쁜 것 같아서 대신 나선 건데. 왜? 무슨 일 생겼어?"

구 여사가 얼굴을 찡그리며 미심쩍은 듯한 어조로 물었다. 자꾸 그 문제를 물고 늘어지는 게 이상타 싶었던 거다. 원영은 부글거리는 속을 가라앉히며 최대한 부드럽게 들리도록 나긋하게 말했다.

"생기긴 무슨 일이 생겨?"

"그럼 왜 그래?"

"내가 뭘."

"반응이 이상하잖아. 번거로운 절차 대신 밟아줬으면 고맙다고 할 줄 알았더니. 너 혹시 무슨 꿍꿍이 있었던 거니?"

의심 가득한 얼굴로 구 여사가 물었다. 하여간 눈치 하나는 캡이시다.

"꿍꿍이는 무슨 꿍꿍이가 있어?"

"그럼 뭐가 문제야? 결혼해서 혼인신고 안 한 게 이상한 거지 신고한 게 무슨 죄라고."

"누가 죄라고 했나? 최소한, 그래도 신고하기 전에 우리랑 먼저 상의라도 했어야 했다는 거지. 그럼 이렇게 당황스럽지도 않을 거 아니야."

"혼인신고 하는 데 상의할 게 뭐가 있어? 그냥 하면 되는 건데. 그리고 혼인신고 했다는데 왜 당황해? 안 하려고 했었어?"

"아, 아니!"

원영은 강하게 부정했다. 어찌나 정곡을 콕 찍어버리는지, 사실을 인정하기도 힘든 분위기가 되어버렸다. 도끼눈 뜨고 노려보는 구 여사의 기세가 어찌나 센지 목구멍에 걸려 간당간당하던 고백의 말이 쏙 뱃속으로 사라져 버렸다. 지금 다 말하면 모든 상황은 종료되고 그와는 완전히 찢어지는 것이 된다는 사실이 그녀의 입을 틀어막고 있었다.

"뭐니? 속셈이 뭐야?"

본격적으로 추궁에 나설 모양으로 구 여사가 엉덩이를 들썩이며 그녀에게 가까이 다가와 앉았다. 원영은 숨이 턱 막히는 것 같아 벌떡 자리에서 일어나 버렸다.

"나 갈래."

그래. 아직은 아니야.

"어딜 간다고 그래. 이제 막 와놓고."

"병원 가봐야 해. 그냥 얼굴 보려고 들렀던 거야."

원영은 거실마루를 가로질러 걸어가 댓돌 위에 놓인 샌들에 발바닥을 내밀었다.

"조금 있으면 네 아버지 오실 거야. 뵙고 가."

미쳤나. 장 변호사 앞에서 혀 한 번 잘못 놀리면 끝장이다. 꼬투리 잡고 캐묻기 시작하면 십 분 안에 그녀는 사실대로 털어놓기 시작할 터다.

"그냥 갈래. 나중에 다시 들르지 뭐."

샌들을 신고 있자니 구 여사가 등 뒤로 다가오는 게 느껴졌다. 그녀는 여전히 뭔가 석연찮은 듯 얼굴을 찡그리며 고개를 갸웃거리는 중이었다.

"정말 아무 일도 없는 거니?"

"아무 일도 없다는데 왜 자꾸 묻고 그래?"

"난데없이 최 서방 학교를 갔다 왔다고 하니까 그러지."

"별일 아니야. 참고서 놔두고 가서 공부를 못하고 있다기에 갖다주고 왔어. 나온 김에 집에 들른 거고."

"참고서?"

갑자기 웬 참고서? 아까는 내내 아무 말도 안 하더니만. 정말 수상했다. 구 여사는 신발을 다 신고 마당으로 나가는 딸의 뒤를 쫓아 따라갔다.

"아까 전화 통화하는데 갑자기 눈에 띄잖아. 어젯밤 내내 그거 잡고 씨름하던 건데 소파 위에 널브러져 있더라고."

얼추 맞는 말 같기도 하고. 일단 마음속 의심을 살짝 접기로 하고 구 여사는 딸을 대문 밖까지 따라 나왔다. 일주일에도 두어 번씩 찾아가 반찬이며 김치를 넣어주고 오는 구 여사지만, 그래도 마음은 늘 안쓰럽고 걱정되고 조바심났다. 예전엔 다들 이 나이에 애 낳고 살림했다지만 요즘은 어디 그러나? 다들 사회 생활하면서 제 능력 발휘 다 하고 경제력을 갖추니 당연히 큰소리 땅땅 쳐가면서 결혼하는 세태다. 그런 시대에 원영은……

"잘해. 가서 어른들한테 꼭 안부 전하고."

구 여사는 원영의 등을 쓰다듬으며 타이르듯 말했다. 원영은 어색하게 웃으며 고개를 끄덕였다.

"아직 소식은 없지?"

막 인사를 하고 돌아서려는데 구 여사가 불쑥 묻는다.

"소식? 무슨 소식?"

"신혼부부한테 올 소식이 뭐겠니? 애 소식이지."

"엄마!"

또 저 얘기. 정말 속 터지겠네. 원영은 신경질난 얼굴로 구 여사를 찌릿 째려봤다. 하늘, 아직도 못 봤거든요? 앞으로 볼 일도 없을 거고요.

"설마 너희 아직 동침도 안 하고 있는 건 아니지?"

"엄마."

"첫날밤은 당연히 치렀을 거고. 자주 하긴 하니?"

"어, 어, 엄……."

어휴~ 말을 말아야지. 아까 선풍기 앞에서 간신히 식혔던 열기가 다시금 스멀거리며 두 볼을 물들이기 시작했다. 이 무슨 해괴망측한 소리냔 말이냐~ 안 그래도 처녀의 몸으로 이혼녀 되게 생길 판에. 정말 너무나 억울해서 신문고라도 두들기고 싶은 마음이었다.

"아휴, 기집애. 부끄러워하기는. 알았어. 얼른 가."

구 여사는 흐뭇한 얼굴로 원영의 등을 떠밀었다. 뻣뻣하고 오기 창창한 얼굴로 빡빡 소리치지 않고 얼굴을 붉히는 걸로 보아

첫날밤은 무사히 치른 모양이다 생각하는 중이었다. 둘 다 경험 미숙인 어린것들이라 양가 어른들이 죄다 걱정하고 있었던 건데 그래도 다행이다 싶었다. 옛말 하나도 그른 거 없지. 살 맞대고 살면 정분나는 거야 당연한 거야, 암. 구 여사는 딸의 결혼을 억지로 밀어붙였다는 죄책감에서 조금은 벗어날 수 있을 것 같아 안심이 되었다.

"전화할게."

울상이 된 얼굴로 원영은 뒤돌아섰다. 부모님을 속이고 있다는 사실이 정말 심하게 양심에 가책이 되었다. 뭐가 이리 제대로 되는 게 없는지. 자신이 못나서 일이 이렇게 되어버린 것 같아 심란하고 서글프고 외로웠다. 우유부단하고 의지박약에 멍청이 계집. 원영은 자신을 책했다. 다 자신의 잘못이라고 자학했다.

'등신. 천치! 재휘는 스스로 선택하기라도 했지. 넌 뭐냐? 응?'

무거운 걸음을 옮기는 원영의 마음 역시 천근만근이었다.

저녁 여덟 시. 원영은 특실 병동에 누워 있는 김은옥 할머니를 멍하게 바라보고 있었다. 할머니의 핏기 없고 쭈글쭈글한 손을 쓰다듬고 있는 중이었다. 방금 전까지 눈을 뜨고 무슨 말인가 속삭이던 할머니는 그나마 기력도 쇠한 듯 정신을 놓고 있었다. 다행히 무슨 이상이 생긴 게 아니라 단순 기절이라고 해 안

심하긴 했지만 여전히 원영의 기분은 나아지지 않았다. 아무래도 할머니의 건강이 정신력으로 버텨내기 어려울 정도로 약화된 게 아닌가 싶어 슬퍼졌다.

탁. 소리가 나자 원영은 퍼뜩 뒤를 돌았다. 재휘가 들어오고 있었다. 교복 차림인 걸 보면 집에 들르지 않고 곧바로 병원으로 온 모양이었다. 원영은 한숨을 푹 내쉬며 다시 할머니에게로 시선을 두었다.

"어머니는?"

재휘가 물었다. 냉랭한 음성이었다. 원영도 딱딱하게 맞섰다.

"아버님 퇴근하셨기에 함께 식사하고 오시라 했어. 오늘 한 끼도 제대로 못하신 것 같더라."

"넌? 식사했어?"

"아니."

"먹고 와. 여긴 내가 있을게."

이젠 밥도 함께 먹기 싫다는 건가. 원영은 뻣뻣하게 뒤통수를 세우곤 아드득 이를 갈았다.

"내 걱정하지 마. 배고프면 너나 가서 먹고 오던지."

그는 그녀의 기분 상태를 감지한 듯 침묵을 지켰다. 한참을 그렇게 고요 속에 있던 중, 그가 먼저 말을 걸었다.

"뭐 해?"

심사가 마구 뒤틀려 있던 원영은 저도 모르게 공격적인 답변을 툭 던지고 말았다.

"생각 중이었어. 스물한 살에 이혼녀가 되는 것과 스물한 살에 애 엄마가 되는 것 중 어떤 게 덜 비참할지."

재휘는 숨을 거칠게 들이쉴 뿐 아무런 대답을 하지 않았다. 아니, 못했다는 말이 더 맞았다. 자신이 한 사람의 인생을 엉망으로 만들어 버렸다는 자책감으로 마음이 무거웠다.

그는 일이 이렇게 될 줄 꿈에도 몰랐었다. 처음 이 가증스러운 연극을 생각해 냈을 때 그는 아주 즉흥적이고 회의적인 관점에 서 있었다. 실제로 일을 벌일 수 있을 거란 기대감은 제로였고 그럴 생각도 전혀 없었다. 당사자인 원영에게 제안할 마음도 물론 없었다. 그녀가 그에게 매달리면서 이젠 어띡하냐고 울며불며 난리블루스를 치기 전까지는 정말로 이렇게 일을 벌일 생각이 그는 전혀 없었다. 하지만 무모한 도전은 시작되었고 설상가상 예기치 못한 곳에서 지뢰를 밟는 듯한 돌발적 초비상 사태에 직면하게 되었다.

그녀는 이제 그의 아내가 되었고 그는 그녀의 남편이 되었다. 그들이 계획했던 위장 결혼이 아니라 진짜로, 법적으로 그리되어 버렸단 말이다. 그런 와중에 원영은 이미 결단을 내린 듯 '이혼녀'란 단어를 언급하고 있었다. 마음이 착잡했다. 어쩌다 일이 이렇게 되어버린 건지 모를 일이었다. 어제까지만 해도 두 사람은 진짜 부부가 될 마음이 조금씩은, 아주 눈곱만큼씩은 가지고 있었는데. 지금 분위기로 보아 원영은 완전히 마음을 고쳐잡은 것 같았다. 최악의 상황에 대비해야 하는 건가.

“미안해. 일이 이렇게 되어서 나도 유감이야.”

“유…… 감?”

원영은 휙 독기가 잔뜩 든 눈을 치떴다. 서 있는 그는 축 처진 할머니의 모습에 시선을 두고 있었다.

“겨우 그딴 소리밖에 안 나오니?”

“다 내 잘못이야.”

“지금 그런 게 무슨 소용이야?”

“부모님들끼리 그러실 줄 몰랐어, 나도.”

기막힌 듯 헛웃음을 치며 원영은 고개를 반대쪽으로 틀어버렸다. 재휘가 꼴도 보기 싫은 그녀였다. 아무리 어려도 그렇지. 무슨 남자가 저렇게 무책임하냐. 한 번만이라도 좋으니 책임지겠다고 해봐라. 끝까지 함께 하자고 해봐! 속에서 천불이 올라왔다. 저런 게 무슨 남편이라고.

“어머, 재휘 왔구나?”

병실 문이 열림과 동시에 권 여사의 부드러운 목소리가 들려왔다. 재휘와 원영은 동시에 뒤를 돌았다. 권 여사가 최 회장과 함께 나란히 들어오고 있었다. 석 달 넘게 시어머니의 병간호에 전념하다 보니 권 여사의 얼굴도 말이 아니었다. 최 회장 역시 언제까지나 회사 일에 손을 떼고 나 몰라라 할 수 없는 실정 때문에 출근을 하고는 있지만 마음은 불안함 그 자체였다. 몇 달 사이에 십 년은 더 늙어버린 듯한 그들 모습에 원영의 마음도 먹먹해졌다.

"언제 왔어? 밥은 먹었니?"

"아뇨. 온 지 얼마 안 됐어요."

재휘가 고개를 숙이며 권 여사와 최 회장을 향해 인사한다. 원영이 자리에서 일어나 한쪽 구석에 서자 권 여사는 원영의 어깨를 쓰다듬으며 희미하게 미소 지었다.

"잘됐네. 원영이 혼자 식사하게 될까 봐 걱정이었는데. 지금 둘이 나가서 먹고 오면 되겠다."

"전 됐어요."

"전 괜찮아요."

원영과 재휘가 동시다발로 대답했다. 마치 짜맞춰 놓은 것처럼 동시에 나온 답변에 분위기가 썰렁해졌다. 권 여사의 눈썹이 쑥 위로 올라가고 최 회장의 미간이 가운데로 확 좁혀지자, 재휘가 불쑥 나섰다.

"먹고 올게요."

그는 원영의 손목을 그러쥐고는 부리나케 뒤도 돌아보지 않고 걸어나가기 시작했다. 멀뚱하게 서 있던 원영은 갑작스런 재휘의 행동에 화들짝 놀랐다. 하지만 뭐라 반박할 틈도 없이 그녀는 그에게 낚여 끌려가기 시작했고 당황한 원영은 부랴부랴 고개를 꺾어 권 여사와 최 회장에게 인사말을 건넸다.

"다녀오겠습니다, 어머님, 아버님."

저돌적으로 걸어나가는 아들과 속수무책 끌려가는 며느리의 뒷모습을 두 노부부는 멀거니 바라만 볼 뿐이었다.

"쟤들 왜 저런대요?"

권 여사가 심각하게 물었다. 최 회장이 껄껄 웃으며 흐뭇하게 눈가를 구겼다.

"부끄러워서 그렇잖아. 보기 좋은데 뭘~"

몇 달 만에 처음 보는 남편의 웃음에 권 여사는 힐끗 곁눈질을 했다. 그녀의 얼굴에도 뿌듯한 미소가 머금어졌다.

"아무래도 쟤들은 천생연분인가 봐요."

아들 손에 잡혀 끌려 나가는 며느리나, 아내 손을 휘어잡고 박력있게 끌고 나가는 아들이나, 어쩜 다들 저리도 귀여운지. 그들의 눈엔 아들 내외가 어른들 앞에서 속마음을 숨기기 위해 쩔쩔매는 것처럼 보였다. 그나마 저 아이들이 있으니 이리 웃기도 한다 싶어 두 부부는 빙그레 마주 보며 웃었다.

하지만 병실 밖 복도에선 여전히 냉기류가 흐르고 있었다. 원영은 임자라도 되는 양 버젓이 손목을 잡고 그녀를 끌고 가는 재휘의 뒷모습을 째려보고는 휙, 그의 손을 뿌리쳐 버렸다.

"이거 놔."

그가 멈추었고 그녀 역시 걸음을 멈추었다. 재휘는 평소의 무표정한 얼굴로 그녀를 돌아보았지만 별다른 대꾸를 하지 않았다. 원영은 괜히 얄미워 죽을 것 같은 재휘를 째려보며 옴팡지게 쏘아붙였다.

"너 혼자 많이 먹어."

"어머니 말씀 안 들었어?"

"듣긴 들었지. 근데 너랑 밥 먹으면 체할 것 같아서 말이야."

원영은 일부러 그를 무시하는 척 거친 발걸음으로 그의 옆을 지나쳐 갔다. 다행인지 불행인지, 그는 원영을 붙잡지 않았다. 손목을 잡거나 어깨를 붙들어 그가 자신을 제지할 거라 여겼던 원영은 왠지 모를 허탈감에 힘이 쭉 빠지는 걸 느껴야 했다. 괘씸한 자식.

"그럼 그냥 집에 들어가 있어."

겨우 날아온 놈의 반응이라니. 정말 구제불능이었다. 서글픔과 울적함에 괜한 서러움이 북받쳐 올라오자 원영은 뒤도 돌아보지 않고 더욱 빠르게 앞으로 걸어갔다. 그가 따라오는 게 느껴졌다. 그녀는 더욱 빨리 걸었다. 그러나 그의 긴 다리는 그녀를 금세 따라잡았다.

"장원영, 내 말 들었어?"

어깨를 붙들고 그녀의 몸을 돌려세우며 그가 물었다. 그녀의 눈동자가 어딘지 모르게 유난히 촉촉하다는 느낌에 그는 움찔했다. 물론 그녀는 울고 있지 않았다. 오히려 독기를 내뿜고 있을 뿐.

"어머니한텐 내가 둘러댈 테니까 집에 가라고. 할 말 있으니까 자진 말고."

원영은 그의 손에 잡힌 팔을 비틀어 뺐다. 그의 눈을 똑바로 바라보며 그녀는 냉랭하게 답했다.

"시키는 대로 해야죠, 서방님."

그날 밤. 병원에서 돌아온 원영의 어린 남편이 그녀에게 내놓은 것은 노란 봉투였다. 원영은 이게 뭐냐는 듯 그를 올려다봤다. 그녀의 앞에 서 있던 그는 그녀더러 직접 꺼내 보라는 말 한마디만 남기고 제 방으로 쏙 들어가 버렸다.

원영은 뭔지 굉장히 불길한 기분에 휩싸여 봉투를 열어보았다. 봉투 안에는 하얀 서류 같은 종이가 들어 있었다. 뱃속이 뭉클, 온몸으로부터 긴장감이 일시에 몰려들면서 전신이 후들거리기 시작했다. 저도 모르게 아찔해지는 것이, 순간적으로 직감할 수 있었다. 이혼 서류…….

그리고 그걸 확인한 순간 원영은 아무 말도 할 수가 없었다.

그는 간접적으로 그녀에게 이혼을 요구하고 있는 거였다. 그가 이렇게 아무렇지도 않게 이혼하자는 말을 했다는 게 그녀는 놀라울 뿐이었다. 처음 혼인신고가 되어버렸다는 사실을 알았을 때, 그녀도 놀라고 당황해 어떻게 하면 좋을지 몰라 그를 찾아가 떼를 쓰듯 일을 해결하라고 으름장 놓았던 게 사실이지만 그렇다고 이혼을 원했던 건 아니었다.

이혼은 완벽한 해결책이 될 수 없었다. 이미 박힌 못을 빼봤자 못 자국은 남아 평생 지워지지 않는 것처럼, 그녀 역시 이혼한다고 해서 결혼했다는 사실이 없었던 일로 되는 게 아니기 때문이다. 그녀는 평생 이혼 경력을 지니고 살아야 할 것이다. 하지만 그와 이대로 결혼한 채로 산다는 것도 말이 안 되긴 마찬가지였다. 그녀는 재휘를 사랑한다는 확신도 없었고, 결혼을 해야겠다는 필요성도 느끼지 못한 상태였다. 물론 어제의 키스로 인해 잠깐 그와의 관계를 다시 생각해 보기로 했던 건 사실이다. 그러나 이렇게는 아니다. 이렇게 갑작스럽게 누군가에게 억지로 이끌리듯 아무런 마음의 준비 없이 휘말리는 건 결단코 싫었다. 아까 재휘가 그녀를 잡았다면, 아니, 지금이라도 잡아준다면 생각을 달리할 수도 있었을 텐데…….

놀란 마음에 학교까지 찾아가 하소연한 것도 어쩌면 재휘의 단호한 한마디를 듣기 위함이었는지도 모른다. 결혼하자는. 그러나 그는 이혼하자는 말을 너무나 쉽게 꺼냈고 그녀의 자존심은 치명적인 상처를 얻었다.

"그래, 어차피 이렇게 된 거."

이혼하지 뭐, 지금 이혼 경력이 대수겠는가. 이혼녀라는 명에, 생각해 보면 아무것도 아니다. 차라리 어린 나이에 아기 낳고 살림하면서 사회 생활의 기회를 박탈당하는 것보다야 이혼이 훨씬 더 나은 선택일지도 몰랐다. 현실적으로 현명하게 판단을 내려보자면 지금 당장 이혼 서류에 도장을 꽝 찍는 게 상책이다. 괜히 이혼이 무서워서 대충 유야무야 넘어가면 그녀는 상상을 초월하는 끔찍한 일들을 겪게 될 것이다.

원영은 자리에서 일어나 제 방으로 들어갔다. 서류를 책상 위에 던져 놓고 그것을 물끄러미 바라보며 그녀는 굳세어지려고 노력했다. 일을 이렇게 만든 부모님에게도, 멍청한 자신에게도 화가 나 견딜 수 없었지만 지금부터 무너질 수는 없는 일이었으니까. 정말 이제부터는 여전사가 되어야 했다. 꿋꿋이 이 상황을 이겨내고, 부모님의 반발을 설득으로 잠재워야 했고, 이혼녀라는 굴레를 이겨내기 위해 더 열심히 노력해야 했다.

"나와."

재휘의 목소리가 그녀에게 말을 건넸을 땐 한참이 지나서였다. 그는 샤워를 마치고 나온 듯 축축하게 젖은 머리를 타월로 문지르고 있었다. 반바지와 라운드 티셔츠로 갈아입은 녀석은 시원하고 깔끔한 모습이었다. 원영은 애써 덤덤한 얼굴로 그를 마주 보아주었다.

"왜?"

“한잔하자.”

한잔? 축배라도 들자는 건가?

“할 말도 있고.”

그가 덧붙여 말하며 수건으로 머리카락을 털었다. 원영은 폐로부터 터져 나오는 한숨을 꾹 눌러 참으며 말없이 방을 나섰다. 그는 냉장고에 있는 맥주 두 캔을 한 손에 그러쥐고 거실로 나왔다. 이미 거실에 나와 얌전히 앉아 있던 원영의 앞에 맥주한 캔을 내려놓고 그 역시 원영을 마주 보고 앉았다.

열린 베란다 창문으로 들어온 시원한 밤바람이 두 사람 사이를 휘돌았다. 가을이 성큼 다가온 듯 밤엔 꽤 선선해진 요즘이었다. 괜히 서먹서먹해진 둘은 한참이나 침묵을 지켰다. 지루하고 어색한 분위기를 먼저 깬 건 원영이었다. 그녀는 짐짓 활기차게 캔 뚜껑을 따며 무심한 척 물었다.

“하고 싶은 말이 뭐야?”

그녀를 물끄러미 응시하고만 있던 재휘는 조용히 시선을 거두었다. 그는 덜렁 혼자 탁자 위에 놓여 있는 제 맥주 캔을 쥐고는 피식 웃었다.

“별다른 이의 없나 보네.”

그가 뜻밖이라는 듯 중얼거렸다. 원영은 그가 저리 말하는 저의가 궁금해졌다.

“무슨 이의?”

“이혼 서류 말이야.”

"왜? 위자료라도 청구할까 봐?"

"뭐든."

"어차피 인생 망가진 건 너나 나나 마찬가진데 뭘. 그딴 거 청구하지 않을 거니까 걱정 마."

싸늘하게 대꾸하며 원영은 캔 구멍에 입술을 대고 꿀꺽꿀꺽 차가운 맥주를 들이켰다. 재휘는 그녀를 빤히 바라보며 피식— 캔 뚜껑을 땄다. 혹시라도 그녀가 이혼하기 싫다는 의중을 밝힐 수도 있다는 한 자락 기대는 이미 날아가 버린 후였다. 부모님께 어떤 식으로 이 모든 상황을 알려야 할지 암담했다. 그리고 그 암담함보다 더한 상실감에 절망스러우리만치 착잡한 심경이었다. 재휘는 꿀럭꿀럭 움직이는 원영의 목울대를 멍하게 바라보며 캔을 입가에 가져다 댔다.

"가만. 너 미성년자잖아. 술 마시면 안 되는 거 아니야?"

차가운 입가를 손등으로 훔치며 원영이 재휘를 향해 퉁명스럽게 물었다. 그는 기가 차다는 듯 피식 웃더니 특유의 삐딱한 어조로 되물었다.

"맥주도 술이냐?"

"어쭈? 고등어 주제에 웃긴다, 너."

"너처럼 술 취해 널브러지진 않을 테니까 걱정 마."

제법 마신다 이건가? 공부만 들입다 하는 놈인 줄 알았더니. 하여간 내숭은.

"뭐, 그래. 이 어른께서 지도해 줄 테니 마셔라. 원래 술은 어른한테 배우는 거다."

원영은 같잖은 녀석을 곁눈으로 흘겨주며 떨떠름한 표정으로 중얼거렸다. 자기가 어른이라며 거들먹거리는 원영이 하도 우스워 재휘는 코웃음을 치고 말았다. 정말 장원영의 저 우습지도 않은 자신감 때문에 기절할 지경이다. 그녀는 진정으로 자신이 어른스럽다고 여기는 걸까? 놀라운 사실은, 이제 장원영의 이 얼토당토하지도 않은 '어른인 척' 하는 태도를 보고도 더 이상 화가 나지 않는다는 거다. 그저 웃음밖에 안 나왔다.

"너나 나자빠지지 마. 어제도 업혀 들어와 놓고 큰소리는."

"뭐야?"

"내 걱정 말고 너나 잘해. 결혼하면 그 순간부터 성인이랬어."

"누가 그런 말도 안 되는 소릴?"

원영이 비꼬며 물었다. 그는 눈썹을 치뜨며 입술을 씰룩거리며 말했다.

"할머니께서."

"야야— 그건 그냥 덕담이지. 믿냐, 그걸? 그만큼 책임감을 가지라는 거야, 인마. 아직도 엄마 젖 더 먹고 와야 할 자식이 무슨."

"엄마 젖?"

그가 기분 나쁜 듯 되묻는다. 너무 심했나? 솔직히 말해 재휘와 아기라는 말은 전혀 어울리지 않는 말이었다. 원영은 약간 기가 죽은 눈빛으로 녀석의 면면을 꼼꼼히 관찰해 보았다. 큰 키, 수려한 외모, 반듯한 자세. 확실히 조선시대 꼬마신랑과는 차원이 다르긴 했다. 수염도 나는걸 뭐. 원영은 이런 일이 삼 년 쯤 후에 터졌더라면 어찌 됐을까, 갑자기 궁금해졌다. 삼 년 뒤라면 원영의 나이는 스물네 살이고 재휘는 스물한 살이었다.

'아서라.'

그래 봤자 녀석이 애처럼 느껴지긴 마찬가지였을 것이다. 스물네 살 눈엔 스물한 살이 햇병아리로 보일 게 뻔했다. 원래 이십대는 일 년이라는 터울도 엄청난 심리적 갭이 형성되는 시기이니까. 삼십대라면 혹 모르겠다. 그때라면 같이 늙어가는 처지라며 세 살 터울 아무렇지도 않게 여길 법도 했다. 하지만 그게 다 무슨 소용이냐. 지금은 1998년. 장원영은 스물한 살, 최재휘는 열여덟 살인 걸.

"아, 뭐— 진짜 너더러 엄마 젖 먹고 오라는 말은 아니니까 너무 걱정 말고. 술이나 마셔."

원영은 한 손을 허공에서 휘휘 내저으며 맥주를 한 모금 더 마셨다. 그는 핏, 비릿한 웃음을 흘리고는 맥주 캔을 기울였다.

"그래, 하고 싶은 말이 뭐야?"

장원영이 물어왔다. 재휘는 조심스럽게 입술을 들썩였다.

"이혼, 당분간만 보류하면 안 될까 해서."

"뭐? 아니, 왜? 이혼 서류 들이밀 땐 언제고 왜 보류하재?"

그녀는 일부러 가시 돋친 목소리로 물었다. 그 역시 내심은 이혼하기 싫은 모양이다 생각하니 약간 기분이 풀어졌지만 속마음을 드러내고 싶진 않았다.

"부탁할게. 할머니가 돌아가실 때까지만 기다려 줬으면 좋겠어."

"할머니?"

"무리라는 거 아는데 한 번만 부탁하자. 내 마음이 불편해서 그래. 할머니 앞에선 거짓말하고 싶지 않고."

그러면 그렇지. 결국 할머니가 아니었다면 당장 이혼하고도 남았다? 또다시 원영의 속은 부글부글 끓기 시작했다. 정말 늘 느끼는 거지만 최재휘, 정말 밥맛없다.

"너 지금 장난하니?"

저절로 튀어나온 말이었다. 원영의 마음은 완전히 배신감으로 물들어 있었다. 괘씸했다. 이혼 서류 내민 것도 괘씸하고, 장난치듯 잠시 보류하자 말하며 그녀의 마음을 혼란스럽게 한 것도 다 괘씸했다. 일이 이렇게 된 게 다 누구 책임인데. 제가 무슨 낯으로 먼저 이혼 애길 꺼내며, 무슨 낯으로 그녀의 기분을 들었다 놨다 하느냔 말이다! 억울하다. 억울해 미치겠다. 왜 억울한 건지도 모른 채 억울해서 죽을 것 같았다.

"장난으로 보여?"

그가 진지하게 말하며 똑바로 그녀를 바라봤다. 원영은 맥주 캔을 탁자 위에 딱 소리 나게 내려놓았다. 너무 거친 손길에 캔 안에 있던 맥주가 위로 튀어 올랐다. 손이 더럽혀졌지만 아랑곳 않고 원영은 핏대를 세우며 두 눈에 힘을 주었다. 그리고 아주 단호하게 거절의 말을 내뱉었다.

"싫어."

"뭐?"

그녀의 반응이 뜻밖인 듯 재휘는 당황했다. 원영은 통쾌한 고소를 머금었다.

"싫다고. 내가 왜 네 사정을 봐줘야 해?"

"어차피 내일이든 모레든, 이혼 시기는 중요하지 않잖아."

"어떻게 상관이 없니? 하루라도 네 녀석이랑 찢어지고 싶어 죽겠는데."

오기로 똘똘 뭉친 원영의 입술이 암팡지게 움직였다. 순식간에 재휘의 표정이 어두워졌다. 원영은 손아귀에 쥔 캔을 흔들어 안에 든 맥주가 충분치 않다는걸 확인하고는 자리에서 일어났다. 기분이 완전 거지 같아 술이 저절로 당겼다.

'나쁜 자식.'

최재휘, 원래 비정하고 싸가지없는 놈이란 거 진즉부터 알아봤지만 이건 정말 너무했다. 뭐? 이혼 시기 따위는 중요하지 않아? 저 개념없는 주둥이를 확 그냥! 놈의 발언은 이혼 서류 들이민 것보다 더 그녀를 화나게 했다. 그녀는 이렇게 놀라고 당혹스러운데, 결혼했던 때보다도 더 무섭고 막막한데, 녀석에게 이혼은 아무것도 아닌 모양이다.

원영은 냉장고에 있는 맥주 캔을 모조리 다 들고 나왔다. 열불 터지고 화딱지 나는데 술이나 진탕 마셔 버리지 뭐, 까짓것.

손바닥과 가슴에 받쳐 들고 온 대여섯 개의 맥주 캔을 탁자 위에 우르르 내려놓자 재휘는 인상을 찡그리며 원영을 올려다봤다.

"뭐 하는 거야?"

"뭐 하긴. 축배를 들려는 거지. 너도 마셔. 이제 내일이면 싱글이 되잖아."

"취하도록 마시려는 거야? 도로 갖다 놔."

재휘의 명령조에 원영은 헛웃음만 칠 뿐이었다.

"내가 마시고 싶어서 마신다는데 네가 무슨 상관이야? 네가 내 보호자라도 돼?"

"장원영."

"아~ 오늘까진 법적으로 부부니까 말은 되네. 보호자."

원영은 고개까지 끄덕이며 비아냥거리곤 톡, 맥주 캔을 땄다. 그리곤 싸늘하게 중얼거렸다.

"쪽팔린다야."

"그만 마셔."

그의 손이 원영의 손길을 저지했다. 이씨, 제놈이 뭔데? 원영은 짜증 확 나는 얼굴로 재휘의 손을 내팽개쳤다.

"상관하지 말라고 했잖아."

"왜 화를 내는 건데?"

글쎄다. 왜 이렇게 화가 나는지 원영도 알 수 없었다. 그럼에도 불구하고 원영은 허세 부리듯 큰소리를 쳤다.

"너 같음 화 안 내겠니? 이혼 서류 내놓고, 뭐? 좀 기다려 줘? 못 기다린다. 안 기다려!"

"내 사정 잘 알잖아. 분위기가 좋지 않아. 할머니 건강도 계속 악화되고 있고. 아무튼 지금은 때가 아니야."

"그건 네 사정이고."

"너도 할머니 좋아하잖아."

"그야 그렇지. 그런데 넌 싫어."

원영은 단호하게 잘라 말하고 맥주를 꼴깍꼴깍 마셔댔다. 그나마 이렇게 술을 마시니 가슴속에서 오르락내리락하는 울화가 조금은 가라앉는 기분이었다. 그녀의 심정을 이해하는 건지, 어쩐지 그는 더 이상 그녀를 만류하지 않았다. 그는 조용히 맥주를 마시며 그녀를 지켜볼 뿐이었다. 안주도 없이 얼마나 그렇게 마셨을까? 주량도 별로인 주제에 거의 폭음 수준으로 마셔댄 원영은 한 시간도 못 되어 풀썩 꼬꾸라져 버렸다.

"미치겠네."

재휘는 물끄러미 원영을 내려다보며 중얼거렸다. 정말 대책 안 서는 애였다. 어쩌자고 술을 음료수 마시듯 들이부은 건지. 재휘는 조용히 손에 쥐고 있던 맥주 캔을 내려놓고 자리에서 일어났다. 원영은 음냐음냐 입맛을 다시면서 옹알옹알 알아듣지도 못하는 소릴 중얼거리고 있었다.

"나쁜 시끼……."

유일하게 알아들을 수 있는 소리가 바로 이 ‘나쁜 시끼’였다.
물론 그 ‘나쁜 시끼’는 재휘인 게 틀림없었다. 자신을 유부녀로
만들어놓은 놈이니 재휘가 그녀에겐 ‘웬수’ 중의 웬수일 터다.
재휘는 강한 죄책감을 느끼며 원영의 몸을 들어 올렸다. 축 처
진 그녀의 몸은 재휘의 손에 의해 들려졌다.

“아, 씨. 음…….”

손등으로 입술을 훔치며 그녀는 알딸딸한 음성으로 혼잣말을
중얼거렸다. 어깨에 손을 넣고 그녀의 몸을 일으켜 세운 재휘는
그녀의 몸을 옆구리에 끼고 부축하며 제 방으로 걸어갔다. 오늘
도 그의 침대는 그녀의 차지가 될 모양이었다. 고개를 아래로
떨어뜨리고 있던 원영은 걸을 때마다 고개를 근뎅근뎅 흔들며
낮은 신음을 흘렸다.

“내가 그놈을……. 이 시끼. 내가 가만두나 봐라…….”

재휘는 방문을 열고 불이 꺼진 방을 가로질러 걸어가 침대에
그녀를 눕혔다. 바닥으로 흘러내린 다리를 수습해 침대 위에 올
리고 등 뒤로 꼬여 들어간 팔을 편하게 빼주는데 그녀가 고개를
움직이며 앓는 소리를 냈다.

“아, 아…….”

몸이 불편한지 그녀가 들썩이며 머리를 흔들었다. 순간 그의
몸이 급속도로 긴장 상태에 돌입했다. 어두운 방 안에서 그는
원영과 너무 가까이 있었다. 재휘는 얼른 몸을 일으키며 그녀에
게서 떨어지려고 했다. 하지만 원영이 더 빨랐다. 어둠 속에서

간신히 눈을 뜬 원영은 아주 가까이 다가와 있는 재휘의 얼굴을 발견하고는 이를 드러내며 나른한 미소를 지어 올렸다.

"이게 누구야? 고등어 남편 아니야?"

여전히 술에 취해 정신이 오락가락한 상태의 그녀였지만 재휘를 발견한 눈빛만큼은 흥미진진하게 빛나고 있었다. 그녀의 짧은 기억력은 이미 어젯밤과 오버랩되고 있었다. 키스. 그 온몸이 절절하게 흥분되었던 그 키스의 순간. 순식간에 24시간을 뛰어넘어 그녀는 어젯밤으로 되돌아가 버렸다. 원영은 반쯤 맛이 간 듯 실없는 웃음을 지어 올리며 그의 목덜미를 두 팔로 감싸 안았다.

"최재휘, 이 나쁜 놈."

중얼거리며 팔을 힘껏 조이니 그의 얼굴이 그녀의 가슴에 풀썩 떨어졌다. 물컹하고 말랑한 가슴에 코를 박은 그는 박은 것만큼이나 빠른 속도로 고개를 들어 올렸다.

"뭐, 뭐 하는 거야?"

천하의 최재휘가 말을 더듬다니. 그의 얼굴이 급속도로 새빨개졌다.

"너 때문에 이혼녀 되게 생겼어. 내가, 이 장원영이가. 내 인생에 이혼이라니. 기가 막혀."

재휘는 주정을 하기 시작하는 원영의 말에는 대꾸하지 않고, 자신의 목을 끌어안고 있는 그녀의 팔을 떼어내기 위해 안간힘을 썼다. 마음 같아선 휙 거칠게 떼어내고 싶었지만 어쩐지 모든 행동이 조심스러워졌다. 온몸이 불길에 휩싸인 듯 뜨거워지는 것도 심히 불편하고. 그는 최대한 그녀와 거리를 유지하기 위해서 온몸에 잔뜩 힘을 주고 있는 상태였다.

"내가 이혼녀라는 게 말이 돼? 스물한 살밖에 안 먹었는데."

그녀의 한쪽 팔을 조심히 떼어내어 침대 바닥에 내려놓고 재휘는 그의 옷자락을 꽉 붙들고 있는 원영의 다른 팔을 떼어내기 위해 막 제 팔을 올렸다. 그때, 그녀의 한쪽 넓적다리가 턱 그의 허리로 얹어졌다. 아무런 대비도 하지 못하고 있던 그의 하반신은 그녀의 몸 위로 순식간에 찰싹 겹쳐졌다. 이미 아플 정도로 딱딱하게 굳어 있던 그의 몸은 무서운 속도로 부풀어 오르기 시작했다. 재휘는 입 밖으로 흐르는 신음을 꾸역꾸역 눌러 참고는 서둘러 허리를 들어 올렸다. 하지만 이번엔 그녀의 두 팔이 그의 머리를 끌어당기기 시작했다.

"네가 뭔데 날 이렇게 만들어? 네가 뭔데? 응?"

퍽퍽, 그녀가 손바닥으로 그의 뒤통수를 때렸다. 재휘는 미간을 찡그리며 서둘러 그녀의 품에서 벗어나려고 했다. 하지만 서두르면 서두를수록 그녀는 더욱더 강력하게 재휘를 옭아맸다. 다른 한쪽 다리가 재휘의 허리를 감자 그는 찔끔 두 눈을 감아버렸다.

"남자랑 키스 한 번 제대로 못해봤는데 이혼녀라니. 우습다."

"……."

"아직도 처녀인데, 난. 이혼녀라는 게 말이 돼?"

해롱해롱 풀린 입으로 그녀는 속말을 마음껏 지껄였다. 그녀의 심정을 이해 못하는 것도 아니지만 그도 지금은 그녀의 말을 들어줄 여유가 없었다. 재휘는 꿈틀거리며 그녀의 품에서 일어났다. 그때였다. 그녀가 어둠 속에서 두 눈을 똑바로 뜨고 재휘를 노려보며 중얼거렸다.

"생각해 보니 되게 억울하네. 결혼까지 했는데 아직도 처녀라니 웃기지 않아?"

"그, 그럴 수도 있지. 웃기긴 뭐, 뭐가 웃긴다고……."

재휘는 꼼짝도 하지 못하고 말까지 얼간이처럼 더듬으며 그녀를 내려다보고 있었다. 마음은 어서 자리를 털고 일어나야 한다 외치고 있었지만 온몸은 얼어붙어 꼼짝도 하지 않았다. 완전히 그녀의 눈빛에 포박되어 버린 기분이었다. 그녀는 눈 한 번 깜짝하지 않고 나른하게 속삭였다.

"아무리 생각해도 억울해. 내가 무슨 마리아도 아니고."

"마리아는 처녀가 아기를 낳은 경우고, 넌 그게 아니라……."

찰싹. 원영의 손바닥이 재휘의 뺨을 쳤다. 세게는 아니고, 아주 살짝 토닥여 준 정도. 그러나 재휘는 놀라 하던 말을 멈추고 말았다. 원영은 초점을 맞추려는 듯 두 눈을 두어 번 깜빡거리더니 그에게 말했다.

"잘난 척하지 마. 그래 봤자 넌 고등어야."

다음 순간, 그녀의 고개가 살짝 들려지고 그의 입술은 그녀에게 붙들렸다. 재휘는 그녀에게 입술을 빼앗긴 채 두 눈을 커다랗게 떴다. 눈알이 튀어나올 것 같은 충격이 또다시 휩쓸었다. 온몸이 불덩이처럼 끓어올라 극심한 욕구로 급반전되고 있었다. 그는 간신히 입술을 떼고 소리쳤다.

"장원영⋯⋯!"

하지만 목 졸린 듯한 그의 목소리는 곧 그녀의 입술 안에 갇혀 버리고 말았다.

긴 잠에서 깨어닌 원영은 창문 사이로 내리쬐는 햇살에 찔끔 눈을 감았다. 기지개가 저절로 나와 온몸을 뒤로 휘며 하품을 늘어지게 한 원영은 아릿하게 느껴지는 통증에 눈살을 찌푸렸다. 생리 땐가? 아래쪽이 묵직하니 쓰라리고 아팠다.

'쓰라려?'

생리라면 안쪽 살이 이렇게 쓰라릴 리가 없었다. 뭔가 이상한 기분에 원영은 조심스럽게 몸을 일으켰다. 스르륵, 가슴 위로 덮여 있던 모시 이불이 아래로 떨어져 나갔다. 무심결에 자신의 몸을 내려다본 원영은 소스라치게 놀라 버렸다. 맨가슴. 속옷을 입고 있지 않았다, 그녀는.

"뭐, 뭐야?"

순간, 펑 하며 머릿속으로 한 자락 영상이 떠올랐다 사라졌다. 신음하며 남자에게 매달리는 자신의 모습이었다. 원영의 두 눈이 훌쩍 커졌다.

"서, 서, 설마……!"

그녀는 다급하게 이불을 휙 젖혔다. 예상대로 그녀는 알몸이었다. 덜컥 심장이 내려앉았다. 머릿속으로 또 다른 영상이 스치고 지나가자 온몸은 뻣뻣하게 굳어버렸다. 그녀가 남자의 옷을 벗기고 있는 모습이었다. 그 남자가 최재휘라는 건 두말하면 잔소리였다. 원영은 부스스한 머리에 두 손을 집어넣고 신음을 흘렸다.

"아악— 난 몰라!"

우연히 시선을 돌린 옆자리. 재휘는 없었지만 사람의 흔적이 분명하게 자리하고 있었다. 그녀의 방에 있어야 할 그녀의 모시 이불이 거기에 있었다. 그가 덮고 잤던 모양이었다. 이불 위엔 어제 그가 입고 있었던 셔츠와 반바지, 속옷까지 내던져져 있었으며 짤막짤막하게 떠오르는 기억에 의하면 그 옷은 그녀가 직접 벗겨준 거였다.

"미쳤구나, 장원영. 고, 고등학생이랑 이게 무슨 해괴한 짓이니?"

원영은 끔찍한 현장 모습에 찔끔 두 눈을 감아버렸다. 분명히 그녀가 그를 유혹했다. 싫다는 애를 기어이 붙들고 키스했었다. 하나씩 떠오르는 기억들을 짜깁기해 보니 정말 기가 찼다. 그 조그만 녀석을 유혹해서 뭘 어쩌자고! 고개를 미친 듯이 저으며 부인하고 잊어버리려 했지만 머릿속에 한 번 떠오르기 시작한 영상은 끝없이 이어지고 있었다.

그녀가 키스하자, 처음에 그는 빠져나가기 위해 애를 썼다. 거기에 더욱 오기가 난 그녀는 재휘를 두 다리와 두 팔로 더욱 옭아매기 시작했고 그는 그녀의 키스에 항복하고 말았다. 그는 그녀의 머리를 양손으로 잡고는 거칠게 그녀의 입 안을 헤집고 다니기 시작했다. 그 순간 그는 너무나 다급하게 느껴졌다. 게 걸스런 입술의 기세에 그녀는 이러다 그에게 먹혀 버릴지도 모른다는 생각마저 했더랬다. 원영도 덩달아 흥분할 수밖에 없었고 그녀는 그의 셔츠를 벗겨 버렸다.

"너 때문에 돌아버리겠어, 장원영."

그녀로 인해 상체를 드러내게 된 그는 즉시 원영의 몸을 점령해 갔다. 가슴이 붙들렸고 그녀의 셔츠도 벗겨졌다. 브래지어마저 벗겨졌던 그 순간이 떠오르자 원영은 저도 모르게 비명을 질렀다.

"꺄—"

고개를 좌우로 미친 듯이 흔들어 그 순간의 기억을 지워 버리려고 했지만 지워지기는커녕 더욱더 선명하게 떠올랐다. 미치겠구나! 그는 입술로 그녀의 가슴을 빨았었다. 으흣, 전율이 일자 신음하며 그녀는 베개를 가슴에 안고 더욱 세차게 도리질을 했다. 하지만 끔찍하게 짜릿했던 그 기억들은 계속해서 속속들이 수면 위로 떠올랐다.

그의 입술이 그녀의 온몸을 더듬었었다. 도장을 찍듯, 수컷이 영역 표시를 하듯, 그는 거칠고 빠르게 그녀의 몸을 빨고 핥았다. 원영은 매 순간 헐떡이며 쾌감에 전율했고 바지 속으로 그의 손이 들어왔을 땐 꼴까닥 숨이 넘어갈 것만 같았다. 그녀는 저도 모르게 그의 맨등을 할퀴듯 쓰다듬으며 허리를 높게 들어 휘었다. 그의 손가락이 그녀의 몸을 쓰다듬고 파고들어 와 그녀는 점점 젖어들었다. 그녀의 아릿한 신음에 취해 그는 스스로 바지를 벗어 던졌고, 두 사람은 결코 하지 말아야 할 짓을 저지르고 말았다.

"난 몰라. 어떡해……."

찔끔 두 눈을 감은 채로 원영은 중얼거렸다. 미치지 않고서야 어떻게 그런 짓을 저지를 수가 있었는지. 눈앞이 캄캄했다. 아무리 결혼을 했다지만 상대는 미성년자잖아. 그녀는 미성년자를 성추행, 아니, 성폭행, 아니, 겁탈……! 아니, 아니야. 이게 대체 무슨 말도 안 되는 소리야. 그녀도 피해자가 아닌가. 술에 취해 제정신이 아니었던 거다. 재휘 역시 술을 마셨었고, 둘은 술 때문에 잠시 뻥 돌았던 거다.

"오 마이 갓."

원영은 픽, 힘없이 옆으로 쓰러져 버렸다. 하지만 코를 간질이는 묘한 향내, 그의 냄새가 느껴지자 원영은 두 눈을 반짝 떴다. 코앞에 그의 셔츠가 널브러져 있었다. 아랫배로 강렬한 무언가가 치솟는 기분에 원영은 벌떡 자리에서 일어났다. 이 미친⋯⋯!

"어우, 나 미쳐. 왜 이러니, 장원영."

원영은 자리에서 허겁지겁 일어나 방바닥에 떨어져 있는 속옷이며 셔츠를 갖춰 입기 시작했다. 간질간질하면서도 뜨거운 감각은 서서히 가라앉는 것 같았지만 여전히 따끔거리는 감각은 그녀를 괴롭혔다. 통증이 심해서 괴로운 게 아니라, 통증이 일 때마다 어젯밤 기억이 되살아나서 괴로운 거였다. 원영은 서둘러 옷을 입고는 방문을 열었다. 빠끔히 고개를 내밀고 두리번두리번 그의 모습을 찾아보았다. 시간은 열한 시를 향해 달려가는 중이었고 실내는 들이치는 햇볕으로 인해 환한 가운데 텅 비어 있었다.

'학교 갔구나, 이 자식.'

그나마 다행이다. 지금은 그와 얼굴을 마주칠 자신이 결사적으로 없었기 때문에. 그도 솔직히 낯 뜨거워 그녀를 마주 대하기 어려웠을 것이다. 그래서 나름 배려해 주느라고 말도 없이 등교를 한 거겠지.

"휴우~"

원영은 긴장했던 몸을 풀고 거실로 나갔다. 다시금 구석구석 돌며 녀석의 모습을 찾아보았지만 그는 보이질 않았다. 확실히 집 안에는 없었다. 원영은 다리에 힘이 쫙 풀리는 것 같은 기분으로 식탁 의자에 가 주저앉았다. 찔끔 아래쪽이 아파오자 눈살을 찌푸리며 원영은 한숨을 더욱 푹 내쉬었다.

이제 어떻게 해야 할지 다시 생각해 봐야 할 때였다. 어제와 오늘은 상황이 완전히 달라졌다. 이렇게 될 줄 그녀는 전혀 예상 못했고 어젯밤 일은 단순히 넘길 수 없는 중요한 사건이었다. 이혼을 연기하느냐, 마느냐의 문제에서 하느냐, 마느냐의 문제로 넘어간 거였다. 어떡하지? 지원에게라도 털어놓고 상담해 볼까?

"좋디? 속궁합은 좋나 보네~ 그럼 그냥 살아. 결혼이 뭐 별거냐?"

지원의 목소리가 귓가를 쟁쟁 울렸다. 그 썩을 것은 그녀의 고민을 희화화하며 웃어넘길 게 뻔했다. 처음부터 지원은 재휘의 편이나 다름없지 않았나. 물론 친구인 원영을 놀려먹으려고 그런 거였지만 기본적으로 그녀는 처음부터 재휘와 잘되길 바랐다. 지원에게 이 일을 털어놓아 봤자 하등 도움이 안 될 듯싶었다. 그렇다고 구 여사한테 털어놓을 수도 없는 일. 아무것도 모르는 구 여사는 왜 이제 합방했냐며 타박할 게 빤했다. 원영은 천장을 바라보며 한숨을 내쉬었다. 고개가 절로 내저어지는 게, 이젠 당사자인 재휘의 의견을 들어보는 수밖에 없다 싶었다.

그때였다. 전화벨 소리가 맹렬히 울렸다. 왠지 뜨끔해하며 원영은 거실 쪽을 돌아봤다. 혹여 재휘 녀석이 전화를 걸어왔을지도 모른다는 생각에 냉큼 전화 받기가 꺼려졌다. 원영은 천천히 자리에서 일어났다. 아랫도리가 따끔거리며 쓰라려 오자 머릿속에는 또다시 헐떡임과 신음 소리가 난무하는 X등급 영상이 어른거려 왔다. 진저리를 치며 원영은 고개를 거세게 내저었다. 징그럽게 왜 자꾸 떠오르는 거야~!

"여보세요."

얼른 전화를 받으며 원영은 손바닥으로 얼굴을 향해 부채질을 했다. 소리나지 않게 숨을 고르는 그녀는 벌써부터 흥분하고 있었다. 잊어버려. 잊어버리라고!

[원영이니?]

구 여사였다. 어쩐지 다급하게 들리는 그녀의 목소리에 원영은 저절로 긴장이 되는 것 같았다. 무슨 일이 있나?

"어. 엄마, 웬일?"

[이것아! 지금 이럴 때가 아니야. 큰일 났어.]

"큰일?"

멍하게 원영은 구 여사의 말을 되풀이해 중얼거렸다. 그러나 다음 순간 퍼뜩 떠오르는 생각에 원영은 저도 모르게 다그치듯 물었다.

"큰일이라니! 할머니한테 무슨 일 생겼어?"

[방금 여기로 연락 왔다. 지금 위독하시대. 얼른 출발해.]

"어, 어떻게? 왜 이렇게 갑자기?"

[낸들 아니. 나도 지금 막 네 아버지한테 연락받고 너한테 전

화 넣는 거야.]

"재, 재휘는? 학교에 연락했대?"

[최 서방은 이미 병원에 있다더라. 할머님이 새벽부터 최 서방을 찾았대나 봐.]

"그럼 학교 간 게 아니라 병원에 갔던 거야? 왜 나한텐 말도 않고 혼자 갔대?"

[네가 너무 곤히 자서 깨울 수 없었나 보지. 하여튼 난 지금 나간다. 너도 어서 출발해.]

"어, 어……."

원영은 얼떨결에 대답하고는 전화를 끊었다. 기분이 엄청 이상했다. 할머니가 위독하다는 연락은 얼마 전에도 받았지만 그때와는 느낌이 달랐다. 어쩐지 불길한 기분에 한여름인데도 불구하고 섬뜩해졌다. 오소소 돋는 소름에 부르르 몸을 떨고 원영은 자리에서 일어났다. 다리가 후들거리는 이 기분, 정말 왜 이러지? 할머니가 지금 죽었다는 것도 아닌데 왜 이렇게 정신을 못 차리는 거야?

원영은 부들부들 떨리는 손으로 옷을 갈아입고 가방 하나만 겨우 챙겨 세수도 하지 않은 부스스한 얼굴로 집을 나섰다. 택시를 잡아타고 병원까지 가는 동안 그녀는 눈을 감고 기도했다. 제발 할머니에게 아무 일도 없길, 마음으로 간절히 원하고 기도했다. 어린 시절 집 근처의 성당에 몇 번 다니다 말았던 무교, 장원영이 기도를 한다면 신께서는 콧방귀를 뀔지도 모를 일이지만 그녀는 정말로 진심이었다.

택시비를 치르고 차에서 내린 원영은 병원 입구를 찾아 정신없이 뛰었다. 다리에 힘이 빠져 뛰는 도중 서너 번씩이나 멈춰서야 했다. 그러는 동안에도 원영은 계속해서 기도했다. 제발 살아만 달라고. 제발 눈만 감지 말아달라고…….

하지만 한참 만에 병실에 도착한 원영의 눈에 들어온 건 재휘의 고개 숙인 모습이었다. 가슴이 무너져 내리고 찢어지는 듯한 아픔으로 인해 원영의 눈엔 눈물이 핑 돌았다. 설마, 설마……!

"재, 재휘야……."

좀비처럼 넋한 얼굴로 그녀가 속삭이듯 불렀다. 재휘는 숙였던 고개를 들어 그녀를 돌아보았다. 그의 눈은 이미 시뻘겋게 충혈되어 있었다. 영혼을 잃어버린 것 같은 황폐한 눈을 보는 순간, 그녀의 눈에선 눈물이 분수처럼 솟구쳤다. 툭. 힘이 빠져버린 그녀의 손에서 가방이 떨어져 바닥으로 나뒹굴었다.

"꼭안아줘."

그날. 재휘가 원영에게 이혼 서류를 내밀었던 날, 그녀가 그에게 한 말이었다. 그녀가 단 한 치의 망설임 없이 이혼하겠다고 말하던 바로 그날 밤, 술에 취해 그녀가 재휘에게 한 말이었다. 안아달라는 그녀의 말 한마디에 그는 속수무책으로 무너져버렸다.

"제발 나 좀 꼭 잡아줘."

뭘 어떻게 잡아달라는 건지도 모르는 채 그는 그녀를 안았다. 그것은 그녀와 결혼한 이후 처음 가진 부부 관계였고 그날 새벽 그는 할머니가 위독하다는 연락을 받았다.

할머니는 그날 정오를 넘기지 못하고 돌아가셨다. 뒤늦게 달려온 원영은 바닥에 쓰러져 목 놓아 울었다. 그 순간을 재휘는 아마 평생 잊을 수 없을 것이다. 지저분한 바닥에 무릎을 꿇고 얼굴을 두 손에 묻은 채로 하염없이 눈물을 흘리던 그녀의 모습은 보는 이의 가슴을 먹먹하게 만들었다.

할머니의 죽음은 두 사람 모두에게 치명적인 상처가 되었다. 재휘도 원영도 할머니에 대해 죄를 지은 기분이 되어 서로를 보는 것만으로도 아픔이었다. 장례식을 치르고 일주일이 되는 날 재휘는 도장이 찍힌 이혼 서류를 그녀에게 내밀었다. 원영은 아무 말 없이 서류를 받아 자신의 도장을 찍은 후 재휘에게 돌려줬다. 그들의 이혼은 그렇게 쉽게 이루어졌다. 이혼을 하네, 마네의 문제로 서로를 헐뜯고 탓하고 원망하던 수일의 시간은 다 부질없는 것이 되어버렸다.

그리고 재휘에게 남은 건 기억뿐이었다. 꼭 안아달라던 그녀의 목소리, 그녀의 몸짓, 살 냄새. 그리고 아이와 함께 환히 웃던 그 얼굴까지.

끼이이이익—

"젠장!"

자동차를 급정거하고는 재휘는 핸들에 주먹을 내려치며 욕설을 내뱉었다. 하마터면 사고가 날 뻔했지만 그의 머릿속은 여전히 집중력을 잃어버린 채 우왕좌왕하고 있었다. 재휘는 고개를 핸들에 묻고 미칠 듯 질주하는 심장을 진정시켰다. 당장이라도 터져 버릴 것 같았다. 정말 이대로라면 미쳐 버릴지도 모르겠단 생각이 들 만큼 정신없이 뛰었다. 이대로는 잠은커녕 일상생활조차 제대로 할 수 없었다. 당장 그녀를 만나야 했다. 당장…….

"미쳤구나, 최재휘. 이제 와서 뭘 어쩌겠다고."

재휘는 고개를 뒤로 젖혀 자동차 천장을 찔러보며 중얼거렸다. 만에 하나, 원영이 자신의 아이를 낳아 키우고 있다고 가정해 보아도 뾰족한 수가 없었다. 원영에게 뭘 요구할 수 있을까? 무슨 자격으로 그녀의 앞에 나타날 수 있겠는가. 적어도 그녀는 지금 매우 행복해 보였다. 그의 등장이 그녀의 행복에 있어 적신호가 될 수도 있었다.

사실 그의 아이가 아닐 수도 있었다. 그녀의 나이도 올해로 서른두 살 아닌가. 이미 다른 남자와 결혼을 했을 수도 있고 또 결정적으로 그가 본 여자가 원영이 아닐 수도 있었다. 스치듯 잠깐 본 얼굴이었고 십일 년 전 헤어졌던 아내란 확신은 전혀 없는 상태였다.

"잊어."

혼잣말을 중얼거리며 재휘는 서서히 다시금 운전대를 감아 돌렸다. 그는 크게 유턴을 한 후, 평소 답답할 때 자주 도는 드라이빙 코스를 향해 차를 몰았다. 차창을 완전히 내리고 정신없이 유입되는 거센 밤바람에 몸을 맡기며 그는 한 점 의혹마저 모조리 씻어내려 했다. 하지만 힘든 발걸음을 가누며 집으로 들어오던 재휘는 막 대문을 밀고 들어가던 중 걸음을 멈추고 말았다. 공교롭게도 그 순간 며칠 전 어머니가 지나가며 슬쩍 흘린 말이 떠올랐다.

"걔도 아직 혼자래요, 여보."

재휘에게 한 말이 아니었다. 아버지인 최 회장에게 건넨 말이었다. 당시엔 그냥 대수롭지 않게 흘려들었었는데 생각해 보니 원영에 대한 거란 생각이 들었다.

재휘는 이혼한 이후, 그녀에 대한 애길 일체 꺼내지 않았다. 그녀를 떠올리는 그 어떤 단어도 질색했다. 그녀에 대해 아는 거라곤, 이혼 후 곧바로 일 년 넘게 휴학하고 지방으로 내려가 봉사활동을 했다는 것뿐이었다. 가족들 모두 그걸 알았고 재휘 앞에서 원영에 대한 애길 꺼내지 않는 건 거의 불문율이었다. 장원영에 대한 거라면 귀 막고 눈 막고 입 막고 살아왔던 그는 순간 온몸의 피가 빠져나가는 것 같았다.

'일 년 넘게 휴학하고……'

일 년이라면 충분히 아기를 낳고 얼마간 기를 수도 있는 시간이었다.

"안 들어오고 뭐 하니."

현관문이 열리고 어머니, 권은자 여사가 고개를 내밀었다. 재휘는 몽롱한 의식을 간신히 붙잡고 고개를 들었다. 희미하게 웃었다. 아무렇지도 않은 듯 '가요' 하고는 오른쪽으로 휘어 도는 돌계단을 하나씩, 하나씩 내딛어 올라갔다.

"늦었구나."

권 여사는 퇴근해 들어오는 아들을 맞으며 요즘 부쩍 수척해진 그의 얼굴을 살폈다. 회사 일이 급작스럽게 많아지는 것 같았다. 무슨 회사가 말단 직원에게 이렇듯 과도한 업무를 내리는지 권 여사는 도통 이해할 수가 없었다. 사업하는 남자와 평생을 함께했던 그녀로선 남자들 일하는 패턴만 봐도 그 사람의 레벨을 짐작할 수 있었다. 일하는 양을 보면 재휘는 중진급이었다.

"안 주무셨네요."

"네 아버지가 아직이잖니."

"출장, 오늘 돌아오세요?"

"내일 오전에 김 의원과의 골프 약속이 있어서 무리하게 일정을 잡으셨단다. 나이 생각 않고 일하는 버릇은 대체 언제 고칠 것인지."

권 여사는 땅이 꺼지도록 한숨을 내쉬며 이마에 내 천(川) 자를 그렸다. 최씨 집안 남자들은 뭘 하든 그렇게 열혈이었다. 얼굴 한 번 못 뵌 시아버지는 구국의 신념으로 목숨을 바쳤고 남편인 최 회장은 회사에 목숨을 바칠 듯 일하고 있었다. 아들인 재휘도 그건 마찬가지, 피는 정말 못 속이는 모양이다. 남편은 그나마 옆에서 챙기고 돌봐주는 마누라라도 있는데 아들은 스물아홉 살인 지금까지 혼자였다. 그래서 남편보다 아들이 더 걱정이 되는 건지도 몰랐다. 권 여사는 아들이 서른이 되기 전에 얼른 새 짝을 지어주었으면 하는 바람이 있었다.

"평생 그 버릇 못 고치신 어머니 책임이죠."

재휘가 힘없이 웃으며 말한다. 오늘따라 그의 표정이 몹시도 어두웠다. 피곤하고 무기력해 보이는 것이 평소의 재휘와는 많이 달랐다. 권 여사는 걱정스런 눈빛으로 아들의 표정을 더듬었다.

"근데 오늘 무슨 일 있었니?"

"네?"

"얼굴이 안 좋다. 일이 너무 힘든 거 아니야?"

재휘는 픽 웃으며 손으로 얼굴을 문질렀다. 어머니에게 속내를 들키고 싶진 않았다.

"아니에요."

"정 사장 딸이 네 밑에서 일 배우고 있다지? 그래서 더 힘든 거 아니니?"

권 여사의 말에 재휘는 눈썹을 치떴다. 광은의 정원종 사장과 부모님은 비즈니스 모임을 통해 잘 알고 지내는 사이였다. 그 때문에 일 문제에 대해서도 그는 부모님께 비밀을 만들 수 없는 처지였다.

"그럭저럭 괜찮아요."

그는 대수롭지 않게 대답했다. 실제로 민정 때문에 일이 더 힘들거나 피곤하다고 생각해 본 적은 별로 없었기 때문이다. 피곤하다면 오히려 민정이 사적으로 관심을 보이고 공과 사를 심하게 혼동하는 경향이 있다는 점 때문일 테다.

"그 애가 널 많이 따른다고 들었다."

"귀여운 동생이에요."

"그냥 동생일 뿐이니?"

"또 결혼 애기 꺼내시려고요?"

무심히 재휘가 물었다. 재휘의 눈치를 살피고 있던 권 여사는 두 눈을 퍼덕퍼덕 깜빡였다. 재휘의 눈빛은 여느 스물아홉 살 총각의 것이 아니었다. 재휘는 결혼에 대해서 완전히 흥미를 잃어버린 듯했다. 스무 살 때도 이랬고, 스물다섯 살 때도 이랬고, 스물아홉 살인 지금도 이렇다. 젊디젊은 녀석의 눈빛이 어쩌다 이렇게 되었는지…….

그 일만 생각하면 권 여사의 가슴은 터질 것만 같다. 모든 게 자신의 탓만 같아서 속이 썩어 문드러졌다. 권 여사도 최 회장도, 결혼에 대해 마음의 준비가 전혀 안 되어 있는 어린것들을 반강제로 혼인을 시켜 두 아이의 장래를 망쳐 놓았다는 생각이 들어 아들 볼 낯이 안 섰다. 그건 몇 년 전부터 다시 연락을 주고받고 있는 원영의 어머니도 마찬가지의 마음이라 했다. 원영도 지금껏 남자나 결혼에 관심없어하다가 이제야 겨우 재혼을 고려하고 있다고 하니 그럴 만했다. 그 소릴 듣고 어찌나 놀랐던지. 그때 권 여사는 알았다. 자신이 아직도 원영에게 미련이 남아 있음을.

"평생 안 할 생각인 건 아니잖니."

권 여사는 조심스레 말하곤 아들의 답변을 기다렸다.

"지금 할 생각도 없어요. 저 씻습니다."

제 할 말만 하고 재휘는 위층으로 서둘러 올라갔다. 권 여사는 저도 모르게 그의 뒤를 따랐다.

"내가 그래서 하는 말인데, 그 아이한테 마음이 없으면 이제 그만 나오지 그러니."

"어딜 나오라는 거예요?"

"그 회사 말이다. 너 계속 거기 있으면 오해받아. 정 사장이 너한테 마음있는 거 너도 눈치 챘을 거 아니니."

재휘는 자신의 문 앞에서 걸음을 멈추었다. 그 문제라면 그도 부담스러운 입장이라 마냥 잔소리로 넘길 수 없는 처지였다. 뒤따라 올라온 권 여사는 재휘의 팔을 붙들고 이층 거실로 그를 이끌었다.

"이리 와서 앉아봐라. 말이 나온 김에 얘기 좀 해보자꾸나."

재휘는 순순히 권 여사가 이끄는 대로 끌려갔다. 소파에 재휘를 앉히고 그 맞은편에 자리를 잡은 권 여사는 재휘의 손을 끌어와 두 손으로 꼭 붙들었다.

"알다시피 네 아버지와 나는 우리 전 재산을 사회에 환원하기로 했다. 네 할머니께서 평생을 그리하시며 살다 가신 그 뜻을 받들어서 재작년에 재단도 설립한 건 너도 잘 알 게다.”

“네.”

짧게 재휘가 시인했다.

“지금은 나 혼자 재단 일을 보고 있지만 조만간 네 아버지도 발 벗고 나서실 거야.”

“벌써 은퇴, 생각하시는 거예요?”

“그래. 네 아버지도 이제 낼모레면 일흔이야. 언제까지 회사 일에 매진하며 살 수는 없잖니. 네 아버지도 노후에는 그동안 하시고 싶었던 사회봉사, 마음껏 해보셔야지.”

“…….”

“그런데 회사는 말이다. 회사만큼은 네가 맡아줬으면 좋겠다, 난. 그건 네 외할아버지가 너한테 남겨주신 거다. 돌아가시기 직전에 날 붙잡고, 회사는 최 서방이나 너한테 물려주는 게 아니라 재휘한테 물려주는 거다, 하고 분명히 말씀하셨어. 넌 어려서 기억 못할 거다.”

기억은 못하지만 워낙 자주 들어왔던 일이라 재휘도 잘 알고 있었다. 그래서 언젠가는 예랑을 이끌어가야 한다는 의무감을 갖고 있는 그다. 할머니의 갑작스런 죽음 때문에 뜻하지 않게 의대에 진학했던 몇 년간만 제외하면 그는 온통 예랑식품 후계자로서의 인생을 살아오고 있었다.

하지만 한 회사를 이끌어간다는 게 얼마만큼 힘겹고 부담스러운 일인지 그는 사업가 아버지를 통해 일찍이 깨닫고 있었다.

아버지는 늘 고뇌했고 자괴감, 무력감에 빠져 허우적거릴 때도 많았다. 그의 모습을 보며 재휘는 자신이 과연 수많은 직원들을 책임질 만한 능력과 자격이 있는지 항상 돌아보곤 했었다. 일에 미친 듯이 매달리는 건 아마도 그러한 걱정과 강박관념 때문인지도 몰랐다.

"네 아버지도 이제 많이 늙었다. 딱히 말씀은 안 하시지만 이젠 좀 쉬시고 싶어하셔."

"죄송합니다, 걱정시켜 드려서."

"내가 너한테 뭘 더 바라겠니. 나도 죄인인데⋯⋯."

권 여사는 말끝을 흐리며 고개를 숙였다.

"어머니."

아들의 조용한 부름에 권 여사는 훌쩍이며 고개를 들었다. 그녀는 나이에 비해 고운 손을 들어 눈물을 훔치며 인자한 특유의 미소를 지었다.

"늙으니까 눈물이 더 많아지네. 생각도 많아지고 더 초조해지고, 그렇다."

"회사 문제는 긍정적으로 생각해 볼게요."

"정말이니?"

권 여사의 눈이 훌쩍 커졌다. 그가 선뜻 이렇게 나와줄 줄 전혀 몰랐던 것이다. 이럴 줄 알았다면 진작 부탁했을 텐데. 정말 놀라울 따름이었다. 그가 회사에 들어간 게 만 이 년이 채 안 된 시점이라 더욱더 놀랐다. 대학을 졸업하고 아버지의 회사가 아닌 타사에 입사하면서 그는 말했었다. 적어도 오 년은 꾸준히 근무하며 일을 배울 생각이라고. 그때는 최 회장도 권 여사도 아무 말 못하고 허락해 주었어야 했다. 의대를 그만두고 경영대에 재입학해 준 것만도 그들에겐 감지덕지한 일이라서.

"저도 정 사장님이 무슨 생각을 하는지 정도는 알고 있어요."

"그 말은 너……."

"민정인 그냥 동생이라니까요."

작은 한숨을 내쉬며 권 여사는 고개를 끄덕였다. 마치 안도하는 것 같은 기색에 재휘는 생각에 잠겼다. 무엇에 대한 안도인지. 그의 결혼은 원하지만 민정과의 결혼은 바라지 않는다는 뜻일까?

"그 말 믿는다."

권 여사가 빙긋 웃으며 부드럽게 말했다. 재휘는 더욱 궁금해졌다. 그녀의 심중에 무엇이 있는 것인지. 설마 원영을 계속 마음에 두고 있는 건 아니겠지? 권 여사는 원영네와 수년째 왕래하고 있었다. 소식도 주고받고 가끔 만나기도 하면서 예전의 친분 못지않은 관계로 발전한 듯했다. 원래부터 친가족처럼 가깝게 지내왔던 두 집안이었다. 재휘와 원영이 헤어진 이후에는 본의 아니게 서로 외면했고, 그렇게 수년을 지내왔지만 혈육만큼이나 진한 인연을 어찌하진 못했다. 문득 의문이 들었다. 원영이 아이를 키우고 있는 게 사실이라면 권 여사가 그 사실을 모를 수도 있을까?

"꼭 안아줘."

원영의 간절했던 속삭임이 귓가를 맴돌았다. 십일 년 동안이
나 그의 심장을 죄고 있던 죄책감만큼이나 깊고 넓게 퍼지는 환
청을 떨치며 그는 벌떡 자리에서 일어났다.
"이만 쉴게요. 피곤해서요."
"아, 그래. 그러렴."
권 여사는 어색하게 웃으며 아들의 손을 마지못해 놓아주었
다. 묻고 싶었던 질문이 입 안에서 뱅글뱅글 돌았지만 차마 입
밖으로 내뱉지 못하고 그녀는 입을 다물어 버렸다. 원영과 다시
합치는 건 어떠냐고, 꼭 운을 떼고 싶었는데…….
'휴—'
권 여사도 알았다. 재휘가 원영을 잊기 위해서 얼마나 많은
노력을 했는지. 의대를 다니다가 군대에 자원 입대하기까지 이
년간, 재휘는 엄청난 방황의 시간을 보냈었다. 제대한 이후부터
는 줄곧 공부와 일에 매진하며 살아오는 재휘의 모습은 아직도
그때의 아픔을 가슴에 간직하고 있음을 단적으로 보여줬다. 그
래서 권 여사는 더 안타까운 마음이었다. 재휘는 아직도 원영을
잊고 있는 중이었다.
"재휘야."
방으로 들어가려던 아들이 발걸음을 멈추고 그녀를 돌아봤

다. 권 여사는 미리 생각해 두었던 제안을 조용히 디밀었다. 마지막 카드였다.

"조만간 우리 재단에서 대대적인 보호 시설 봉사활동에 들어가는데, 너도 동참하지 않으련?"

"봉사활동이요?"

"주말에만 하는 거니까 큰 부담은 없을 것 같은데. 스케줄이 되겠니?"

재휘는 다정한 미소를 입가에 띠었다.

"있던 스케줄도 없애야죠."

"해줄 수 있겠어?"

"저도 작년까지는 꾸준히 해왔던 거예요. 당연하죠."

됐다. 아들은 성공적으로 엮었으니 이제 며느리만 낚으면 된다. 권 여사의 얼굴에 화색이 돌았다.

"아니, 난 또 일 때문에 못하나 했지."

"걱정 마세요. 근데 무슨 일이에요?"

"청소하고 씻겨주고 놀아주고, 뭐 그런 거지. 공부도…… 가르쳐 주고."

'공부' 부분에선 권 여사의 웃음이 더 깊어졌다. 재휘는 별 의심 없이 픽 웃었다.

"다른 건 다 자신있는데 공부는 좀 그런데요. 하는 건 몰라도 가르치는 건 소질이 없어서. 경험있는 선생님을 초빙하는 건 어때요?"

"그래서야 어디 의미가 있겠니. 본인이 자진해서 봉사하겠다고 해야 의미가 있지. 그리고 네가 왜 못 가르쳐? 마음만 있으면 충분히 하지. 아는 선생님 한 분한테 도와달라고 부탁해 볼 생각이니까 함께 다니면서 너도 같이해. 알겠지?"

재휘는 선선히 그러겠다고 대답한 뒤 방으로 들어갔다. 권 여사는 벅차오르는 마음으로 만면에 환한 웃음기를 띠었다. 일이 쉽게 풀어지려면 이렇게도 풀어지는구나 싶었다. 그녀는 내일 당장 구 여사에게 전화를 걸어 자신의 계획을 털어놓고 싶어 입이 근질근질해졌다.

[좀 친해졌어요?]

느리고 부드러운 음성이 전화기를 타고 원영의 귓속으로 흘러들었다. 서른아홉 살의 내과전문의인 강장현이었다. 한 달 전쯤 친구인 지원에게서 소개받은 그는 성격이 유하고 상대방을 잘 배려할 줄 알아서 재혼 상대자로 아주 적합했다. 원영과는 나이 차이가 꽤 나는 편이라 그녀를 귀엽게 봐주는 점도 있고 여러모로 편안한 사람이었다. 단 한 가지 흠이 있다면 그에게 일찍 사춘기에 접어든 딸이 있다는 것뿐.

"잘 모르겠어요."

[우리 혜리가 좀 까칠하긴 해요. 그래도 본심은 안 그러니까

원영 씨가 이해해 줘요. 알죠? 한 귀로 듣고 한 귀로 흘리는 거.]

"아, 예……."

말이 쉽지. 한 귀로 듣고 한 귀로 흘린다는 게 어디 쉬운 일인가. 남자친구의 딸은 그 존재 자체만으로도 위협이 된다. 특히 까칠한 성격의 사춘기 소녀라면 더더욱. 원영은 저만치 떨어져 걷고 있는 초등학교 4학년생 소녀, 혜리를 쫓아 눈을 들었다. 반항적으로 몸을 흔들며 걷고 있는 혜리는 아까부터 계속 변덕을 부려대고 있었다. 피곤하다, 쉬고 싶다, 화장실 가고 싶다, 아이스크림 먹고 싶다, 집에 가고 싶다 등등. 덕분에 테이블에 앉아 좀 쉬려던 원영도 겨우 몇 초 만에 다시 일어나 혜리가 이끄는 곳으로 향해야 했다.

"지금 어디예요?"

혜리에게 들리지 않게 하기 위해 일부러 목소리를 낮추며 그녀는 물었다. 장현이라도 얼른 와서 셋이 되면 이 살얼음판 같은 분위기에서 벗어날 수 있을 것 같았다.

[백화점 앞이에요. 택시 잡기 되게 힘드네요. 요샌 정말 라이선스 없는 게 후회된다니까요.]

그가 말하는 라이선스란 운전면허증을 뜻한다. 그는 운전면허가 없었다. 남자가 오죽 못나면 운전면허도 없냐는 어머니 말이 있었지만 그녀는 상관하지 않았다. 그냥 운전면허 딸 시간에 공부 열심히 했나 보지, 했다.

"그러게 제가 마중 나간다니까."

[에이, 그럴 순 없죠. 투정쟁이 딸까지 맡겼는데요.]

"투정은요 뭘. 귀엽기만 한데요."

마냥 귀여운 건 아니지만 예의상 원영은 웃으며 말했다. 장현은 원영의 말을 곧이곧대로 믿는 듯 껄껄거렸다. 이 시점에서 단점 하나 더 추가. 강장현의 눈엔 콩깍지가 씌어 있다. 콩깍지는 콩깍진데 원영이 아니라 딸을 향한 콩깍지였다. 그는 아주 착한 아빠였다. 좋은 아빠인지는 원영도 아직 파악 중이다. 마냥 자식에게 관대하기만 한 아빠는 글쎄다, 아이들을 가르치는 선생님 입장으로서는 별로라고 생각하는 원영인지라. 하지만 대놓고 남의 자식에 대해 이래라저래라 할 수는 없었다. 아직 장현과 깊은 관계가 아닌 만큼 원영도 혜리에 대해선 조심스러운 입장이었다.

[내려와요. 기다리고 있을게요.]

"밖에서 먹게요? 그냥 들어오세요. 백화점에서 대충 먹죠 뭐."

[그럴 수가 있나요. 우리 딸 모시고 쇼핑하느라 피곤하셨을 텐데. 원영 씨한테 제가 멋진 저녁 대접해야죠.]

원영은 빙긋 웃었다. 다른 건 몰라도 강장현은 좋은 가장, 가정적인 남편이 될 소지가 다분하다는 사실에 미소가 절로 떠올랐다.

그녀의 나이 벌써 서른두 살. 이젠 정말 솔로는 지겨웠다. 그녀도 다른 사람들처럼 가정을 이루고 사랑하면서 오붓하게 살고프다. 외로움에 찌든 원영에게 장현은 무난한 상대였기에 큰 흠이 없는 한은 그와 재혼해서 안착하고 싶기도 했다. 웬만하면, 정말 웬만하면.

"알았어요. 그럼 혜리 데리고 내려⋯⋯."

원영은 하던 말을 멈추고 걷고 있던 걸음을 급하게 세웠다. 저만치 걷고 있다고 생각했던 혜리가 어느새 바로 코앞에 서 있었던 거다. 그녀는 표독한 눈초리로 원영을 쏘아보며 꽉 다문 입을 삐죽거리고 있었다. 혜리의 목에는 최신형 휴대전화가 걸려 있었다. 아무래도 혜리는 제 아버지가 원영과 통화하고 있다는 걸 알아버린 모양이다. 그녀는 제 휴대전화를 꽉 쥐고 원영을 원수 보듯 노려보고 있었다.

"잠깐만요, 장현 씨. 혜리 바꿔줄게요."

[네? 아, 곧 만날 건데요 뭐. 그냥 놔두세요.]

혜리가 과연 그걸 원할까? 아이는 이미 분노와 질투에 휩싸여 있었다. 혜리는 아버지가 자신이 아닌 원영과 통화하고 있다는 것 자체가 싫은 거였다. 원영이 두 사람 사이에 끼어들었다고 여기는, 아주 전형적이고 당연한 반응이었다. 웬만하면 강장현과 잘해보고 싶은 마음이 굴뚝인 원영이 그와의 결합을 결정 못하는 것도 바로 이런 아이의 태도 때문이었다.

"그래도 받아봐요. 이왕 전화한 김에."

[그래요, 그럼.]

별 의심 없이 장현이 승낙했다. 원영은 휴대전화를 혜리에게 건넸다.

"전화 받아봐. 아빠야."

"……."

혜리는 심하게 독이 올라 있었다. 깜빡이지도 않고 원영을 노려보는 통에 눈에는 핏발마저 서기 시작했다. 원영은 웃으려고 노력하며 휴대전화를 좀 더 아이의 앞으로 밀었다.

"받아."

"내가 거지예요?!"

혜리가 날카로운 목소리로 찌르듯 소리친 건 그때였다. 아이는 원영이 내민 핸드폰을 거칠게 쥐고 무서운 기세로 바닥에 메다꽂았다.

"나도 핸드폰 있어요!"

원영의 핸드폰은 그 자리에서 박살이 났다. 원영은 거칠고 사나운 아이의 기세에 너무나 놀라 아무 말도 못하고 말았다. 아이의 원영에 대한 적개심이 이렇게나 심할 줄이야. 그녀는 황당하고 놀라 심장이 펄떡펄떡 뛰는 것 같았다. 혜리는 원영을 위아래로 훑어보며 되바라진 말투로 중얼거렸다.

"듣보잡."

듣보잡. 혜리가 원영을 부르는 호칭이다. 아이는 원영을 '아줌마'나 '언니' 같은 보통의 호칭을 사용하지 않고 '듣보잡'이라는 인터넷 용어로 지칭하고 있었다. '듣지도 보지도 못한 잡것'이란 뜻이란다. 잡것. 그렇다. 혜리에게 원영은 어느 날 갑자기 나타나 아버지를 빼앗아간 '잡것'에 불과했다. 이 대목에서 원영은 지치지 않을 수 없다.

원영은 혜리와 잘 지내고 싶어서 한 달 동안 굉장한 노력을 쏟아부었다. 아마 장현과 보낸 시간과 대화보다 혜리와 지낸 시간들이 더 많을 것이다. 오늘도 혜리의 생일을 앞두고 아이의 선물을 사기 위해 함께 쇼핑을 하고 있는 그녀다. 장현은 병원 일 때문에 바빠서 평일엔 거의 시간을 낼 수가 없었고 퇴근 시간엔 원영이 바빴다. 두 사람이 만나 데이트를 즐기려면 주말이나 평일 밤늦은 시간뿐이었다. 오늘도 일찍 식사를 마치고 그녀는 학원으로 들어가 봐야 했다.

원영은 두 쪽으로 부러진 휴대전화를 주워 들고 푹, 한숨을 내쉬었다. 정말 아무리 해도 안 되는 게 있긴 있구나 싶었다. 재혼을 포기하든가, 혜리를 제 엄마한테 보내고 결혼하든가, 둘 중 하나가 아니면 안 될 것 같았다. 지금으로선 그것 외엔 방법이 없어 보였다. 원래 재혼가정이 이래서 피곤하다더니.

"아빠, 밑에서 기다린대."

씩씩대며 저만치 걸어가고 있는 혜리에게 원영은 소리쳤다. 혜리는 그녀의 말은 들은 체도 않고 엘리베이터로 향했다. 원영은 더 이상 아이의 신경을 거슬리지 않도록 조용히 뒤를 따랐다. 지하 주차장으로 향하는 사이 장현은 혜리 휴대전화로 전화를 걸어왔고 혜리는 의기양양 전화를 받으면서도 아버지에게 있는 짜증, 없는 짜증을 다 냈다. 엘리베이터 안 사람들 시선이 죄다 혜리에게로 향할 정도였다. 원영은 정말 피곤해졌다.

"우리 엄마는 연대 나왔어."

원영의 차, 뒷좌석에 올라탄 혜리는 뒤따라 운전석에 앉는 원영이 들을 수 있도록 큰소리로 말했다. 또 시작이군. 원영은 치미는 짜증을 꾹 눌러 참으며 흘깃 실내 미러를 올려다봤다. 뚱한 얼굴로 원영의 뒤통수를 노려보고 있는 혜리의 속마음은 뻔했다. 넌 듣보잡이야. 우리 엄마한테는 비교도 안 돼. 우리 아빠를 포기해.

"음. 그래, 난 듣보잡 대학 나왔어. 공부는 그저 그랬거든."

시동을 걸며 원영은 시원스레 웃어넘겼다. 속은 부글거리지만 어쩌겠나. 이제 겨우 열한 살 먹은 초등학생인걸. 아이랑 핏대 올리며 싸워봤자 본전도 못 찾는다는 건 이미 학원 강사로 일하는 몇 년 사이에 터득한 진리였다. 뭐, 하도 들으니 이젠 속이 부글거리지도 않았다.

"그런 똥통학교 나와서 어떻게 선생님을 해?"

"아이들 가르칠 정도는 돼. 그건 나도 고등학교 때 배운 거거든."

"옷도 촌스럽긴."

"그래, 네 엄만 디자이너 브랜드 아니면 안 입는댔지. 근데 난 기성복만 입어. 네 엄마처럼 돈이 많지 않거든."

"흥. 우리 아빠가 의사니까 결혼하려는 거죠?"

그럴 줄 알았다는 듯 혜리가 비아냥거렸다. 참 저렇게 비뚤어지기도 쉽지 않을 텐데. 원영은 핸들을 한쪽 방향으로 마구 돌리며 가볍게 말머리를 받아넘겼다.

"돈이 전부는 아니지. 네 아빠, 은근히 젠틀하잖니. 너한테도 좋은 아빠고."

"거짓말."

"믿지 않을지도 모르지만 아줌마 전남편은 네 아빠보다도 더 부자였어."

"거짓말하지 마요. 그렇게 부자인 사람이랑 왜 헤어져요?"

가만있자…… 그렇게 부자인 남자랑 왜 헤어졌더라? 원영은 까마득한 옛날이 되어버린 과거의 기억을 더듬었다. 최재휘, 입에 올리기도 힘든 이름. 떠올리기도 힘든 기억. 20세기 마지막 꼬마신랑, 최재휘는 이제 먼 과거였다. 확실한 건 그는 부자였고 그녀와 결혼했다가 얼마 안 돼서 곧바로 헤어졌다는 것이다. 지금 그는 뭘 하며 지내고 있을까?

"나이 차이 때문에 좀 힘들었어."

"할아버지였나 보죠?"

어린 게 참 잘도 비꼰다. 그녀를 돈 보고 노인네와 결혼했다가 위자료만 받고 헤어진 여자로 아는 건가. 하여간 요즘 아이들은 무섭다. 원영은 혜리의 매서운 입에 다시금 혀를 내두르며 고개를 살랑거렸다.

"내 쪽이 많았다고."

"차였구나."

쌤통이라는 듯 혜리가 빈정거렸다. 차였던가? 뭐, 그녀는 이혼하기 싫었으니까, 그런데도 그가 원해서 이혼했으니까 차인 쪽이랄 수도 있겠다. 서로 합의해서 이혼한 거였지만 원영은 내심 그가 그녀를 붙잡아주길 바랐었다. 그녀도 모르는 사이 그를 사랑하게 되어버렸기 때문에. 시간이 흐르면서 사랑하는 감정도 점차 커져 버린 것 같기도 했다.

"합의 이혼이었어."

"차였다고 하니까 자존심 상하나 보죠?"

"내 말을 못 믿겠니?"

"돈 많고 어린 남자와 이혼할 이유가 없잖아요. 상식적으로."

초등학생 상식으론 없을 테지. 원영은 심드렁한 얼굴로 운전에 몰두했다.

"혹시, 바람폈어요?"

이제 좀 그만 하지? 원영은 꾹 두 눈을 감았다가 떴다. 끓는 화를 가라앉히기 위함이었다. 성질 많이 죽었지. 예전 같았으면 신경질 내면서 마구 훈계를 해주었을 테지만 지금은 아무리 화가 나도 웃으면서 세세히 대꾸해 준다. 아이들 앞에선 먼저 큰소리 내는 사람이 지는 거거든.

"내가 바람피울 사람으로 보이니?"

"그 남자가 바람폈겠죠."

새침하니 정나미 뚝뚝 떨어지는 어조로 혜리가 말한다. 정말 아무리 봐도 강혜리는 장원영을 적으로 규정하는 듯하다. 제 아빠와 원영이 결혼하면 자길 찬밥으로 취급할까 봐 걱정되는 걸까? 아니면 아직도 엄마와 아빠가 다시 합치길 바라고 있는 걸까. 어쩌면 둘 다일 수도 있겠다.

"그 사람도 바람피울 사람은 아니었어. 그럴 위치도 아니었고. 학생이었거든."

"대학생도 여자 사귀어요."

오, 이런. 원영은 저도 모르게 피식 웃고 말았다. 혜리의 표정이 싸늘해지더니 원영의 뒤통수를 폭파해 버릴 것처럼 독하게 야려봤다.

"뭐예요? 왜 웃어요?"

"아, 아니, 그 사람은 대학생이 아니었거든. 고등학생이었어."

"뭐라고요?"

원영은 놀라는 혜리 표정을 룸미러로 확인하며 또 웃었다. 자신이 그토록 괴로워하며 피해보려 발버둥 쳤던 '결혼'을 지금은 이렇게 웃으면서 추억할 수 있다는 것이 또 웃겼다. 그때는 정말로 죽을 것처럼 싫고 괴로웠던 문제였는데 지금 생각하면 우습기만 하다. 정말 어찌 보면 아무것도 아닌 거였는데. 만약 그때 이혼하지 않았다면 지금 그와 원영은 어떤 모습이 되어 있을까?

"거짓말."

"거짓말 아닌데."

“거짓말하지 마세요. 어리다고 무시해요? 캐구려.”

혜리가 가슴에 팔짱을 끼더니 원영을 째려보며 쫑알거렸다. 원영이 자신을 무시하고 놀렸다고 생각하나 보다. 아닌데, 진짠데. 하지만 그 말을 믿을 사람은 아무도 없을 것이다. 아이에게 그걸 믿어달라고 말하는 것도 우습고. 원영은 속 편하게 농담으로 치부해 버렸다.

“미안, 농담이었어.”

“흥.”

혜리는 그럴 줄 알았다는 듯 콧방귀를 뀌었다.

“내일모레가 생일인데 이제 그만 뿔내지 그러니. 즐거운 날이잖아.”

“누구만 없으면 즐겁죠.”

원영만 없으면 즐겁다는 뜻이렷다. 뭐, 그건 인정. 당연히 즐거운 날 엄마아빠와 오붓한 시간을 보내고 싶을 것이다. 원영도 그런 건 이해해 줄 수 있었고 장현에게 전처와 함께 지내라고도 말했다. 하지만 장현은 전처라면 치를 떨었고 전처 역시 당일엔 바빠 시간을 낼 수 없다고 했다. 결국 주말이 되어야 혜리는 엄마 집으로 갈 수 있게 되었다. 얼마나 바쁘면 딸의 생일날도 시간을 못 내는 걸까. 그걸 생각하면 혜리가 좀 안쓰럽기도 하다. 엄마의 사랑이 그리워서 저렇게 뾰족한 가시를 세우는 건 아닐까, 하는 생각으로 마음이 아프기도 했다. 조금만 마음을 열어주면 원영도 좋은 엄마가 되어줄 수 있는데……

"저기 아빠 있다."

원영은 큰길가에 서 있는 장현을 발견하고 천천히 차를 멈춰 세웠다. 장현이 원영의 차를 발견하고 환하게 웃으며 손을 흔들었다. 원영이 차를 완전히 정차시키자 장현은 조수석에 냉큼 올라탔다.

"아우, 요 앞에서 엄청 막히는 거 있죠. 반대쪽으로 돌아가야 될까 봐요."

"어서 와요."

원영은 빙긋 웃으며 장현을 맞았다. 혜리는 여전히 뚱한 얼굴로 장현과 원영이 서로를 향해 밝게 웃는 모습을 찌르는 듯 노려보고 있었다. 그 예리하고 불만 가득한 시선을 느꼈는지 장현은 안전벨트를 매며 뒷좌석으로 고개를 돌렸다.

"아줌마랑 쇼핑 재미있게 잘했어?"

"재미있을 리가 있어? 이건 너무 짧다, 이건 너무 파였다. 잔소리 때문에 귀 따가워 죽는 줄 알았다고. 지긋지긋해. 왜 내 선물 사는데 자기가 난리야?"

혜리는 입술을 심술스레 비틀며 고개를 틀어 창밖으로 시선을 돌렸다. 옷을 고를 때 원영이 했던 충고가 혜리의 귀엔 잔소리로 들리는가 보다. 하지만 이걸 어째. 장현의 잔소리에 비하면 아무것도 아닌걸. 장현은 혜리의 몸에 나타나기 시작하는 제2차 성징에 대해 각별히 신경 쓰고 있었다. 실제로 혜리는 키는 별로지만 다리가 쭉쭉 뻗어 늘씬한 데다 꽤나 예쁘장한 얼굴이라 어딜 가든 사람들의 이목을 집중시켰다. 어린아이치고 너무 섹시한 딸 때문에 장현은 간혹 원영에게 도움을 청하곤 했다.

"아이고, 우리 딸. 아줌마가 한 말이 서운했어? 그래서 핸드폰 때려 부수고?"

장현은 넉넉한 웃음을 지으며 꼬마아이 어르듯 혜리의 비위를 맞췄다. 원영은 헛웃음을 흘렸다. 분명 조금 전 상황에 대해 대충 알고 있는 눈치인데, 그럼에도 장현은 저렇게 사람 좋은 웃음을 짓고 있으니. 정말 되게 허탈했다. 뭐, 늘 이런 식이라 기분이 상하진 않았다. 장현은 혜리가 살인을 저질러도 '아이고, 그랬어? 우리 딸~' 하고 웃어줄 아버지다. 아버지가 이런 식인데 친엄마도 뭣도 아닌 원영이 나서서 버릇 잡는다고 나무라기도 힘든 상황인 것이다. 재혼하고 나서도 이런 분위기가 될까 봐 원영은 그게 겁이 났다.

"신경질나게 하잖아."

"아줌마는 다 네가 걱정이 되어서 그러는 거지. 요즘 얼마나 이상한 애들 많아? 허벅지 내놓고 다니고 그럼 안 돼. 이젠 너도 컸잖아. 나쁜 녀석들이 네 다리 훔쳐보고 그런단 말이야."

"오버하지 마. 캐웃겨."

장현은 키득키득 웃으며 몸을 바로 했다. 그리곤 핸들을 잡고 있는 원영의 손을 꼭 쥐며 미안함을 표했다. 사춘기고 엄마와 떨어져 사는 딸이 한없이 안쓰러우니 제발 봐달라는 거다. 원영은 어깨를 으쓱하며 괜찮다는 의사를 표했다. 장현의 얼굴은 곧

활기 가득해졌다. 그는 손바닥을 마주 비비며 오버스럽게 말했다.

"어디 가서 뭐 먹을까. 내가 가재요리 기차게 하는 집 아는데, 혜리도 좋지?"

"뭐든 빨리 먹고 집에 가. 태민이 오빠 나오는 프로, 닥본사 해야 해."

"닥본사? 그게 무슨 뜻이냐?"

장현이 비비고 있던 손바닥을 따로 떼며 맹하게 묻는다. 딸을 잘 키우고 싶은 마음은 충천한데 그 방법은 전혀 모르고 있는 그다. 딸과 대화가 안 되니 이해할 수 있을 리 만무다. 원영은 쓸쓸한 미소를 지으며 곁눈질로 장현을 보았다.

"닥치고 본방 사수, 래요."

"그래서 휴대전화를 새로 샀어?"

임신했다는데 늘씬하기만 한 지원이 조심스레 의자에 앉으며 눈살을 찌푸렸다. 중학교 선생님으로 근무하다가 휴직한 지 일주일째인 그녀는 혼자 먹는 점심이 너무나 싫다며 원영을 불렀다. 자취하는 원영도 지원과는 같은 아파트, 앞동 뒷동인 관계로다가 평소 자주 지원네에서 신세를 지고 있었기 때문에 편안한 마음으로 놀러 왔다.

"그랬지 뭐. 엄청 액정 크고 좋지? 손가락으로 찍어다 누르기만 하면 돼."

"걔 좀, 심하다. 정신과 치료받게 해야 되는 거 아니야?"

지원은 식탁 위에 짬뽕 한 그릇과 단무지 그릇을 나란히 올려놓으며 퉁명스럽게 물었다. 새로 산 휴대전화를 만지작거리고 있던 원영은 번쩍 고개를 들었다. 두 눈을 크게 뜬 그녀는 외계어라도 들은 듯 황당한 얼굴이었다.

"누구? 장현 씨 딸, 강혜리?"

"그분이 기분 나빠하려나?"

"빙고. 정답입니다."

원영은 휴대전화를 옆으로 내려놓고 자신이 세팅해 놓은 탕수육과 소스 그릇을 덮고 있는 랩을 벗겨내기 시작했다. 오늘따라 탕수육이 먹고 싶어 죽겠다는 지원의 의견을 받아들여 메뉴는 중국음식으로 정하고 원영은 짬뽕을 시켰다.

"내가 볼 땐 굉장히 사람이 좋던데. 주변 사람들도 다 그렇다고 하고."

"사람은 좋아."

반으로 나뉜 나무젓가락을 똑 뜯어내며 원영은 수긍했다.

"너무 좋아 탈이야. 휴대전화도 통 크게 최신형으로 사줬잖아."

"농담이 나오니? 사람 좋은 남자가 애 교육을 왜 그렇게 시켜? 난 그렇게 싸가지없는 애들 진짜 못 참아. 귀때기를 확 잡아당겨서……."

"애 듣는다."

원영은 지원의 납작한 배를 턱으로 가리키며 경고를 날렸다.

지원은 제 배를 만지며 물끄러미 바라보며 물었다.

"들을까?"

"네 말뜻을 다 알아듣겠냐마는 그래도 좋은 말만 골라서 해야지. 이제 슬슬 태교도 해야 하잖아."

"그래, 그래야지."

심란한 얼굴로 지원은 멍하게 탕수육을 바라봤다.

"먹는 거 앞에 두고 그런 표정은 또 뭐임?"

"갑갑~해서. 혼자 하루 종일 집 지키는 거 정말 짜증나. 이제 겨우 일주일짼데 앞으로 육 개월을 어떻게 견디나 싶다."

"어떻게 견디긴. 잘, 편안히, 견디면 되는 거지."

뜨겁고 빨간 짬뽕 국물을 호호 불며 원영은 양손에 젓가락 한 짝씩 쥐고 짬뽕 그릇 안에 쿡 쑤셔 넣었다. 지원은 한숨을 푹 쉬곤 제 젓가락을 집어 들었다.

"솔직히 난 웃긴다고 생각해. 임신한 지 사 개월밖에 안 됐는데 벌써 일을 쉬어야 한다는 게 말이 되냐?"

"조심해야 된다며. 지난번 같은 일 생기면 안 되니까 지금부터 조심하라는 거잖아."

지원은 작년 이맘때쯤 삼 주짜리 태아를 잃은 적이 있었다. 임신한 줄도 모르고 지방과 서울을 오르락내리락하다가 잘못되었던 거다. 그때 힘들었던 경험 때문에 지금은 지원도 순순히 의사의 권고에 따르고 있었다. 원래는 대차고 활동적이고 씩씩한 성격답게 일에서도 굉장히 열심인 열혈 선생님이었다.

"내 말은, 왜 내 자궁만 그렇게 약하냔 말이지. 미치겠어, 아주. 난 내가 유산이 잘되는 체질일 거라곤 생각도 못했어."

"덕분에 쉰다고 생각해. 그동안 열심히 일했잖아."

"벌써부터 아이 때문에 내 인생에 브레이크가 걸렸다고 생각하니까 기분이 썩 좋은 것만은 아니야. 나 아무래도 나쁜 년 같지, 응?"

무슨 대답을 기대하는 거냐, 양지원? 원영은 짬뽕 사리를 입에 넣은 채로 지원을 흘겨봤다. 그리곤 망설임없이 너무나 당연한 대답을 내놓았다.

"응."

지원은 대학 때부터 줄곧 좋아해 온 민성 선배와 결혼을 했다. 원영은 두 번이나 떨어진 임용고시를 한 번에 철컥 붙더니 곧바로 국어선생님이 되었고 남편은 장안에서 내로라하는 큰 학원의 인기 강사다. 한 번의 아픔이 있었지만 곧 임신이 되었고, 지금은 축복의 2세를 기다리는 행복한 아내이자 예비 엄마다. 더 이상 뭘 더 바라는 걸까, 지원은?

원영은 지원이 부러웠다. 모든 게 안정되어 있는 그녀의 삶은 원영이 추구하는 행복의 기준이었다. 딱 더도 말고 덜도 말고 지원만큼만 되어봤으면 원이 없을 정도다. 그럼에도 지원은 자신이 얼마나 행복한지 모르는 것 같다. 원영의 눈에 지원의 투덜거림은 배부른 투정으로 보였다.

"나도 알아, 내가 너무 많은 걸 바란다는 거. 근데 하루 종일 혼자 앉아 있으려니까 막 미치겠어. 내가 왜 이렇게 시간을 허비해야 하나 싶기도 하고."

"아직 임신한 거 실감이 안 나서 그런가 보다. 너 입덧도 없다면서."

"어."

"참 복받은 인생이다, 양지원."

"나도 이혼이나 할까?"

"뭐!?"

원영은 실없는 소리로 자신의 오장을 북북 긁어대는 지원을 향해 버럭 소리쳤다. 지원은 큭큭 웃으며 농담이라고 했다. 할 농담이 있고, 하지 말아야 할 농담이 있지. 이혼이 뭐 좋은 거라고.

"아주 염장을 질러라, 질러."

원영은 구시렁거리며 젓가락질을 시작했다. 지원은 원영을 빤히 바라봤다.

외로움에 치를 떠는 장원영.

재혼하고 싶다며 아무 남자나 한 명 소개해 달라던 장원영.

밤에 같이 잠을 자줄 남자가 필요하다며 급박하게 굴 땐 언제고 소개해 준 남자의 흉을 보는 장원영.

아무리 봐도 지원의 눈엔 원영이 정상적으로 뵈질 않았다. 최후의 발악처럼 보였다. 과거의 기억에서 억지로 벗어나 보려는 마지막 몸짓. 원영은 전남편을 못 잊고 있었다.

"염장이라도 질러야지. 그래야 재혼에 대한 생각이 좀 더 간절해지지."

지원은 벌써 세 명째 No를 선언한 원영을 흘겨보며 말했다. 딱히 싫다고 말한 건 아니지만 망설이고 있는 모습 자체가 노였다. 몇 번 만난 이후 그다음 단계로 넘어가는 과정이 오면 원영은 늘 이렇게 망설였다. 성격이 거칠다, 직업이 너무 과하다로 두 명의 남자를 패스시킨 전력의 원영은 이번엔 남자의 딸이 걸린다는 핑계를 대고 있었다.

핑계. 그렇다. 이건 그저 핑계일 뿐이다. 어떤 남자를 소개해 줘도 원영의 마음에 들 리가 없었다. 그들은 최재휘가 아니니까. 솔직히 원영의 전남편이 너무 출중했던 게 사실이었다. 눈만 높아져 가지고. 에혀― 생각을 하면 할수록 지원은 한숨만 나오는 지경이 되었다.

"그만둬라. 그렇다고 장현 씨에 대한 생각이 바뀔 것 같진 않으니까."

"사람 자체는 괜찮다며."

"괜찮아."

원영은 순순히 답하며 숟가락으로 빨간 국물을 한 모금 떠 목구멍으로 넘기고는 캬~ 했다. 이 맛에 짬뽕 먹지.

"그럼 정말 애 때문이야? 그 정도로 심각해?"

"끔찍해. 날 마귀 할멈쯤으로 여기는 것 같아."

"애랑 결혼하는 것도 아닌데, 그리 좋은 사람을 아이 때문에 포기한다는 건 좀 웃긴 거 같지 않니?"

"나도 그렇게 생각해. 근데 아무래도 자신이 없어."

더 말해 무엇 하리. 흠— 지원은 한숨을 푹 내쉬곤 고개를 내저었다.

"버릇없는 딸과 버릇없이 키우는 아버지 중, 누가 더 에러냐?"

"둘 다."

이 가혹한 평가를 들어보시라. 원영은 아무래도 거의 마음을 굳힌 모양이다. 그 닥터는 원영이 굉장히 마음에 든다고 했다던데 참. 원영이 수수하고 얌전하다는 점, 마음이 넓다는 점이 자신의 전처와는 상반되어서 좋다나 어쩐다나. 수수한 건 그렇다치지만 원영이 얌전하고 마음이 넓다는 건 그 '사람 좋은' 닥터가 잘못 판단한 거라고 지원은 생각했다. 지원이 아는 장원영은 좋아하는 사람한테는 틱틱거리는 좁쌀이 된다. 그녀가 전남편한테 했던 걸 생각해 봐라. 닥터는 사람은 좋은데, 십일 년 전 열여덟 살의 고등어만큼도 원영을 사로잡지 못하고 있었다.

"그러게 왜 이혼을 했냐? 좀 잘 지내보지."

저도 모르게 툭 내뱉은 말이었다. 지원은 뱉어놓고도 뜨끔했다. 이건 발언 수위가 너무 높은 것 같았다. 평소엔 그녀의 앞에서 '고등어'라든가, '최재휘'라든가, '이혼'이란 단어를 절대로 언급하지 않았다. 그녀가 재휘를 잊지 못하고 있다는 걸 알고 있기 때문이었다.

십일 년 전, 그녀는 이혼의 충격을 견디지 못하고 일 년 넘게 휴학을 했다. 복학한 이후에도 진지한 이성 교제를 가지지 못했다. 지원이 괜찮은 남자를 소개해 주면 원영은 늘 친한 선후배 사이로 머물기로 하자거나, 좋은 친구 사이로 지내기로 하자는 미친 소리를 늘어놓고 다녔다. 그럴 때마다 지원은 아주 속이 터지기 일보 직전이 되었다. 그러지 아니한가. 그렇게나 못 잊을 바에 애초에 왜 꼬맹이랑 헤어졌으며, 그리 괴로워할 바엔 차라리 찾아가 다시 합치자고 왜 못하냔 말이다. 지원이 원영의 입장이었다면 진즉 찾아갔다. 찾아가서 말했을 것이다.

널 사랑한다. 재결합하자.

'이런 답답한 바보 같으니.'

지원은 땅이 꺼져라 한숨을 내쉬었다. 장원영이 원래부터 이렇게 답답한 성격은 아니었는데 그놈의 고등어 남편 때문에 사랑에 관한 한 매우 소극적이고 유보적이며 우유부단하게 변해 버렸다. 그게 가장 안타까운 지원이다.

"그 얘긴 왜 꺼내."

원영은 쿡쿡 아파오는 가슴의 상처를 외면하며 헤실헤실 웃어넘겼다.

"안 꺼내게 생겼어? 그럴 수밖에 없잖아, 지금 상황이. 네 인생이 꼬이기 시작한 게 누구 때문이냐."

"이혼 때문은 아니야."

재휘의 이름을 차마 거론할 수 없어 원영은 에둘러 말했다.

아무렇지도 않은 척 실실 웃는 원영을 빤히 보며 지원은 한숨을
쉬었다. 본질을 못 본 척 외면하며 아니라고 우겨대고 있는 원
영의 태도가 지원은 답답하고 화가 났다. 화가 나니 입에선 좋
은 소리가 안 나온다.

"농담하니? 왜 이혼 때문이 아니야?"

"아니라니까."

"고등어랑 결혼하지 않았으면 네가 지금 이혼녀 신세이겠냐?
이혼하지 않았으면 한창 공부하고 있었을 그때, 네가 휴학하고
지방 내려가서 도나 닦고 살았겠냐고."

원영은 묵묵히 짬뽕 면발을 후루룩 빨아들이고 있었다.

"너 임용고시 떨어진 것도 그래. 그 고등어 못 잊고 헬렐레거
리다가 미끄러진 거 아니야."

무슨 그런 억지가 다 있냐는 듯 원영이 얼굴을 찡그렸다. 하
지만 지원은 그 문제만큼은 확신했다. 그녀가 졸업하고 시험 준
비를 하고 있을 무렵, 최재휘가 학교를 자퇴하고 군대에 자원했
다는 소식이 전해졌었다. 원영은 그때 겉으론 멀쩡한 듯 웃으며
공부하는 의연함을 보여주었다. 하지만 지금 생각해 보면 그게
더 아슬아슬한 거였다. 정말 아무 감정이 없다면 그리했겠나 싶
은 거다. 정말 재휘를 싹 다 잊었다면 오히려 무슨 일 때문에 자
퇴까지 했을까 궁금해해야 했다.

그녀는 임용고시에서 두 번이나 낙방하고 나서야 포기하고
학원에서 강의를 하기 시작했다. 조그만 아파트 근처 학원에서

삼 년쯤 일하다가 민성에 의해 픽업되어 지금의 큰 학원가로 진출하게 된 건 이 년 전이었다. 요샌 그동안 모아놓았던 돈을 들고 조그만 보세학원 터를 알아보고 다닌다. 이제부턴 정말 안정된 생활에 올인하고 싶다며, 올초부턴 강의도 일주일에 네다섯 시간으로 줄이고, 남은 시간엔 남자도 만나러 다니고 개원 준비도 하며 지내는 중이었다.

"서른두 살밖에 안 먹은 앞날 창창한 네가 서른아홉 살이나 먹은 이혼남, 그것도 열한 살짜리 애까지 딸린 남자랑 선보고 앉아 있는 것도 다 그 네 전남편 때문이지."

"그만 좀 해라."

"그만 하게 생겼냐?"

"먹을 땐 개도 안 건드려."

"넌 화도 안 나?"

"화내면 뭐 해. 달라질 것도 없는데."

담백한 어조로 말하며 원영은 노란 단무지를 집어 입에 넣었다. 아삭아삭 씹는 그녀의 표정은 멀쩡했다. 너무 멀쩡해서 보는 지원이 다 가슴 아플 정도로, 멀쩡했다. 저렇게 인생에 무뎌진 채로 살아가는 건 사는 게 아닌데……. 지원은 한숨을 내쉬었다.

"달라지면 되지. 그놈이랑 다시 재결합하는 게……."

"소스 식는다."

원영은 냉큼 지원의 말을 막았다. 그런 얘긴 듣고 싶지 않았다.

"얼른 먹어. 먹고 싶을 때 마음껏 먹어야지 애 성격도 좋다더라."

원영은 탕수육 그릇을 지원 쪽으로 조금 더 밀어주며 생긋 웃었다. 지원은 미워 죽겠다는 듯 원영을 쏘아보고는 탕수육 덩어리를 달콤하고 불그스름한 소스에 찍어 질경질경 씹었다. 그리곤 못마땅한 친구에게 뚱하니 퉁명스레 말했다.

"영 아니다 싶으면 만나지 마. 내 얼굴 봐서 억지로 만나고 있는 거면 지금 당장 전화해. 해서 그만 만나자고 해."

"뭐라고?"

원영이 쿡, 소리 내며 웃었다.

"강장현 말이야, 그 애 아빠. 사십 중늙은이 만나는데 애새끼 눈치 볼 일 있냐?"

"중늙은이? 애새끼?"

"어느 모로 보나 네가 아까워. 지가 의사면 다냐? 의사도 요즘은 별 볼일 없거든."

"에이~ 솔직히 그건 아니지. 돈벌이도 시원찮은 나 같은 이혼녀한테 장현 씨 정도면 감지덕지야."

원영은 일부러 웃으며 농담으로 받아넘겼다. 지원은 은근히 감정적인 데가 있어서 자신이 아끼는 사람한테는 객관성과 형평성을 잃는 경우가 종종 있었다. 지금처럼. 지원이 원래 말은 좀 험악하게 하지만 정이 많은 타입이었다.

"야, 웃기지 마라 그래. 넌 나이가 어리잖아. 호적 그깟 것 때

문에 이혼녀 신세지, 밖에 나가면 다 미혼인 줄 알잖아. 안 그
래?"

"그래도 강현 씬 비싼 동네에 개인 병원까지 가지고 있는데?"

"병원 그깟 것이 문제니? 너랑 결혼하면 그 남잔 완전 봉 잡
은 건데. 너 그 꼬맹이랑 잠도 안 잤잖아. 완전 처녀잖아!"

그 순간이었나 보다, 할 말을 잃은 건. 웃으면서 편안하게 농
담 삼아 지원의 말을 받아넘기고 있던 원영은 그만 꿀 먹은 벙
어리처럼 아무 말도 할 수가 없었다. 한참 만에 원영은 지원의
눈치를 슬슬 보며 젓가락을 짬뽕 국물 속으로 밀어 넣었다.

"가만 생각해 보니 진짜 밑지네. 그 남잔 애까지 있는데
넌……. 안 되겠다. 만나지 마. 생각해 보니까 네 짝은 아닌 거
같다."

"괜찮아. 사람 좋으면 됐지."

원영은 조심스럽게 말하곤 면발을 쭈루룹 빨아먹었다.

"내가 안 괜찮아. 네가 너무 밑져서 안 되겠어. 내가 왜 그 남
잘 너한테 소개해 줬지? 미쳤었나 봐."

갈증이 나는지 지원이 꿀꺽꿀꺽 물을 들이마셨다. 한 잔 가득
다 마시곤 딱 소리를 내며 탁자에 물잔을 내려놓은 지원을 원영
은 빤히 바라봤다. 지원은 아까부터 자꾸만 뭔가 말하고 싶어
죽을 것 같은 모습이었다. 딴소리만 자꾸 해대는 게 수상쩍었
다. 무슨 말을 하고 싶어서 저러나 싶어 원영은 면발을 입에 문
채로 지원을 쭉 지켜보았다.

“……”

무슨 말을 하고 싶은 거야? 라고 말하고 싶었지만 입 안의 면발이 너무 많았다. 원영은 쫄깃한 면발을 열심히 씹으며 쭉 아래로 연결된 면을 쭈룩쭈룩 빨아들였다. 면발이 계속 끊이지 않고 딸려 올라오자 원영은 그것을 이로 끊었다. 입 안에는 이미 씹다 만 면발을 가득 담고 있었다.

“장원영.”

지원이 원영을 똑바로 뚫어져라 바라보는 시선으로 입을 열었다. 얘가 대체 무슨 말을 하려고? 원영의 눈꺼풀이 끔벅끔벅 감았다 떴다를 반복했다.

“너, 고등어랑 다시 만나라.”

“……?”

원영의 눈꺼풀이 더 빨리 나풀거렸다.

“아무래도 최재휘, 그놈이 네 천생연분 같아.”

다음 순간, 원영의 입 안에 있던 국숫발이 후드득 짬뽕 그릇 안으로 떨어졌다. 원영은 넋 나간 사람처럼 입을 벌리고 지원을 멍하게 바라봤다.

✳

“꼭 안아줘.”

퇴근 시간쯤 되자 재휘는 미치기 일보 직전이 되어버렸다. 머릿속을 댕댕 울리는 환청과 눈앞을 자꾸만 어른거리는 그녀와 아이의 모습 때문에 도저히 참을 수가 없어졌다. 그 아이가 자신의 아기이고 그 여자 또한 장원영일 가능성은 매우 낮았지만 그럼에도 가능성은 있었다. 제 눈으로 직접 아님을 확인하지 않고서는 마음이 놓이질 않을 것 같았다. 만약 그 아이가 자신의 핏줄이라면 그냥 모른 척할 수는 없는 일 아닌가.

그녀가 다른 남자와 행복하게 잘 지내고 있을 거란 생각을 아주 안 한 건 아니다. 그가 갑자기 나타나면 그녀가 난처해질 수도 있었다. 그걸 생각하면 그녀의 앞에 나서는 게 망설여지는 것도 사실이었다. 하지만 포기할 수는 없었다. 계속해서 그의 집중력을 흩뜨리고 내면을 집요하게 공략하는 환청과 환영은 그녀를 만나 사실 확인을 할 때까지 멈추지 않을 것이 자명했다.

[술? 좋지.]

그래서 결정했다. 그가 직접 나서서 알아보기로.

[그런데 갑자기 자네가 웬일이야?]

수화기 안에서 그의 둘째 동서인 김석형이 물어왔다. 석형은 원영의 둘째 언니인 재영의 남편이었다. 그러고 보니 전 동서로군.

"아니요. 그냥 형님이 뵙고 싶어서요. 오늘 시간되시죠?"

[오늘? 뭐, 시간은 늘 있지만 이상한데? 자네, 이렇게 갑자기

약속 잡는 스타일 아니잖아.]

　마흔이 넘은 석형은 나이 차이가 많음에도 늘 재휘에게 깍듯이 '자네'라고 불렀다. 예전이나 지금이나. 성격이 화통하고 '싸나이라면 말이야~'를 입에 달고 사는 그는 고등학생일 뿐이었던 재휘를 챙겨주고 잘 대해주었다. 생각해 보면 원영의 식구 중 누구 하나 그에게 친절히 대해주지 않았던 이가 없었던 듯하다. 원영의 집안 분위기는 늘 화기애애하고 화목했다. 그러면서도 떠들썩하고. 묵직하고 조용한 분위기에서 살아왔던 재휘가 적응하기 힘들 정도였다. 그런 그와 회사의 거래처 직원과 담당자로 다시 재회하게 된 건 일 년 전쯤이었다.

　"갑자기 형님이 생각나서요."

　[어허~ 이거 큰일이로세. 기분이 꿀꿀하면 애인이 생각나야지, 왜 나같이 영양가없는 사람이 생각나나? 애인 만나.]

　"애인이 있어야죠."

　[자네, 아직도 혼잔가?]

　다시 만난 이후 간혹 술자리를 함께 하며 회포를 풀긴 했지만 석형과 재휘 모두 원영에 대해서는 함구하고 있었다. 석형은 원영 얘기를 꺼내는 게 예의는 아니라고 여겼을 것이고 재휘도 원영에 대해선 알려고 들지 않았었다. 만약 석형이 한 번이라도 원영 얘기를 꺼냈다면 재휘는 아마 그를 계속 만나지 않았을 것이다. 재휘는 핏 웃었다.

　"아직은 궁할 나이가 아니니까요."

[일 때문인 모양이지?]

"그런 이유도 있고요."

[그렇겠지 뭐. 우리 처제도 보면 일 때문에 정신없더라고.]

"……."

웃음기가 돌던 재휘의 입가가 굳어졌다. 대수롭지 않은 듯 넘어가는 석형의 말속에 원영이 있었다. 일 때문에 정신이 없다는 말이 뭘 의미하는지 헷갈렸다. 그래서 남자가 없다는 건가. 아니면 그저 바쁘다는 말인가.

[그래, 그럼 좀 있다가 보자고. 자주 가던 그 포장마차 어때?]

"예, 전 뭐 아무 데나."

[알았어.]

전화를 끊었다. 전화기 폴더를 접으면서도 재휘는 머릿속을 정리할 수 없었다. 더 혼란스러웠다. 가슴속이 헤집어진 듯 어지럽게 흔들렸고 심장은 유난히 팔딱거렸다. 뭔가 실체에 더욱 가까이 다가간 듯한 기분에 저절로 긴장되었다. 재휘는 커다란 손으로 얼굴을 쓱싹 문질렀다. 진정을 시켜야 했기에 손에 얼굴을 묻고 한참을 그대로 있었다.

"오빠, 퇴근 안 해?"

문을 열고 들어오는 민정이 재휘의 옆자리에 털썩 주저앉으며 물었다. 화장실에 다녀온 듯 촉촉한 손에 로션을 바르며 그녀는 재휘의 팔을 옆구리로 찔렀다.

"오빠, 오빠?"

재휘는 갑자기 자리를 박차고 일어났다. 민정이 놀란 듯 그를 올려다보았지만 재휘는 그녀를 본체만체 스쳐 지나갔다. 재휘와 함께 퇴근할 생각이었던 민정은 뒤따라 자리에서 일어나며 그를 불렀다. 하나, 그는 무슨 생각을 하는지 급하게 발길을 옮겨 사무실을 빠져나갔다.

"뭐야?"

털썩. 민정은 자리에 앉으며 고운 인상을 구겼다. 어제 정 사장을 추궁한 결과, 모든 사정을 알아낸 민정은 그동안 재휘가 왜 그다지도 자신을 여자로 봐주지 않았는지 그의 마음을 비로소 이해할 수 있었다. 그는 아주 어린 나이에 부모님의 강요에 의해 억지로 결혼을 했던 적이 있었다. 당시 그는 십대였고 당연히 그 결혼은 얼마 지나지 않아 파경으로 치달았다. 기록에 의하면 단 며칠간의 짧은 결혼 생활이었다고 한다.

정 사장은 민정도 모든 사실을 알고 있는 줄 알았다고 했다. 처음 민정이 재휘를 좋아한다고 했을 때 정 사장이 탐탁지 않아 했던 것도 그의 이혼 경력 때문이라고 했다. 하지만 내용을 자세히 들여다보니 대단치 않은 것 같았단다. 열여덟 살이라는 나이에 억지로 한 결혼이 무슨 의미가 있으며, 무슨 미련이 남아 있겠냐는 거다. 일리있었다. 게다가 그가 가진 타이틀은 보기보다 상당한 가치가 있다 했다. 이혼 경력이 있는 최재휘라면 흠집 하나 없는 그녀가 충분히 도전해 볼 만하다는 정 사장 말에 민정은 다시금 전의를 불태우기로 했다. 민정은 더 이상 자신이 재휘의 조건에 빠진다고 생각하지 않기로 했다. 문제는 재휘의 마음이었다.

"아, 진짜. 오늘 제대로 분위기 잡아보려고 했는데."

민정은 그가 사라진 사무실 문을 째려보며 신경질을 냈다.

"난 자네가 날 껄끄러워하지 않는 게 마음에 들어."

술에 취한 듯 석형의 혀가 꼬부라지고 있었다. 안주 맛이 꽤 좋고 선술집 분위기도 나는 실내 포장마차에 마주 앉은 재휘와 석형은 벌써 두 시간째 주거니 받거니 소주잔을 기울이고 있었다. 물론 재휘는 묻고 싶었던 문제에 대해 입도 벙긋하지 못하고 있었다.

"싸나이가 말이야~ 여자 때문에 꽁해 가지고 사람 피하기나 하고 그럼 안 되는 거거든. 그놈은 아예 글러먹은 거야. 뻔하지. 군미필이야, 군미필. 아참, 자네는 군대 갔다 왔던가?"

"예."

"국가 유공자는 안 가는 거 아니야?"

"손자는 갑니다."

재휘는 씩 웃으며 대답했다. 석형은 미간을 잔뜩 찡그리며 고개를 가로저었다.

"독립운동가 후손은 대대로 안 가도 되게 해도 되는데 말이지. 꼭 가야 될 놈들은 빠지고, 안 가도 될 놈들은 집어넣고. 뭐, 윗사람들 하는 일이 다 그렇지 뭐."

"자원한 건데요, 전."

"말이 그렇다는 거지."

석형은 무거운 팔을 재휘의 어깨에 놓고 툭툭 쳤다. 기특하다는 듯. 석형은 홀짝 소주잔을 들이켜더니 재휘의 앞에 탕, 내려놓았다. 그리곤 제 손으로 잔을 채워주었다. 재휘는 한 손으로 다른 손을 받치고 잔을 받았다.

"자넨 근데 왜 아직도 혼잔가? 우리 처젠 재혼한다고 난리던데."

소주를 들이켜려던 재휘의 움직임이 멈칫했다. 그가 가장 궁금했던 장원영의 이야기가 언급된 것이다. 재혼한다라…….

"인물 훤하고 집안도 좋고 다니는 직장도 탄탄한데 왜 아직도 솔로야?"

"아직 생각이 없어서요."

빙긋 웃고 재휘는 몸을 틀어 소주잔을 비웠다. 쓰디쓴 알코올이 목구멍을 태우듯 싸하게 씻으며 내려갔다. 자동으로 찡그려지는 표정을 수습하며 재휘는 잔을 내려놓았다. 안주로 얼큰한 골뱅이무침과 시원한 우동 국물, 잘 구워진 닭똥집이 있었다. 안주를 집어먹는 재휘를 빤히 바라보며 석형은 풀린 혀를 놀렸다.

"생각이 없는 거야, 아니면 못하는 거야?"

"……."

"내가 살아보니까 잊어지는 게 있고 죽어도, 아무리 해도 안 잊어지는 게 있더라고. 그런 건 어떻게 해도 안 잊어져. 그냥 잊었다고 생각하고 사는 거지."

무슨 소린지 알 길이 없는 석형의 말에 재휘는 또다시 흠칫, 움직임을 멈췄다. 석형답지 않게 너무 진지했다. 그가 무슨 소릴 하려는 건지 재휘는 내심 긴장이 되었다.

"사람 사는 게 다 그런 거 아니겠나?"

석형은 벌겋게 달아오른 얼굴로 피식 웃었다. 알 길이 없는 그의 속내를 읽는 건 아무래도 포기해야 할 판이었다. 재휘는 조심스레 물었다.

"원영인 지금까지 혼자였던 겁니까?"

석형의 눈썹이 훌쩍 올라갔다. 재휘가 직접 원영의 이름을 거론한 건 처음이었다. 석형은 곧 미간을 찌푸리며 생각했다. 분명히 뭔가가 있다고. 오늘 오후 갑자기 전화해 약속을 잡을 때부터 이상하다 생각했지만 설마했었다. 하지만 재휘가 이렇게까지 나오는 걸 보면 뭔가 있긴 있는 게 틀림없었다.

"처제야 지금까지 혼자였지. 간간이 소개도 받는 것 같았지만 오래가는 걸 못 봤네. 그나저나 그건 왜 묻나?"

"결혼, 했을 거라고 생각했거든요."

"일하느라고 정신없었어. 남자라면 치가 떨리는 사람처럼 죽기 살기로 일하더구만."

"……."

"자네 때문은 아닐 거네. 너무 우울해 마."

재휘는 희미하게 미소를 지었다. 마음속에선 재휘의 본능적 충동이 자꾸만 이 기회에 아기에 대한 것도 물어봐야 한다고, 그를 마구 들쑤시고 있었다. 결혼하지 않았다, 남자들과 교제를 하긴 했다, 너 때문은 아니니 걱정 마라, 이 정도의 단서로는 아무것도 넘겨짚을 수가 없었다. 하지만 묻는다고 제대로 된 답변을 받을 수 있을까? 진실을 알 수 있을까?

막말로, 그의 아기가 존재한다고 가정해 보자.

임신 사실을 알았을 때, 원영은 결단코 재휘에게만큼은 알리지 않으려 했을 것이다. 재휘는 당연히 아기를 위해서라도 재결합하려고 했을 테니까. 원영은 죽어도 그렇게는 못한다고 생각했을 것이다. 그렇다면 임신 사실을 숨기려고 했을 텐데, 가족들의 마음이 그렇게만 잘 모아진다면 아기의 존재쯤 충분히 속일 수 있었다. 원영의 집안은 원래 가족을 위해선 똘똘 뭉쳐 위하는 경향이 있었다. 일이 그렇게 된다면 구 여사도 함구했을 것이다. 손자를 빼앗기지 않기 위해서라면 뭐든 못할까. 충분히 그럴 가능성 있었다. 석형마저도 재휘의 앞에선 원영의 얘길 아껴오지 않았나.

"제일 좋은 방법은 둘이 다시 합치는 건데 말이야."

석형이 풀린 눈을 깜박거리며 중얼거렸다. 거나하게 취해 그는 필름이 끊기기 일보 직전이었다. 고개가 옆으로 꺾어지려고 하자 재휘는 그를 붙잡아 자세를 반듯이 바로잡아 줬다. 머릿속은 다시금 와글와글해지고 있는 중이었다. 제일 좋은 방법은 둘이 다시 합치는 거라는 말이 왜 이리 의심스럽게 들리는 거지? 둘 사이의 아기가 있으니까 재결합해야 한다는 말로 들렸다.

"자네, 아직도 우리 처제가 마음에 안 드나?"

"……."

"최 서방, 최 서방!"

"예, 형님."

"우리 처제 말이야! 아직도 마음에 안 드냐고. 우리 처제 그렇게 몹쓸 애 아니네. 얼마나 착하고 순진한데. 난 자네가 다 마음에 드는데 그거 하나 딱 걸려. 왜 그렇게 여자 보는 눈이 없어? 왜 우리 처제 같은 여잘 못 알아보고 가슴 아프게 해? 이해가 안돼. 솔직히 말해보게. 자네 그때, 여자 있었지?"

정신을 완전히 놓은 듯 석형은 횡설수설하기 시작했다. 술에 취한 사람 말을 귀담아들을 필요는 없다는 걸 알면서도 재휘의 기분은 점점 나빠지고 있었다. 억울했다. 대체 석형은 무슨 근거로 그가 원영의 마음을 아프게 했다고 보는 걸까? 이해가 안되는 건 재휘였다. 게다가 여자가 있었다니. 이런 말도 안 되는 소린 처음 들어본다.

"잠깐만 기다리세요. 계산 좀 하고 올게요."

이대론 안 되겠다는 생각으로 재휘는 자리에서 일어났다. 더이상의 대화는 무의미했다. 계산서를 들고 카운터를 향하는 그의 뒤통수에 대고 석형은 고래고래 소리를 질러댔다.

"어디로 내빼는 거야, 최 서방! 내 질문에 대답은 해야지. 여자 있었던 거지? 그랬지?"

계산서를 카운터에 내밀고 지갑을 꺼내고 있으려니 주인 아주머니가 웃음기 있는 얼굴로 말을 건넸다.

"아까까지 멀쩡하시더니 갑자기 왜 저러신대. 술이 갑자기 올라오시나 보네."

재휘는 아주머니 말은 듣는 둥 마는 둥 하고는 석형을 돌아봤다. 혹시나 술에 취해 저질러선 안 될 일을 저지를지도 모를 일이라 한시도 눈을 떼기 어려웠다. 그는 한 손으로 이마를 짚고는 중얼거리고 있었다.

"그래서 우리 처제 가슴에 못을 박았던 거야……. 그렇지?"

고개를 숙이고 웅얼거리듯 말했으나 재휘의 귀에는 '그렇지?' 부분만 제대로 들릴 뿐 온통 옹알이 같아 무슨 뜻인지 알아들을 수가 없었다. 재휘는 얼른 계산을 마치고 석형에게로 다가갔다. 그리고 막 부축하려고 손을 그의 옆구리에 끼워 넣으려는 찰나였다. 석형이 퍽, 스테인리스 탁자 위에 고개를 박아버렸다.

다행히 석형은 정신이 오락가락하는 와중에도 제 집 주소를 줄줄이 읊어주었다. 중산층 아파트가 밀집되어 있는 신도시 쪽이라 찾아가기 쉬운 곳이었다. 재휘는 그를 거의 업다시피 부축하고 아파트 현관문 앞까지 왔다. 진땀이 흘러 이마를 훔치며 재휘는 웃었다. 십일 년 전, 원영이 선배에게 업혀 들어왔을 때가 떠올랐던 거다. 그땐 그 선배가 죽여 버리고 싶을 만큼 미웠었는데 지금 비슷한 처지가 되고 보니 꽤나 힘들었을 듯했다. 원영이 몸매가 그다지 날씬한 편은 아니었지 아마.

잠시 회상에 잠겨 재휘는 복도식 아파트 통로에 선 채로 선선한 밤바람을 맞았다. 그의 부축을 받고 있는 석형은 거의 정신을 놓은 채라 쿨쿨, 중얼중얼, 나름대로 조용한 편이고 그 역시 뒤늦게 취기가 올라 정신이 알딸딸했다. 최근 주량이 갑자기 많이 줄어 맨정신 유지하기가 쉽지 않았다. 그런 걸 생각하면 그도 이젠 이팔청춘은 아닌 모양이었다.

"핏."

그는 실없이 웃으며 현관문을 바라봤다. 한참을 멍하게 보다 갑자기 팔을 들어 벨을 눌러버렸다. 그 집이 어떤 집인지 이미 알고 있는 상태였다.

"아빠야?"

초등학교 사오 학년쯤 될 법한 미성의 사내아이가 안에서 소리쳤다. 성미가 급한 녀석인지 아이는 상대가 누군지도 확인 않고 자물쇠를 마구 열고 있었다. 더 안에서는 다급하게 아이를 저지하는 여자의 목소리가 들렸지만 녀석은 이미 문을 활짝 열고 있었다.

"아빠!"

아이는 술에 잔뜩 취해 재휘의 어깨에 몸을 내맡기고 있는 아비를 금세 알아보았다.

"엄마, 아빠 술 취했어!"

아이가 부르기도 전에 이미 안에서는 재영이 나타나 이쪽을 넋 놓고 바라보고 있었다. 마치 한낮에 도깨비라도 본 듯한 표정으로 그녀는 남편이 아닌 재휘를 보고 있었다.

"안녕하셨어요? 처형."

재영의 입매가 딱딱해졌다. 완고하게 딱 붙은 그녀의 입가는 화가 많이 났음을 보여주고 있었다. 재영은 쿵쾅거리는 발걸음으로 현관 밖으로 나오더니 능숙한 움직임으로 남편을 받아 부축했다. 그리곤 표독스러운 시선으로 재휘를 쏘아보며 싸늘하게 말했다.

"우리 애 아빠와는 언제부터 연락하고 지냈나?"

"……."

"남자들끼리는 이렇게도 유지되는가 보지? 왜 만났는가?"

그 순간 알게 됐다. 석형은 가족들에게 재휘와 연락이 닿아 간혹 만나고 있다는 사실을 숨기고 있었음을. 또한 원영의 가족들이 재휘를 어떻게 생각하고 있는지도 대강 알 것 같았다. 믿었던 재휘에게 배신이라도 당했다 여기는 모양이다. 자신의 애지중지하는 막내 동생을 졸지에 이혼녀로 만든 원흉이니 그리 생각하는 것도 당연했다. 어찌 됐든 둘의 이혼으로 인해 두 집안엔 좋지 않은 감정들이 쌓였고, 그래서 잦았던 왕래도 몇 년간이나 끊고 살아왔으니 말이다. 하지만……

"참 뻔뻔스럽기도 하네."

뻔뻔스럽다는 말에는 도무지 이해가 안 된다. 재영도 그에게 여자가 있었다고, 그래서 이혼을 했다고 여기는 건가? 설마. 그는 그때 고등학생이었다. 불륜을 저지를 수 있는 나이도 아니었단 말이다.

"다시는 우리 애 아빠 만나지 말게. 도대체 무슨 낯짝으로……."

쾅!

재영은 아무런 해명도 없이 남편을 부축한 채 집 안으로 들어가 버렸다. 재휘는 얼이 나간 얼굴로 그 자리에 멍하게 서버렸다. 무슨 낯짝으로, 무슨 낯짝으로라고 했다. 뭐가 어떻게 된 건지 재휘는 도무지 감이 안 잡혔다. 자신이 무슨 이유로 재영에게 이런 얘길 들어야 하는지 도무지 알 수가 없었다. 설마 원영의 가족들 모두 재휘를 이렇듯 죽일 놈 취급하고 있는 건 아니겠지?

얼마나 서 있었는지 모른다. 한참, 정말로 한참을 그렇게 서 있었다. 원영을 만나야 한다는 생각은 점점 더 짙어지고 머릿속은 수많은 의혹들로 복잡해져 가고 있었다. 이마를 쓸어 올리며 그는 한숨을 내쉬었다. 어지러울 정도로 지독히 진한 소주 냄새가 입김을 타고 흘러나왔다. 그는 정신을 가다듬고 몸을 돌려 걸어가기 시작했다. 당장은 잠이라도 자둬야 했다.

문이 열린 건 그때였다. 그가 자리를 뜰 때까지 기다리기라도 했던 듯, 재영이 문을 열고 나왔다. 재휘는 걸음을 멈추고 그녀

를 돌아봤다. 그녀는 여전히 완고하고 싸늘한 표정을 하고 있었
지만 아까보다는 조금 진정된 듯 보였다. 그녀는 슬리퍼를 이끌
고 재휘가 서 있는 앞까지 단숨에 걸어왔다. 그리곤 내던지는
듯한 손길로 재휘의 손바닥에 종이 쪽지를 내려놓았다.

"원영이 집 주소네."

"……?"

"자네가 마음에 든 건 아니지만 여기까지 온 게 가상해서 한
번 믿어볼까 해."

재휘는 혼란스런 눈을 들어 재영을 보았다. 재영은 빤히 바라
보는 재휘의 눈길이 부담스러운 듯 표정을 더욱 굳히고는 싸늘
하게 한마디 남기고 뒤를 돌았다.

"오전엔 집에 있을 걸세."

[주말인데 뭐가 바빠? 애인도 없으면서.]

토요일 오전, 민정은 전화를 걸자마자 다짜고짜 시간을 내라며 숫제 떼를 쓰고 있었다. 서서히 핸들을 돌리며 파킹을 시도하는 재휘는 슬슬 짜증이 나려고 했다. 귀엽게 봐주는 것도 정도껏이지. 이젠 마치 자신이 재휘의 여자라도 되는 양 너무 떳떳하게 굴고 있었다. 그러한 분위기는 지난달부터 더욱 심해졌다.

"네가 어떻게 알아? 나한테 애인이 있는지 없는지."

[오빠 스케줄은 내가 쫙 꿰고 있거든? 그리고 몇 년 동안 오빠가 여자를 멀리했다는 것도 다 안단 말이야. 그러니까 속일

생각 마.]

"별로 그럴 필요성도 못 느낀다."

안전하게 파킹을 마치고 재휘는 전면 유리를 통해 아파트를 올려다봤다. 66㎡(20평)쯤 되는 아파트는 지은 지 꽤 오래된 서민 아파트였다. 보는 사람으로 하여금 눈살을 찌푸리게 할 만큼 형편없이 허름한 외관에도 불구하고 재휘의 심장은 점점 더 빨리 뛰고 있었다. 저 안에 원영이 있다는 사실이 그를 감정적 흥분 속으로 밀어 넣고 있었다. 어쩌면 저 안에 그의 아이가 있을지도…… 몰랐다.

[오늘 우리 아빠가 오빠 좀 보재.]

응석받이 민정의 목소리가 그의 기분을 확 깼다. 재휘는 소리 없이 한숨을 내쉬며 초조한 몸을 등받이에 기댔다.

"무슨 일이신데? 회사 일이라면……."

[회사 일 아니야.]

그의 미간이 확 좁혀졌다. 회사 일이 아닌데 사장이 그를 보자고 할 일이 뭐란 말인가.

[오빠랑 나, 우리의 일 때문이야.]

"우리 일이라고?"

한쪽 눈썹을 치뜨며 그는 조용히 물었다.

[그래. 아빠 오빨 회사를 맡길 만한 인재라고 보고 계셔. 그건 오빠도 잘 알 거야. 그래서 오빠랑 날 묶어주려고 하시는 거고.]

"거기에 내 의견은 필요없는 거냐?"

비아냥대듯 그가 물었다. 기분이 상한 듯 민정이 즉각 발끈했다.

[의견을 물으려고 부르는 거잖아. 오빠 왜 그렇게 날 싫어해?]

"내 의견은 엊그제 말했을 텐데."

[그 문제라면 걱정 마. 아빠한테 여쭤도 봤고, 진지하게 얘기도 나눠봤어. 아빤 상관없으시대. 나도 그렇게 생각하고.]

결국 예상 시나리오대로 진행되기 시작하는군. 정 사장은 그가 이혼을 했든 안 했든, 그가 가진 예랑식품 후계자라는 타이틀을 위해서라면 상관하지 않으려는 거다. 그럴 줄 알았어야 했는데 설마했다. 아무리 돈이 좋기로 딸을 재혼 대상자로 내몰진 않을 거라 안이하게 생각했었다. 아무래도 계획했던 것보다 훨씬 더 빨리 회사를 관둬야 할 것 같았다.

"미안하지만 내 입장은 변함없어. 너와 결혼 안 해, 난."

[오빠! 어떻게 나한테 이럴 수 있어? 난 오빠가 이혼을 했어도 상관없다고. 오빠만 내 사람 될 수 있으면 그깟 결혼 경력, 신경도 안 쓴다고.]

"그깟 결혼?"

그깟이란 말이 거슬렸다. 심히, 아주 심히.

[며칠밖에 안 된다며, 그 결혼. 결혼한 직후에 헤어졌던데 뭘. 그딴 거, 난 신경 안 써.]

재휘는 지끈거리기 시작하는 관자놀이를 손가락으로 짓눌렀

다. 울컥거리고 있는 가슴을 진정시키려 두 눈을 감았지만 진정
되기는커녕 짜증이 더욱 솟구쳐 밀려들었다. 도대체 왜 민정에
게 이런 소릴 들어야 하는 건지. 왜 아무것도 아닌 사람으로부
터 제 인생의 가장 중요한 선택이었던 '결혼'에 대한 폄하 발언
을 들어야 하는 건지, 울화가 치밀었다. 그는 거칠게 고개를 들
었다.

"너랑 이런 얘기 할……."

그러나 다음 순간, 재휘는 하던 말을 멈출 수밖에 없었다. 낯
익은 얼굴이 아파트 입구에서 나오고 있었다.

'장원영.'

그녀였다. 한 손에는 선글라스를 들고 다른 한 손은 어린 여
자아이의 어깨를 감싼 채 그녀는 웃고 있었다. 순간 그의 머릿
속은 백지 상태가 되어버렸다. 하얘지는 눈앞으로 그녀의 환한
얼굴이 스쳐 지나갔다. 깔깔거리는 그녀의 웃음소리가 그의 자
동차 앞으로 지나갔다. 그녀는 뒤에서 걸어오고 있는 남자를 향
해 뭐라 농담을 건네고 있었다. 재휘의 눈동자는 자동으로 아파
트를 향했다.

'동거하고 있었던 건가?'

하지만 원영의 언니인 재영은 그를 탓하는 듯 말했다. 뻔뻔스
럽게 왜 지금에야 나타났냐고. 그러면서 찾아온 마음이 가상하
다며 주소를 알려줬다. 재휘는 그녀의 말을, 지금이라도 좋으니
아이를 책임지라는 뜻으로 이해했다. 하지만 저 남자는……?

"우리 처제는 재혼하려고 난리던데."

석형의 말이 그의 귓가를 때렸다. 저 남자는 그럼 재혼 상대
자인가? 함께 살고 있는 것?
[오빠! 내 말 듣고 있어? 오빠! 오빠!]
귀청을 심하게 때리는 민정의 고함 소리에 재휘는 이를 악물
었다. 그는 최대한 끓는 성미를 자제하며 전화 송화구에 입술을
바짝 댔다. 그리곤 아주 낮게 뇌까렸다.
"사장님께 전해. 넌 내 타입 아니라고."
[오빠, 정말 너무한 거 아니야? 내가 오빠를 얼마나……!]
그는 휴대전화 폴더를 접어버렸다. 그녀의 짱알거리는 목소
리가 순식간에 사라지면서 차 안에는 무서운 정적이 흘렀다. 재
휘는 핏발 서린 눈동자로 차 앞쪽을 지나쳐 가는 남자를 쏘아봤
다. 175cm쯤 되어 보이는 중간키에 적당한 체구의 남자는 말쑥
하면서도 안정적인 분위기를 풍기는 사람이었다. 척 보기에도
최적의 결혼 상대자처럼 보였다. 예상했던 대로 그녀는 행복해
보였다.
"그런 건 왜 사왔어요? 그냥 가도 되는데."
반대편으로 걸어가는 원영이 그를 돌아보며 소리쳤다.
"아버님 생신인데 당연히 내가 신경 써야죠."
남자가 소리치며 대답한다. 아버님 생신……. 장 변호사의 생

일이라는 건가? 생각해 보니 그는 원영의 가족 생일을 한 번도 챙긴 적이 없는 것 같았다. 그럴 수 있을 만큼 결혼 생활이 오랫 동안 지속되지 못했던 탓이었다. 재휘의 가슴은 싸한 통증으로 물들어갔다. 뭔지 모를 울화가 가슴 안에서 울컥거렸다. 말도 안 되게, 그녀의 옆에 있어야 할 사람은 저 사람이 아니라 자신 이어야 한다는 생각으로 머릿속이 꽉 찼다. 핸들을 쥔 그의 손 에는 저도 모르게 강한 힘이 들어가고 있었다.

"이 손 놔요, 좀!"

앙칼진 소녀의 외침이 들려오자 재휘는 급하게 시선을 들었 다. 원영이 초록색 소형차의 뒷좌석 문을 열고 아이를 태우고 있었다. 신경질적인 소녀의 손등이 원영의 팔을 때렸다. 재휘의 눈썹이 거칠게 모아졌다.

"아줌마한테 그러면 안 된다고 했지, 강혜리."

강혜리? 아…… 줌마?

"아줌마는 너 위해서 그런 거라고 했잖아. 네가 그러면 아줌 마가 무안하지."

아줌마라고? 재휘의 까만 눈동자가 재빨리 원영에게로 향했 다. 원영은 정말로 무안한지 콧방울을 훔치며 어색하게 웃고 있 었다. 재휘는 눈매를 가늘게 좁혀 뜨고 세 사람을 번갈아 보았 다. 그러니까, 저 아이는 내 아이가 아니라는 거지? 저 남자의 아이라는 거지?

"이 여자가 귀찮게 굴잖아! 정말 짜증이야."

아이는 되바라지게 신경질을 부리더니 자동차를 타곤 쾅, 문을 닫아버렸다. 어른 말이 채 끝나기도 전에 자리를 뜨는 반항적인 행동에 재휘는 눈살을 찌푸렸다. 게다가 '이 여자'라니. 재휘는 확신했다. 저 아인 원영의 아이가 아니라고. 원영이라면, 적어도 재휘가 아는 원영이라면 아이의 버릇이 저렇게 나빠지도록 방치하지 않았을 것이다. 열여덟 살이나 먹은 재휘의 머리통도 그냥 막 쥐어박았던 원영이 아닌가. 패서라도 제대로 가르칠 애다.

남자는 어깨를 으쓱하며 빈손을 원영을 향해 내밀어 보였다. 자신도 어쩔 수 없다는 듯하다. 원영은 희미한 미소를 짓고는 이해한다는 듯 남자의 어깨에 손을 올렸다. 재휘는 아랫입술을 천천히 씹으며 두 사람을 노려보았다. 심장이…… 미친 듯이 질주했다.

원영이 운전석에 올라타자 남자도 조수석에 올라탔다. 차는 부드럽게 아파트 주차장을 빠져나갔고 재휘의 손도 바빠졌다. 미친 짓이라는 걸 알았지만 그는 그녀의 뒤를 쫓을 생각이었다. 왜냐고 누군가 묻는다면 그는 이성적이고 객관적인 답변을 내놓을 수 없었다. 지금 이 상황은 누가 봐도 비정상적이니까. 어떤 남자가 십일 년 전에 헤어진 전처의 뒤를 남몰래 쫓겠는가. 십일 년이면 이혼할 때 남아 있었던 일말의 미련마저 퇴색돼 버리기에 충분한 시간이었다.

"아줌마한테 그러면 안 된다고 했지, 강혜리."

강씨 아이다. 원영의 아이도, 재휘의 아이도 아니란 뜻이다. 그녀에겐 아이가 없는 것이다. 며칠 동안 그를 괴롭혔던 핏줄과 혈육에 대한 강박관념은 이제 '근거없음'으로 결론났다. 하지만 재휘는 이대로 떠날 수 없었다. 마치 아내의 불륜을 목격한 것처럼 강렬한 배신감과 질투심이 그를 사로잡고 있어, 이대로는 절대 돌아갈 수가 없었다.

"미친놈, 넌 정말 미쳤어."

그는 중얼거렸다. 원영에 대해서 끊임없이 생각하기 시작했던 지난 며칠 동안 계속해서 생각해 왔던 문제였다. 그는 미친 게 틀림없었다. 전처, 그것도 헤어진 지 십일 년이나 지나 버린 오래된 아내를 향해 이런 감정을 느끼는 것 자체가 미쳤다는 증거다. 머릿속으론 끊임없이 그녀를 떠나라 말하고 있지만 그는 원영의 초록색 소형차를 뒤따르고 있었다.

어쩌자는 건데? 그녀의 뒤를 밟아서 어떻게 하자는 건가? 왜 다른 놈과 사는 거냐고 묻겠다는 건가? 왜 다른 놈의 아이를 키우며 사는지, 그런 대접을 받으면서도 어떻게 웃을 수 있는지 추궁이라도 하겠다는 건가? 아— 알 수 없다. 재휘도 자신의 이런 마음을 결코 모두 알 수는 없었다.

그는 미쳤다. 미쳤다고 그는 생각했다.

"근데 너무 비싼 선물 아닌가요?"

운전용 선글라스를 낀 채 핸들을 움직이며 원영이 물었다. 조수석에 앉은 장현은 차에 올라탄 이후 방금 전까지 삼십 분 동안 내내 딸을 달래느라 쩔쩔매고 있었다. 겨우 잠잠해진 혜리를 돌아보며 장현은 사람 좋은 얼굴로 웃었다.

"한우 세트, 그게 뭐 얼마나 한다고요. 명색이 의산데 여자친구한테 그 정도는 해야죠. 그래야 원영 씨 낯도 서는 거고."

"마음만 고맙게 받을게요."

"정말 다시 돌려주려고요?"

장현은 놀란 듯 두 눈을 동그랗게 뜬다. 딸을 이끌고 모범택시까지 불러 커다란 한우 세트를 직접 들고 깜짝 방문한 보람도 없이 원영은 매우 난처해했다. 말은 부담스러워서 그런다고 하지만 느낌은 심상치 않았다. 휴대전화 사건이 있은 직후라 더 긴장이 되는 장현이다.

그는 원영이 아주 마음에 들었다. 전처였던 백상아는 도도한 부잣집 아가씨 스타일로 장현을 머슴 부리듯 부려먹으려 들었던 여자였다. 부모님이 아파트며 자동차며 병원까지 지어주었다는 것을 유세 삼아 장현을 끽소리도 못하게 틀어쥐고 살려고 했었다. 원영은 상아에 대한 악몽을 깨끗이 씻어주고도 남는 여자였다. 착하고 성격 좋고, 무엇보다도 고마워할 줄 알았다. 장현이 뭘 해주면 원영은 늘 감사하다는 표현을 했다. 인사를 건네든, 웃어주든, 어떤 식으로든.

"저한텐 너무 큰 거라서요. 제 아버지도 부담스러워하실 것 같고."

"난…… 그렇게 큰 선물이라고 생각 안 했는데."

"아직 비싼 선물 받을 사이도 아닌데 좀, 그렇잖아요."

"원영 씨."

원영의 말투에서 뭔가를 느낀 듯 장현이 그녀를 불렀다. 원영은 미소를 잃지 않은 얼굴로 좌측 깜빡이를 켰다. 오늘은 꼭 장현과의 사이를 정리하고 선을 그어야 했다. 오늘의 약속은 이미 정해져 있었기 때문에 어쩔 수 없이 외출도 하고 식사도 하게 되었지만, 마지막엔 자신의 결정을 통보할 작정이었다. 일단 계획대로 혜리를 장현의 전처네에 데려다 놓고…….

"아, 짜증나. 아빠! 아빠, 빨리 운전면허 따면 안 돼?"

장현의 말을 혜리가 가로막았다. 혜리는 좁디좁은 소형차 내부가 진저리나게 싫은 듯 발을 구르며 주먹으로 좌석 시트를 내려치고 있었다.

"정말 캐구려. 이런 차 정말 짜증난다고. 우리가 왜 이런 차를 타고 다녀야 해?"

"강혜리!"

장현이 힘주어 혜리를 불렀다. 엄하고 위압감 느껴지는 목소리에 혜리도 원영도 순간 깜짝 놀랐다. 미소천사 장현의 입에서 나올 만한 울림이 절대로 아니었던 거다. 거기다 그는 혜리를 경고의 눈빛으로 제재했다. 원영으로선 처음 보는 장현의 모습이었다. 이 사람에게 이런 면모가 있었던가 싶어서 적이 당황했다. 하지만 당황한 건 혜리 쪽이 더했다. 그녀는 벌겋게 달아오른 얼굴로 장현을 딴 사람 바라보듯 바라보았다.

"아, 아빠……!"

"아줌마한테 말조심하라고 했지?"

"아빠…….."

"네가 버릇없이 구는 거, 아빠 얼굴에 먹칠하는 거라고 했어, 안 했어?"

혜리는 늘 자신의 편이었던 아빠가 원영의 편을 들었다고 생각하는 듯했다. 목소리에서도, 얼굴에서도, 놀라고 충격받은 티가 역력했다. 묘하게 둘 사이에 끼이게 된 원영은 더욱 어색해졌다. 이런 분위기가 될까 봐 장현이 그토록 딸의 기분을 맞췄었던 걸까? 차라리 장현이 평소대로 혜리의 편을 들어줬으면 좋겠다는 생각까지 들기 시작했다. 혜리의 기분은 급격히 나빠졌고 그 분풀이는 모조리 원영의 몫이 될 듯, 험악한 눈꼴질이 시작되었다.

"그만 하세요. 좋은 날인데."

원영은 장현을 말렸다. 룸미러를 보니 혜리의 입매가 부들부들 떨리고 있었다. 혹시 울지나 않을까 원영은 겁이 났다. 오늘은 혜리가 제 엄마를 만나기로 한 날이었다. 어찌 됐든 울려서 보내고 싶지는 않았다.

"애가 제 엄마를 닮아서……."

장현은 화가 솟구치는지 표정을 잔뜩 굳히고는 거친 숨을 내
몰아 쉬었다. 원영은 조금은 충격적인 장현의 말에 저도 모르게
혜리의 눈치를 살피게 되었다. 혜리는 여전히 원영을 째려보고
있었다. 모든 게 그녀의 탓인 양. 솔직히 지금 상황에선 혜리도
그리 생각할 만했다. 장현이 실수한 거다, 이건. 아무리 답답해
도 본인이 듣는 앞에서 '누굴 닮아서'란 말은 좀 그렇다. 이건
아이를 키우는 부모라면 당연히 숙지하고 있어야 할 조심사항
이었다. 원영은 한숨을 푹 내쉬었다.

"저……."

원영이 입을 열었지만 장현은 더 이상 대화하기 싫다는 듯 차
창가로 고개를 돌려 버렸다. 정말 답답한 집안이네. 사랑하는
딸을 보며 전처의 기억을 되살리기도 하는 남편과 부모에게 사
랑받고 싶어 발버둥을 치는 딸. 갑자기 장현의 전처는 어떤 사
람인지 참으로 궁금해졌다.

원영은 조용히 운전만 하기로 했다.

얼마나 지났을까? 신호등을 몇 미터 앞에 두고 있을 무렵이
었다. 푸른 등이 켜져 있었고 원영은 평소대로 안전 운전을 하
고 있었다. 잠이 들었는지, 아니면 그저 눈만 감고 있는 건지 장
현은 눈을 감은 채였으며 무겁게 내려앉은 어색함을 극복하기
위해 원영은 라디오를 틀어놓고 있었다. 갑자기 불쑥, 뒤에서
혜리의 손이 튀어나왔다. 좌석과 좌석 사이로 빠져나온 아이의
손이 오디오 시스템 쪽으로 향했다. 원영은 혜리를 흘낏 보며

물었다.

"왜? 다른 데로 돌릴까?"

혜리가 원영을 찌르듯 째려보곤 입을 꾹 다물었다. 삐쳤다고 광고하는 표정이었다.

"내가 채널 돌릴게. 마음에 드는 채널이 있으면 말해."

원영은 빙긋 웃으며 채널 버튼을 눌렀다. 정말 순수하게 그녀를 배려하기 위한 차원이었지만 혜리는 그리 생각하지 않았나 보다. 표정이 험악하게 바뀌는가 싶더니 원영의 오른팔을 우악스럽게 잡아챘다. 귀신처럼 긴 손톱이 팔뚝을 할퀴었고 동시에 싸한 통증이 뼛속까지 파고들었다.

"아!"

저도 모르게 왼손이 오른 팔뚝을 붙들었고, 다음 순간 그녀는 횡단보도 앞에서 급브레이크를 밟아야 했다. 잠깐 한눈판 그 사이 신호등이 빨간색으로 바뀌어 버린 거다. 그리고 정말 우연인지, 필연인지, 운명의 접촉 사고가 일어나고 말았다. 뒤에 따라오던 하늘색 외제차가 그녀의 급브레이크에 대응하지 못하고 쿵, 뒤로 와서 박아버렸다.

"꺄아아—"

순식간에 일어나 비명 지를 정신조차 없었던 원영 대신 혜리는 차 안이 떠나갈 정도로 크게 비명을 내질렀다. 그도 그럴 것이 아이는 좌석과 좌석 사이의 빈 곳에 몸을 끼우고 있었던 터라, 그녀가 브레이크를 잡자마자 앞으로 꼬꾸라질 뻔했었다.

"괜찮니? 혜리야, 괜찮아?"

자는 것 같았던 장현이 어느새 딸을 돌아보며 묻고 있었다. 혜리가 앙앙거리기만 하고 괜찮다, 아니다, 가타부타 말이 없자 장현은 조수석을 튀어나가더니 뒷좌석의 혜리를 부둥켜안고 이리저리 몸을 살피며 정신없이 물었다.

"괜찮아? 혜리야. 아픈 데 있어, 없어? 응?"

혜리는 울기만 했다. 원영은 선글라스 위로 드리워진 앞 머리카락을 쓸어 넘기며 긴 한숨을 내쉬었다. 오늘따라 왜 이리 되는 일이 없지? 원영은 조심스럽게 좌석 문을 열고 나갔다. 다리가 후들거렸지만 그나마 바깥공기를 쐬니 가슴이 조금은 안정되는 기분이었다. 벌써부터 뙤약볕이 내리쬐기 시작하는 하늘을 한 번 보고 원영은 위용도 당당한 뒤차를 흘겨보았다.

'정말 오지게도 크네.'

그녀의 작은 차에 비교하니 이건 뭐, 사마귀와 딱정벌레쯤 되려나? 뒤차 운전자도 놀랐는지 꼼짝도 하지 않고 있었다. 그나마도 차가 온통 까맣게 선팅되어 있어 운전자 꼬락서니는 뵈지도 않았다.

"아무래도 안 되겠어요, 원영 씨."

뒤편에서 장현이 혜리를 안고 그녀를 불렀다. 혜리는 이제 도로가 떠나갈 정도로 크게 울고 있었다. 원영은 선글라스를 위로 밀어 올리며 혜리에게 다가갔다.

"왜요? 어디 다쳤어요?"

"애가 놀랐나 봐요. 배도 아프고 다리도 아프고, 다 아프대
요."

"가, 가까운 병원이 어디쯤 있……."

"택시 타고라도 가봐야죠. 내가 좀 있다 전화할게요. 혼자 처
리할 수 있죠?"

"아……."

물론 처리하는 거야 혼자 할 수 있겠지만 그래도…….

"어서 가봐요."

원영은 웃으며 말했다. 장현에게 뭘 기대하는 것도 우습다는
생각이 들어서다. 그와는 오늘부로 정리해야겠다고 생각했던
원영이 아닌가. 신세지는 건 말이 안 됐다. 아무리 저렇게 큰 외
제차를 운전하는 사람이 경우없이 여자 운전자라고 무시하기나
하고, 그러겠나.

원영은 장현을 보냈다. 그는 고맙다는 얼굴로 웃으며 혜리를
안고 뛰기 시작했다. 저쪽에서 택시를 잡더니 금세 어디론가 가
버렸다.

"저기요."

그때까지도 밖으로 나오지 않는 상대 운전자. 원영은 고개를
갸웃거리며 조수석으로 다가갔다. 온통 새까만 유리에 눈을 대
고 두 눈을 깜박거리고 있으려니…….

딸깍.

반대편 운전석에서 문이 열렸다. 원영은 숙였던 허리를 펴며

자동차에서 나오는 운전자를 주시했다. 머리가 불쑥 나오는가 싶더니 키가 매우 큰 듯 남자의 뒤통수가 훌쩍 위로 올라갔다. 남자는 키가 유난히 컸다. 엷은 베이지 계열의 재킷과 하얀 와이셔츠를 입고 있었고 선글라스를 낀 눈가로 짧지 않은 앞머리가 흘러내려 미간을 가로지르고 있었다. 곧게 뻗은 콧날은 날카롭고 이지적인 이미지를, 육감적인 모양의 입술은 삐딱하게 엇나간 듯한 반항심이 서려 있어 그는 단 몇 초 만에 원영의 시선을 확 사로잡았다.

남자는 선글라스를 빠르게 벗으며 자동차 문을 쾅, 닫았다. 신경질적인 남자의 태도에 원영은 저도 모르게 주눅이 들었다. 지금껏 접촉 사고를 한 번도 안 냈다고는 말할 수 없지만 그게 죄다 가로수나 가로등, 또는 빈 차 정도여서 말이다. 이렇게 직접 사람 대 사람으로 사고 당사자를 만난 적은 없어놔서 그런지 원영의 목은 자라목처럼 기어들어 가고 있었다.

형부라도 불러야 하나? 원영은 주머니에서 휴대전화를 꺼내며 입술을 깨물었다.

"경찰 부르실 겁니까?"

남자가 물었다. 남자의 목소리는 섬뜩할 정도로 냉랭하게 원영의 귓속으로 날아와 박혔다. 일순 원영은 자신의 귀를 의심했다. 이건……?

"아니면 보험 처리 할까요?"

다시 그의 목소리. 원영은 눈을 들어 상대의 얼굴을 확인했다. 그리고 다음 순간 원영은 너무나 놀라 그 자리에서 얼어붙어 버렸다.

외제차의 주인은 그 녀석이었다. 십일 년 전, 그녀의 남편이었고 그녀에게 이혼이라는 쓰디쓴 과정을 안겨준 바로 그 남자.

고등어, 최재휘였다.

원영은 자신의 눈을 믿을 수 없었다. 그녀의 차를 뒤에서 박은 이 무지막지한 외제차의 주인이 십일 년 전 헤어진 전남편이라니. 어떻게 대낮에 이런 일이 벌어질 수 있는 거지? 21세기 최첨단 시대에 이런 우연스러운 일이 생길 수 있는 거야? 원영은 놀란 눈을 위아래로 굴리며 미친 듯이 생각했다. 아는 체를 할 것이냐, 말 것이냐. 아는 체를 한다면 웃으며 말할 것이냐, 화를 낼 것이냐. 원영은 단 몇 초 사이에 별의별 생각들을 다 하고 있었다. 더불어 심장은 미친 듯이 뛰어대기 시작했다.

"아, 죄송합니다. 제가 갑자기 서는 바람에."

결국 그녀는 그를 모르는 척하기로 하고, 선글라스를 이마에서 얼른 내려 착용해 버렸다. 먼저 그를 아는 체할 필요 없다고 결론 내린 거였다. 혹여 그가 먼저 알아보더라도 그녀는 못 알아봤다고 우기면 된다. 솔직히 딱히 그와 나눌 얘기도 없고 그러고 싶은 마음도 없었다. 괜히 서로 어색해지고 기분만 더 우울해질 게 틀림없었다. 그냥 그를 우연히 만난 전남편이 아닌 '접촉 사고로 처음 알게 된 익명의 남자' 로 여기고 말자 그녀는 생각했다.

원영은 떨떠름한 표정으로 입맛을 다시며 자신의 자동차 뒷 범퍼를 훑어보았다. 완전히, 심하게, 처참히 찌그러져 있었다.

"안전거리 확보 못한 잘못이 더 크죠. 차 수리비는 이쪽에서 부담하겠습니다."

웬일로 그가 정중히 말한다.

"그, 그렇게 해도 될까요?"

"바쁘실 테니 연락처를 주시면 나중에 전화 드리죠."

"연락처…… 요?"

그의 말 한마디에 원영의 머릿속은 또다시 복잡해지기 시작했다. 연락처를 줘야 되나, 말아야 되나. 줘도 될까? 나중에 다시 연락을 하다가 그녀의 정체가 탄로나게 될 가능성은 얼마나 되지? 그녀가 망설이는 듯하자 그가 한쪽 입가를 위로 끌어 올렸다.

"아니면 지금 당장 정비소 보내실 겁니까?"

비웃는 듯한 그의 입가가 어지간히도 신경 쓰였다. 원영은 그를 향해 도끼눈을 뜨고는 입술을 비틀었다.

"저, 그냥 제 차는 제가 알아서 수리할게요. 그쪽 차는 그쪽이 수리하는 걸로 합의 보는 게 어때요?"

"몇 푼 들지도 않을 것 같은데, 제 차 수리하는 김에 같이하죠 뭐."

"아뇨. 그럴 순 없죠, 저한테도 잘못이 있는데. 제 건 제가 알아서 할 테니 그냥 가세요."

"그쪽 잘못보다는 내 잘못이 더 크죠."

"제 잘못이 더 크다니까요!"

그가 마음대로 안 되니 초조하고, 초조하니 짜증이 솟구쳤다. 정말 최재휘, 예나 지금이나 사람 흥분하게 하는 덴 뭐 있다. 왜 이렇게 고집이 세. 언제부터 이렇게 도덕적이었다고. 원영은 마음속에서 들끓는 긴장감을 다스리기 위해 심호흡을 했다. 이마를 손등으로 쓱싹 훔치고는 입술에 꽉 힘을 준 그녀는 까만 안경알 너머의 재휘에게 두 눈을 치뜨며 더 강력하게 우겼다.

"제 잘못이에요. 다."

핏, 그의 거만한 입가에서 웃음이 새어 나왔다. 고개를 아래로 숙이더니 그는 들릴 듯 말 듯한 목소리로 중얼거렸다.

"거참, 되게 말 안 듣네."

"……!"

되게 말을 안 듣는다고? 저게 지금 누구한테 하는 소리야? 원영의 미간은 처절하고 험악하게 구겨졌다. 분명 그녀를 두고 한 소리였다.

"누구 잘못인지 경찰서 가서 조서라도 써야 속이 시원하시겠습니까?"

그의 입가가 도전적으로 씰룩거렸다. 한번 해보자는 거냐? 하는 듯 재수없는 표정이었다. 원영은 참았던 숨을 거칠게 내뱉었다. 경찰서까지 가서 좋을 거 하나도 없다는 사실을 떠올리면서. 조서 쓰다 보면 그녀의 정체만 탄로나게 될 게 빤했다. 차라

리 그가 원하는 대로 수리비를 부담하도록 하는 게 나을 성싶었
다.

"그럼 그렇게 하세요."

거칠게 대답하자 그의 눈썹이 휙 치켜 올라갔다. 마치 그녀가
이렇듯 순순히 응할 줄 몰랐다는 듯. 뭐가 어떻다는 거야? 원영
은 속으로 신경질을 내며 손바닥을 척 내밀었다.

"한 삼십만 원이면 되겠네요. 그냥 그것만 내세요."

그의 두 눈동자가 그녀의 손을 빤히 바라보았다. 따가운 시선
이 느껴지자 원영도 자신의 손을 향해 시선을 깔았다. 그는 그
녀의 손바닥과 팔목, 팔뚝 위까지 길게 나 있는 손톱자국을 보
고 있었다. 아까 혜리에게 긁혔던 자국이었다. 저도 모르게 원
영은 팔뚝을 손으로 가렸다. 당황해 재휘의 눈치를 살폈지만 그
의 까만 눈동자는 무감정의 결정체인 듯 고요하기만 했다. 원영
은 재빨리 변명 아닌 변명을 늘어놨다.

"이건 그쪽 잘못, 확실히 아니에요."

"……"

"사고 전에 생긴 상처라고요. 치료비 같은 건 필요없어요."

그녀는 재차 확인해 주었다. 그는 물끄러미 그녀를 응시하더
니 조용하면서도 어쩐지 삐딱하게 들리는 어투로 물었다.

"아까 보니, 아이 하나가 병원으로 가는 것 같던데?"

생각해 보니 혜리가 있었네. 갑자기 나타난 최재휘 때문에 혜
리와 장현의 존재는 까마득히 잊고 있었다. 원영은 손사래를 치

며 별것 아니라는 투로 대수롭지 않게 넘겼다.

"병원비는 됐어요. 제가 부주의하게 운전한 책임도 있으니까
요."

"나중에 문제가 될 것 같은데요."

"문제 같은 건 전혀 재기하지 않을 테니까 그건 걱정도 마세
요. 그냥 얼른 수리비나 내놓고…… 가던 길 가세요."

꺼져 버리란 말이 턱밑까지 차올랐지만 용케도 그녀는 잘 참
았다. 재휘는 픽, 싸늘히 입가를 끌어 올리더니 커다란 안경 안
에 안전하게 갇혀 있는 원영의 눈동자를 똑바로 응시했다. 덜
컥, 원영은 심장이 내려앉는 걸 느꼈다. 혹시라도 그녀를 알아
본 건 아닌가 싶어서 순간 흠칫했다. 하지만 그는 푹 찌그러진
그녀의 자동차를 흘낏 보며 중얼거렸다.

"현금이 없어서 그러는데 계좌번호를 적어주시면 오늘 중으
로 넣어드리죠."

"계, 계좌번호요?"

가만, 계좌번호를 CD기에 입력하면 통장 주인 이름이 확인되
지 않나?

"저기요. 그냥…… 전화번호를 알려 드릴게요."

차라리 그게 낫다. 그나마 전화번호로는 그녀의 이름을 단박
에 알아낼 수 없지 않은가. 통화만 하고 돈만 전달해 받으면 충
분히 그녀의 정체를 들키지 않고 이 일을 매듭지을 수 있다. 영
찜찜하면 다른 사람 시켜서 돈을 받아오라고 할 수도 있는 거

고. 아― 도대체 왜 이런 일이 생겨가지고 사람 머리 복잡하게
하는 거니.

"받아 적으세요. 제 전화번호는요. 010……."

막 전화번호를 읊으려는 찰나였다. 그녀의 코앞으로 쓱, 그의
손이 내밀어졌다. 번호를 부르다 말고 원영은 두 눈을 깜빡였
다. 뭐야, 이거?

"휴대전화 달라고요?"

원영은 조심스럽게 물었다. 그는 빙긋 웃는 얼굴로 그녀를 물
끄러미 바라보고 있었다. 아니라면 아니라고 말했을 텐데, 아무
대답도 없이. 그럼 정말 휴대전화를 달라는 거야?

"제 걸요?"

여전히 답 없는 최재휘. 잔말 말고 달라는 뜻이리라. 그래,
마음대로 해봐라. 그래 봤자 핸드폰에는 장원영이란 이름 따위
적혀져 있지 않으니 들킬 일은 없다. 원영은 구시렁거리며 주
머니에서 제 휴대전화를 꺼내 그의 손바닥 위에 척 올려놓았
다. 그는 그녀의 최신형 휴대전화를 열고 꾹꾹꾹꾹, 엄지를 이
용해 능숙하게 번호 판을 찍어댔다. 자신의 전화번호를 찍는
거겠지.

'꼭 저렇게까지 하는 이유가 뭐야? 사람 못 믿는 것도 아니
고.'

그때 벨소리가 들렸다. 그는 주머니에 손을 넣어 제 전화기를
꺼냈다. 그녀의 전화번호가 뜨는 걸 확인한 그는 씩 웃으며 그

녀의 전화기를 돌려주었다. 원영은 휴대폰을 재빨리 낚아채 폴더를 닫고는 그를 향해 방그르르 웃었다. 물론 진심에서 우러나온 미소는 절대 아니었다.

"이제 됐죠?"

"통성명이라도 하죠."

그녀의 전화번호를 외워두기라도 할 기세로 뚫어져라 액정을 내려다보고 있던 그가 말했다. 고개도 들지 않고 말하는 그의 태도에선 별다른 낌새가 느껴지지 않았다. 그래, 설마 알아봤을 리가 있나. 십일 년이나 지났고 이렇게 커다란 선글라스까지 꼈는데. 그리고 알아봤다면 이렇게 가만히 두고 볼 최재휘도 아니었다. 진짜 그라면 그녀의 선글라스를 벗겨 버리면서 이렇게 말하겠지.

— 이런 걸로 가려지겠냐?

"아, 뭐. 꼭 그럴 필요 있나요?"

그가 고개를 들었다. 그의 표정은 '무슨 헛소리?' 라고 비웃고 있었다. 그 표정을 보자마자 대충 얼버무릴 생각이 싹 달아나 버렸다. 괜한 행동으로 의심 살 필요 없었다. 그냥 다 그가 원하는 대로 하게 해주고 얼른 찢어지는 게 상책이었다. 원영은 꿀꺽 침을 삼키고는 어깨를 으쓱하며 둘러댔다.

"그냥 혜리 엄마라고 부르세요."

"혜리……?"

그가 눈을 조금 크게 뜨고 고개를 끄덕였다. 혜리 엄마라고 부르면 되느냐, 재차 확인하며 묻는 것이다. 원영은 환하게 웃으며 말했다. '아, 예' 하고 대답했다. 역시나 그의 표정엔 별다른 변화가 없어 보였다. 그는 휴대폰을 주머니에 넣으며 말했다.

"젊어 뵈는데 꽤 큰 아이가 있으시네요."

"스무 살, 아니, 스물한 살에 결혼했거든요."

그의 표정은 여전히 그대로였다. 대신 그는 손을 내밀며 악수를 청했다.

"최재휘입니다."

"예…….."

원영은 장원영이 아닌 '혜리 엄마'로 그의 손을 맞잡았다. 그의 손은 따뜻하고 견고했다. 그녀의 손을 힘차게 쥐는 통에 조금 놀랄 정도로. 당황해 두 눈을 깜박거리며 그를 올려다봤지만 그는 별다른 표정 변화가 없었다. 그는 그녀를 못 알아보고 있는 것이다. 손까지 잡았는데도. 왠지 모를 서운함이 밀려들었다.

"조만간 연락드리죠."

"예, 그러세요."

그의 손이 떨어져 나갔다. 따뜻하고 탄탄했던 그의 손아귀가 벌어져 그녀의 손을 놓으면서 그의 입가에는 작은 미소가 떠올랐고 그는 곧 뒤를 돌았다. 차도 쪽으로 걸어가 운전석에 앉더니 그는 뒤도 돌아보지 않고 가버렸다. 그가 떠나는 모습을 원영은 내내 인도에 서서 지켜보았다. 그가 잡아주었던 손을 다른 손으로 감싼 채로.

"휴—"

빠른 속도로 두근거렸던 가슴이 점차 제 속도를 찾아갔다. 썰물처럼 빠져나가는 긴장감 대신 원영은 끔찍한 허탈감에 젖어 식은땀마저 흘렸다. 그가 자신을 못 알아봤다는 사실이 못내 서운했다. 비록 그가 알아보지 못하길 간절히 빌고 빌었으나, 진짜 못 알아본다는 사실을 직면하고 보니 썩 좋은 기분이 아니었다. 그녀는 그의 목소리를 듣자마자 알아챘었다. 꿈에서 들었더라도 아마 알아챘을 것이다.

"과거를 잊고 잘살아가고 있다는 건 축하해 줘야 할 일이야."

원영은 머리카락을 쓸어 넘기며 착잡한 미소를 지었다. 자동차에 올라타면서 그녀는 전화기를 꺼내 들고 단축 버튼을 눌렀다. 장현과 혜리가 어떻게 됐는지 궁금했다.

[오늘은 아무래도 안 되겠어요, 원영 씨. 병원에서 이것저것 검사도 해야 하고. 애 엄마한테는 연락을 해서 못 간다고 하려고요. 약속 못 지킬 것 같아서 미안해요.]

장현이 횡설수설 주절거린 말의 요지는 이거였다. 그녀와 야외로 가서 오붓하니 즐기기로 했던 약속을 오늘은 못 지키겠다는.

원영은 마음이 무거웠다. 장현에게 그만 만나자는 말을 꺼내려고 했던 모처럼의 결심이 불발로 끝나 버렸다고 생각하니 목에 가시가 걸린 것마냥 께름칙했다. 그에 대한 마음과 결심을 한시라도 빨리 알리고 싶었는데, 오늘따라 일이 왜 이리 꼬이는 거야.

원영은 일을 이렇게 만들어서 미안하다는 말을 하고 전화를 끊었다. 혜리가 정말 아무 일도 없어야 할 텐데 걱정이 되는 게 사실이었다. 별로 크게 다친 것 같진 않았지만, 오히려 아빠로부터 야단맞은 것에 대한 일종의 보복으로 엄살을 피우고 있는 것 같았지만, 그래도 교통사고란 건 만약을 모르는 거니까. 별일이 없었으면 좋겠다는 생각을 하며 그녀는 천천히 차를 몰기 시작했다.

전화가 걸려온 건 그때였다. 발신자가 뜨지 않는, 그녀가 처음 보는 전화번호였다. 원영은 얌전히 길가 쪽에 차를 세우고 전화를 받았다. 막 교통사고를 낸 장본인으로서 운전 중에 전화받는, 간 큰 짓은 심히 저어되었기에.

"여보세요."

그녀는 무심코 말했다. 상대는 잠시 대답이 없었다. 원영은 재차 좀 더 큰 목소리로 말했다.

"여보세요."

그제야 입 안에서 흘러나와 어디론가 날아가 버릴 것처럼 가볍디가벼운 웃음소리가 귓전을 때렸다. 아주 귀에 익은 웃음소리였다. 순간 원영은 뒤통수가 쭈뼛 올라서는 걸 느꼈다.

[나다, 장원영.]

최재휘가 말했다.

『고등어 남편』 2권에 계속…